王向遠教授

學術論文選集

● 第七卷 ●

中日現代文學關係研究

（下）

編輯弁言

萬卷樓圖書股份有限公司與王向遠教授部分的學生，組成編輯委員會，於王向遠教授從事教職滿三十週年（1987-2016）之際，推出《王向遠教授學術論文選集》。

《王向遠教授學術論文選集》是王向遠教授的論文選集，選收一九九一至二〇一六年間作者在各家學術刊物公開發表的學術論文二百二十餘篇，以及學術序跋等雜文五十餘篇，共計兩百五十餘萬字，按內容編為十卷，與已經出版的《王向遠著作集》全十卷（寧夏人民出版社，2007年）互為姊妹篇。

各卷依次為：

第一卷《國學、東方學與東西方文學研究》

第二卷《比較文學學科理論研究》

第三卷《比較文學學術史研究》

第四卷《翻譯與翻譯文學研究》

第五卷《日本文學研究》

第六卷《中日現代文學關係研究》（上）

第七卷《中日現代文學關係研究》（下）

第八卷《日本侵華史與侵華文學研究》

第九卷《日本古典文論與美學研究》

第十卷《序跋與雜論》

以上各卷所收論文，發表的時間跨度較大，所載期刊不同，發表時的格式不一。此次編入時，為統一格式原刊有「摘要」（提要）、關鍵詞等均予以刪除；「注釋」及「參考文獻」一般有章節附註與註腳

兩種形式，現一律改為註腳（頁下註）。此外，對發現的錯別字、標點符號等加以改正，其他一般不加改動。

　　感謝王向遠教授對本書編輯出版的支持，也感謝本書編委會諸位成員為本書的編校工作及撰寫各卷〈後記〉所付出的辛勞。

萬卷樓圖書股份有限公司

二〇一六年六月

目次

中國傳統戲劇的現代轉型與日本新派劇[1]

　　二十世紀初年直到五四前夕的中國早期話劇（又稱「新劇」或「文明戲」），在三個方面實現了傳統戲劇向現代話劇的轉型。一、戲劇功能的轉型，由傳統戲劇的娛樂審美功能轉向為現實政治服務；二、創作方法的轉型，由傳統戲劇的定型化、程式化轉向近代寫實主義；三、戲劇形態轉型，由傳統的非悲劇或悲劇的消解轉向現代悲劇。這三個方面的轉型固然有著中國戲劇自身發展的內在邏輯，但更主要的卻是外來戲劇影響的結果，而這種外來影響又主要來自日本戲劇。由於中國早期話劇的創始者留學歐美的幾乎沒有，他們絕大多數都留學日本並且熟悉日本劇壇狀況，加上日本的戲劇改良比中國先行一步，他們在戲劇改良中形成的新的戲劇形式——新派劇，為中國的戲劇改良提供了借鑒。因此，五四之前中國戲劇的現代轉型受到了日本新派劇的有力的影響和推動。

一　戲劇功能的轉型與日本的「壯士劇」、「書生劇」

　　中國傳統戲劇從其產生和形成的時候起，就對戲劇的功能做出了不同於詩文的明確的理解和規定，那就是遊戲和娛樂。漢字的「戲」字，本意為角力，後引申為遊戲、玩笑、嬉戲、雜技等意，並由此派

1　本文原載《四川外語學院學報》（重慶），1997年第2期。

生出戲言、戲稱、戲弄、戲法、戲狎、戲侮、戲娛等詞彙，這些詞彙集中反映了中國人對「戲」的性質功能的規定和理解。專家們已經指出，唐宋及此前的未成型的戲劇，無論是唐「戲弄」（包括歌舞戲和參軍戲），還是「踏搖娘」、「撥頭」、「蘭陵王」，都屬於戲謔、遊戲的性質；金元時代成熟的中國戲劇——雜劇和明代的傳奇，雖然低級娛樂的成分有所減少，更加注重詞曲的優美，但消遣遊戲仍是其主要的功能。徐渭在題《戲臺》裡寫道：「隨緣設法自有大地眾生，作戲逢場原屬人間本色」，冀望山人在〈名家雜劇序〉中也認為：「直如郭公梨園，逢場作戲已耳！」

　　這種遊戲主義的戲劇功能觀，到了二十世紀初的早期話劇才得到根本的轉變，而這種轉變又是在日本新派劇的直接影響下完成的。日本新派劇是傳統歌舞伎向現代話劇轉型期的一種戲劇形式，它是在明治維新和明治時代濃厚的政治氛圍中產生的，在日本維新改良以及隨後的自由民權運動以至對外擴張的宣傳鼓動中都發揮了很大作用。這一點給繼之而起的中國辛亥革命的仁人志士及中國文壇留下了深刻的印象。早在一九〇三年，梁啟超就寫道：「記者又嘗游日本矣，觀其所演之劇，無非追繪維新初年情事。」日本人在看戲時，則是「且看且淚下，且握拳透爪，且以手加額，且大聲疾呼，且私相耳語，莫不曰我輩得有今日，皆先輩烈士為國犧牲之賜，不可不使日本為世界之日本以報之。記者旁坐默默而心相語曰：為此戲者，其激發國民愛國之精神，乃如斯其速哉？勝於千萬演說台多矣」[2]。梁啟超所看到的這樣的慷慨激昂、具有巨大的宣傳鼓動作用的時事政治戲，在當時的中國還沒有。以娛樂審美為宗旨的傳統戲劇，自然也不可能承當這樣的政治宣傳功能。因此，借鑒外來的戲劇對現有的戲劇進行改良，就

2　〈觀戲記〉，載阿英編：《晚清文學叢鈔‧小說戲劇研究卷》（北京市：中華書局，1960年），頁68。

勢在必行了。而這種戲劇改良又必須借助政治作為直接推動力。在日本，當年對傳統歌舞伎進行改良而形成的新派劇，就是借助了明治維新的動力和政治家支持。日本的政界要人，包括伊藤博文、井上馨、外山正一、森有禮、大隈重信等是戲劇改良的積極支持者或參與者，於是就出現了所謂「外行人」、「局外人」指導戲劇改革的現象。也就是說，日本新派劇的產生並不是傳統戲劇自然而然發展演變的結果，而是現實政治從外部推動的結果。在這方面，中國戲劇改良的情況與日本幾乎一模一樣。季子在中國話劇創始之初就敏銳地指出：「新劇之發展非新劇之力也，乃文明之迫壓使然也；亦非文明之迫壓也，乃文明之實現借新劇以表示耳。」[3]曹聚仁也說過，中國「話劇的命運乃是跟著辛亥革命發展起來的。」[4]熟知中國早期話劇創始期情形的徐半梅也認為，由於種種原因，話劇的形成「是要另起爐灶，無法利用舊劇人材和資料的」，「話劇的產生，是日後完全由外行們肩任下去的」[5]。這些不太懂傳統戲曲的所謂「外行」，絕大多數都留學日本，他們是在日本新派劇的啟發和薰陶下創始話劇的。無論是「為藝術而藝術」還是「為革命而藝術」的人都受當時日本劇壇濃烈政治空氣的感染。「為革命而藝術」的人，如任天知領導的進化團和王鐘聲領導的春陽社，其成員大多數屬於革命黨，一開始就把戲劇活動作為革命活動的手段。他們積極從日本編譯、上演《血蓑衣》、《尚武鑒》那樣的以政治為題材的戲。他們所演的戲，「可以說百分之八九十都有它宣傳的目的」[6]。即使是被徐半梅劃為「為藝術而藝術」的春柳社的成員，也帶有明顯的政治傾向。春柳社之所以把《黑奴籲天錄》作為在

3　季子：〈新劇與文明之關係〉，原載《新劇雜誌》1914年第1期。

4　曹聚仁：〈上海舞臺的春秋〉，載《聽濤室劇話》（北京市：中國戲劇出版社，1985年），頁197。

5　徐半梅：《話劇創始期回憶錄》（北京市：中國戲劇出版社，1957年），頁2-3。

6　歐陽予倩：〈談文明戲〉，載《歐陽予倩戲劇論文集》（上海市：上海文藝出版社，1984年），頁185。

日本第一次公開上演的劇碼，主要原因之一，就如歐陽予倩所說，是基於「當時日本留學生當中民族思想的高漲」[7]。他們改編和搬演的日本新派劇劇碼，大都具有一定的政治性，如《熱血》在日本的演出，就「給了革命青年很大的鼓舞」[8]。據說該劇上演的那幾天，就有四十多人在日本加入了同盟會。根據日本新派劇作家佐藤紅綠的《雲之響》改編的《社會鐘》也「表現著一種朦朧的社會革命思想」[9]。

　　為了有利於政治宣傳，中國早期話劇還學習日本新派劇，在劇中插入大量演說。劇中插入演說是日本新派劇的最早的兩個分支——壯士劇和書生劇——的主要特點之一。當時有的評論家就認為，像川上音二郎的書生劇那樣的戲，「不應該稱其為『演劇』，只是戴假髮，穿戲裝……做一些社會性、政治性的演說罷了」[10]。現在看來，在劇中插入大量游離劇情的政治性演說是不合戲劇藝術規律的。但這種做法在當時的中國文壇看來，卻是值得學習的新法，如陳獨秀在一九〇五年發表的〈論戲劇〉一文中就認為：「戲中有演說，最可長人見識。」日本新派劇把演說插入其中，固然是受了西洋戲劇的影響，但西洋戲劇中的演說大都採用人物的心理獨白或劇中人論辯的形式，使演說融會於劇情中；日本新派劇中的演說往往是演員對現實社會問題、政治問題的借題發揮的議論，有時是劇本中沒有的臨場發揮。中國的早期話劇在這方面的情形和日本完全相同，如任天知編寫的〈黃金赤血〉，就安排臺上的主要演員「調梅」在劇情之外「演說一回」。而對這樣的演說，當時的觀眾不但不反感，往往還鼓掌喝采。因為在辛亥

7　歐陽予倩：〈回憶春柳〉載《歐陽予倩戲劇論文集》（上海市：上海文藝出版社，1984年），頁185。

8　歐陽予倩：〈談文明戲〉，載《歐陽予倩戲劇論文集》（上海市：上海文藝出版社，1984年），頁143。

9　歐陽予倩：〈回憶春柳〉，載《歐陽予倩戲劇論文集》（上海市：上海文藝出版社，1984年），頁160。

10　伊原敏郎：《明治演劇史》（東京：早稻田大學出版部，1933年），頁654。

革命前夕和辛亥革命中，整個社會的興奮點是革命，觀眾希望在劇場中了解革命的消息和革命的道理。

　　中國早期話劇之所以能夠接受日本新派劇的深刻影響，除了地理上的毗鄰和文化交流的方便之外，根本的原因還在於近代兩國社會政治進程的高度相似性。中日兩國的近代資產階級革命不僅是武力的革命，更重要的還是思想啟蒙。思想啟蒙的武器是宣傳，正如武力革命的武器是槍炮一樣。戲劇被利用來作為思想啟蒙的手段和武器，是十分自然和必然的。十八世紀後期法國大革命時期，啟蒙主義戲劇就曾興盛一時；十九世紀後期的日本維新革命時代，新派劇應運而生。日本新派劇所顯示的強大的政治宣傳功能，是它能夠被中國所接受，並能夠影響中國早期話劇的首要條件。因為在當時戲劇改良的提倡者那裡，改良戲劇本身不是目的，目的是通過戲劇改良來改良社會——「中國不欲振興則已，欲振興可不於演戲加之意乎？」[11]這種看法為當時許多人所接受。這有助於我們理解，為什麼中國早期話劇未能把更成熟的西洋話劇作為榜樣，而是把藝術上沒有成型、政治宣傳性卻更突出的日本新派劇作為摹仿的範本。從戲劇本體上看，日本新派劇和接受其影響的中國早期話劇以政治為本位，既是促使傳統戲劇向現代戲劇轉型的必要的推動力，又使它具備了現代戲劇所應具備的現實政治性。無論在日本還是在中國，傳統戲劇都是不敢觸及現實政治的，即使是反映帶有政治性的事件，也只能把人物和事件推到遙遠的過去，以便和現實保持足夠的時空距離。現代戲劇區別於傳統戲劇的重要特質之一，就是它和現實問題，特別是現實政治的密切聯繫。如在日本，自由黨領袖坂垣退助被刺之後，很快就有了新派劇劇碼〈坂垣君遭難實記〉；「日清戰爭」（甲午中日戰爭）爆發後，很快就有了

---

11 〈觀戲記〉，載阿英編：《晚清文學叢鈔‧小說戲劇研究卷》（北京市：中華書局，1960年），頁72。

〈快絕壯絕日清戰爭〉、〈川上音二郎戰地見聞日記〉。中國早期話劇同樣善於搬演敏感的政治題材，如辛亥革命中，進化團就上演了〈東亞風雲〉（一名〈安重根刺伊藤〉）、〈共和萬歲〉、〈黃鶴樓〉等。這樣的政治性很強的「時事新戲」，是早期話劇在日本新派劇影響下的創舉。它是傳統戲劇向現代話劇轉型的關鍵一步。

二　創作方法的轉型與日本新派劇的寫實主義

　　中日兩國的傳統戲曲，不管是日本的能樂、淨瑠璃、歌舞伎，還是中國的昆曲、皮黃戲，在各方面都是高度程式化和定型化的。和西洋的話劇不同，它們主要不是對外部現實和內在心理的摹仿，而是象徵化、符號化、審美性、虛擬性、非寫實的表現。因此，傳統戲劇向現代戲劇的轉型，勢必要接受寫實主義創作方法的洗禮。而近代寫實主義創作方法又不是在中國文學中自然而然產生的。民間戲劇家張德福曾指出：中國戲曲「事事須用美術化方式表現之，處處避免寫實。一經像真的一樣，便是不合規矩」[12]。歐陽予倩也講過：「寫實主義是從科學的分析得來的，這種科學的精神中國從來沒有。」[13]戲劇家趙太侔也說：「中國的國民性，從藝術方面看，是最不喜歡寫實的。」[14]我在〈中國早期寫實主義文學的起源、演變與近代日本的寫實主義〉一文中曾經指出：作為近代文學的基本的創作方法，寫實主義最初是由日本傳入中國的，從晚清到五四初期，中國所接受的主要是日本近代的寫實主義。[15]對中國早期話劇中的寫實主義起源和形成同樣可作

12　張德福：《學戲秘訣》（上海市：上海中央書店，1915年）。

13　歐陽予倩：〈戲劇改革之理論與實踐〉，原載《戲劇》第1卷第1期（1929年）。

14　趙太侔：〈國劇〉，載《國劇運動》（上海市：新月書店，1927年）。

15　王向遠：〈中國早期寫實主義文學的起源、演變與近代日本的寫實主義〉，載《中國文化研究》1995年第4期，頁109-114。

如是觀。日本明治維新後的戲劇改良的重點之一，就是提倡寫實，反對戲劇中的怪誕、荒唐的情節和表現。早在明治初期，神田孝平就發表題為〈國樂振興說〉的文章，認為日本的戲劇中怪誕荒唐的東西太多，必須向西洋戲劇學習並加以改良。日本寫實主義的理論奠基人坪內逍遙在《小說神髓》中批評「妄誕無稽，荒唐怪奇」的「傳奇」，而讚賞「演技高超的俳優」，「一舉一動，一顰一笑，無不逼真，使觀眾不知不覺之間忘掉這是演戲」[16]。坪內逍遙還在〈我國的史劇〉一文中，進一步批評歌舞伎中違背生活真實的荒唐無稽的傾向。在當時的日本，希望戲劇酷似生活，是批評家和觀眾們的審美時尚，只要「表演得和真的一樣，就齊聲稱妙」[17]。

日本劇壇的這種寫實主義的審美時尚，對中國晚清時期的戲曲改良和早期話劇的形成，產生了很大的衝擊和影響。一九〇四年，蔣觀雲就注意到當時的日本報紙「詆諆中國之演劇界」非寫實化的表演。蔣觀雲提到，日本人認為「中國演劇界演戰爭也，尚用舊日古法，以一人與一人，刀槍怪戰，其戰爭猶若兒戲」[18]。早年留學日本、熟悉日本文壇動向的陳獨秀在一九〇五年提出了戲劇改良的五條意見，其中一條就是「不可演神仙鬼怪之戲」，認為「此等鬼怪事，大不合情理，宜急改良」[19]。這與坪內逍遙提倡寫實主義的有關言論是完全一致的。在當時中國的戲劇改良者看來，新的戲劇應該「如畫之寫生，則舞臺上一切大小之器具與人身動作言語，必須與事實天然巧合」[20]。

16 坪內逍遙：《小說神髓》，載《日本現代文學全集》（東京：講談社，1980年），卷4。

17 坪內逍遙：《小說神髓》，載《日本現代文學全集》（東京：講談社，1980年），卷4。

18 蔣觀雲：〈中國之演劇界〉，載阿英編：《晚清文學叢鈔‧小說戲劇研究卷》（北京市：中華書局，1960年），頁50。

19 陳獨秀（三愛）：〈論戲曲〉，載阿英編：《晚清文學叢鈔‧小說戲劇研究卷》（北京市：中華書局，1960年），頁54。

20 無瑕：〈新劇罪言〉，載《娛閑錄》，《四川公報》（增刊），1914年。

舞臺上的情景必須「視之如真家庭，如真社會」[21]。演員「喬裝作何等人，即當肖何等人口吻」。[22]中國人最初被日本新派劇所吸引的，也正是這種寫實性。據徐半梅回憶，光緒末年留學日本的中國學生，「一向只看慣皮黃戲劇，現在看到他們（日本人）的演藝，覺得處處描寫吾人的現實生活⋯⋯不免技癢，躍躍欲試了」。早期話劇的重要代表人物鄭藥風（正秋）因常被徐半梅帶去看日本的新派劇，久而久之，就「看出滋味來了」，他「很佩服日本人演戲的認真，以為他們才是假戲真做；中國人在臺上則往往有假戲假做的表示」[23]。

在日本，從新派劇最早的形式「壯士劇」、「書生劇」，到高田實、喜多村二郎演出的〈不如歸〉、〈金色夜叉〉等家庭生活劇，寫實主義是不斷深化的。而中國早期話劇最初是更多地接受日本「壯士劇」、「書生劇」的影響，後來則更多地接受日本家庭劇的影響。因此，中國早期話劇的寫實主義與日本新派劇的寫實主義都是由外及內逐漸深化的，其發展深化的過程也是完全一致的。和日本的新派劇一樣，中國早期話劇向寫實主義的轉型先後邁出了關鍵的兩步。

第一步，由非現實性和超現實性轉入現實性和時效性。中國傳統戲曲總體上說都是非現實的或超現實的「歷史戲」，是不講時事性和時效性的，觀眾和舞臺保持了較大的「審美距離」。受日本「壯士劇」和「書生劇」影響的「時事新戲」才開始注重描寫現實，注重戲劇的時事性和時效性。早期話劇的大部分劇碼都是時事題材，有些根據外國劇本編譯的劇碼，如法國的〈熱血〉、日本的〈不如歸〉、〈社會鐘〉等，也被染上了強烈的時事色彩。中國早期話劇注重描寫現實，影響現實，作用於現實，即使是歷史題材的戲，也注意它的現實意

---

21 王夢生：《梨園佳話》（北京市：商務印書館，1915年）。
22 隱嚴氏：《改良新戲考》，1912年。
23 徐半梅：《話劇創始期回憶錄》（北京市：中國戲劇出版社，1957年），頁12、頁40。

義。一個戲的創作和演出是否成功，很大程度地取決於它與現實是否具有密切的關係。早期話劇開創的這個傳統，對中國話劇的發展進程產生了深遠的影響。及至後來的家庭戲，政治功利性、時效性雖然淡化了，但仍與當時的現實保持了密切的聯繫，如在當時影響很大的家庭戲〈恨海〉和〈家庭恩仇記〉，所反映的都是辛亥革命前後的現實，將家庭悲歡與時代風雲的變幻緊密結合在一起。

　　中國早期話劇向寫實主義轉型的第二步，就是追求細節的真實，把如實地照搬現實生活作為劇本創作和舞臺演出追求的目標。初期「時事新戲」中的穿著西裝唱皮黃，撇開劇情作演講的不合情理的細節被剔除了，為了保持細節的真實，有時甚至把生活中真實的情景道具搬上舞臺，力圖把戲演得和實際生活一模一樣。任天知、王鐘聲合演的〈迦因小傳〉，作為在國內第一次上演的話劇，就以寫實主義的戲劇風格對傳統戲劇的程式化造成了衝擊，以至在舊派伶工看來，「不能把它當戲看，要當它真的事情看，才有趣」。而在當時早期話劇的開創者看來，「像了真的事情，就是逼真的好戲了」；「所謂的戲，是直接痛快地描寫社會，樣樣要假戲真做」[24]。當然，早期話劇的寫實對「真實」的理解還流於膚淺，對真實的追求更多的是細節的東西、表面化的東西。正如歐陽予倩後來所指出的，「文明戲的寫實，不過真菜真荷蘭水上臺，真燒紙錠哭親夫之類」，與成熟的話劇的寫實並不相同。[25]不過，細節的真實是寫實主義戲劇的基礎。而且，有些劇碼，如陸鏡若創作的〈家庭恩仇記〉、徐半梅創作的〈母〉等，已能把生活細節的真實描寫和人物性格、情節的演進有機統一起來，在寫實技巧上達到了相當的水平，為五四以後中國話劇的發展成熟奠定了基礎。

24　徐半梅：《話劇創始期回憶錄》（北京市：中國戲劇出版社，1957年），頁24-25。
25　歐陽予倩：〈戲劇改革之理論與實踐〉，原載《戲劇》第1卷第1期（1929年）。

三　戲劇形態的轉型和日本新派劇的悲劇

蔣觀雲在〈中國之演劇界〉一文中援引日本人的話說:「中國之演劇也,有喜劇,無悲劇。每有男女相慕悅一出,其博人之喝采多在此,是尤可謂卑陋惡俗者也。」蔣觀雲認為日本人的這些話切中了中國演劇之弊,「我國之演劇界中,其最大之缺憾,誠如訾者所謂無悲劇」[26]。二十世紀初年以來,學術界對中國傳統戲曲中到底有沒有悲劇曾展開過爭論。除蔣觀雲外,朱光潛在二〇年代所著《悲劇心理學》中也認為,「對人類命運的不合理性沒有一點感覺,也就沒有悲劇。而中國人卻不願承認痛苦和災難有什麼不合理性」,「西方悲劇這種文學『體裁』幾乎是中國所沒有的」。王國維也對中國小說戲曲中的「大團圓」表示遺憾,但他在《宋元戲曲考》中認為中國有悲劇,元代的〈漢宮秋〉、〈梧桐雨〉、〈西蜀夢〉、〈竇娥冤〉、〈趙氏孤兒〉等,「列於世界大悲劇中,亦無愧色也」。斷言中國無悲劇者,主要是因為中國很少「一悲到底」的悲劇,「結尾總是大團圓」(朱光潛語)。但是現在看來,「一悲到底」、結局並非「大團圓」的戲並不是沒有,如元雜劇中的〈梧桐雨〉、〈漢宮秋〉、〈張千替殺妻〉、〈火燒介子推〉,明傳奇中的〈和戎記〉等。但這樣的悲劇為數太少,而且,中國戲劇常常用夢境幻想、升天成仙或善有善報、惡有惡懲之類浪漫的道德理想將悲劇加以淡化或者消解。中國傳統戲劇也沒有形成自己自覺和明確的悲劇觀念,沒有「喜劇」和「悲劇」的嚴格的界定和劃分。正如歐陽予倩所說:「中國從來沒有悲劇與喜劇這種名稱,這個名稱本來出於希臘。」[27]不過,中國的悲劇觀念最初並不是直接從希臘或歐洲傳入的,一直到晚清,中國才從日本引進了「悲劇」和「喜

---

26 蔣觀雲:〈中國之演劇界〉,載阿英編:《晚清文學叢鈔·小說戲劇研究卷》(北京市:中華書局,1960年),頁51。

27 歐陽予倩:〈戲劇改革之理論與實踐〉,原載《戲劇》第1卷第1期(1929年)。

劇」這兩個詞（日本人最早將西文的 tragedy 和 comedy 分別意譯為
「悲劇」、「喜劇」這兩個漢詞），中國的戲劇形態才開始出現「悲
劇」與「喜劇」的自覺的劃分。人們也才認識到，「悲劇的結果，總
是悲慘的，絕不能大團圓，也不能大快人心」[28]。中國的悲劇觀念由
此而逐漸形成。

　　中國戲劇形態的轉型和悲劇形態的形成，同樣地受到了日本新派
劇的有力推動。本來，日本傳統戲劇中的悲劇就很發達，能樂、淨瑠
璃的劇碼，大都取材於悲慘事件，而且很少中國式的「大團圓」。就
像美國人類學家本尼迪克特所說的，「日本小說和戲劇中，很少見到
『大團圓』的結局」，日本的觀眾喜歡「含淚抽泣地看著命運如何使
男主角走向悲劇的結局和美麗的女主角遭到殺害。只有這種情節才是
一夕欣賞的高潮。人們去戲院就是為了欣賞這種情節」[29]。中國的觀
眾恰恰相反，清代戲劇家李漁在其傳奇〈風箏誤〉中有一首詩——
「傳奇原為消愁設，費盡杖頭歌一闋，何事將錢買哭聲，反會變喜成
悲咽。」——集中表明了中國人的戲劇功能觀。中國的觀眾希望的是
破涕為笑，他們進戲院為的是尋找個心滿意足，而不是憤憤不平或悲
腸鬱結。中國早期話劇在日本新派劇的影響下，很大程度地打破了這
種傳統的戲劇審美心理結構，開始把悲傷和苦難作為審美鑒賞的對
象。早期話劇中由中國戲劇家自己創作的最成功的幾個劇碼，如〈恨
海〉、〈母〉等，都是「一悲到底」的純粹悲劇。看這種戲實際上就是
「將錢買哭聲」，觀眾也情願帶著悲傷的眼淚走出劇場。另一方面，
日本的傳統悲劇經常表現的是「義理」與「人情」、「義理」與「義
務」、「忠」與「孝」、靈魂與肉欲、個人與社會的衝突。而衝突的結
局大都是悲劇主人公自殺或被殺，從而形成了把死亡作為戲劇高潮和

---

28 歐陽予倩：〈戲劇改革之理論與實踐〉，原載《戲劇》第1卷第1期（1929年）。
29 本尼迪克特撰，呂萬和等譯：《菊與刀》（北京市：商務印書館，1994年），頁133。

審美極致的獨特的「死亡美學」傳統。日本近代的新派劇完全繼承了
這一美學傳統。新派劇的幾乎所有的悲劇仍然把死亡或自殺作為最終
結局。中國早期話劇創始時期引進和演出的日本新派劇碼均無例外。
歐陽予倩說過，春柳劇場所上演的戲「大多數是悲劇，悲劇的主角有
的是死亡、被殺或者是出家，其中以自殺為最多，在二十八個悲劇之
中，以自殺解決問題的有十七個」[30]。如春柳劇場上演的根據日本新
派劇作家佐藤紅綠的〈雲之響〉改編的〈社會鐘〉，結局是主人公石
大在走投無路時殺了弟弟和妹妹，然後在大鐘下自殺；根據佐藤紅綠
的〈潮〉改編上演的〈猛回頭〉，結局是女主角雪英用刀將哥哥刺
死。這些劇作中的許多情節，特別是人物的行為方式和殺人與自殺的
悲劇結局，都和中國人的風俗習慣和傳統的戲劇美學觀念不相符合。
在中國的傳統戲劇中，表現死亡多用潛臺詞的方法，一般並不在舞臺
上凸現死亡過程和死亡方式。早期話劇受日本戲劇的影響，懸樑自
盡、服毒自殺、氣病而死之類的中國傳統戲劇中的死亡方式大為減
少，轉而大量表現日本式的槍殺、手刃、情死等，而且這種血淋淋的
死亡場面往往就是整個戲劇的高潮。儘管個別人對這些自殺死亡的方
式的真實性提出疑議[31]，但寄希望於戲劇改良的觀眾們，還是默認了
這種日本味十足的戲。據歐陽予倩回憶，這些表現著日本人的想法和
做法的戲，「當時在各地方上演，也沒聽到有誰提過意見」[32]。這種情
況顯然暗示著：無論是戲劇家還是觀眾，都已在默默地容納著外來的
悲劇觀念，傳統的非悲劇的戲劇審美心理結構正在被解構，新的、現
代的悲劇觀念開始逐漸地形成。

---

30 歐陽予倩：〈談文明戲〉，載《歐陽予倩戲劇論文集》（上海市：上海文藝出版社，
　　1984年），頁190。
31 瘦月：〈新劇中之外國派〉，原載《新劇雜誌》第1期（1914年）。
32 歐陽予倩：〈回憶春柳〉，載《歐陽予倩戲劇論文集》（上海市：上海文藝出版社，
　　1984年），頁166。

　　二十世紀初直到五四前夕，中國早期話劇在日本新派劇影響下，在功能、創作方法和悲劇觀念三方面的轉型，為五四以後中國現代話劇的發展和成熟奠定了基礎。同時也應該看到，中國早期話劇所師法的日本新派劇本身並不就是成熟的現代話劇，它只是傳統歌舞伎在歐洲話劇影響下的改良，是日本傳統戲劇和西方現代戲劇之間的過渡和橋樑，同時它也是中國現代話劇和西方話劇之間的媒介和橋樑。因此，對日本新派劇的學習和效法不可能產生真正的現代話劇。但是，五四以後中國現代話劇的發展並沒有改弦易轍或另起爐灶，它是以早期話劇改良的一切成果為基礎的，是早期話劇轉型的深化和完成。沒有日本新派劇影響下的早期話劇在上述三個基本方面的轉型，沒有對早期話劇經驗教訓的總結和借鑒，就不可能有五四以後中國現代話劇的健康發展。

田漢的早期劇作與日本新劇[1]

一　田漢早期的戲劇活動與日本劇壇

中國話劇接受外來影響，可分為兩個時期。五四之前的中國早期話劇（文明戲）主要受日本影響，五四之後的中國話劇則是歐美影響和日本影響並存，而以歐美影響為主。從地域上看，以北京為中心的北方戲劇運動主要是由留學歐美的人，如宋春舫、趙太侔、余上沅、聞一多等人發動起來的；而以上海為中心的「南國戲劇運動」則主要是由留學日本的人，如田漢、歐陽予倩等發動起來的，其核心人物就是南國社的創始者和領導者田漢。可以說，日本新劇對五四以後中國話劇的影響主要是通過田漢的戲劇活動來體現的。

田漢對戲劇的愛好是在留日期間形成的。他在一九二〇年致郭沫若的一封信中，就表示了從事戲劇事業的意願，立志成為「中國未來的易卜生」[2]。這樣的選擇一方面是因為他從小就對中國傳統地方戲曲感興趣，另一方面，也是更主要的方面，則是受了當時日本轟轟烈烈的新劇運動的薰陶。他在東京時常常到劇場觀看日本新劇和日本翻譯演出的西方戲劇，參加或出席日本劇作家、演員的報告會或演講會，結識了日本一些重要的劇作家、評論家，如菊池寬、廚川白村、谷崎潤一郎、佐藤春夫、秋田雨雀、島村抱月、松井須磨子，小山內薰等人。而且，他的戲劇創作和演出活動也開始於留日時期，如流傳下來

1　本文原載《中國比較文學》（上海），1999年第1期。
2　田漢給郭沫若的信，原載《三葉集》（上海市：上海亞東圖書館，1992年）。

的最早的話劇〈梵峨璘和薔薇〉曾在一九二〇年九月首演於日本東京
駒形劇場,〈靈光〉首演於東京有樂座,〈薛亞蘿之魂〉首演於東京基
督教青年會劇場,〈咖啡店之一夜〉的初稿則是在東京寫成的。許多
劇作在東京演出的時候都曾得到過日本新劇界友人的指導和幫助。可
見,田漢的戲劇生涯是起步於日本的。一九二二年,田漢回國後,仍
密切關注日本戲劇運動和新劇創作的動向。一九二九年,田漢翻譯了
日本新劇運動重要代表人物小山內薰的總結性理論文章〈日本新劇運
動的經路〉,並指出:「戲劇運動容易勃興也容易消滅,讀小山內薰的
〈日本新劇運動的經路〉可為慨然。中國戲劇運動還在初期也走著和
他們同一的路,我們要永久保持我們的勇氣,永久不墮入坪內(逍
遙)博士那樣的失望,和島村(抱月)氏那樣的歧途(,)得十分謹
慎,十分認識自己的路。」[3]不久他在〈日本新劇運動的經路・續
完〉之後指出:「此文係日本新劇運動大家小山內薰氏於其前年五月
所作。論過去日本新劇運動之得失及今後運動方針皆極真灼。中國新
劇運動方在萌芽(,)讀此可當他山之石。」[4]這些話表明,田漢是
自覺地從日本新劇運動和新劇創作中獲得借鑒和參照,並吸取其經驗
和教訓的。

二　「靈肉生活之苦惱」與有島武郎、廚川白村

　　「靈肉調和」或「靈肉一致」,既是田漢早期的人生理想,又是
他早期劇作的出發點。田漢在一九一九年曾發表過題為〈平民詩人惠
特曼的百年祭〉的文章,極為推崇惠特曼的「靈肉調和觀」。他引用
惠特曼的詩句「我說的靈不過是肉,我說的肉不過是靈」,讚賞惠特

3　田漢:〈編輯後記〉,原載《南國月刊》第1期(1929年)。
4　田漢:〈日本新劇運動的經路・續完・附言〉,載《南國月刊》第2期(1929年)。

曼「既重靈魂，又重肉體」的觀點。應該說，田漢的「靈肉調和」的
觀點從根本上來源於惠特曼。但是，從靈肉一致的角度理解與把握惠
特曼的詩與思想，卻是受到了當時日本文壇的影響。田漢留日時期，
適逢日本文壇隆重紀念惠特曼誕辰一百週年。田漢的〈平民詩人惠特
曼百年祭〉就是在日本收集資料，並參照日本文壇的看法寫成的。在
這方面，對田漢影響最大的恐怕是有島武郎。有島武郎是日本最集
中、最系統地翻譯、研究惠特曼的人，被時人視為惠特曼研究的權
威。因而田漢在收集惠特曼的有關研究資料時不可能無視有島武郎的
研究成果。有島武郎翻譯了《草葉集》中的大量詩篇，同時撰寫了多
篇文章，如〈惠特曼的一個側面〉、〈草之葉——關於惠特曼的考察〉
等。在〈草之葉——關於惠特曼的考察〉中，有島武郎借惠特曼的詩
突出地宣揚了靈肉調和的理想。他表示不能容忍靈與肉的分裂，他承
認自己因靈肉的分裂而痛苦，並渴望自己的靈魂與肉體由分裂而走向
統一。這裡顯出了有島武郎與惠特曼的一個微妙的、然而又是值得注
意的差別：惠特曼的《草葉集》以昂揚的調子謳歌了靈肉調和的民主
主義人格理想，表明了資本主義上升時期美國人特有的樂觀和豪放；
而有島武郎則更多地抒發「靈肉分裂」的苦惱，顯示了日本作家所特
有的哀傷。這種「靈肉分裂」的哀傷不僅是有島武郎有關惠特曼研究
的思想主題，也是他的全部創作的主題。他在《出生的煩惱》、《一個
女人》等作品中，所表現的就是主人公靈肉分裂的深刻痛苦。由此觀
之，當田漢把「靈肉調和」作為正面理想加以倡導的時候，我們應該
說他的這種理想主要來自惠特曼；當田漢在他的早期劇作中反覆表達
「靈肉分裂之苦惱」的時候，我們應該說這主要是受了以有島武郎為
代表的日本文學的影響。從總體上看，表現靈肉分裂的苦惱是日本現
代文學的一個基本主題，如二葉亭四迷的《浮雲》，森鷗外的《舞
姬》，夏目漱石的《三四郎》、《從那以後》，田山花袋的《棉被》，島
崎藤村的《新生》，一直到有島武郎的《一個女人》，志賀直哉的《暗

夜行路》等等，均是如此。留學日本，置身於日本文學的這種氛圍
中，又有著強烈的浪漫主義氣質的郭沫若、郁達夫、田漢等創造社的
成員們，早期的創作都表現著「個人的靈魂與肉體的鬥爭」（郁達夫
語）。所不同的是所使用的藝術形式有所側重。郁達夫主要用小說，
郭沫若主要用詩，而田漢主要用戲劇。田漢在回顧二〇年代戲劇活動
的時候曾經說過：「無論是創作劇，還是翻譯劇，都有一種共通的
『靈肉生活之苦惱』的情調。」[5]這對早期的創作是一句十分準確的
自我概括。如〈靈光〉中的張德芬，在婚姻問題上因「靈肉的交戰」
而感到「煩悶」；〈咖啡店之一夜〉中的林澤奇，不知自己是「向靈的
好，還是向肉的好」，他說他的生活「是一種東偏西倒的生活」，
「靈─肉，肉─靈，成了這麼一種搖擺狀態，一刻子也安定不了」；
而〈湖上的悲劇〉中的楊夢梅也深為靈肉的分裂所苦，悲歎道：「我
以為我的心在這一個世界，而身子不妨在那個世界。身子和心互相推
諉，互相欺騙，把我弄成個不死不活的人了。」

　　值得注意的是，在這種靈與肉的矛盾苦惱中，田漢也明確表現出
了自己的追求。當「靈」與「肉」的選擇二者必居其一的時候，田漢
往往傾向於「靈」的選擇。在這一點上，日本文藝理論家廚川白村對
田漢的影響比較明顯。廚川白村在〈從靈向肉和從肉向靈〉一文中，
認為西方文化與日本文化的不同，就在於西方文化是「從肉走向
靈」，而日本文化則是「從靈走向肉」。他認為西方人那種建立在
「肉」即物質基礎上的精神生活、即「靈」的生活是合理的，只有建
立在物質基礎上的精神才是充實的。廚川白村的所謂「靈肉調和」，
其實質就是以肉為基礎的靈肉調和。田漢在靈肉調和這一點上是與廚
川白村的主張相一致的。但是，在靈與肉的關係上，如果說廚川白村

5　田漢：〈我們的自己批判〉，載《田漢文集》（北京市：中國戲劇出版社，1983年），
　　卷14，頁327。版本下同。

更重視肉，那麼可以說田漢更重視靈。在〈新浪漫主義及其他〉一文中，田漢引用並延伸了廚川白村關於浪漫主義、自然主義、新浪漫主義分別相當於人的二十歲、三十歲、四十歲的觀點，認為「新浪漫主義」是文學發展史上的「四十歲前後的圓熟時代」，其特徵是「求可以有的對象」。也就是說，自然主義所追求的是物質的、肉的，而新浪漫主義所追求的則是精神的、靈的。從自然主義發展到新浪漫主義，也就是從物質發展到精神，由肉發展到靈。田漢的這種思路與廚川白村有著明顯的不同。廚川白村告誡日本人「總應該首先傾聽唯物史觀，一受那徹底了的物質主義的洗禮」。[6]而田漢則在其早期創作中表現出了蔑視物質、崇尚靈魂的精神主義傾向。在〈咖啡店之一夜〉中，女主角白秋英當場把玩弄她感情的李乾卿少爺給的一千兩百元錢投入燃燒的火盆中，表明了她對感情的尊重和對金錢的蔑視；在〈湖上的悲劇〉中，女主角白薇為了讓自己的心上人夢梅完成作品，而義無反顧地自殺，犧牲自己的肉體。獨幕劇《古潭的聲音》完全受日本十七世紀詩人松尾芭蕉的一首俳句的啟發而立意命題，其主題就是為靈而捨肉。劇中的那位詩人把美瑛姑娘「由塵世的誘惑裡救出來了，給一個肉的迷醉的人以靈魂的覺醒」，把她養在樓閣上讀書彈琴。美瑛姑娘終於禁不住塵世的誘惑，掙脫了空中樓閣，跳進露臺下的水潭裡自殺。而詩人為了傾聽美瑛跳下去時那「古潭的聲音」，也不惜投潭自盡。「詩人」認為，「人生是短促的，藝術是悠久的」，他希望美瑛「一天一天地向精神生活邁進」。而美瑛則是藝術與美的化身，也是他人生理想的寄託。當精神、靈魂無以自守的時候，他寧願以自殺來解脫物質和肉體的束縛，用生命去傾聽那象徵「人生真諦與美的福音」的「古潭的聲音」。這裡所顯示的田漢的重靈輕肉的傾向，不但

6　廚川白村：〈從靈向肉和從肉向靈〉，載魯迅譯：《苦悶的象徵・出了象牙之塔》（北京市：人民文學出版社，1988年），頁196。

與惠特曼對資本主義機器文明和「男人或女人的肉體」的謳歌很不相
同，與有島武郎提倡的放縱肉欲的所謂「本能的生活」的主張大相逕
庭，而且與廚川白村由物質出發的精神、以肉為基礎的靈的主張也有
相當的差異。無論是惠特曼也好，還是有島武郎、廚川白村也好，他
們都是資本主義上升時期資產階級物質文明和精神文明的代言者，而
田漢卻是一個受著物質社會和金錢勢力壓迫、並企圖以精神生活的追
求超越這種壓迫的小資產階級知識人。時代背景和社會地位的不同，
決定了田漢對靈肉關係的獨特的表現和把握。一方面，他在理論上完
全認同「靈肉調和」的人生理想，另一方面，他在創作中卻反覆不斷
地表現著靈肉衝突和靈肉分裂；一方面，他引用並贊同廚川白村在評
論惠特曼時所說的人的肉感要求在現代「更痛切、更強烈」[7]這段
話，另一方面，在創作中他卻無一例外地偏向於「靈」的追求。這就
是田漢早期創作中隱含的一種矛盾吧。

三　理智──情感的相剋與菊池寬

在田漢二〇年代的創作中，另一對隱含的思想範疇就是理智與情
感。理智、情感與靈肉有一定的相通性，但理智和情感都屬於「靈」
的範疇，是「靈」的兩個對立統一的方面。田漢在理智與情感的關係
及其表現方面，主要受到了日本新理智派劇作家菊池寬的影響。田漢
喜歡菊池寬的作品，菊池寬也是唯一一個被田漢譯過戲劇集的外國
劇作家。田漢認為菊池寬「有著異常纖細的神經，異常敏銳的感受
性」[8]，他引用並贊同芥川龍之介對菊池寬創作的評價，那就是：「理

7　田漢：〈平民詩人惠特曼百年祭〉，載《田漢文集》（北京市：中國戲劇出版社，
　　1983年），卷14，頁20。

8　田漢：〈菊池寬劇選序〉，原載《日本現代劇選》（北京市：中華書局，1924年）。版
　　本下同。

智的，同時又含著多量的人情味。」最能體現菊池寬這一特點的，是他的獨幕劇〈父歸〉。田漢很喜歡這個劇本，把它譯出並多次搬上舞臺。〈父歸〉寫的是恣意尋歡作樂的宗太郎，拋下賢妻和三個孩子，偕情婦放蕩江湖。長子賢一郎與母親在絕望中自殺未遂，終於歷盡艱辛，把弟妹供養成人，過上了溫飽生活。二十年以後，宗太郎老態龍鍾，窮困潦倒，懷著愧疚，鼓足勇氣返回家中，懇求收留。長子賢一郎歷數父親罪狀，嚴正拒絕。於是父親絕望地走出家門。但是，當父親出門之後，硬心腸的兒子賢一郎一下子軟了下來，轉而跑出去尋找父親……。田漢認為，〈父歸〉是菊池寬出色表現理智與情感關係的好例。他感歎道：「賢一郎對於他多年在外面遊蕩、老後始歸的父親的態度是何等理智的。但結果依然把父親喊回，又是何等的人情的。」[9]

　　正如田漢在理論上贊同靈與肉的調和一樣，他在這裡也同樣認同情感與理智的協調。他正是從這一點出發讚賞〈父歸〉的。但是，在理智與情感的矛盾衝突中，田漢卻明確地表現出向理智的傾斜。在〈菊池寬劇作選序〉中，田漢引用了兩位日本評論家——藤井真澄和林癸未夫——對〈父歸〉的評論。藤井真澄認為〈父歸〉的結尾處讓兒子跑出去找父親，表現了「封建思想養成的孝道」，在他看來，「不叫他（宗太郎）回，實在是更現代的」。林癸未夫則認為兒子賢一郎在最後一瞬間破壞了他的理性，取消了他的批判。總之，他們都對〈父歸〉在劇終處表現的「人情」持否定態度。田漢贊同上述兩位評論家的觀點。他認為：「菊池氏的藝術不幸在理性的百尺竿頭更進一步時輒為情感所反撥，這不獨是菊池氏不能成為革命家的原因，同時是中國與日本言改革而始終不能有徹底改革的原因。『人情味』！是何等美麗的花，但是她含有多少的毒汁！」田漢表示：「我因為愛菊

9　田漢：〈菊池寬劇選序〉，原載《日本現代劇選》（北京市：中華書局，1924年）。版本下同。

池氏的藝術中那種明慧的理智，所以介紹他的作品，但同時因為他含有些有毒的感情，所以介紹兩篇專攻這種『人情毒』的評論。」（指藤井真澄和林癸未夫的評論——引者注）[10]

在這裡，田漢遵循著藤井真澄和林癸未夫文章的思路，對菊池寬〈父歸〉的分析採用了社會學的階級分析的方法，即把賢一郎在最後一刻表現出的父子之情視為封建的、阻礙社會改革的毒素，並認為「將來的新社會生活應當是新理性的生活」。基於這樣一種認識，當田漢把〈父歸〉再次搬上中國舞臺的時候，便對原作的結尾做了修改——沒有讓兒子跑出去找回父親。據田漢回憶說：「上演的結果，同情大兒子的態度的甚少，而大部分觀眾都隨著父親感傷沉痛的臺詞泣不可抑。」[11]這表明，田漢對原作的改動是不成功的。但這一舉動卻清楚地表明了當時的田漢試圖以理智來克服所謂「小資產階級的溫情」所做的嘗試和努力。

這種嘗試與努力也體現在田漢自己的創作中。在獨幕劇〈南歸〉裡，女主角春兒愛上了一位多年前從她家路過的流浪詩人，並一直癡情地等待著他的歸來。而流浪詩人在失去了親人、孑然一身再次來到春兒家時，兩人一時都沉浸在相見的喜悅和愛的幸福裡。當春兒的母親告訴詩人說已經把春兒許配於人時，詩人極力克制自己的感情，毅然與春兒不辭而別，繼續他的漂泊流浪。這個劇作所表現的就是愛情中的理智與情感。田漢在這裡讓他的劇中人以理智戰勝了情感。〈南歸〉的主題構思與菊池寬的劇作〈溫泉場小景〉十分相似。在〈溫泉場小景〉中，男主角木村從前曾與女主角富枝相愛過，但由於當時的陰差陽錯，他們未能結婚。後來木村喪妻，富枝離異。他們在溫泉場邂逅相遇，在彼此了解了對方的情形之後，富枝很願意和木村結婚，

10 田漢：〈菊池寬劇選序〉，原載《日本現代劇選》（北京市：中華書局，1924年）。
11 田漢：〈我們的自己批判〉，載《田漢文集》（北京市：中國戲劇出版社，1983年），卷14，頁314。

連木村的小女兒也很喜歡富枝作她的後母。木村過去愛過富枝，現在
仍然喜歡她，但他認為，兩人結了婚未必就幸福，還不如把各自美好
的初戀珍藏在心裡。於是，他當天便與富枝不辭而別。這個劇本體現
了菊池寬在〈戀愛雜感〉中提出的主張：「戀愛若不發於更明確的理
智，若不發達於雙方的人格美之認識，那麼戀愛之於人生反是有害
的。」田漢曾在二○年代中期將〈溫泉場小景〉譯成了中文，並感歎
這個劇本「是何等理智的！」[12]〈南歸〉在相同的戀愛題材中所表現
的理智態度，顯然帶有〈溫泉場小景〉影響的痕跡。

　　但是，在理智與情感的把握中，田漢也同樣表現了理智與情感的
矛盾與相剋。在〈南歸〉中，他讓理智戰勝情感，而在〈生之意志〉
中，他卻讓情感戰勝了理智。〈生之意志〉中的老人希望自己的兒女
能夠有出息，能夠學有所成。當他得知兒子在外邊與別人爭女人，把
工作都丟掉了，又想回家貪懶時，便把兒子怒斥一頓，將他趕出家
門，轉而把希望寄託在女兒身上。但不料女兒也沒有好好讀書，而是
瞞著家人結了婚，並把剛出生的嬰兒抱回了家。老人失望之極，「舉
拳欲擊」。但是，當他忽然間看見了啼哭的小外孫時，旋即轉怒為
喜，抱過小外孫不忍釋手，並且也忽然原諒了被自己趕走的兒子，當
即咐咐僕人：「把少爺找回來！」田漢的這個劇本在謀篇布局、立題
命意上明顯借鑒了菊池寬的〈父歸〉，不同的是〈父歸〉是兒子趕走
老子，〈生之意志〉是老子趕走兒子，相同的是骨肉親情戰勝了理
智。田漢在這個劇本中把這種骨肉親情解釋為「生之意志」。當老人
質問女兒為什麼不經家人知道就結婚生子的時候，女兒的回答是：
「因為我的生之意志太強了。」這樣的不無生硬的「哲學式的」回
答，與全劇的日常家庭生活氣氛很不協調，但它表明了田漢力圖超越
〈父歸〉式的「小資產階級溫情」，試圖從「生命哲學」的高度將劇

---

12 田漢：〈菊池寬劇選序〉，原載《日本現代劇選》（北京市：中華書局，1924年）。

中人物的感情加以提煉昇華。這又顯然受了廚川白村的「生之力」和松浦一的「生命之文學」的理論的影響與啟發。[13]但是，正如田漢在靈與肉的問題上表現出的矛盾一樣，在情感與理智的問題上，他也表現出了同樣的矛盾。這些矛盾，正如田漢自己所總結的，都如實反映了「當時小資產階級知識份子底動搖與苦惱」[14]。

四　社會價值與藝術價值的矛盾及田漢對菊池寬的超越

　　除靈與肉、情與理之外，在田漢二〇年代的創作中，還表現出文藝的社會價值追求與藝術價值追求之間的矛盾。他後來曾反省和回顧說：「這時，我對於社會運動與藝術運動持著兩元的見解。即在社會運動方面很願意為第四階級而戰，在藝術運動方面卻保持著多量的藝術至上主義。」[15]譬如〈靈光〉，一方面展示了第四階級（無產階級）在「淒涼之境」中的深重災難，一方面又希圖藝術家用自己的作品去「拯救他們」。田漢早期劇作中的這種「社會—藝術」的二元化的矛盾傾向，在日本的菊池寬那裡也突出地存在著。菊池寬主張「生活第一，藝術第二」，認為文學作品除了「藝術的價值」之外，還有「內容的價值」。但他又說：「藝術，只要有了藝術的價值就是優秀的藝術，只要描寫得出色，就是優秀的藝術。……藝術的本能，就是表現。」[16]他在〈藝術本體無階級〉一文中說：「即使無產階級的藝術興

13　田漢在：〈白梅之園的內外〉一文中曾說過：「日本現代的西洋文藝批評界中，使我受感動最多的人物除廚川白村之外，當推松浦一。」他還特別推崇松浦一的《文學之本質》與《生命之文學》兩部著作。

14　田漢：〈我們的自己批判〉，載《田漢文集》（北京市：中國戲劇出版社，1983年），卷14，頁313、頁246。

15　田漢：〈我們的自己批判〉，載《田漢文集》（北京市：中國戲劇出版社，1983年），卷14，頁313、頁246。

16　菊池寬：〈文藝作品的內容的價值〉，載《日本現代文學全集57》（東京：講談社，1980年），頁213。

起來了，它也只是採用題材的不同，而藝術之所以為藝術的那些東西，都是絲毫不變的。正像人類自有文明以來，藝術的本體就未曾變化過一樣。」菊池寬的這種藝術價值與社會價值的二元的見解，對田漢似乎有一定的影響。作為田漢在二〇年代中期最重視、譯介最多的劇作家，菊池寬的這種二元見解較大程度地切合了田漢將藝術價值與社會價值的並列起來的理想。當時的田漢一面決意以藝術立身，一面又不希望成為一個藝術至上主義者；一面抱有改造社會的滿腔熱情，一面對藝術與美的追求又如醉如癡。所以，在日本作家中，他表示不喜歡芥川龍之介那樣的「藝術至上主義」，他認為：「菊池與芥川交往最密，而性情和主張初不一致。芥川承夏目漱石的遺緒，其藝術近於藝術至上主義。菊池為日本藝術家中有數的 moralist（道德說教者——引者注），其藝術於藝術固有的價值以外，必賦予一種社會的價值。」[17]所以他表示更「尊敬」菊池寬，讚賞菊池寬的藝術價值與社會價值的並立。

　　但是，到了二〇年代後期，田漢越來越感到了社會性與藝術性之間的矛盾與困惑。他擺脫這個矛盾的辦法，就是試圖逐漸從二元走向一元，將社會價值置於首位。在這一時期的創作中，他借鑒菊池寬而又努力超越菊池寬。我們可以從田漢的〈顫慄〉和菊池寬的〈屋頂上的狂人〉兩個劇本的比較中清楚地看到這一點。田漢的獨幕劇〈顫慄〉（1929年），和田漢譯介過的菊池寬的〈屋頂上的狂人〉一樣，都以精神病患者為主角。但是，〈屋頂上的狂人〉中的「狂人」是一個生活在美與快樂的幻覺中的人。作者借狂人的弟弟末次郎的口，批評了家人及鄰人對狂人的世俗偏見。末次郎認為，既然瘋了的哥哥喜歡呆在屋頂上，那就應該讓他待在屋頂上；即使治好了他的瘋病，他也不過是一個平平常常的人，還不如讓他像現在這樣，做一個待在屋頂

---

17 田漢：〈菊池寬劇選序〉，原載《日本現代劇選》（北京市：中華書局，1924年）。

上的快樂的狂人。在這個劇本裡，菊池寬表現出了他的兩面性：一方
面反抗社會上的世俗的偏見，一方面又主張維持現狀，順從命運，安
於病態的「美」與「快樂」。田漢的〈顫慄〉中的瘋子與菊池寬筆下
的瘋子不同，他是一個痛苦的人。他的病是由畸形的家庭、是由財產
支配一切的社會造成的。田漢讓瘋子喊出：「財產是一種多麼罪惡的
東西，又多麼能使人犯罪啊！」最後毅然離開了家庭。在這裡，田漢
已經拋棄了先前「靈肉生活之苦惱」，擺脫了理智與情感的糾葛，而
讓他的主人公義無反顧地反抗家庭，反抗財產私有制度，體現了強烈
的變革社會的願望，從而顯示了由藝術價值向社會價值的傾斜。

　　由藝術價值和社會價值的二元追求，轉向對社會價值的一元的追
求，這種轉變使得田漢越來越超越了菊池寬的影響。到了二〇年代末
期，他把注意力轉向了更帶社會傾向性的日本劇作家，如山本有三、
中村吉藏、秋田雨雀、金子洋文等人。一八二八年，田漢翻譯了山本
有三的〈嬰兒殺戮〉、中村吉藏的〈無籍者〉、小山內薰的〈男人〉，
結集為《日本現代劇三種》交付出版。[18]同年，他還譯出了左翼作家
秋田雨雀的〈圍著棺的人們〉和金子洋文的〈理髮師〉，結集出版。[19]
這些日本劇作家的作品的共同之處是表現尖銳的社會問題。田漢在創
作中或多或少地對這些劇作有所借鑒。如他的〈垃圾桶〉（1929年），
與山本有三的〈嬰兒殺戮〉在題材和構思上，就頗有相同之處。兩個
劇本寫的都是棄嬰的故事。〈嬰兒殺戮〉寫的是窮人因養不起孩子而
棄嬰。劇本表達了這樣的看法：殺死自己孩子的母親是無罪的，有罪
的是不平等的社會。田漢的〈垃圾桶〉寫的則是富人的棄嬰。富人棄
嬰當然不是因為養不起，而是為了掩蓋私生子的秘密。田漢在這裡讓
一個窮人老漢從垃圾桶裡揀了棄嬰，並打算把孩子撫養成人。劇本表

18　由上海東南書局和上海金屋書店一九二八年出版。
19　由上海東南書局和上海金屋書店一九二八年出版。

達了這樣的思想：「有錢人都很高興替他們子女掘墳墓」，而下一代人只有在無產階級（窮人）那裡成長才有出息。此外，田漢的三幕劇〈火之跳舞〉（1929年）在立題命意上，與秋田雨雀的獨幕劇〈骷髏的跳舞〉也有相通之處。這些都表明，在田漢由小資產階級情調的自我表現的戲劇向無產階級的左翼戲劇轉變的過程中，日本的左翼作家的新劇也對他有一定的影響。

魯迅與芥川龍之介、菊池寬歷史小說創作比較論[1]

一 「歷史小說」與「歷史的小說」

　　研究魯迅的小說創作，不能不談魯迅的歷史小說創作，而要談魯迅的歷史小說創作就不能不談魯迅與日本新理智派作家——主要是芥川龍之介和菊池寬——的歷史小說創作之間的關係。倘若檢考一下魯迅所喜歡並做過譯介的幾十位外國作家，就會發現，日本的芥川龍之介、菊池寬是其中僅有的歷史小說作家，並且是短篇歷史小說作家。誠然，芥川龍之介和菊池寬並不光寫歷史小說，芥川在其創作前期（1910-1920）專寫歷史小說，後期也寫現實題材，但魯迅譯介芥川的小說是在一九二一年，所譯的《鼻子》和《羅生門》也屬於芥川早期的歷史小說，所以在當時魯迅的眼裡，芥川是一個歷史小說作家。至於菊池寬，他一開始就既創作歷史小說，又創作現實題材的小說，但魯迅顯然更看重他的歷史小說，因而翻譯了他的〈三浦右衛門的最後〉。可見，魯迅是有意識地從歷史小說、尤其是短篇歷史小說的角度來選擇和譯介這兩位作家的。魯迅曾多次說過，他的小說創作接受的主要是外國小說的影響，「我所取法的，大抵是外國的作家。」[2]就歷史小說的創作而言，他所「取法」的，恐怕主要就是芥川龍之介和菊池寬了。而且，魯迅創作歷史小說，始於一九二二年，正好是在譯

1　本文原載《魯迅研究月刊》（北京），1995年第12期

2　魯迅：〈書信‧330813‧致董永舒〉。

介芥川和菊池的作品之後不久，因而芥川和菊池對他的影響，從時間上講也是相當切近的。

　　魯迅在〈《羅生門》譯者附記〉中，特別指出《羅生門》是一篇「歷史的小說」，而不是「歷史小說」。這表明魯迅是區分了所謂「歷史小說」和「歷史的小說」這兩個概念的。這也是當時日本文壇通行的區分法。在這一點上，魯迅也是接受了日本文壇影響的。所謂「歷史的小說」，就是比起重現歷史真實來，更重視通過歷史題材表達作者的主觀思想。在這裡，「歷史的」是一個修飾詞，「歷史的小說」就是具有歷史小說某些特徵的小說。它不必像「歷史小說」那樣取材於可靠的史實，它可以取材於歷史上的傳說故事，甚至假託歷史加以虛構。換言之，只要小說的舞臺背景是歷史而不是現實，人物是從前的而不是現在的，情節可以改動或再創造，就可算作「歷史的小說」。在日本近代文學史上，最早將「歷史小說」與「歷史的小說」加以區分的是森鷗外。森鷗外曾寫過一篇題為〈尊重歷史與脫離歷史〉的文章，依據自己的創作經驗，把歷史小說分為「尊重歷史」與「脫離歷史」兩類。「尊重歷史」與「脫離歷史」兩類小說的區別也就是「歷史小說」與「歷史的小說」的區別。但森鷗外在這兩類小說的選擇上游移不定，最終偏重於寫作「尊重歷史」的歷史小說了。真正確立「歷史的小說」的權威地位的，是新理智派的代表作家芥川龍之介和菊池寬。新理智派之所以重視「歷史的小說」，是與這個流派的基本主張密切相關的。新理智派反對自然主義文學排斥主觀、排斥理想的所謂客觀真實的描寫，對白樺派天真樂觀的人道主義也持懷疑態度，同時又不滿於唯美主義的官能的享樂和沉溺。他們以現代理性主義為基礎，主張從某一角度切入生活，理智地表現生活，對過去的人物和事件重新加以解釋，挖掘出隱含在事件和人物背後的本質的或形而上的「真實」來，從而達到真善美融合的藝術境界。於是，不拘泥於歷史真實的所謂「歷史的小說」就成了他們的必然的選擇。

　　魯迅感興趣的也正是這種「歷史的小說」。從一九二一年魯迅為他最早翻譯的芥川的《鼻子》所寫的「譯者附記」中就可以看出，魯迅所理想的歷史小說不是拘泥於歷史文獻，而是超越於歷史文獻的。他認為芥川龍之介「多用舊材料，有時近於故事的翻譯」，並對此表示「不滿」。實際上，現在看來，芥川的《鼻子》並非「近於故事的翻譯」。雖然《鼻子》基本上是日本十二世紀的故事集《今昔物語集》中的同一個故事的敷演，但芥川卻把一個原本只是滑稽可笑的故事，改寫成深刻剖析人的深層心理狀態的作品，將自己對人的某些虛弱、虛偽本質的認識不露聲色地滲透到作品中。魯迅對這個作品的認識雖然並不準確，但卻足以表明魯迅是以「歷史的小說」的眼光和標準來判斷《鼻子》的。當然，魯迅對芥川作品的認識和評價也有一個逐漸深入的過程。在譯出《鼻子》不久，魯迅又將芥川的另一篇作品《羅生門》譯出發表。在「譯者附記」中，魯迅明確認定《羅生門》是一篇「歷史的小說」而不是「歷史小說」。《羅生門》和《鼻子》雖然在取材和寫法上都屬於同一類型，基本上都是對古代故事的翻案和改寫，但《羅生門》與《鼻子》稍有不同。在《羅生門》中，芥川為了表現人物內心深處善與惡的矛盾，把原作中「來京行竊的強盜」改為一個被主人解雇而走投無路，在「是當強盜呢還是餓死」的選擇中猶豫不決的僕人。同時，為了深化主題，芥川又把《今昔物語集》中兩個不相干的故事情節合併起來，把被老太婆拔頭髮的那個女死者，寫成是一個生前把蛇肉當魚肉賣的騙子。這就突出了損人利己的人性的惡性循環，為主人公（僕人）由善向惡突轉、選擇「當強盜」的行為做了有力的鋪襯。可見，在《羅生門》中，芥川對舊文獻資料的改造比《鼻子》更多、更突出，體現了作家更強的主觀性。魯迅也敏銳地發現了這一點，並判定《羅生門》不是「歷史小說」，而是「歷史的小說」，認為它「取古代的事實，注進新的生命去，便與現代人生出干系來」。後來，魯迅又談到了芥川的小說，其基本看法雖無改

變，但認識卻更加全面辯證了。他認為芥川的小說「多用舊材料，有時近於故事的翻譯，但他的複述古事並不專是好奇，還有他更深的根據：他想從含在這些材料裡的古人的生活當中，尋求與自己的心情能夠貼切的觸著的事物，因此那些古代的故事經他改作之後，都注進新生命去，便與現代人生出干係來了」[3]。

二　現實性與超現實性

「取古代的事實，注進新的生命去，便與現代人生出干係來」，這幾句話既準確地抓住了芥川小說的本質特徵，又道出了魯迅的歷史小說的創作理想。魯迅在自己的創作實踐中，是努力實現這一理想的。收在歷史小說集《故事新編》中的八篇作品，全都借古喻今，具有強烈的時代性和現實性。這是魯迅的歷史小說和芥川的歷史小說的一大共同點。但是，同時還要看到，魯迅的《故事新編》和芥川的歷史小說也正是在歷史題材與現實的關係這一點上，形成了第一個深刻的差異。如果說，芥川的歷史小說是「注進新的生命，與現代人生出干係來」，那麼，魯迅的歷史小說則是「注進新的生命，與現實生出干係來」。在這裡，「現代人」和「現實」既有聯繫，又有區別。芥川的歷史小說幾乎篇篇都與現代人有干係，但幾乎篇篇都與「現實」沒有干係。這裡的「現實」是指當時的社會現狀、政治風雲、人物紛爭、個人遭際等。芥川宣稱自己是個藝術至上主義者，他把追求藝術上的完美作為創作的唯一絕對的價值。在他從事創作的十幾年時間（1910-1927）裡，日本社會和國際社會風雲激盪，事件頻仍，但在芥川的小說中，我們絲毫也看不到對這些現實問題的反映。他似乎對動盪不安的社會現實無動於衷，並且力圖通過創作努力超越現實。因

3　魯迅：〈現代日本小說集附錄‧關於日本的說明〉，《譯文序跋集》。

此他的小說很少描寫或涉及到當時社會的具體問題。即使二〇年代以後，他被無產階級文壇當作資產階級舊作家的代表加以猛烈攻擊時，他也採取超然的態度，不與對方發生衝突。這種超現實性使他與魯迅形成了強烈的對比。魯迅的現實題材的小說不必說，就是歷史題材的小說，也都和現實大有干係。《故事新編》中的大部分篇什都與具體的現實問題密切相關。例如第一篇《不周山》被作者從《吶喊》集中抽掉，並改名為〈補天〉收入《故事新編》，就是因為創造社的成仿吾「以『庸俗』的罪名，幾斧砍殺了《吶喊》，只推《不周山》為佳作」，魯迅便以此向他「回敬了當頭一棒」。同樣，《奔月》也有很強的現實性，據《魯迅全集》中《奔月》的第八條注釋：「其中逢蒙這個形象就有高長虹的影子，魯迅在一九二七年一月十一日給許廣平的信中提到這篇作品時說：『那時就做了一篇小說，和他（按指高長虹）開了個小玩笑。』」《奔月》顯然對高長虹式的背叛和忘恩負義做了諷刺針砭。在〈理水〉中，魯迅通過聚集在「文化山」上的學者們的活動，對江瀚、劉復等三十餘人向國民黨政府建議將北平定為不設防的「文化城」做了辛辣嘲諷，其中出現的幾個人物也都實有所指。如「一個拿拐杖的學者」指的就是「優生學家」潘光旦，「鳥頭先生」指的是考據學家顧頡剛。《非攻》也在結尾處以「募捐救國隊」影射了當時國民黨政府的以救國名義強行募捐的行為。其他幾篇雖無具體所指，但也都具有很強的現實性。總之，魯迅的歷史小說是注重現實性的，雖然寫的是歷史，但影射或指涉的大都是現實問題。而芥川的歷史小說則追求種超現實性。雖然與具體的社會現實無涉，卻站在現代人的立場上，對歷史上的事件和人物做出自己的評價，因而並非泥古、崇古，而是將古人古事脫胎換骨，別出機杼。在這個意義上講，芥川的小說是在超現實中追求一種「現代性」。

三　具體性與抽象性

　　魯迅和芥川歷史小說的這種現實性和超現實性的差異，從另一個角度看又表現為具體性和抽象性的差異。這是與上述第一個差異相聯繫的第二個差異。魯迅的歷史小說大都與當時的具體社會問題緊密相聯，而芥川的歷史小說則力圖在超現實中追求一種跨時代、跨民族的全人類共通的抽象意義與普遍主題。而且，芥川之所以採用歷史題材寫作，跟他這種抽象性、普遍性的藝術追求有著直接關係。要追求主題的抽象性、普遍性，就要盡可能避免從現實生活中取材，所以芥川宣稱自己是從書本上而不是從現實中了解人生的。由於歷史題材中的人物、事件、環境等都遠離現實，所以更有利於表現某一抽象性主題。芥川曾經說過：「我捕捉到某一主題並以它來寫小說時，為了對這一主題做有力的藝術表現，就需要寫某一異常的事件。在這種情況下，異常的事件之所以異常，就不便於把它寫成今天的日本所發生的事。倘若硬要那麼寫，就會使讀者感到不自然，到頭來連好不容易得到的主題也白白糟蹋了。……我取材於過去的小說多出於這種需要，是為了避免不自然才以過去為舞臺。」[4] 所以，芥川的歷史小說大都是作者思想觀念的載體，其中的情節具有強烈的奇異性，人物、環境等都具有很強的抽象性。芥川喜歡站在抽象哲理的高度，對人生做哲學層面上的形而上的表現和把握，對人類深層的心理和行為深入挖掘，從而抽繹出具有普遍意義的哲學命題，因而他的歷史小說又大都可以視為「哲學小說」。如《尾生的信義》表達的是貝克特《等待戈多》式的無意義的等待，《羅生門》表現了一種善惡相對論，《阿古尼神》表現了命運的神秘與荒誕，《龍》表現了偶然性與必然性的關係，《山芋粥》表現了理想的實現就是理想的失落，《鼻子》表現了人

4　《芥川龍之介全集》（東京：岩波書店，1977-1988年），卷2，頁23。

在社會上無所適從的兩難處境，《竹林中》表現的是一種相對主義和懷疑主義，等等。正因為芥川的歷史小說的這種「哲學」性，所以評論家把他稱為「理智派」。

魯迅對芥川這種追求抽象哲理的小說是不以為意的。他認為芥川的這類小說「老手的氣息太濃，易使讀者不歡欣」，並把這作為他對芥川創作的「不滿」之點。[5]所謂「老手的氣息太濃」，是指芥川小說的哲人氣味太濃，哲理意味太濃，給人一種哲學家或超人般的高深老辣。對於一般讀者來說，讀起這種「老手」的作品也許覺得很有意思，但理解起來並不容易。所以魯迅說這種小說「易使讀者不歡欣」。魯迅對芥川小說的抽象化、哲學化的特點看得相當準確，並對此表示了明確的批評態度，因而在創作上也表現出與芥川不同的旨趣來。一方面，魯迅創作小說（包括歷史小說）的目的在於思想啟蒙，在於改造中國的落後的國民性，而不像芥川那樣把創作作為探索人生真諦、追求藝術化人生的手段。另一方面，魯迅是把現實生活中的具體的所見所感借歷史小說的形式表現出來，而不像芥川那樣從書齋裡、從書本上尋找出能夠表現他的人生體悟和感受的材料。所以，芥川式的超現實的抽象哲理探求顯然是不適合魯迅的。魯迅與芥川的這一差異也突出地表現在《故事新編》中。在《出關》一篇裡，魯迅辛辣地嘲諷了古代哲學家老子，他只會講「道可道，非常道；名可名，非常名」之類的「玄而又玄」的話，令聽者直打瞌睡，而一旦出門，遇到實際問題則束手無策：來到城根下，不知怎麼進城，出關走道，連吃飯問題都得靠別人幫助解決。魯迅下結論說：「總而言之，他用盡哲學頭腦，只是沒有辦法。」[6]在《起死》中，魯迅又諷刺了莊子哲學。在魯迅筆下，莊子的那些「無是非」、「無生死」、「無貴賤」的

---

5 魯迅：〈《鼻子》譯者附記〉，《譯文序跋集》。

6 魯迅：〈出關〉，《故事新編》。

抽象哲學，不過是對現實無可奈何地自嘲和詭辯罷了。在和骷髏搶奪
衣食的衝突以及是非有無的爭辯裡，莊子捉襟見肘，醜態百出，顯出
了那套玄學的迂腐可笑。可見，魯迅對脫離現實問題的抽象哲理是持
否定態度的，因而他的歷史小說的選題立意也都不在抽象哲理。只有
《補天》一篇有點特別。《補天》原本的創作意圖是「取了弗羅特
（弗洛伊德——引者注），來解釋創造——人和文學的——緣起」。這
本是一個帶有很強抽象哲理性的、超現實的構思，在魯迅的《故事新
編》乃至全部小說創作中，這樣的立意都是罕見的。但是，魯迅最終
把這個抽象的哲理構思具體化、現實化了。當時一家報紙發表了一篇
文章攻擊青年詩人汪靜之的《蕙的風》，認為《蕙的風》中的某些情
詩是「墮落輕薄」的作品，「有不道德的嫌疑」，並含淚哀求不要再寫
這樣的文字。魯迅讀了那篇文章後十分生氣，他說：「這可憐的陰險
使我感到滑稽，當再寫小說時，就無論如何，止不住有一個古衣冠的
小丈夫，在女媧的兩腿之間出現了。」[7] 於是這一情節構思就被寫進
了作品，原本是抽象的創造主題也就帶上了很強的現實性、諷刺性。

四　國民性與「人間性」

　　魯迅對新理智派作家所關注的還有一點，就是所謂「人間性」。
他在〈《三浦右衛門的最後》譯者附記〉中指出：「菊池寬的創作，是
竭力地要掘出人間性的真實來。」這裡所謂「人間性」是一個日語
詞，也就是「人性」。新理智派作家的一個基本的共通點就是探索人
間性，「要掘出人間性的真實來」。但菊池寬和芥川龍之介在對人性的
發掘上卻顯出兩種不同的態度，芥川龍之介是站在懷疑主義、悲觀主
義的立場上探索人性的。他的許多作品都集中表現人性的黑暗面，把

7　魯迅：〈序言〉，《故事新編》。

焦點對準人的利己主義。對人的利己主義本性的揭示和批判是芥川創作的一個基本主題。就他的歷史小說而言，《羅生門》揭示的是潛在的利己主義，《鼻子》揭示的是「旁觀者的利己主義」，《蜘蛛絲》表現的是絕對的利己主義，《地獄圖》揭示的是唯美主義的利己主義，等等。而菊池寬卻努力發掘潛伏在惡劣行為底下的美好的人性。如他的歷史小說《不計恩仇》，寫的是一個誓報殺父之仇的年輕武士，歷經艱辛找到仇人之後，卻發現這個仇人為了贖罪，用二十多年的時間打通了四百多米長的隧道，為後人謀福利。年輕武士見狀十分感動和欽佩，報仇的念頭也煙消雲散了。魯迅在〈《三浦右衛門的最後》譯者附記〉中引用了日本評論家南部修太郎對菊池寬這一創作特點所作的評論。南部指出，菊池寬作品的人物「有時為冷酷的利己家，有時為慘澹的背德者，有時又為犯了殘忍的殺人行為的人，但無論使他們中間的誰站在我面前，我不能憎恨他們，不能呵罵他們。這就是因為他的惡的性格或醜的感情，越是深銳地顯示出來時，那藏在背後的更深更銳的活動著的他們的素質可愛的人間性，打動了我的緣故，引近了我的緣故」[8]。所以，儘管菊池寬也描寫了人性的黑暗面，但並不像芥川那樣對人性絕望。魯迅發現了芥川和菊池寬在這方面的相似和區別。魯迅看出芥川的「作品所用的主題，最多的是希望已達之後的不安，或者正不安時的心情」[9]；他又認為菊池寬的作品「是竭力地要掘出人間性的真實來。一得真實，他卻又憮然地發了感歎，所以他的思想是近於厭世的，但又時時凝視著遙遠的黎明，於是又不失為奮鬥者」[10]。魯迅對菊池寬的這種「奮鬥者」的一面顯然是予以較高評價的。他從《三浦右衛門的最後》中看出作者是要用「人間性」反對傳統武士道的嗜殺成性的殘忍，認為菊池「只因為要拿回人間性，在

8　魯迅：〈《三浦右衛門的最後》譯者附記〉，《譯文序跋集》。

9　魯迅：〈《鼻子》譯者附記〉，《譯文序跋集》。

10　魯迅：〈《三浦右衛門的最後》譯者附記〉，《譯文序跋集》。

這一篇裡便斷然地加了斧鉞，這又可以看出作者的勇猛來」。從《三浦右衛門的最後》這一篇小說中，魯迅得出這個看法是可以理解的。不過，現在看來，菊池寬的描寫「人間性的真實」小說，基本上是站在抽象人性的角度加以表現的，因而缺乏明確的反封建的傾向性。

如果說芥川、菊池等新理智派作家所著力表現和挖掘的是「人間性」，那麼，魯迅所要著力表現和挖掘的則不是「人間性」，而是「民族性」，用魯迅的話說就是「國民性」。上面已經說過，從抽象的全人類角度描寫人、表現人，是芥川等新思潮派作家的追求，但不是魯迅的追求。而著眼於本民族的傳統文化，審視和批判本民族的「民族性」或「國民性」，則是魯迅所致力的目標。日本新思潮作家與魯迅在表現「人間性」與「國民性」上的差異，也是他們歷史小說創作中的第三點對立和差異。菊池用溫馨的「人情味」否定殘忍的人性，帶著一種對抽象人性的樂觀的期待，認為「人間性的真實」就是善良的人性與愛。而魯迅則從中國封建傳統文化「吃人」這一總判斷出發看待「人間性」。魯迅自己也清楚地意識到了他與菊池寬在這一點上的區別。他不反對並且「讚歎」菊池寬「掘出人間性的真實來」，但他又接著說：「我也願意發掘真實，卻又望不見光明，所以不能不爽然」[11]，一語道破了他與菊池寬的不同之所在。這種不同明顯表現在魯迅的全部創作，包括歷史小說創作中。以魯迅收在《故事新編》中的《鑄劍》一篇為例。《鑄劍》和菊池寬的《恩仇度外》一樣，講的是一個復仇的故事，而且和菊池寬的《三浦右衛門的最後》一樣描寫了殘忍的殺人。但是，魯迅並沒有像菊池寬那樣站在抽象的人情角度，給嚴酷的故事罩上溫馨的人情的光環。一方面，魯迅肯定了主人公眉間尺的復仇行為，肯定了反抗強權壓迫的正當性；另一方面，魯迅又在小說結尾處意味深長地描寫了「城裡的人民」成群結隊「奔來

---

11 魯迅：〈《三浦右衛門的最後》譯者附記〉，《譯文序跋集》。

瞻仰國王的『大出喪』」，表現了他所反覆表現的國民的不覺悟，剖開
了國民那麻木不仁的心靈，也就是中國的「國民性」。這和〈示眾〉
中的有關描寫有異曲同工之妙。魯迅的其他歷史小說，也都從不同側
面揭露諷刺了中國傳統的「國民性」。如〈采薇〉中的封建士大夫之
「義」，〈補天〉中的虛偽的倫理道德等。這一切，都顯示了魯迅歷史
小說的「國民性」視角和新理智派歷史小說的「人間性」視角的不同
來。由於採取了「國民性」的視角，魯迅沒有像菊池寬那樣對抽象的
人性溫情懷有期待，也沒有像芥川那樣將人性的價值徹底否定。樂觀
而又膚淺的人性觀終於使菊池寬墮落於小市民的人情泥淖（菊池在二
〇年代以後放棄歷史小說創作成了一個通俗小說作家），對人性的絕
望則使芥川對一切改革都喪失了信心，終於在三十五歲時服毒自殺。
而對國民性的清醒認識，卻使魯迅始終保持著失望中的希望，一生執
著於改造「國民性」，成為現代中國的思想家和革命家。

　　總之，日本新理智作家芥川龍之介、菊池寬的歷史小說與魯迅的
歷史小說有著明顯的聯繫，對魯迅歷史小說的創作觀念和創作方法都
產生了一定影響。在接受這些影響的同時，魯迅又對新理智派的歷史
小說做了認真而又深刻的檢視和選擇。上述的魯迅的歷史小說與新理
智作家歷史小說的三組對應與對立，即現實性與超現實性，具體性與
抽象性，民族性與人間性的對應與對立，有助於我們在縱向聯繫和橫
向比較中進一步理解和認識魯迅歷史小說創作的基本特點。

魯迅的《野草》與夏目漱石的《十夜夢》
——散文詩的文體學的比較[1]

一　《野草》、《十夜夢》與魯迅、夏目漱石的散文詩的文體意識

　　在近年的魯迅與夏目漱石的比較研究中，已經有人注意到了魯迅的《野草》和漱石的《十夜夢》兩部散文詩之間的相關性。如林煥平教授在一九八二年的一篇文章中就說過：「《野草》受到了《十夜夢》的某些刺激和影響。」[2]一九八五年，劉柏青教授也指出：「《野草》中一些寫夢境的篇什，不僅在形式上和手法上和《十夜夢》有相似之處，甚至表達的心情都很近似。」[3]一九九〇年以後，還出現了對《野草》和《十夜夢》做專門研究的文章。[4]現在看來，說《野草》受《十夜夢》的影響，不是沒有根據的。魯迅說過，夏目漱石是他留日期間「最愛看的作者」[5]之一，而《十夜夢》當時就連續刊登在魯

1　本文原載《魯迅研究月刊》（北京），1997年第11期。

2　林煥平：〈魯迅與夏目漱石〉，載《林煥平作品選》（桂林市：灕江出版社，1988年），頁446。

3　劉柏青：《魯迅與日本文學》（長春市：吉林大學出版社，1985年），頁89。

4　如吳小美、肖同慶：〈人的期待與探尋，夢的失落與執著——魯迅與夏目漱石散文詩的比較研究〉，載《文學評論》1991年第6期；李國棟：〈《野草》與《十夜夢》〉，載《日語學習與研究》1991年第1期。

5　魯迅：〈我怎樣作起小說來〉，《南腔北調集》。

迅每天「大抵一起來」就必看的《朝日新聞》上。[6]並且，魯迅和周
作人在一九二三年合譯的《現代日本小說集》中所選譯的漱石的兩篇
作品——〈掛幅〉和〈克萊喀先生〉——就是從一九一〇年出版的
《漱石近什四篇》一書中選譯出來的，而《漱石近什四篇》就收有
《十夜夢》。對此，魯迅在《現代日本小說集》〈關於作者的說明〉中
曾交代說：「〈掛幅〉與〈克萊喀先生〉並見《漱石近什四篇》中，系
《永日小品》的兩篇。」要從四篇中選兩篇，不通讀四篇，不讀其中
的《十夜夢》，是不可想像的。看來，魯迅很可能在一九〇八年《十
夜夢》發表於《朝日新聞》的時候，和一九二三年他和周作人編譯
《現代日本小說集》的時候，前後兩次讀過《十夜夢》。他一九二四
年開始創作《野草》，距第二次讀《十夜夢》僅有一年之隔，所以從
時間上看，《十夜夢》對《野草》的創作產生一些影響，是很自然的
事情。

　　當時魯迅之所以沒有提到，也沒有選譯《十夜夢》，並不意味著
他對《十夜夢》沒有注意或未予重視，而是因為大約在魯迅眼裡，
《十夜夢》在文體上不屬小說，所以不能收入《現代日本小說集》
中。這恰好表明魯迅對《十夜夢》的文體是有鑒別的。也就是說，他
是帶著「散文詩」這樣一個明確的文體意識去閱讀和借鑒漱石的《十
夜夢》的。眾所周知，五四運動爆發以後直到《野草》問世之前的數
年中，波德萊爾和屠格涅夫的散文詩均被部分地譯介到中國，中國新
文學家中頗有一些人大力提倡和推崇「散文詩」這種外來文體形式。
劉半農、郭沫若，還有文學研究會的其他作家詩人，當時都發表了一
些散文詩作品。魯迅作為自覺取法外國文學的新文學家，特別是作為
「常常創造『新形式』的先鋒」（茅盾語），對散文詩這種文體情有獨
鍾是很自然的。他在一九一九年就發表了最早的一組散文詩〈自言自

6　魯迅：〈范愛農〉，《朝花夕拾》。

語）。後來，他更是帶著明確的散文詩的文體意識創作了《野草》，並
把《野草》逕直稱為「散文小詩」。魯迅對散文詩的文體特徵是有自己
的明確的看法的。他說過：「有了小感觸，就寫些短文，誇大點說，就
是散文詩。」[7]又說，《野草》「大抵僅僅是隨時的小感想。因為那時
難於直說，所以有時措辭就很含糊了」[8]。這裡實際上是對散文詩的
文體特徵做了三點最基本的界定，一是在內容上是寫「小感觸」、「小
感想」，二是在形式上屬於「短文」，三是在風格上是不「直說」，多
為說夢，措辭「含糊」。拿這三點基本特徵衡之以漱石的《十夜夢》，
應該說《十夜夢》在內容上屬於作者的「小感觸」、「小感想」，在形
式上也屬於「短文」，在風格上也是抒寫夢境，措辭大多曖昧難解。
可見，《十夜夢》完全符合魯迅對散文詩的文體特徵的理解。這也是
魯迅在創作《野草》時能夠接受《十夜夢》影響的一個前提。

　　和魯迅所具有的明確的散文詩的文體意識不同，漱石雖然創作了
具有鮮明散文詩特徵的《十夜夢》，卻沒有散文詩的文體自覺，換言
之，「散文詩」這個文體概念在漱石那裡似乎十分淡漠。這種情況，
是和中日兩國文壇的文體意識密切相關的。一開始，中國現代文壇對
散文詩文體就有自覺的追求，而日本文壇則有所不同。儘管他們從西
方引進散文詩的時間大大早於中國，如一八八四年，森鷗外就翻譯了
屠格涅夫的一篇「散文詩」〈蠢人〉，並把屠格涅夫的散文詩集《老年
人的話》譯為〈鼇語〉；一八九二年，森鷗外主持的《柵草紙》雜誌
就對波德萊爾的散文詩有所介紹；一九〇五年，蒲原有明在《趣味》
雜誌上譯載了波德萊爾的一部分「小散文詩」；一九一〇年，《創作》
雜誌又推出了《波德萊爾研究專號》，發表了仲田勝之助翻譯的波德
萊爾的散文詩。但是，明治時代的日本文學家們在理論上不曾像中國

7　魯迅：〈《自選集》自序〉，《南腔北調集》。
8　魯迅：〈《野草》英文譯本序〉，《二心集》。

作家那樣積極提倡「散文詩」，在創作上也很少以「散文詩」相標榜者。譬如魯迅就逕直把自己的《野草》稱為「小散文詩」，而漱石對自己的《十夜夢》的文體歸屬卻緘默不語。

　　事實上，《十夜夢》總體上具有散文詩的特徵，但在文體上也有明顯的交叉性和邊緣性。這主要表現為散文詩的文體和寫生文、小說、民間故事等文體的複雜的糾葛中。「寫生文」是在西洋寫實主義繪畫的啟發下，從日本傳統的俳句和俳文發展演變而來的一種獨特的日本近代散文的文體，也是日本近代散文的主導形式。其特點是強調真實客觀地描寫自然景物，並以此寄託作家的情懷。夏目漱石就是熱心提倡「寫生文」的一個。他曾在創作《十夜夢》稍前或同時，發表了〈文章一口話〉、〈寫生文〉[9]等文章，闡述他對寫生文的看法。《十夜夢》的創作很大程度地體現了漱石的有關「寫生文」的某些主張。他針對當時的寫生文一味強調客觀寫生的傾向，提出要注意表現「作者的心的狀態」。《十夜夢》所不同於一般寫生文者，正在於它不重客觀地寫生，而是注意表現「作者心的狀態」。這一點恰恰是《十夜夢》與當時一般「寫生文」的不同。強調表現「作者心的狀態」，也就是強調主體性、抒情性，在這一點上，漱石的《十夜夢》和魯迅的《野草》是相通的。與此同時，漱石的《十夜夢》的創作顯然又和他當時的小說創作主張密切相關。在小說創作上，漱石反對自然主義拘泥於事實，不重視藝術虛構的創作傾向。在《十夜夢》創作的同時或前後，漱石連續發表了〈作品的人物〉、〈作品的批評〉、〈答田山花袋君〉[10]等評論文章，論述了小說的真實性與藝術虛構之間的關係。他認為真實人物並不是事實上存在的人物，而是作品中的人物「讓人相信他存在」。他提出「作家就是造物主」，「虛構是作家的一種創造，

9　分別載《杜鵑》，明治39年11月1日；《讀賣新聞》，明治40年1月20日。

10　分別載《讀者新聞》，1906年10月21日，1907年1月1日；《國民新聞》，1908年11月7日。

作家理所當然應以能虛構為自豪」（〈答田山花袋君〉）。這些主張，正是漱石創作《十夜夢》時所要努力實現的。要說「虛構」，恐怕沒有比夢更能體現「虛構」特徵的了。因此，某種意義上可以說，漱石的這一小說創作的理論在《十夜夢》中也體現了出來。而且，《十夜夢》也確實具有小說的某些特徵，十個夢用的全是敘述的、敘事的手法。有的篇什，如第十夜，更像是小說，有的日本研究者認為，這一篇就是「小說的文體」。[11]當然，總體而言，《十夜夢》不屬於小說，正如小宮豐隆在〈夏目漱石〉一書中所說，《十夜夢》「只是把不合邏輯的事情像事實一樣原原本本的記錄下來……它比起小說來是無法則的，神秘的」。[12]此外，還有的日本學者指出，《十夜夢》中像第三夜那樣的作品，從文體形式到構思都來自日本的鬼怪故事，因為亡靈轉生為第三者來現世作祟，「是鬼怪故事老套子的手法」[13]。

　　《十夜夢》的這種以散文詩為主，夾雜寫生文、小說、民間故事等文體的混合性的文體形式，和魯迅對散文詩這種文體形式的理解，具有一定的相通性。事實上，魯迅的《野草》也有《十夜夢》那樣的文體的交叉性、混合性，甚至比漱石的《十夜夢》更為斑雜。如〈我的失戀〉，魯迅自己就說它是「擬古的新打油詩」，〈過客〉完全採用了短劇的形式，〈聰明人和傻子和奴才〉在形式上像一篇民間故事，或像是有一貫的故事情節的小小說，而〈一覺〉則更像一篇雜文。以至於評論家李長之因《野草》「形式的很不純粹」而拒絕承認它是散文詩。[14]平心而論，《野草》的大部分篇什屬於散文詩是無疑的。魯迅把有些不太具備散文詩文體特徵的篇目編進去，統稱為「散文詩」，

---

11 笹淵友一：《夏目漱石──《十夜夢》論及其它》（東京：明治書院，1986年），頁65。

12 轉引自佐藤泰正：〈夏目漱石〉（東京：築摩書房，1986年），頁150。

13 轉引自佐藤泰正：〈夏目漱石〉（東京：築摩書房，1986年），頁186。

14 李長之：《魯迅批判》（上海市：上海北新書局，1935年），頁135。

這表明，他意識到了散文詩這種文體本身的交叉性（散文與詩的交叉）和邊緣性。和漱石一樣，魯迅無意去創作一種「純粹」的散文詩文體。

二　述夢和象徵手法的運用

　　魯迅的《野草》在散文詩的基本的藝術手法的運用上，也受到了漱石的《十夜夢》的某種程度的影響。首先是述夢手法。在這方面，正如孫玉石教授所指出的，「一再用夢境的幻象世界抒寫現實世界的感受」，「是接受了屠格涅夫的影響」[15]。這種看法無疑是不錯的。但是現在看來，在指出《野草》所受外來影響的時候，還不應忽視漱石的《十夜夢》的影響。特別是述夢和夢幻手法，《十夜夢》對《野草》的影響似乎更大，也更直接些。波德萊爾在散文詩集《巴黎的憂鬱》中的五十首散文詩中，僅在第五首和第二十一首使用了述夢或夢幻手法，而且，這兩首散文詩在魯迅創作《野草》時並未譯成中文；屠格涅夫的散文詩集《老年人的話》收了五十一篇作品，但在標題上注明「一個夢」或「夢」的只有兩篇，實際寫夢的也只有五、六篇。相比之下，漱石的《十夜夢》全部採用述夢或夢幻的形式，想必會給魯迅留下深刻的印象。而且，魯迅只能通過譯文來閱讀波德萊爾和屠格涅夫，畢竟有所隔膜，而對漱石的《十夜夢》，他是能夠直接閱讀原文的，因而受其影響也會更直接些。《野草》中近一半的篇什（九篇）使用了述夢和夢幻手法，這就使得《野草》和《十夜夢》在藝術形式上顯出了更多的相似。

　　與此相聯繫的是象徵手法的運用。本來，散文詩這種文體是與歐洲象徵主義文學密不可分的，散文詩的成熟、定型以及它對整個世界

---

15 孫玉石：《〈野草〉研究》（北京市：中國社會科學出版社，1982年），頁221。

文學的影響，都是由歐洲象徵主義詩人們完成和實現的。可以說，象徵是散文詩的靈魂。歐洲的散文詩中的象徵是建立在歐洲文化中的有關意象和觀念的基礎上的。波德萊爾的散文詩集《巴黎的憂鬱》中就含有大量的象徵性的古希臘神話典故和意象，如精靈喀邁拉、美神維納斯、青春女神赫柏、愛神丘比特、智慧女神雅典娜、林中仙女，以及酒神杖等等；屠格涅夫的散文詩中也有斯芬克斯、基督之類的典故和意象。這就使得他們的散文詩具有歐洲文化的獨特韻味。作為散文詩，魯迅的《野草》和漱石的《十夜夢》也有大量的象徵，但是這些象徵主要來自東方文化，特別是佛教文化的觀念和意象。漱石和魯迅都具有很好的佛教文化修養。明治三〇年代，正是漱石思想形成的時期。而那時也正是「宗教復興的時代」[16]，佛教興盛，並且在社會上流行著參禪的風潮。漱石曾在一八九四年底至次年一月間到鎌倉寺院參過禪。他的思想基礎是傳統的東方思想，包括儒、釋、道思想，其中占主導地位的是佛教思想，而與西方的基督教關係不大。[17]魯迅也受到中國近代佛學熱的影響，在五四之前的一個時期裡，曾埋頭修習佛學。據魯迅的好友許壽裳先生回憶：「民三以後，魯迅開始看佛經，用功很猛，別人比不上。」而且在修習中對佛教產生了共鳴，讚歎「釋迦牟尼真是大哲。」[18]由於受時代風氣的浸潤，由於對佛學的熟知，漱石和魯迅在思想與創作上都一定程度接受了佛教的影響。體現在《十夜夢》和《野草》中，就是象徵手法的運用與佛教文化的密切關聯。在魯迅的《野草》中，有不少的佛家語彙，如「大歡喜」、「伽藍」、「火聚」、「三界」、「劍樹」等等，顯出較濃厚的佛教文化氣

---

16 松原新一：〈近代文學和佛教〉，載《日本近代文學大事典》，卷4，頁116。

17 評論家伊藤整認為：《十夜夢》所表現的是「一種人間存在的原罪的不安」（《日本現代小說大系第十六卷・解說》，1949年），這裡所謂的「原罪」似不應理解為基督教的「原罪」。

18 許壽裳：《亡友魯迅印象記》（北京市：人民文學出版社，1977年）。

息。那「從火宅出」的「死火」的象徵意象，便來自佛教中對「火宅」的描述（見〈死火〉）；那夢中的「一切鬼魂們的叫喚無不低微，然有秩序，與火焰的怒吼，油的沸騰，鋼叉的震顫相和鳴，造成醉心的大樂」的「好地獄」的象徵，顯然是佛教所描繪的地獄的情景（見〈失掉的好地獄〉）。在漱石的《十夜夢》中的十個夢中，幾乎每個夢都是一個象徵，而每一個象徵又都與佛教觀念有關。如第一夜借一位女子的死亡和「我」的「悟」，表現了輪迴轉生的世界觀以及涅槃的美好境界；第二夜表現的是「我」的「悟」而不能的苦惱的體驗；第三夜貫穿著輪迴、業報、罪業等佛教觀念；第四夜那個老爺爺的言行就是一個「禪機」。「我」不解禪機，一味等待老爺爺從河裡上來，結果一無所獲；第五夜中正在做夢的「我」是「近於神治時代」（「神治時代」是日本遠古的神話時代）的那個俘虜「我」的轉生。「我」把那個破壞自己愛情的禍首說成是佛教故事中的「天探女」，即哼哈二將腳下的惡鬼。作者在這種偶然性的愛情悲劇中表現了人生「無常」的體驗。第六夜塑造了佛教徒和藝術家合二為一的運慶的形象，並以此寄託人生理想；第七夜則表現了徘徊於生死之間的痛苦體驗；第八夜寫的是鏡中之影，鏡中之像，象徵的是塵世虛幻，萬法皆空；第九夜既描寫了希望與等待的落空，又表現了不知生死奧秘的「無明」；第十夜中的莊太郎為了一個女人被豬群攻擊倒在懸崖，反映了為世俗之「愛」所誘惑、所困擾的情景。總體來看，貫穿整個《十夜夢》的，是佛教式的虛無情緒。漱石採用述夢手法本身，正是為了傳達夢幻式的虛無體驗。在那十個夢中，或表現生命的虛無——死亡；或表現時空的虛無——輪迴流傳，鏡中之像；或描寫愛情的虛無——愛而不可得；或表現人生目標的虛無——希望與等待的失落。在對「虛無」的體驗這一點上，魯迅的《野草》和漱石的《十夜夢》血脈相通。在

《野草》中，「唯黑暗乃是實有」[19]是貫通全篇的基本命題。它以不同的表述方式遍見於《野草》的許多篇什之中。如「當我沉默的時候，我覺得充實，我將開口，同時空虛」（〈題辭〉）；「我能獻給你什麼呢？無已，則仍是黑暗和空虛而已」〈影的告別〉）；「我將用無所作為和沉默求乞……我至少得到虛無」（〈求乞者〉）；「用這希望的盾，抗拒那空虛中的暗夜的襲來，雖然盾後面也依然是空虛的暗夜」（〈希望〉），等等。魯迅對世界和人生的「黑暗」和「虛無」本質的把握，更多地與「諸行無常」、「諸法無我」、「萬法皆空」的佛教世界觀相連通。佛教的虛無觀、無常觀正好契合了魯迅對那個混亂、黑暗時世的痛切體驗。

三　共同的東方佛教文化底蘊

　　《野草》和《十夜夢》中死亡意象的表現和對死亡的象徵性意義的理解，也與佛教密切相關。在《野草》中，寫到死亡或與死亡問題相關的就有十幾篇。死亡在俗人看來是大悲痛，

　　而在佛教看來，死亡是美妙的「涅槃」，借用魯迅所借用的佛教詞語來說，死亡是「生命的飛揚的極致的大歡喜」（〈復仇〉）；在俗人看來，死亡是生的終結，而在佛教看來，死亡是有形生命的消失，無限生命的開始，即魯迅所說的，「過去的生命已經死亡。我對這死亡有大歡喜，因為我借此知道它曾經存活。死亡的生命已經朽腐，我對於這朽腐有大歡喜，因為我借此知道它還非空虛」（〈題辭〉）。「目睹了死的襲來，但同時也深切地感著生的存在」（〈一覺〉）。在漱石的《十夜夢》中，第一、第三、第四、第五、第七夜都寫到了死亡。如在第一夜中，漱石把死亡寫得非常美。寧靜的月夜，閃閃的星光，放在墳壋上的「來自太空的星星的碎片」，象徵的是生命的死亡後的超

---

19 魯迅：〈四〉，《兩地書》。

度，而「我」看到百年後墳上開出的百合花，終於「悟」出那百合花
就是那百年前相約再見的女子。這裡滲透著的，顯然是輪迴轉生的佛
教觀念。綜合比較《野草》和《十夜夢》的死亡描寫，兩者雖然都和
佛教的死亡觀相聯繫，但《野草》在佛教式的死亡體驗中，表現的是
作為「歷史中間物」的犧牲精神，也是魯迅所讚賞的佛陀的那種「割
肉餵鴿、投身飼虎」的獻身精神，同時也體現了魯迅棄舊圖新，和舊
我毅然訣別的意識。而漱石的《十夜夢》中卻更多地表現了執著於
「生」與捨身求死的痛苦彷徨。在第三夜裡，「我」身上揹的那個瞎
眼的「成了一個小和尚」的孩子，卻要給「我」指點行進的路徑。當
「我」「悟」出這孩子就是一百年前自己所殺死的那個瞎子的時候，
就「忽然覺得背上的孩子就像變成了地藏菩薩似的，沉得厲害」。這
個夢顯然是建立在輪迴流轉的佛教觀念的基礎上，它所表現的是由前
世罪業造成的沉重的「生」的壓力。第七夜中乘坐在「冒著黑煙」的
大輪船（有人說它象徵的是近代西方文明）上的「我」，因為「感到
無聊」而要跳海自殺。但在跳下去的一剎那間，卻又覺得「捨不得這
條命」，「感到非常後悔和恐怖」。這和魯迅《野草》中那個明知前面
是「墳」，也義無反顧地朝前走的「過客」很不相同。《野草》對生與
死的意義洞若觀火，而決然地厭棄空虛的生，赴悲壯的死，體現了一
種「大徹大悟」。而《十夜夢》卻擺脫不掉生與死之間的糾葛和痛
苦，所以極力試圖開「悟」，卻又「悟」而不能。第二夜表現「我」
發誓要「悟」，但「無論如何也悟不出來」，於是「我」便處在「不堪
忍受的苦惱」之中。這個夢也形象地傳達了漱石到鎌倉寺院參禪，不
得其門而入，失敗而返的切身體驗。相反，《野草》中的痛苦並非來
自不得「悟」，而是參透、悟解客觀現實的「黑暗」、「空虛」之後所
產生的痛苦和絕望。所以，面對痛苦，《野草》和《十夜夢》表現了
兩種不同的態度，《野草》是直面現實，積極地反抗痛苦，反抗虛
無，反抗絕望。在魯迅看來，沒有絕對的希望，也沒有絕對的絕望，

「絕望之為虛妄，正與希望相同」，所以即使在「無物之陣」中也「舉起了投槍」（〈這樣的戰士〉）。這裡顯出了魯迅與漱石的根本區別：魯迅在佛教中找到了洞觀人生的門徑，他只是借用佛教思想，更多地是化用佛教思想，表達自己對現實的人生的體驗；漱石則更多地把佛教作為人生實踐的目標，作為修煉和解脫的手段。

這種不同的人生態度和價值取向，也影響到了《十夜夢》和《野草》的不同風格。《野草》中有熱切的希望和深刻的絕望，有漠然的空虛和決然的反抗，有極度的冷漠和洋溢的熱情，在極冷和極熱中表現出一種內在的力度，從而形成了一種剛性文體。而《十夜夢》中雖然也有焦慮、懷疑、痛苦和失望，但這些情緒又處在一種極力的控制和掩抑中，調子平和、描述舒緩，沒有《野草》那樣的強烈的情緒流露。整個作品通體籠罩在淡淡的朦朧和溫軟的冷靜中，從而形成了一種柔性文體。不過，無論是金剛怒目，還是菩薩低眉，兩部作品都從不同的側面表現了東方散文詩所特有的文體風格和共通的藝術神韻。

中國現代小詩與日本和歌俳句[1]

一　和歌、俳句與中國現代小詩直接間接的關係

　　季羨林先生在一九八六年的一次學術會議上曾提出了這樣一個問題：在日本，「為什麼獨獨新詩不發達呢？介紹到中國來的文學作品，絕大部分都是長篇、短篇小說，戲劇和散文有一點，古代俳句數量頗多，但是幾乎一首日本新詩都沒有。在日本本國新詩歌也不受到重視，沒有聽說有什麼重要的新詩人，這個問題不是也同樣有趣而值得探討嗎？」[2]

　　在中日文學比較研究中，這確實是一個「有趣而值得探討」的問題。其實，在日本現代文學中，新詩（白話自由詩）不是不發達，重要的著名的新詩人很多（如北村透谷、島崎藤村、北原白秋等），譯介過來的日本新詩也不少，特別是五四時期，中國文壇曾大量地翻譯過日本新詩。僅在一九二○年，周作人、鄭伯奇、郭紹虞等人就分別翻譯並發表了賀川豐彥、生田春月、堀口大學、石川啄木、武者小路實篤等人的白話新詩。然而，這些日本新詩對中國詩壇的影響的確遠不能與日本的和歌（亦稱「短歌」）、俳句相比。大量事實表明，日本的和歌俳句對一九二一年至一九二三年間中國「小詩」（四行以內的無韻自由詩）的生成和流行起了重要作用。相比之下，日本的白話自

1　本文原載《中國比較文學》（上海），1997年第1期。
2　季羨林：〈當前中國比較文學的七個問題〉，載《比較文學與民間文學》（北京市：北京大學出版社，1991年），頁323-324。

由詩對中國新詩的影響則不是那麼明顯。原因很簡單，日本的白話自由詩和中國的新詩一樣是西方的舶來品，中日兩國新詩的共同來源都是西方，即使日本新詩對中國有影響，那也是次要的和間接的；和日本新詩不同，和歌、俳句則是日本獨特的詩體，它們對中國小詩的直接和重大的影響在中日文學交流中就特別引人注目。當時或稍後的許多詩人、學者對和歌俳句如何影響中國都有過描述。如余冠英曾說過，五四時期，「摹仿『俳句』的小詩極多」。[3] 成仿吾說過：「周作人介紹了他的所謂日本的小詩，居然有數不清的人去摹仿。」[4] 五四時期著名的小詩作者，就有郭沫若、康白情、俞平伯、徐玉諾、沈尹默、冰心、宗白華、應修人、汪靜之、馮雪峰、潘漠華、謝旦如、謝采江、鍾敬文等。當然，這些詩人並非都受到了日本的和歌俳句的影響，和歌俳句也並不是中國小詩形成的唯一條件。對此，周作人曾經指出：「中國的新詩在各方面都受歐洲的影響，獨有小詩彷彿是在例外，因為它的來源是在東方的：這裡邊又有兩種潮流，便是印度和日本……」[5] 這種看法已為後人所廣泛接受。如馮文炳認為：「那時寫小詩，一方面是翻譯過來的日本的短歌和俳句的影響，一方面是印度泰谷爾詩的影響。」[6] 後來又有人進一步發揮周作人的觀點，認為小詩的「來源有三：一是日本的俳句與和歌，二是印度泰戈爾的《飛鳥集》，三是中國古代的小詩」[7]。由於所受影響的不同，中國小詩大體形成了三派。一派較多地受日本和歌俳句的影響，其基本特點是具體的、寫實的、感受的、天真自然的，代表作是湖畔詩社的《湖畔》和「海音社」的《短歌叢書》；一派較多地受泰戈爾的《飛鳥集》的影

3　余冠英：〈新詩的前後兩期〉，原載《文學月刊》第2卷第3期（1932年2月29日）。

4　成仿吾：〈詩之防禦戰〉，原載《創造週報》第1號（1923年5月13日）。

5　周作人：〈論小詩〉，原載《覺悟》，1922年6月29日。

6　馮文炳：〈湖畔〉，載《談新詩》（北京市：人民文學出版社，1984年）。

7　陸耀東：〈論「湖畔」派的詩〉，原載《文學評論》1982年第1期。

響，其基本特點是抽象的、冥想的、理智的、老成持重的，其代表詩作是冰心的〈繁星〉和〈春水〉；還有一派主要受中國古詩的影響，如宗白華的〈流雲〉和俞平伯的〈冬夜〉等。宗白華就曾說過：「我愛寫小詩，短詩，可以說是承受唐人絕句的影響，和日本的俳句毫不相干，泰戈爾的影響也不大。」[8]當然，這三派只是大體的劃分。事實上，對絕大多數詩人來說，日本的和歌俳句、泰戈爾的《飛鳥集》和中國古詩的影響是兼而有之、互相滲透的，而不是截然無涉的。有一個事實被人們忽略了，那就是，泰戈爾的《飛鳥集》本身就是在日本俳句的影響下寫成的。一九一六年泰戈爾訪問日本時接觸並了解了日本的古典俳句，尤其對日本「俳聖」松尾芭蕉的名句〈古池〉讚歎不已。泰戈爾的傳記作者克里希納‧克里巴拉尼寫道：「這些罕見的短詩可能在他（泰戈爾）身上產生了影響。他應日本男女青年的要求，在他們的扇子或簽名薄上寫上一些東西。……這些零星的詞句和短文，後來收集成冊，以題為〈迷途之鳥〉（現通譯為《飛鳥集》——引者注和〈習作〉出版。」[9]所以說，受了泰戈爾的影響，實際上也就是間接地受了日本俳句的影響。

二　和歌、俳句對小詩產生影響的諸種原因

日本的和歌、俳句在五四時期之所以廣泛地影響中國，是有某些必然的內在原因的。首先，五四時期新文學家們對日本和歌俳句的興趣和關注，是直接承續著清末民初黃遵憲等「詩界革命」的先驅者的。黃遵憲早在《日本國志》和《日本雜事詩》兩部著作中就介紹了日本的和歌。《日本雜事詩》有詩云：「弦弦掩抑奈人何，假字哀吟

---

[8] 宗白華：〈我和詩〉，載《藝境》（北京市：北京大學出版社，1987年），頁189。

[9] 克里巴拉尼撰，倪培耕譯：《泰戈爾傳》（桂林市：灕江出版社，1984年），頁316。

『伊呂波』，三十一聲都愴絕，莫披萬葉讀和歌。」並注解說：「日本
國俗好為歌。……今通行五句三十一言之體……初五字，次七字，又
五字，又七字，又七字，以三十一字為節。聲哀以怨，使人輒喚奈
何。」他還根據自己對和歌及日本民間歌謠、中國地方歌謠的了解，
提出創作「雜歌謠」，以實現詩歌創作通俗化。這種「雜歌謠」的主
張得到了廣泛的贊同，大大地促進了近代「新體詩」的形成。後來，
他還寫信給梁啟超，打聽日本「新體詩」的情況，詢問它同「舊和
歌」有什麼關係。看來，黃遵憲、梁啟超等人是自覺地以日本和歌的
發展變遷情況為外部參照的。由於黃遵憲等人的介紹，當時的中國文
壇對日本和歌並不陌生。同樣地，那時留學日本的許多中國人對日本
俳句也都比較熟悉，甚至有人變成了在日本知名的「俳人」。如一位
名叫羅朝斌的人就以俳句聞名於日本。日本俳句大師河東碧梧桐曾稱
讚說：「清人羅朝斌，亦號蘇山人，精俳句，（正岡）子規、（高濱）
虛子屢為之驚歎不已。」[10]可見，和歌、俳句是清末民初中日兩國的
文學、文化交流中的一個重要的津梁，它為五四時期中國新文學家們
對和歌俳句的接受和借鑒奠定了基礎。

　　五四時期的新文學家們對日本和歌俳句的借鑒比黃遵憲他們更適
其時，更有條件。因為那時，作為「古詩」的和歌俳句的革新已經完
成，正岡子規提出了「寫生」理論，以近代的寫實主義精神批判並改
造了耽於「空想」的傳統的舊俳句；與謝野寬、與謝野晶子等人以慷
慨有力的「虎劍」精神矯正了舊和歌的「無丈夫氣」的綿軟無力；石
川啄木的短歌「不但內容上注重生活的表現，脫去舊例的束縛，便在
形式上也起了革命，運用俗語，改變行款，都是平常的歌人所不敢做
的」[11]。也就是說，到了二十世紀初，和歌俳句已經完成了由「古

---

10 轉引自王曉秋：《近代中日文化交流史》（北京市：中華書局，1992年），頁277。
11 周作人：〈《古事記》及其他〉，載《知堂書話》下冊（長沙市：嶽麓書社，1986年）。

詩」向「現代詩」的轉變。它們既是「古」的，因為保留了原有的詩形；又是「新」的，因為它們寄寓著現代精神。在日本文學由傳統向現代的轉型期，和歌俳句沒有被淘汰，反而獲得了新生。五四時期的中國詩人們一方面看到了日本和歌俳句的這種復興和現代化，另一方面，他們又處在二十世紀初歐美「意象派」的龐德等人所掀起的「俳句熱」中，不能不對和歌俳句給予更多的關注。他們顯然比晚清時期的同行們更了解、更理解日本俳句。像周作人那樣的對和歌俳句頗有研究的專家，以前是沒有的。周作人為中國文壇理解和借鑒日本和歌俳句起了重要的作用。一九二一年他就在《小說月報》第十二卷第五號上發表〈日本的詩歌〉一文，詳細介紹了流行至今的日本的短歌、俳句和川柳三種形式。認為「短詩形的興盛，在日本文學史上，是極有意義的事」，日本詩歌的特點是「詩思的深廣」和「詩體的簡易」，而且「感覺銳敏，情思豐富，表現真摯，具有現代的特性」。他在這篇文章裡還列舉並譯述了二十多首著名詩人的和歌俳句。同年底，周作人又在《小說月報》上發表了〈日本詩人一茶的詩〉，其中譯述了小林一茶的名句四十九首。一九二二年，周作人在《覺悟》雜誌發表〈論小詩〉一文，首次對小詩的概念、小詩的來源、特徵，尤其是小詩與俳句的關係做了系統的分析闡述。周作人的這些介紹和翻譯在社會上產生了很大的影響。以至許多文學青年群起仿效，直接促成了中國的「小詩運動」在一九二一年間的形成。

三　影響的側面：短小的詩型，簡潔的象徵，樸素、自然、天真的風格

日本的和歌俳句對中國的影響主要在於其短小的詩型，在於它的簡潔凝鍊的抒情方式。五四時期的中國詩人們從西方學來了長詩型，以用來敘事和抒發較為複雜的情感。但是，一時的激動，剎那間的感

受則需要更短小、更簡潔的詩體加以表達。中國古詩本來大都屬於這
種短詩型，但卻束縛在文言和格律之中。這樣，日本的詩歌以及受日
本詩歌影響的泰戈爾的《飛鳥集》就成了小詩的最好的藍本。早在一
九二〇年，郭沫若就提出不同的感情需要不同形式的詩來表達：「大
波大浪的洪濤便成為『雄渾』的詩……小波小浪的漣漪便成為『沖
淡』的詩，便成為周代的〈國風〉、王維的絕句、日本古詩人西行上
人與芭蕉的歌句、泰戈爾的《飛鳥集》。」[12]周作人也是基於日本和歌
俳句的抒情特點來介紹和歌俳句的。他在〈論小詩〉中認為：「短歌
大抵是長於抒情，俳句是即景寄情，小唄（一種日本民間小曲——引
者注）也以寫情為主而更為質樸；至於簡潔含蓄則為一切的共同點。
從這裡看來，日本的詩歌實在可以說是理想的小詩了。」這裡把和歌
俳句看成是「小詩」，突出表明了中國詩人們對和歌俳句這種短小詩
體的關注。其實，日本不像印度那樣有「大詩」（敘事詩）和「小詩」
（抒情詩）的概念之分，日本人自己也不把和歌俳句說成是「小
詩」。中國新文學家顯然是站在世界文學的大視野上看待日本詩歌
的，而且主要看重其詩體的短小，而對它們本有的格律就略而不顧
了。我們知道，和歌是「五七五七七」共五句三十一個音節；俳句是
「五七五」三句十七個音節。要嚴格摹仿這種格律是很困難的。事實
上，中國也只有少數小詩大體摹仿俳句的格律。如郭沫若於一九二一
年創作的描寫日本自然風景的詩〈雨後〉（收《星空》集），共有四
節，每一節都是三句，而且大體都取「五七五」的形式。如其中的第
二節：「海上泛著銀波，／天空還暈著煙雲，／松原的青森。」第四
節：「有兩三燈光，／在遠遠的島上閃明——／初出的明星？」中國
傳統詩歌都是雙句對偶，沒有這種單句不對稱的詩形。這裡不僅基本
採用了俳句的「五七五」的格式，而且最後一句用的是名詞結尾，也

---

12 郭沫若：〈論詩三札〉，載《郭沫若論創作》（上海市：上海文藝出版社，1983年），
　　頁238。

頗帶有俳句的韻味。沒有郭沫若對日語及日本文學的熟知，是寫不出
這樣的和俳句形神皆似的小詩的。但是，中國大部分的小詩都沒有遵
守「五七五」的格律，更不必說日本詩歌所特有的修辭方法，如俳句
的「季語」（在句中表示出該俳句所吟詠的是哪一個特定季節的事
物）、「切字」（起斷句作用的特定的助詞、助動詞）以及和歌的「枕
詞」、「序詞」（主要在為了使格律完整而冠於某些特定詞語之上的裝
飾語）和雙關詞等。事實上，這些日語中特有的表現方法，中文不可
能平行移植，不僅難以摹仿，就連翻譯過來都很困難。由於日語中的
字詞都是多音節的，一個字一般都有兩個以上的音節。所以和歌的三
十一個音節也只相當於十幾個字，俳句的十七個音節則只相當於五、
六個詞。中文翻譯要保持原有的三十一或十七個音節，就勢必要增添
不少原文中所沒有的字詞。這樣格律似乎保全了，在內容上卻又等於
畫蛇添足。所以，反對摹仿俳句的成仿吾說：「俳句是日本文特長的
表現法，至少不能應用於我們的言語。」[13]周作人也深有體會地說：
「凡是詩歌，皆不易譯，日本的尤甚：如將他譯成兩句五言或一句七
言，固然如鳩摩羅什說同嚼飯哺人一樣；就是只用散文說明大意，也
正如將荔枝榨了汁吃，香味已變。但此外別無適當的方法。」[14]周作
人翻譯的俳句，就在這種無可奈何當中將本是格律詩的俳句給散文化
了，也就是說，求神似而不求形似，將格律詩譯成了自由詩。而這一
無可奈何的權宜之計，卻正適應了五四時期自由體詩的風潮。如果真
的將俳句譯成了格律詩，俳句在中國的影響勢必會受到限制。周作人
翻譯的和歌，一般都用兩句、二十個左右的漢字，而他翻譯的俳句一
般都用一句十來個字。所以在當時讀者的印象中，俳句是「一句成
詩」（馮文炳語），非常短小的。

　　中國的小詩雖然迫不得已捨棄了俳句的形式格律，但小詩作者們

13　成仿吾：〈詩之防禦戰〉，原載《創造週報》第1號（1923年5月13日）。
14　周作人：〈日本的詩歌〉，原載《小說月報》第12卷第5號（1921年）。

對俳句的「簡潔含蓄」、樸素凝鍊、餘味深長、滿含著悟性的象徵的抒情是努力仿效的。他們非常讚賞和歌俳句的以少勝多的雋永和蘊藉。郁達夫在談到和歌俳句時就曾說過:「三十一字母的和歌……只有清清淡淡、疏疏落落的幾句,就把乾坤今古的一切情感都包括得纖屑不遺了。至於後來興起的俳句哩,又專以情韻取長,字句更少——只十七字母——而餘韻餘情,卻似空中的柳浪,池上的微波,不知所自始,也不知其所終,飄飄忽忽,嫋嫋婷婷;短短的一句,你若仔細反芻起來,會經年累月地使你如吃橄欖,越吃越有味。」[15]他們特別讚賞日本「俳聖」松尾芭蕉的作品。郭沫若曾舉松尾芭蕉吟詠日本風景名勝松島的俳句「松島呀,啊啊,松島呀,松島呀」為例,認為簡單至極的、近於原始的詩往往最富有詩意,因為這樣的俳句「在這種簡單的形式當中,能夠含著相當深刻的情緒世界」[16]。松尾芭蕉的另一首最著名的俳句〈古池〉——「幽幽古池啊,有蛙兒驀然跳進,池水的聲音」,在中國竟有十幾種譯法,許多人把它當作小詩的典範。梁宗岱甚至認為這首俳句「把禪院裡無邊的寧靜凝成一滴永駐的琉璃似的梵音」,是象徵主義詩歌的「最好的例」。[17]很受和歌俳句影響的以汪靜之、應修人、馮雪峰等人為代表組成的湖畔詩社的小詩、以海音社的《短歌叢書》為中心的謝采江等人的小詩,都是在表現「餘韻餘情」的「情緒世界」上見長的。《短歌叢書》的〈清晨〉中有一首小詩:「聽勝利的戀歌啊!/雨後池畔的蛙聲」,似有點松尾芭蕉的〈古池〉的韻味。汪靜之的〈蕙的風〉中有一首小詩〈芭蕉姑娘〉:「芭蕉姑娘呀,/夏夜在此納涼的那人呢」,簡單的一問,令人回味無窮。馮雪峰的〈西湖小詩〉中有「風吹縐了的水,/沒來由地波呀,波呀」,真如郁達夫所說的「池上的微波,不知所自始,也不知

---

15 郁達夫:〈日本的文化生活〉,原載《宇宙風》第25期(1936年9月)。

16 郭沫若:〈詩歌底創作〉,原載《文學》第2卷第3、4期(1944年)。

17 梁宗岱:〈象徵主義〉,原載《文學季刊》第12期(1934年4月1日)。

其所終」了。「清晨好似一個美妙的女郎，／每天破曉的時候，／倚窗來望我」（〈清晨〉），含蓄而又明快地表達了青年人的思春心理。「黃葉敗脫下來了，／狂風又花花地笑了。」「海水不住地蕩著，／已作了日光的跳舞場。」（《短歌叢書》）等等，都表現了詩人對外在自然的細膩的觀察、剎那間的感覺、良好的悟性、活躍的情緒、鮮活的體驗，借景抒情，以景寄情，呈現出一個主客合一的世界，將個人輕快的心境融化、投射在客觀景物之中。湖畔詩社的小詩和海音社的《短歌叢書》中的很多小詩就是這樣，僅僅表達一種感受，一種直覺和一種情緒，並不表現和說明一個明確的思想和道理。這和和歌俳句的根本精神是相通的。日本禪學大師鈴木大拙認為：「俳句本身並不表達任何思想，它只用表現去反映直覺。……它們是最初直觀的直接反映，是實際上的直觀本身。」[18]俳句如此強調剎那間的直覺，和中國傳統詩歌的基本精神顯然是不相吻合的。我以前在總結日本詩歌特點的時候曾說過：中國的古典詩歌，波斯、印度和歐洲的古典詩歌，不表現某一思想、不說明某一道理是不能成立的；而日本的和歌俳句從不把說明、表達某種思想作為寫詩的任務和目的，只是寫一景致或表達一種感受，這實際上只相當於中國詩歌中的「比」、「興」的部分。[19]實際上，中國的一些小詩也像日本的和歌俳句一樣，側重瞬間感興的直觀表現，把古詩中難以獨立的「比」、「興」獨立成詩了。

　　在這一點上，受日本和歌俳句影響較大的海音社與湖畔詩社的小詩，和受泰戈爾影響、受中國古詩影響較大的冰心、俞平伯的小詩比較起來，就表現出了完全不同的旨趣。前者重直觀、重感受、重情緒，後者則重理智、重邏輯、重說理。冰心的小詩和泰戈爾《飛鳥集》一樣，大都是說理的格言詩。如〈繁星〉中有「言論的花兒／開

---

18 鈴木大拙撰，陶剛譯：《禪與日本文化》（北京市：生活・讀書・新知三聯書店，1989年），頁165。

19 王向遠：《東方文學史通論》（上海市：上海文藝出版社，1994年），頁105。

得愈大，／行為的果子／結得愈小」；「聰明人！／要提防的是，／憂
鬱時的文字，／愉快時的語言」。難怪梁實秋說她是「一位冷若冰霜
的教訓者」了[20]。胡適抱怨俞平伯「偏喜歡說理，他本可以作詩，但
他偏要兼作哲學家」；[21]聞一多也批評俞平伯「太多教訓理論」。[22]而
海音社和湖畔詩社的小詩正相反。草川未雨（張秀中）在〈中國新詩
壇的昨日今日和明日〉中認為海音社的《短歌叢書》的寫法是具體
的、暗示的、象徵比喻的；汪靜之在總結湖畔詩社的小詩的特點時曾
說過：湖畔詩社四詩友「不把詩寫成冷冰冰的格言」。[23]這樣的特點是
與日本詩歌（和歌俳句）相通的。所以，從風格上看，冰心的小詩是
飽經滄桑、精於事理、老成持重的；而湖畔詩社的小詩則體現出晶瑩
剔透、樸素自然、天真爛漫的青春少年的氣質。這種樸素自然、天真
爛漫的風格與小林一茶的俳句風格很有關係。小林一茶是江戶時代著
名俳人，也是周作人專門撰文評價的唯一的一個日本俳人，對中國小
詩的影響頗大。而且周作人在介紹、翻譯小林一茶的俳句的時候，特
別強調一茶俳句所獨有的風格特色。周作人指出：「一茶的俳句在日
本文學史上是獨一無二的作品，可以說是前無古人，大約也不妨說後
無來者的。他的特色在於他的小孩子氣……一方面是天真爛漫的稚
氣，一方面又是倔強皮賴，容易鬧脾氣的：因為這兩者本是小孩的性
情，不足為奇。」[24]一茶創作了許多膾炙人口的「孩子氣」的俳句。
如：「來和我玩吧，沒爹沒娘的可憐的、小麻雀兒呀」；「不要打它

---

20 梁實秋：〈〈繁星〉與〈春水〉〉，載范伯群編：《冰心研究資料》（北京市：北京出版
　　社，1984年），頁372。

21 胡適：〈俞平伯的〈冬夜〉〉，載《俞平伯研究資料》（天津市：天津人民出版社，
　　1986年），頁209。

22 聞一多：〈〈冬夜〉的評論〉，載《俞平伯研究資料》（天津市：天津人民出版社，
　　1986年），頁249。

23 汪靜之：〈回憶湖畔詩社〉，原載《詩刊》1989年第7期。

24 周作人：〈俺的春天〉，載《知堂書話》上冊（長沙市：嶽麓書社，1986年），頁29。

呀，蒼蠅在搓它的手，搓它的腳呢」；「小小雀兒呀，你快躲到路旁吧，烈馬跑來啦」等等。這種「孩子氣」的詩，在中國湖畔詩社的《湖畔》詩集中也隨處可見。如：「花呀，花呀，別怕罷，／我慰著暴風猛雨裡哭了的花，／花呀，花呀，別怕罷」（〈小詩六〉）；「蛙的跳舞家呵，／你想跳上山巔嗎？／想跳上天吧」（〈西湖小詩第十五〉）。這裡把弱小的動植物視為同類，視為朋友，而生起一種孩子般的天然的同情，和一茶的俳句如出一轍。在《湖畔》中描寫愛情的小詩裡，也依然帶著這種天真的孩子氣，如「伊香甜的笑，／沁入我的心，／我也想跟伊笑笑呵」（〈笑笑〉）；「親愛的！／我浮在你溫和的愛的波上了，／讓我洗個澡罷」（〈愛的波〉）。這樣的素樸天真、稚氣撲人的詩，洋溢著五四新文學特有的時代氣息，在五四新詩中卓成一派。朱自清在給汪靜之的〈蕙的風〉作序時說得好：其中的詩「有時未免有些稚氣，然而稚氣究竟遠勝於暮氣；……況且稚氣總是充滿著一種新鮮風味」。[25]中國詩歌發展了幾千年，越來越成人化，老年化。這些小詩中的單純、天真和幼稚，正如馮文炳所說的，「卻正是舊詩文裡所沒有的生機」。[26]

　　儘管中國小詩曾充滿了這樣的生機，但是，這種生機並沒有維持多久，它到了一九二四年前後就衰微了。如上所述，小詩運動是在外來詩歌（主要是日本的和歌俳句）的啟發和影響下形成的詩歌革新實驗運動。它的宗旨是打破傳統詩歌的語言禁錮，打破詩歌的貴族化的壟斷，使寫詩不受既成語言規範的束縛，不以詩的形式為核心，而是以個人感受為核心，以個人的情緒為核心。在二十世紀二〇年代初那個吐故納新的特定的文化和文學轉型時期，小詩的流行具有矯枉過正的性質。所謂「矯枉」是對僵化的傳統的古典詩歌形式的「矯枉」，

25 朱清：〈〈蕙的風〉序〉，載《湖畔詩社評論資料選》（上海市：華東師範大學出版社，1986年），頁98。

26 馮文炳：〈湖畔〉，載《談新詩》（北京市：人民文學出版社，1984年）。

但是它「過正」了。除了一首小詩限制在兩三行，除了詩的短小以外，其他的形式完全甩掉了。中國的小詩在流行的兩三年中，始終沒有形成自己的特有的形式，或者說，沒有形成一種獨立的詩體。這種唯「小」而已、缺乏藝術規範的詩，寫起來容易，但是卻很難寫好。小詩的靈魂本是作者清新的感受和瞬間的悟性，然而清新的感受不易多得，瞬間的悟性也並不常有。所以，大部分小詩也只有寫得平淡無奇，甚至如蒲風所說的「大量產生」，「粗製濫造，醜不成話」[27]了。誠然，日本的和歌俳句也同樣存在著中國小詩那種大量產生、粗製濫造的情況。尤其是俳句，它一開始就是一種通俗化的詩體，日本人從文人墨客到一般家庭婦女都能作俳句，因而號稱「全民皆詩人」。但是無論怎樣粗製濫造，它的基本形式（格律、特有的修辭等）都沒有被丟掉。另一方面，中國的小詩沒有像日本的和歌俳句那樣形成一種內在的審美特質。日本人作俳句講究所謂「俳句趣味」，所謂「俳句趣味」，就是「淡泊平易的趣味」（正岡子規語），或稱「非人情」（夏目漱石語，意即超社會、超人間）的趣味，而其實質就是「禪宗趣味」。「禪宗趣味」是日本詩歌審美意識的核心。日本文學史上一流的和歌俳句詩人，如西行、慈圓、鴨長明、松尾芭蕉、小林一茶等人都是佛教禪宗僧人。像松尾芭蕉的〈古池〉那樣的名句，表現的就是禪宗教徒對宇宙本體的感情，對自我與大自然同一性的體驗。芭蕉式的這種超越性、悟道性，貫穿著、影響著整個日本俳句的發展歷史，是日本詩學的精髓。而五四時期的中國卻缺乏總體的佛教文化氛圍（當時的佛教是被許多人當作新文化的對立面看待的），而且小詩的作者也沒有日本詩人那樣的禪學修煉。劇烈變動的時代又很難給詩人們提供一種虛靜、淡泊、超越的環境和心境。在五四個性解放的時代浪潮中，小詩作為一種表現自我和個性的文學形式是非常便當的。但是，

---

27 蒲風：〈五四到現在的中國詩壇鳥瞰〉，原載《詩歌季刊》第1卷第1-2期（1934年）。

由於小詩體制的短小，它只適合描寫一種心境，一種情緒，一種直覺和一種感受，卻很難承載多大的社會內容。當時代已經由五四時期的「個性解放」逐漸向五四以後的「社會解放」發展過渡的時候，僅僅表達個人感受和瞬間情緒的小詩就顯得不合時宜了。讀者和批評家對詩的社會價值、社會意義的要求越來越高。周作人在〈論小詩〉中所提倡的表現並不「迫切」的「日常生活」和「剎那的感覺之心」、捕捉「剎那的內生活的變遷」的主張，也與時代節奏不相協調了。因此，到了二〇年代中期，以聞一多為代表的「格律派」是對小詩形式上的否定；早期左翼詩人的社會性、宣傳性、鼓動性的詩則是對小詩的內容上的超越。小詩在這種否定與超越中失去了它存在的合理性，也就走向了衰亡，也便成了中國現代文學中的一種「歷史的存在」。不過，小詩的一些特點，以及小詩從日本和歌俳句中所借鑒的許多詩藝，不久就被繼之興起的象徵主義詩歌所汲取。松尾芭蕉的象徵和暗示，小林一茶的鮮明的意象，都對中國的象徵派的詩歌產生了一定的影響。所以，與其說小詩衰亡了，不如說小詩在衰亡中轉化了。

文體・材料・趣味・個性
——以周作人為代表的中國小品文與日本寫生文的比較[1]

一　中日文壇的幾個文體概念及其聯繫

　　小品文和寫生文分別是中國和日本現代散文中的兩種重要的文體。要全面準確地闡明中國現代小品文的起源、形成及其特點，就必須弄清它與日本寫生文的關係。但長期以來，人們很重視歐洲（主要是英國）散文與中國小品文的比較研究，卻忽略了中國小品文與日本寫生文之間關係的研究。事實上，中日兩國的這兩種散文文體具有許多事實上的聯繫和內在的親緣關係。在我看來，就整個中國現代散文的總體情況而言，英國散文的影響可以說是首要的和巨大的，但就小品文這種特定的散文文體而言，日本的寫生文的影響似乎更大，與中國小品文的淵源關係似乎也更為深刻。

　　從中日兩國的這兩個文體概念的生成來看，「小品文」和「寫生文」有著許多內在的複雜的交叉聯繫。首先，無論是「小品文」還是「寫生文」，它們都脫胎於使用更早的一個文體概念——「美文」。在日本，明治二十年（1888），作為歐化文體的反動，作家落合直文就熱心提倡「新國文體」，仿效平安王朝時代典雅的文章，大量使用文言「雅語」，追求一種浪漫唯美的純文學風格，時人稱之為「美文」。鹽井雨江、武鳥羽衣、大町桂月等，都被稱為「美文家」。後來當正岡子規開始提倡寫生文的時候，「美文」正在流行。正岡子規在闡述

1　本文原載《魯迅研究月刊》（北京），1996年第4期。

他的寫生文理想的題為〈敘事文〉的文章裡，也借用了「美文」這一概念。雖然寫生文作者對美文的擬古傾向表示不滿，但仍然不得不權且借用「美文」的概念。有的寫生文作者還把寫生文理解為獨立於戲劇、小說等文體的一種「美文」。周作人留學日本的時候，美文的「全盛時代」剛過去不久，相當關注日本文壇動向的周作人不能不對日本美文留下深刻印象。他於一九二一年在《晨報副刊》上發表了一篇題為〈美文〉的短文，向中國文壇提倡「美文」。他指出：「外國文學裡有一種所謂論文，其中大約可以分為兩類。一批評的，是學術性的。二記述的，是藝術性的，又稱作美文，這裡邊又可以分出敘事與抒情，但也很多兩者夾雜的。」[2]這一段話裡有兩點需要注意，第一，「美文」這一概念是周作人在此首次引入中國的，這個日語漢字詞彙此前並不見在中國使用；第二，周作人在此對美文概念的界定與他所喜歡的一個日本散文作家坂本文泉子（一名四方太）對寫生文的界定非常一致。四方太在〈關於寫生文〉一文中，把文章分為「美術的記事文」和「科學的記事文」兩種，並認為前者屬於「寫生文」，而後者「從美文的角度來看是超出了文學領域的」[3]。這種兩分法與周作人的所謂「學術性的」和「藝術性的」兩分法如出一轍。所不同的是，文泉子認為，「寫生文」是「美文」的一種，或者說屬於「美文」；而周作人沒有採用「寫生文」的概念，只使用了比寫生文更有概括性的「美文」的概念。人們在研究中國現代散文或小品文的起源的時候，常常引用周作人的這篇文章，但也許是因為周作人的文中有「這種美文似乎在英語國民裡最為發達」的提法，所以人們便忽視了周作人所說的「美文」與日本美文的關係。這是需要特別加以強調和矯正的。

2　周作人：〈美文〉，原載《晨報副刊》，1921年6月8日。

3　坂本文泉子：〈關於寫生文〉，原載《杜鵑》，1906年1月。

　　周作人率先引進並使用了日本的「美文」這一文體概念，但它在後來的文章中，就很少再用，而更多地使用「小品文」這一概念了。這大概是因為，「美文」作為一個外來詞，於中國讀者比較陌生，而「小品文」一詞本來是中國「古已有之」的，有約定俗成之便利。再加上周作人的文學趣味開始向中國古典文學轉移，「小品文」一詞更能體現他所提倡的散文與古典散文的繼承關係。從日本方面來說，「美文」在明治中後期，其勢力已為正岡子規所提倡的「寫生文」所取代，從而走向沉寂，而正岡子規提倡的「寫生文」在性質上與中國的小品文很接近。當「寫生文」這一概念尚未固定下來的時候，正岡子規有時也把「寫生文」稱為「小品文」。如他在《杜鵑》雜誌第四卷第一號卷首寫到：「……《杜鵑》所致力者，是小品文。這其中，有命題徵稿的小品文，但最需費力的還是寫實的小品文。」他所謂的「寫實的小品文」也就是後來他所明確主張的實地考察、現場寫生的「寫生文」。正岡子規之所以要用「小品文」來稱呼早期的寫生文，不僅僅是概念上的借用，而且還有更深層的原因。那就是：日本的寫生文和中國現代小品文都有一個共同的淵源，即中國的抒情言志的古典散文，如陶淵明、柳宗元的作品，明代公安、竟陵派的小品文。中國現代的小品文起源於明代小品，這早已成為一種公論。而正岡子規等日本的寫生文作家雖然認為中國和西洋有「寫生趣味」的文章而無「寫生文」，但他們中的許多人都有很好的漢學修養，對中國古典散文比較熟悉，並自覺不自覺地受其影響。如坂本文泉子就很欣賞柳宗元的文章，並把他的文章看成是「寫生趣味」的範例；另一個寫生文大家夏目漱石則對陶淵明推崇備至，在創作上也刻意追求陶氏作品的韻味。因此，「小品文」的概念的暫時借用，在一定意義上表明了日本寫生文與中國古代小品文的內在關係。另外，中國的小品文和日本的寫生文還有一個共通點：它們都是和西洋的「sketch」相對應的一種文體。「寫生文」一詞，就是正岡子規對英文「sketch」的譯詞；至

於中國的小品文，有人認為它相當於英文的「essay」。但是，「essay」在英文中指的是一般的散文，而小品文則是散文中的一類。所以，我認為還是夏征農說得準確：小品文指的是一種「速寫」，相當於英文的「sketch」。[4]總之，中國的小品文和日本的寫生文在東方都有著共同的根源──中國的古典散文；在西方則都有著共同的相對應的文體──「sketch」。

　　日本寫生文和中國小品文兩種文體的相通，除了有共同的東方文學的淵源和西方文學的參照之外，周作人作為中國現代小品文的創始者，為兩種文體的溝通也起到了相當重要的作用。許多資料表明，日本寫生文對周作人現代小品文觀念及其創作風格的形成產生了較為重要的影響。他曾經不止一次地提到日本寫生文及寫生文作家。他認為，「子規所提倡的寫生亦應用於散文方面，有一種特別的成就」[5]，表示「很喜歡根岸派（以正岡子規為中心的俳句和寫實文流派──引者注）所提倡的寫生文，正岡子規之外，坂本文泉子與長塚節的散文，我至今還愛讀」[6]。他還說過：「那時候在東京，遇著寫生文和自然主義的潮流，自然主義的理論甚可佩服，寫生文成績則大有可觀。我不懂《保登登岐須》（雜誌《杜鵑》的音譯──引者注）上的俳句，卻多讀其散文，如漱石、虛子、文泉子以至長塚的著作，都是最初在那裡發現，看出興會來的。」[7]據他回憶，那時他還「擬作寫生文」，並保存下了一段「記釣魚的」寫生文，後來抄錄在《知堂回想錄》裡。[8]看來，日本寫生文是周作人最早感興趣的一種日本文體，對周作人日後成為一個散文家起到了潛移默化的作用。在他回國以後

4　夏征農：〈論小品文〉，載《文學問答集》（上海市：上海生活書店，1935年）。

5　周作人：〈俳諧〉，《知堂回想錄》（香港：三育圖書文具公司，1974年）。

6　周作人：〈冬天的蠅〉，載鐘叔河編：《知堂書話》（長沙市：嶽麓書社，1986年）。

7　周作人：〈如夢記〉，載鐘叔河編：《知堂書話》（長沙市：嶽麓書社，1986年）。

8　周作人：〈俳諧〉，《知堂回想錄》（香港：三育圖書文具公司，1974年）。

提倡「美文」、「小品文」的有關文章裡，雖然常常拿西洋的散文作理論標榜，但總有日本散文（寫生文）的文體精神暗含其中。周作人在談到他的知識結構的時候曾說過：「大抵從西洋來的屬於知的方面為多，從日本來的屬於情的方面為多。」[9]表現在散文方面也是如此。也就是說，在散文理論上，他多受西洋的影響，舉英國散文作表率；而在散文創作、特別是小品文創作上，他的情感方式和內在氣質更多的和日本的散文，特別是寫生文相通相似，這就形成了周作人的小品文和日本寫生文諸多共同的文體特徵。而且周作人的小品文又影響了俞平伯、廢名、鍾敬文等一代人的創作。所以，從總體上看，二十世紀二〇至三〇年代中國小品文的創作和日本寫生文都具有直接或間接的相通與聯繫。

二　小品文與寫生文的題材

　　決定寫生文和小品文文體特徵的首先是題材。題材應該包括材料的範圍和材料的性質。寫生文和小品文在題材的範圍上大都是客觀的自然，其性質是超社會性和超人間性。日本寫生文作家通常把材料的範圍分為「人間」和「天然」（或稱「自然」）兩個方面，並且把「人間」和「天然」對立起來，認為寫生文的題材範圍不是「人間」而是「天然」。這種題材意識最初是在日本寫生繪畫的影響下形成的。當時的油畫畫家中村不折等人對以前的畫家拘泥於傳統繪畫的陳腐僵化的構思深感不滿，提出了寫生繪畫的主張，要求畫家拿著鉛筆和筆記本走出戶外寫生。繪畫界的這一舉動啟發和感染了正岡子規及其弟子們。他們首先在俳句創作中進行寫生實驗，然後推及散文。先把這種散文稱為「俳句散文」或「俳文」，後又稱「寫生文」。以正岡子規為

9　周作人：〈我的雜學〉，載《苦口甘口》（上海市：上海太平書局，1944年）。

中心的寫生文作家，本來都是寫俳句的「俳人」，而俳句所吟詠的本
來就是「自然」，即使吟詠「人間」，也是把「人間」視為一種自然
物，只著眼於人間事象的表層。由於寫生文是從俳句發展而來的，所
以在取材範圍上依然如同俳句一樣限於描寫「自然」。正如寫生文家
柳田國男所概括的：「歸根結柢，寫生文的生命就在於從自然界的懷
抱中，親手採摘鮮活清新的材料。」寫生文作家們認為，寫生至多不
過是人間事象的表層的寫生，靠鉛筆和筆記本寫生是難以研究「人
間」的。深入地描寫事件，剖析人生，是小說、戲劇的事情。坂本文
泉子在談到小說與寫生文兩種文體的區別的時候說過：「描寫人生的
是小說，描寫天然的是寫生文。換言之，寫生文是不觸及人生的。」
文泉子在這裡所說的「人生」，也就是「人間」，是與「天然」相對而
言的人際糾葛、人的社會關係，用日本寫生文作家通用的另一個詞來
說，就是「人情」。所以文泉子斷言，小說是以「人情」為主題的，
寫生文則在「人情」之外尋找主題，「不能在人情之外見出詩意的人
連談論寫生文的資格都沒有」。「人情之外」也就是夏目漱石所謂的
「非人情」。坂本文泉子在理解和闡釋漱石所說的「非人情」的時候
認為，「大體而言，東洋的文學藝術以天然為本，西洋則以人間為
本。……既以天然為本，就不能深入人情之中，這也就是非人情」。
他說：「人情的一面帶著詩意，另一面也帶著俗氣。即使俗氣脫去
了，也脫不掉人間的臭味。要脫去這種臭味，除了非人情之外，別無
辦法。」[10]基於對寫生文文本性質的這種理解，日本寫生文的題材範
圍相當集中，不是描寫山川風物，就是描寫草木蟲魚；不是懷舊記
往、日常瑣事，就是抒寫閒情逸致。正如野上豐一郎所說的：「寫生
文絕不描寫人間，決不探索人的靈魂。寫生文的對象不是人間及人間
的世界，而是包圍著人間的物，是對物及其活動的正確忠實但又是表

---

10 坂本文泉子：〈文話三則〉，原載《杜鵑》，1906年12月1日。

層的描寫。」[11]

　　和日本寫生文比較起來，中國的小品文在取材的範圍上並沒有那麼強調描寫自然或「天然」。林語堂曾提出，「宇宙之大，蒼蠅之微」，「國事之大，喜怒之微」，小品文皆可取材。但實際上，在以周作人為代表的中國小品文中，「宇宙之大」殆屬罕見，「國事之大」更不去談，「蒼蠅之微」卻幾乎成了小品文的題材上的專利品。周作人在五四時期創作的雜文，是寫「宇宙之大」的，但後來的小品文卻有著很不同於雜文的題材意識。他有意迴避社會時事、人間是非，標榜「用心寫好文章，莫管人家鳥事，且談草木蟲魚」[12]。「草木蟲魚」也就是日本寫生文作家所說的「自然」或「天然」。這方面周作人的確談了不少。從菱角、莧菜，到「故鄉的野菜」；從地下的蚯蚓、土撥鼠，到地上的蝙蝠、貓頭鷹乃至螢火蟲；從品茶、喝酒、「油炸鬼」，到「北京的茶食」。除這些「草木蟲魚」之類的「自然」、「天然」的東西以外，周作人的小品文的取材範圍似乎比日本小品文廣泛一些。日本小品文以描寫大自然為主，而周作人的小品文則上至天文，下至地理，說中道外，談古論今。但他把這一切都限制在書本之內，似乎無所不談，其實所談有限，時刻注意著與社會現實保持足夠的距離，不捲到人情是非中去。所以周作人的小品文的取材是廣泛中的狹隘，雜多中的單一，無所不談而又有所不談。日本的寫生文強調對大自然的「寫生」，提倡寫生文作家像畫家那樣走出戶外，描寫大自然，從大自然中取材；而周作人等中國小品文作家則埋頭書齋，啜著苦茶，翻檢古書洋書，從書本中取材。但他們都有一個本質的共同點：超社會，超人間，「非人情」。

11　野上豐一郎：〈作為寫生文家的四方太〉，原載《杜鵑》，1917年7月1日。
12　周作人：〈後記〉，《苦茶隨筆》（上海市：北新書局，1935年）。

三　小品文與寫生文的「趣味」

　　這樣的取材範圍和材料性質是由小品文和寫生文追求的所謂「趣味」所決定的。可以說「趣味」是小品文和寫生文的靈魂。在日本寫生文中，所謂「趣味」主要是指「俳句趣味」（簡稱「俳味」），也有人稱作「超越趣味」，是帶著一種超然的審美情感來看待客觀事物時所產生的一種超脫、閒適的心態，一種淡淡的詼諧和幽默。坂本文泉子在〈寫生文雜話〉一文中說：「寫生文的目的就是要把俳句趣味表現在散文上。」在〈文話三則〉中又說：「傳達出某種事物的趣味是（寫生文的）主眼。」周作人對「日本文學裡的俳味」十分推崇，認為它有「一種特殊的氣韻」。在談到自己的小品文創作的時候，周作人也常常談「趣味」，他標榜自己的小品文是「趣味之文」[13]，他的文章也被時人評為「趣味文學」。寫生文和小品文「趣味」的共同的文化淵源是東方佛教禪宗的物我合一的悟性、老莊的超越與虛靜、山水隱逸文學的淡泊空靈，其核心便是「平和沖淡」。夏目漱石指出：「寫生文家要避免捶胸頓足的熱烈情緒。」[14]正岡子規也指出，寫生文趣味「不是濃厚的趣味，不是高深的趣味，而是淡泊平易的趣味」[15]。五四運動落潮以後，周作人在散文創作上也有意識地擺脫五四時期的「浮躁淩厲」，追求一種平和沖淡的風格。他自謂「我近來作文極慕平淡自然的景地」[16]，「凡是狂熱的與虛華的，無論善或惡，皆為我所不喜歡」[17]。周作人的小品文和日本寫生文的這種平和沖淡，在文體上主要表現為超然物外，淡然旁觀，沒有大喜大怒，大悲大傷；清淡

13　周作人：〈序〉，《澤瀉集》（上海市：北新書局，1927年）。

14　夏目漱石：〈寫生文〉，原載《讀賣新聞》，1907年1月20日。

15　正岡子規：〈俳句新派的傾向〉，原載《杜鵑》，1899年1月。

16　周作人：〈序二〉，《雨天的書》（上海市：北新書局，1925年）。

17　周作人：〈原序〉，《書房一角》（北京市：新民印書館，1944年）。

但不無味，超然但不玄虛，有情但不矯情，有思想但不高頭講章，下
結論但不強加於人，表現出東方人特有的平正調和的境界。寫生文和
小品文作家為了能夠表現出這種平淡清麗之「趣味」，都很重視自我
心性的修練，以求保持平靜淡泊的心境或心態。夏目漱石強調：「寫
生文和一般的文章有種種差異，其中最重要的一點是作者的心態，其
他特點皆由此而生。只要在這方面下功夫，一切問題都會迎刃而
解。」他進一步解釋說：「寫生文家對人事的態度，不是貴人對賤人
的態度，不是賢者對愚者的態度，不是君子對小人態度，不是男對
女、女對男的態度，而是大人看孩子的態度，是雙親對兒童的態
度。」[18]一句話，就是超價值判斷、超利害、無差別的純審美的態
度。他在〈雞冠花序〉中又用「有餘裕」一詞來概括這種態度。按照
周作人的理解，所謂「餘裕」就是「緩緩的，從容不迫的賞玩人生」
[19]，也就是要有閒情逸致。事實上，中國小品文理論中的「閒適」一
詞與漱石的「餘裕」一詞含義完全相同。有了「餘裕」或「閒適」，
平和沖淡的「趣味」便自然而生。在寫生文和小品文中，越是不觸及
社會人生的無關緊要、無關宏旨、可有可無的東西，就越是有「趣
味」；凡是有礙於「緩緩的，從容不迫的賞玩人生」的東西，都被排
除在「趣味」之外。以這種閒情逸致觀察萬物，則萬事萬物無不有
「趣味」。一般人覺得有趣的風花雪月、草木蟲魚、聲色犬馬、琴棋
書畫不必說，一般人覺得無趣、甚至是醜陋的東西，寫生文和小品文
作家也要能夠從中發現趣味。如漱石所說的，「車夫馬夫的嘮叨，馬
兒放屁，狗生崽子」等等，都有趣味。在日本寫生文中，被視為寫生
文鼻祖的十七世紀的松尾芭蕉就寫過馬尿，小林一茶寫過蒼蠅。周作
人的小品文有好幾篇是這一類化醜為美的。例如他也曾饒有興致地寫

18　夏目漱石：〈寫生文〉，原載《讀賣新聞》，1907年1月20日。
19　周作人：〈日本近三十年小說之發達〉，載《藝術與生活》（上海市：上海群益書
　　社，1926年）。

過蒼蠅，津津有味地寫過蝨子。就寫蒼蠅而言，周作人曾自述是受小林一茶和永井荷風的影響，這也算是一種「日本趣味」吧。

但是，我們也應注意到，周作人乃至中國小品文作家所談的「趣味」，所表現的「趣味」，和日本寫生文的「趣味」終歸有所差異。從現實上看，明治時代可謂日本的「盛世」，二、三〇年代卻是中國的亂世。在盛世和亂世中談「趣味」，味道自然有所不同。從文學傳統上說，日本文學從古代到現代，總體上都具有一種「唯情主義」傾向，其藝術趣味是超政治、超社會的。日本寫生文作家、評論家一開始就在純文學的範圍內談論寫生文。他們只談「趣味」本身、文體本身。在連篇累牘的關於寫生文的評論文章和研究論文裡，他們所熱心討論的，是寫生文怎樣才有「趣味」、寫生文的文體特徵、寫作方法和技巧等等。而中國的小品文作家和評論家則極少單純孤立地談趣味。就周作人而言，他在小品文中表現「趣味」，在他的各種小品文集的序跋中主張「趣味」，但總有點不是那麼從容，不是那麼自然。這一方面是因為當時中國評論界對小品文的閒適趣味多有責難。另一方面，在周作人的潛意識裡，始終存在著難以調和的矛盾。用他自己的話來說，就是「趣味」與「作用」的矛盾，「積極」與「消極」的矛盾，「叛徒」與「隱士」的矛盾，「載道」與「言志」的矛盾。所以，在外界的責難和自身的矛盾之中，周作人談趣味談得並不坦然，既想當「叛徒」，又想做「隱士」，一會兒責備自己「總是不夠消極」，「太積極了」，一會兒說自己「缺少一點熱與動」，是「美中不足」。這種矛盾心態自覺不自覺地流露在他的小品文裡，使得他小品文中的「趣味」常常顯得造作和勉力為之，有時甚至使人覺得是出於迫不得已，是為了「苟全性命於亂世」（周作人語）才談「趣味」。

儘管周作人在標舉「趣味」時有這樣的矛盾，但總體上看，中國小品文和日本寫生文所追求的這種「趣味」同樣都是超社會性的、純粹的個人趣味，是個人的感受、癖好、興趣、心境和日常瑣事的抒寫

和記錄。所以寫生文和小品文既是平和沖淡的趣味文體，又是非常個
性化的文體。日本寫生文一方面反對在文中流露強烈的感情，以免失
去清淡平和；另一方面又反對做純客觀的、死板的描述，反對摹仿古
人，主張寫生應該滲透著作家的個性和悟性，要做「活寫生」，不做
「死寫生」。如坂本文泉子就認為，把眼見耳聞的東西一五一十地寫
下來並不就是寫生文，重要的是要有「個性的發現」[20]。伊藤左千夫
也認為：「從前的文章由於過分注重文章的技巧，作者的人格脾性均
被淹沒不露。寫生文則不能如此」[21]，所以要打破舊的技巧的束縛。
同樣地，中國小品文也非常注重文章的個性。周作人在他的小品文集
《自己的園地》〈舊序〉中，聲稱寫文章不必「想於社會有益」，否則
「就太抹殺了自己」，「因為文藝只是自己的表現」。林語堂更明確地
主張小品文要「以自我為中心」，並扼要地把小品文的文體特徵概括
為「個人筆調」[22]。從文體上說，寫生文和小品文對個性的強調也就
是對個性化文體的強調。但是，在文體的意義之外，中國小品文和日
本寫生文對「自我」、對「個性」卻有著不同的定位和不同的理解。
日本寫生文所謂的個性是相對於客觀自然而言的作家的個性，強調的
是寫生文作者對外界自然的獨特觀察和表現，是把個人的體驗投注到
客觀的寫生中。為了表現個性，日本寫生文家努力把客觀具體的描述
性的「科學的記事文」同寫生文區別開來，把主觀與客觀相統一的
「寫生」和純客觀的「寫真」（照相）區別開來，把表現審美感受的
寫生文和不計美醜的「博物圖」區別開來。同時，為了避免寫生文過
於散漫、無中心，從正岡子規開始，日本寫生文就特別注意文章的
「山」。所謂「山」，要有跌宕起伏，要有脈絡，要有中心，要有高

---

20 坂本文泉子：〈給學習寫生文的人〉，原載《文章世界》，1910年9月15日。
21 伊藤左千夫：〈寫生文論〉，原載《趣味》，1907年7月1日。
22 林語堂：〈關於〈人世間〉〉，載《林語堂文選》下冊（北京市：中國國際廣播出版
　　社，1990年）。

潮，也就是要有作家個人的主觀的情思貫穿文中。和日本的寫生文不
同，中國小品文中的個性不是和客觀自然相對而言的個性，而是和現
實社會、和現實政治相對而言的個性。日本寫生文作家強調「個
性」，是為了矯正初期寫生文過分客觀的寫實和寫生；中國的小品文
作家強調「個性」，則是為了矯正五四時期雜文的強烈的社會性，是
對社會政治和人情是非不做置喙。換言之，日本寫生文在人與客觀自
然的關係中理解「個性」，中國小品文則在個人與社會的關係中理解
「個性」。

中國的日本文學研究的歷史經驗、文化功能及學術史撰寫[1]

一　中國日本文學研究的歷史經驗與學術積累

　　日本文學在中國的譯介、評論與研究，從晚清時代算起，已經有一百多年的歷史。據筆者大體統計，到二〇一〇年為止的一百多年間，中國大陸地區翻譯出版的日本文學單行本已達兩千五百多種，日本文學譯本的數量在各國文學譯本中位居第五；有關日本文學的評論與研究的文章約兩千多篇，有關研究專著（含論文集，不含教科書）有二百多部。研究成果大體可以歸納為如下八個方面：

　　第一個方面是日本文學史的綜合研究。周作人一九一八年的長文「日本近三十年小說之發達」（1918年）是站在中國人及中國文學的角度，對明治維新後日本小說所做的考察與評論，目的是為中國新文學的發展提供借鑒，開中國人日本現代文學史研究之先河。十年後出版的謝六逸的《日本文學史》，是中國第一部從古代到現代的日本文學通史，首次對日本文學發展史做出了系統的縱向把握。謝六逸之後的半個多世紀中，由於歷史的和學術上的原因，日本文學史的著述幾乎處於空白狀態。一九八七年出版的呂元明著《日本文學史》是新中國成立後第一部用漢文撰寫出版的、有中國學者立場和觀點的日本文學通史。一九九〇年代開始，陸續出現了一批各具特點、各有用途的

1　本文原載《外國文學研究》（武漢），2013年第6期。

新的日本文學史教材類著作。其中，葉渭渠的《日本文學思潮史》作
為從思潮角度撰寫的日本文學通史，具有顯著的學術個性；葉渭渠、
唐月梅合著四卷本《日本文學史》則是集大成之作，綜合各家之長，
在許多方面超越了日本學者的相關研究，代表了二十世紀末期之前中
國日本文學史研究的最高水平。

　　第二個方面是《萬葉集》及和歌、俳句的研究。和歌、俳句是日
本古典詩歌的典範性樣式，也是日本人精神文化的重要載體。要把和
歌、俳句置於漢語文化的平臺或語境中加以研究，首先就有賴於和
歌、俳句的漢譯。和歌、俳句的漢譯及關於漢譯方法的爭鳴討論本
身，也是中國和歌俳句研究的獨特形態。周作人、錢稻孫、楊烈、林
林、李芒、趙樂珄、金偉、吳彥等，在不同的歷史階段為和歌俳句的
漢譯、研究做出了自己的貢獻。從俳句翻譯及格律模仿中誕生的「漢
俳」成為中國當代的新型小詩體，豐富了中國詩歌體式，具有重要的
文學價值。和歌、俳句無論在內容表現、還是在藝術形式上，都與中
國文學有著密切的關聯，王曉平等中國學者的和歌俳句研究，在選題
上也大都從中日文學關係的角度出發，充分發揮中國立場和中國文化
的優勢，在借鑒吸收日本學者的研究成果的基礎上形成了鮮明的研究
特色。在日本和歌史、俳句史的研究上，鄭民欽的《日本民族詩歌
史》等著作最有代表性。

　　第三個方面是《源氏物語》等古典散文敘事文學研究。所謂日本
古典散文敘事文學，是指用古日語寫作的古代「王朝物語」、中世
「戰記物語」、「說話」及近世各體市井小說等。對中國而言，這些作
品因語言文化的阻隔大，翻譯難度也很大，因而翻譯既是研究的基
礎，其本身也是一種研究。豐子愷、林文月等對《源氏物語》等貴族
文學的翻譯，周作人等對古代神話的翻譯，周作人、申非、王新禧等
對《平家物語》的翻譯，金偉、吳彥對《今昔物語集》等民間說話的
翻譯，周作人、錢稻孫、李樹果等對江戶市井小說的譯介與研究，都

為相關的學術研究打下了基礎，也為相關的研究做出了貢獻。不同歷
史階段中國學者對日本古代散文文學都做了不同角度的評論與研究。
其中，對《源氏物語》的評論研究在中國已頗具規模，經歷了從主觀
性的評論到力圖貼近日本原典文化的解讀與研究的過程，站在中國文
化和比較文學的立場上，形成了中國特色的「源學」。

　　第四個方面是戲劇文學研究。日本戲劇是一種綜合性的藝術，中
國對日本戲劇的翻譯介紹，多從「戲劇文學」的立場進行。周作人、
錢稻孫、劉振瀛、申非、麻國鈞、王冬蘭等對日本古典戲劇及戲劇理
論的譯介，填補了文學翻譯與戲劇文學翻譯的空白，奠定了中國的日
本戲劇研究的基礎。王愛民、崔亞南的《日本戲劇概論》、唐月梅的
《日本戲劇史》以及能樂、歌舞伎、狂言等劇種的評介專著，填補了
相關領域的知識空白。在此基礎上的日本戲劇文學研究，一方面注重
對日本戲劇文化、審美心理的體察與理解，一方面站在比較戲劇的立
場上，研究中日戲劇文學關係與交流，形成了自己的研究特色。

　　第五個方面是日本漢學及日本漢詩文研究。漢文學研究是日本漢
學研究的重要組成部分，日本漢學中包含了日本的漢文學研究。中國
學者對日本漢學的研究，也包含著對日本學者的漢文學研究的研究。
在這方面，嚴紹璗的《日本的中國學家》、《日本中國學史稿》關於
「日本中國學」的研究成果首開風氣、奠定了基礎，李慶的五卷本
《日本漢學史》集其大成。一九八〇年代以來，中國學界對日本以漢
詩為主、包括漢文及漢語小說在內的漢文學展開了研究，陸續出現了
馬歌東《日本漢詩溯源比較研究》、王曉平《日本詩經學史》等力
作。宋再新、肖瑞鋒、高文漢、嚴明、張石、孫虎堂、馬駿、陳福康
等研究者也各有特色。從作品分類整理、注釋賞析，到對相關作品進
行個案研究；從中日的比較研究及關係研究，到綜合性的專題研究，
還有文體學、語言學等不同層面上的研究，更有大規模的日本漢文學
史著作問世，解決了文獻學、詩學、比較文學層面上的許多問題。

　　第六個方面是日本現代文學研究。所謂「日本現代文學」，在時段上包括了從一八六八年開始的明治時代，到當下二〇一〇年代的一百四十多年間的文學，包括了中國讀者習慣上所說的「近代文學」、「現代文學」、「當代文學」。從歷史上看，這一段文學史的時間雖不太長，但處在從傳統文學到現代文學轉型、更新，到逐步融入世界文學這一重要的歷史時期，與中國近現代文學的關係也十分密切。從二十世紀初期開始，中國文壇就對日本現代文學加以關注，並加以翻譯、介紹、評論。相對於日本古代文學，對中國人而言，日本現代文學在語言上的阻隔度、閱讀翻譯的難度相對要小一些，加之沒有太長的時間距離和歷史沉澱，故而中國關於日本現代文學的譯介更多地著眼於創作或理論上的借鑒與閱讀鑒賞，大多屬於「文學評論」、「作家作品論」的範疇，學術價值不高。到了一九八〇年代、特別是一九九〇年代之後，才逐漸由「評論」發展到「研究」，並在一些研究領域（如對日本侵華戰爭時期文學現象的研究等）具有自己的立場和特色。出現了呂元明《被遺忘的在華日本反戰文學》、王向遠《「筆部隊」和侵華戰爭》、董炳月《「國民作家」的立場》、唐月梅《怪異鬼才——三島由紀夫傳》、周閱《川端康成文學的文化學研究》，林少華《村上春樹和他的作品》等重要成果。

　　第七個方面是日本文論研究。日本文論是日本文學的重要組成部分，中國的日本文論譯介與研究也是日本文學研究的重要組成部分，因其研究難度大，又是研究深化的重要標誌。中國對日本文論的譯介最早集中在一九二〇年代後期至一九三〇年代中期對日本現代左翼文論、通俗文論的譯介，主要目的是為新興文學的理論建設提供參照。對日本古典文論的翻譯開始於一九九〇年代，王曉平翻譯了《東方文論選》的日本文論部分，王向遠的《日本古典文論選譯》（古代卷、近代卷）和《審美日本系列》（四卷），大規模地系統譯介日本文論、美學原典，並圍繞「物哀」、「幽玄」、「寂」、「意氣」等日本傳統審美

範疇展開研究。古代文論方面有蔣春紅的《近世日本國學思想——以
本居宣長為中心》、祁曉明《江戶時期的日本詩話》，現代文論方面有
李強《廚川白村文藝思想研究》、王志松《二十世紀日本馬克思主義
文藝理論研究》等著作，都富有創意。

　　第八個方面是中日文學關係史研究。這是中國的日本文學研究的
重要延伸和有機組成部分，它包括「交流史」和「關係史」兩個方
面。「交流史」指的事實上的文學交流，需要運用文獻學的方法、實
證、考證的歷史學方法加以研究；「關係史」則更側重兩國文學的平
行的比較研究、尋求兩國文學精神上的關聯與異同關係。中國的相關
研究始於一九三〇年代周作人的文章，但真正意義上的研究是從一九
八〇年代之後開始的，到一九九〇年代之後的二十幾年間得以深入展
開。嚴紹璗《中日古代文學關係史稿》、王曉平《近代中日文學關係
史稿》和《佛典・志怪・物語》、王向遠《中日現代文學比較論》、
《日本文學漢譯史》和《中國題材日本文學史》等著作，填補了中日
古代、近代、現代文學關係研究的空白。由於中國學者在史料運用特
別是理論辨析能力方面占有明顯優勢，能夠較大程度地超越日本人的
先行研究而後來居上，使該領域成為中國的日本文學研究中成果最
多、學術質量最高的領域，在中國的中外比較文學研究中也占用重要
地位。

　　在上述領域的研究過程中，形成了穩定的知識群體。新中國成立
後的六十年來，至少形成了四代研究梯隊。對此，劉振生教授在《鮮
活與枯寂——日本近現代文學新論》（吉林大學出版社，2010年）一
書第兩百一十八頁中，列出了三個梯隊，如下：

　　第一梯隊：郭沫若、巴金、周作人、丁玲
　　第二梯隊：陳喜儒、文潔若、葉渭渠、李德純、劉振瀛、李
　　　　　　　芒、林林、卞立強、呂元明、王長新、李樹果、唐

月梅、谷學謙、高慧勤、金中、劉柏青、于雷、劉
德有、吳樹文、趙樂珄、李明非、孫利人
第三梯隊：譚晶華、宿久高、于長敏、孟慶樞、徐冰、陳岩、
修剛、高文漢、王向遠、林少華、張福貴、靳叢
林、劉利國、張龍妹、于榮勝、林嵐、王若茜、劉
光宇、王中忱。

這三個梯隊的劃分大體符合實際，只是列進了幾個單純的翻譯
家，同時也有忽略和遺漏，例如第一梯隊中應該有謝六逸、韓侍桁；
第二梯隊中應列入中日比較文學研究的名家嚴紹璗、王曉平，還有楊
烈、何乃英、鄭民欽、彭恩華、陳德文、馬興國、郭來舜、馬歌東等
重要學者；在第三梯隊中，還有王敏、王勇、王志松、王琢、王敏、
馬駿、劉立善、許金龍、李強、李俄憲、陳多友、陳春香、張哲俊、
張石、佟君、宋再新、肖霞、趙京華、徐東日、靳叢林、姚繼中、施
小煒、彭修銀、閻小妹、董炳月、曹志明、魏大海等研究者。可以看
出，第一梯隊主要活躍於一九八〇年代之前，除周作人外，其他人對
日本文學只是偶有涉獵；從第二梯隊開始，即從一九八〇年代開始，
大多是主要從事相關研究的專業人士，兩代研究者經歷了從非專業化
到專業化的轉變。進入二十一世紀後的十多年來，現年四十歲左右的
第四代研究者也已經形成，如錢婉約、關立丹、柴紅梅、周閱、蔡春
華、劉研、盧茂君、楊炳菁、翁家慧、郭勇、王升遠等，其研究實績
也日益顯著。

二　中國日本文學研究的作用與功能

從學術史的角度看，中國的日本文學研究的功能與作用，主要體
現在「知識」與「思想」兩個方面。換言之，中國日本文學研究對中

國的學術文化做出的貢獻，一是對知識的貢獻，二是對思想的貢獻。

先說知識上的貢獻。我們關於日本及日本人的知識，很大程度上來源於日本文學，來源於日本文學的評論與研究。通過對日本文學的研究，我們不僅對古今日本文學在知識層面上有了系統全面的了解，同時也可以通過日本文學研究成果，深入了解和理解日本歷史文化的各個方面，特別是日本人的國民性、民族文化心理、審美趣味等。需要強調的是，由於中國的日本文學研究成果絕大多數是用漢語發表或出版的，從而實現了日本文學知識表述的漢語轉換，也就是站在中國文化角度的再書寫。經轉換和再書寫的日本文學知識，與日本人在日語語境中的表述相比，已經加入了中國人的表述與理解。因此，中國學者所撰寫的成熟的《日本文學史》、各種中日文學交流史、各種中日文學比較研究的著作，還有對作家作品的解讀與批評等，固然依據的是日本原典，也吸收借鑒了日本人的研究成果，但在其知識體系的建構、陳述的角度、解讀的方法上，與日本學者都有明顯的不同，在很大程度上是中國學者自己的創造或再創造。

從知識論的角度看，日本文學評論與研究之於中國的意義，還在於它很大程度地影響著中國人關於日本的知識建構。從梁啟超，到魯迅、周作人，中國人對日本文化的了解，大多是從「文本文化」入手的，而日本文本文化的大部分，則是日本文學的文本。從日本文學文本入手，建構關於日本及日本人的知識系統，是一個行之有效的途徑。美國學者本尼迪克特研究日本的名著《菊與刀》，其主要材料依據就是不同時期的日本文學作品。同樣的，中國不同時期的日本研究者也清楚這一點，因而日本文學便成為幾代中國人關於日本之知識的汲取來源。從日本文學評論與研究中積累起來的關於日本的知識，在不同的歷史時期影響了中國人的日本觀。經過一百年的努力，如今中國的日本文學研究已經形成了一個較為完整的知識系統，這對中國人的日本知識建構也產生了積極的影響。中國人對日本的了解、尤其是

中國讀書人對日本的了解，逐漸趨於全面，也趨於多元化。儘管近些年來一般民眾關於日本的知識和日本觀，仍不免受到媒體上鋪天蓋地、想像豐富的抗日影視劇的影響，但是要想獲得對日本文化的深入了解，完全可以借助和參考中國學者的日本文學及日本文化研究的成果，而獲得更為理性、更為可靠的知識與學術依據。

中國的日本文學研究對中國現代思想的貢獻也十分顯著。這種思想上的貢獻首先就是通過日本文學研究，對日本文學中所包含的獨特的、有普遍價值的思想加以闡發。日本文化與其他各國文化的一個很大的不同點，就在於日本人的思想主要是通過文學的方式來表現和傳達的。如果說西方人表述思想的主要方式是哲學著作，印度人表述思想的主要方式是宗教聖典，中國人表述思想的主要方式是經典訓詁，那麼似乎可以說，自古以來，日本人表述思想的主要方式是文學創作。日本人不擅長哲學的、理論的、邏輯上的思維與表述，卻在感性思維上異常發達，因此，日本人在思想上的貢獻主要體現在文學作品中的感性思維、情感思維方面。而感性、情感思維一經模式化，便形成審美觀念，乃至美學思想。換言之，日本人對世界思想寶庫的最大貢獻是審美思想。包含在日本文學中的這些美學思想十分豐富、十分獨特。例如，《源氏物語》所蘊含的「物哀」美學，和歌、能樂中所蘊含的「幽玄」美學，俳諧中所蘊含的風雅之「寂」的美學，江戶市井文學中所蘊含的「意氣」及「粹」的美學，近代作家夏目漱石的「餘裕」論與「則天去私」論，正岡子規等的「寫生」論，長谷川天溪的「自我告白」與「自我靜觀」論、谷崎潤一郎的「惡魔」之美與「陰翳」之美論，三島由紀夫的「殘酷之美」論、川端康成的「背德＝悲哀＝美」論等等，都蘊含著新穎、獨特而又深刻的美學思想乃至人生哲學。這些美學思想與審美的人生哲學，與西方美學、哲學思想在表述方式與內涵上有很大不同。中國的日本文學研究者在日本作家作品及文論的研究中，對這些極有特色的審美思想做了評述與闡發，

從感性學或美學的角度充實了我們的思想寶庫。

與此相聯繫，中國的日本文學研究對思想的貢獻，更主要地體現在「文學思想」方面。日本文學譯介、評論與研究，在中國文學發展的各個不同歷史時期，對中國文學觀念的革新與轉變、對中國文學評論方法與文學理論的建構，都起到了不可替代的借鑒、啟發和推動作用。例如，中國近現代文學評論、文學研究、文學理論、文學思潮和運動的概念體系，大都是在日本文學的譯介與評論中首先使用並且逐漸流行開來的。又如，長期以來中國文學評論界獨尊現實主義，習慣用現實主義的創作方法來看待文學現象。一九八〇年代初期，研究和評論川端的一些文章，都把川端康成的作品看成是現實主義作品，用現實主義的「典型人物」論及「人物形象分析」的方法來分析川端康成作品中的人物，用所謂「主題思想」的概括來把握作品，用「反映社會本質」論來衡量作品的價值。但不久人們就發現對於描寫日本式的感覺、情緒、日本式審美的川端康成而言，這樣的評論是方鑿圓枘的。因為川端康成的作品中沒有我們理解的「主題」或「主題思想」，沒有西方文學意義上的「典型人物」，沒有我們從其他作品中能夠找到的各種「思想意義」，更沒有我們所期待的「社會價值」乃至社會批判，甚至還最不講「道德」。若用原先那種既定視野來讀川端康成，簡直讀不懂。於是評論家和研究者調整視角，試圖走進日本文化內部，從日本獨特的審美文化入手，來理解和評價。可以說，日本文學研究者在川端康成評論與研究中所展示的審美批評、文化批評，不僅促進了中國讀者閱讀視角的轉換，豐富了審美趣味，更促進了中國文學批評、文學研究方法的轉型與多元化，並使當代中國文學的審美批評、文化批評方法的走向成熟。

此外，在審美的人生態度上、日常生活審美化的推動方面，日本文學研究所起的作用也很顯見。例如，日本動漫及動漫文學這些年來對中國青少年影響極大，隨之而來的動漫評論和動漫研究也相當豐

富，雖然大都散見於電子媒體，難以作為嚴格意義上的「日本文學研究」成果來看待，本書也沒有把它們列入論述範圍。但是動漫評論將虛幻世界與現實世界相接、將日常生活與文學藝術相融，將文藝鑒賞批評與人生批評高度合一，或許預示了今後文學批評的一種前景。更為切實的例子是日本當代作家村上春樹最近二十多年來在中國讀者中的巨大影響。關於村上的評論與研究文章，每年都有十篇以上，仔細檢點這些文章，就會發現林少華等對村上春樹的評論研究，既是品評和研究作家作品，更是在品評和研究著乃至「推薦」著村上所描寫、所提供的那種後現代的都市生活方式。村上及其筆下的人物在熙熙攘攘的現代都市中對孤獨的享受與把玩、對苦澀與無奈的咀嚼與反芻，隨遇而安、無可無不可，又有所追求、躍躍欲試，在高度封閉的蝸居式生活空間中如魚得水，又在高度開放的都市人海中自由徜徉。這樣的「小資」的審美的生活方式激發了年輕讀者的體驗與憧憬。而中國的村上文學研究者的那些得其要領的論文著作，不僅將村上的文學世界「解碼」化，實際上也是對一種生活方式和生活態度的闡發，從而一定程度地推動了一些年輕白領階層、小資階層的生活態度與審美趣味的養成，一定程度地影響了相當一部分讀者的人生態度與生活趣味，塑造了他們的人生價值觀。

三　日本文學學術史的理路與方法

綜上，中國的日本文學研究已經有了上百年的悠久歷史，對中國的學術文化的貢獻度較高，撰寫中國的日本文學研究史的條件已經成熟。此前，雖然也有相關著作、論文對日本文學研究有所評述，但對此進行獨立、系統、深入評述與總結的著作，還是一個空白。

學術史的寫法和其他歷史著作的寫法根本上相通，都要求科學合理的架構、豐富充實的史料、敏銳深刻的史識，客觀公正的立場，包

容百家的心胸；寫史又不同於文獻目錄的編纂，在既定的框架結構與
敘述流程中，不可能面面俱到，不可能對所有文獻都逐一羅列和提
及，而必須有取有捨、有詳有略。除此之外，具體的學術史也有具體
的情況和具體的要求。我曾在《中國比較文學二十年》一書「前言」
及〈我如何寫作《中國比較文學二十年》〉（《山西大學學報》2003年
第1期）一文中，提出寫學術史要處理好三個關係：第一，正確看待
學術成果與學術活動、學術性身分之間的關係，一切學術活動的根本
目的應該是服務於學術研究，是為了多出成果、出好成果。評價一個
學者必須堅持「學術成果本位」的原則，以他的學術成果為主要依
據。第二，是正確認識學術成果的數量與質量的關係。評價一個人的
學術貢獻和地位，既有軟性的標準，也有一個硬性的標準。硬性標準
就是他的學術成果的數量。數量多未必質量好，但一般而言，很高的
學術水平往往要從大量的學術成果中體現出來。第三，處理好學術成
果的兩種基本形式──論著與論文的關係。人文科學研究與自然科學
不同。自然科學以論文為首要的成果形式，人文科學卻要著書立說，
而論文常常是研究的階段性表現，單篇論文中的觀點和材料，最終會
體現在專著中。比起單篇論文來，專著（包括專題論文集）更能集中
地體現其研究的實績與水平，因而以專著為主要依據來評述其學術成
績，是可行的、可靠的。以上三點看法是十多年前提出的，但至今仍
沒有改變。

　　上述的三種關係的處理是人文學術史都要共同面對的。除此以
外，中國的日本文學研究史的撰寫還要處理好「翻譯史」與「研究
史」的關係、區分「評論」與「研究」兩種形態的關係、辨析「借
鑒」與「創新」的不同。這是日本文學研究史撰寫的關鍵環節。

　　首先是「日本文學翻譯」與「日本文學研究」的關係。

　　沒有翻譯，就不能將外國文學置於中國語言文化的平臺和語境中
加以觀照。就外國文學研究而言，翻譯是研究的基礎。說翻譯是研究

的基礎，是因為在許多情況下，相當一部分研究者是根據譯本而不是
根據原作來研究的。之所以根據譯本來研究，是因為由於歷史和語言
上的原因，原作的閱讀已經變得很困難。例如，日本的《源氏物
語》，連日本的許多研究者都是通過現代語譯本閱讀和研究的，只有
在涉及語言學問題時，研究者才拿原作來對照。同樣的，中國的《源
氏物語》研究者大多是通過中譯本來研究的，到涉及原文語言問題的
時候便參考原文。這種情況不只是存在於日本古典文學研究中，也廣
泛存在於日本當代文學研究中。例如，已出版的有關夏目漱石、川端
康成、三島由紀夫、村上春樹的博士論文，引用原作時幾乎全都使用
譯本，在書後的參考書目中大都列出譯本。這種做法在一些人「語言
原教旨主義」者看來是不可以的、不可取的，但實際上不只是日本文
學研究，也是整個外國文學研究、乃至外國哲學、美學研究的通常做
法。例如研究馬克思，根據的是中文版《馬克思恩格斯選集》，研究
黑格爾、康德，依據的也是中文版譯本。只要不涉及具體的語言學上
的問題，根據譯本來研究是可行的、可靠的。但重要的是所選擇的譯
本本身的質量一定要高，要依據名家名譯才行。通常，一個外國文學
研究者，哪怕外文水平多麼高，他讀原文的時候對原文的理解，其準
確性超過翻譯家譯作的，恐怕極為少見。外文再好的研究者，如果完
全無視譯文的存在，不去參考譯文，恐怕也要走不少彎路。更何況，
如果從「翻譯文學」的角度去研究，則譯本就不僅僅起參考作用，而
且還是研究對象本身。這樣看來，日本文學翻譯是日本文學的基礎。
特別是對日本古典文學而言，翻譯本身就是一種研究形式，因為日本
古語古奧難懂，翻譯家在翻譯時的困難和阻隔很大，同時涉及大量典
故出典、概念難詞等的注釋問題，這些都是古典作品研究的重要環
節。因此，從這個角度看，日本文學研究史，應該包括日本翻譯史在
內，特別是應該包括日本古典文學翻譯在內。事實上，許多翻譯家同
時也是研究家（學者），或者說，在親手翻譯的基礎所做的研究，是

較為可靠的、有權威的。在日本文學學術史上，周作人、劉振瀛、李
芒、葉渭渠、唐月梅等，都是翻譯家與研究家兼於一身的。他們的翻
譯活動與研究活動是密切聯繫在一起的。因此，談研究家的學術研究
的時候，必然涉及到他的翻譯。從這個意義上說，文學翻譯史與文學
研究史是難以截然區分的。但是，另一方面，嚴格說來，「翻譯文學
史」和「學術研究史」的立場、角度和方法又有顯著區別，分屬於不
同的研究領域。翻譯文學史關注的是原作—譯作之間的轉換，要有語
言學立場上的對與錯的判斷和翻譯美學立場上的優劣判斷，而學術研
究史關注的則是作者及其著作，要進行的是選題價值、學術規範、學
術創新度的判斷。因此，文學翻譯史與學術研究史應該分頭進行。就
日本文學而言，筆者此前曾撰寫出版《日本文學漢譯史》（初版《二
十世紀中國的日本翻譯文學史》），其中多少涉及日本文學研究問題，
但那還不能代替學術研究史。

　　第二，是「日本文學評論」與「日本文學研究」的關係。

　　寫中國的日本文學研究史，還要處理好兩種形態的成果，即「文
學評論」與「文學研究」之間的關係。眾所周知，文學評論是文學研
究的基礎，但文學評論不等於文學研究。文學評論帶有作者的主觀傾
向性、感受性、印象性、鑒賞性，文學研究則有更一定的學術規範。
但具體到中國的日本文學史，兩者的嚴格區別往往不是那麼容易。例
如，周作人在二十世紀上半期所撰寫的一系列關於日本文學的文章，
大都採用隨筆、漫談、介紹評論的形式，篇幅短小，行文隨意瀟灑，
形式上不拘一格，固然屬於文學評論的範疇，但這些評論文章卻包含
著作者的深刻新穎的見地，具有很高的思想含量和學術含量。但是，
除了周作人那樣的大家以外，大多數隨筆式的評論文章就往往流於介
紹，而缺乏靈氣和新見了。一直到一九九〇年代之前，嚴格地說，在
中國的日本文學研究成果中，大部分文章實際上是作家作品的評論文
章，而不是真正的學術論文，主要是屬於「文學評論」的範疇，缺乏

學術價值。一九九〇年代之後，教育界、學術界開展學科建設，強調學術規範，真正意義上的論文才陸續出現。即便到了一九九〇年代由於受到長期以來的中國的作家作品論模式的影響，再加上日本學術界也長期盛行作家作品論的模式，還有從英美傳來的強調「文本細讀」的所謂「英美新批評」方法也被一些人推崇，因而大部分文章仍然屬於「作家作品論」或文本分析。「文本分析」所分析的文本，若不是古典作品而是淺顯的現代作家作品，那麼寫出來的文章就更加淺陋，類似於讀後感，寫起來容易，寫好極難，大多數基本上仍沒有學術價值可言。一九八〇年代以後的三十多年間，一多半的文章屬於這類評論文章，只有少數屬於「學術論文」。但這種現象絕不是日本文學研究所特有的，而是整個外國文學界、乃至文學評論與研究界的普遍現象。誠然，介紹性、賞析性的評論文章，對需要的讀者而言也有價值和用處。寫得好的，除了學術價值之外，還有美文的價值，如林少華關於村上春樹的評論文章。但問題是許多研究者將「文學評論」視作「文學研究」，嚴重妨害了文學研究應用的品格和品位。相對而言，雖然也有若干著作寫得相當粗陋，有的甚至文不對題，思路混亂，但從比例上來說，好書要比好文章多。那些有獨到見地和深入研究的學者，總是要把自己零散的文章體系化、專輯化，而以出版專門著作作為某一領域或某一課題的總結。同樣的，那些寫出了專著的作者所發表的文章，一般而言也是有一定水平的。總起來看，大部分的學術著作（含系列論文集，不含教科書類的書）都是有學術性的，中國日本文學的研究成績也集中體現在這些著作中。

第三，是借鑒日本人的成果與自我創新之間的關係。

對中國的日本文學研究而言，如何借鑒日本學者的研究成果，而又不是無條件地模仿、照搬和認同日本學者的觀點；如何既充分尊重作為研究對象的日本文學，又站在中國人、文學文化的立場上，放出我們的眼光、運用我們的見識、做出我們的判斷；能否在了解的基礎

上理解，在理解的基礎上「再思」，在「再思」的基礎上提出「自
見」，決定了中國日本文學研究的學術水平。但是，要做到這一點是
非常困難的。一方面，受時代與國內大環境的制約，有的研究者對日
本作家作品做出定性判斷時，依據的是當時流行的僵化定見。例如，
關於島崎藤村的小說《破戒》，長期以來我們研究者認為該作品是
「現實主義」乃至「批判現實主義」作品，而在日本則公認為它是自
然主義的代表作，兩種判斷的基準完全不同。對《破戒》做出「批判
現實主義」的判斷，本質上基於當時獨尊現實主義的主流文學價值
觀，而很難說是「自見」。另一方面，不少中國的日本文學研究者、
特別是長期在日本受教育的學者，會自覺不自覺地受到日本學術的影
響，有意無意地帶上了所謂「和臭」即日本氣味，實際上是對日本學
者觀點和材料的模仿、襲用。這首先在學術思路和方法上有所表現。
絕大多數日本學者的研究成果重材料、重實證、重考據、重細節、重
微觀，但其文章或著作往往結構鬆弛，缺乏思想高度與理論分析的深
度。從積極的方面看，這樣寫出來的文章，不說空話和大話，風格平
實質樸；從消極的方面來看，往往羅列材料、平庸淺陋、囉嗦絮叨、
不得要領，只擺事實，不講道理。由一些日本教授指導出來的學位論
文，或者模仿日本人用日語寫出來的篇什，大都平淡如水、淺顯如
灘。這樣的論文用日語表述還好像是論文，可是一旦譯成中文，則無
甚可觀，與中國國內的學術無法接軌，也難以為嚴肅、高端的學術期
刊所接納。還有那些低水平重複的日本文學史教材，大多是從日文書
中編譯而來，在普及閱讀與教育教學中固然也發揮了一定的作用，但
少有學術價值。其次，「和臭」也表現在具體的學術觀點的套用上。
一些研究者對日本的時髦學術觀點缺乏批判的辨析，而逕直拿來加以
發揮。例如，關於夏目漱石的《文學論》，日本當代文學批評家柄谷
行人從其後現代的「反思現代性」的立場出發，認為夏目漱石的《我
是貓》不是「小說」而是屬於「文」，即現代小說形成之前的綜合性

文體，這本來是一種刻意「解構」的、主觀性很強的看法。而中國有研究者卻按照這一思路和結論，認定夏目漱石的《文學論》中所闡述的文學觀念也是「文」而不是西方意義上的「文學」，而全然不顧及《文學論》中甚至連「文」這一概念都沒有使用過這一事實。如此貌似很「理論」，卻是拾日本學者之牙慧的典型例子。這樣的情形不僅在日本文學研究中，而且在歐美文學研究中也相當突出。有朝一日，當我們在研究日本問題的時候不再一味模仿、重複日本人，研究外國問題的時候不再「唯外是從」，那麼我們的思想、我們的學術就算真正獨立了。

中國的日本文學研究有了一百多年學術傳統，大體上經歷由淺入深、由文學評論到文學研究、有非專業化到專業化、由追求功用或實用價值，到追求非實用的純學術價值乃至審美價值的發展演變歷程。在歷史上的不同階段，對中國的社會政治思潮、文學文化革新等起到了顯著的推動作用。新中國成立六十年來，形成了四代研究群體，在文學史綜合研究、中日文學關係史研究、《萬葉集》及和歌、俳句研究、《源氏物語》等古典散文敘事文學研究、能樂等戲劇文學研究、漢詩文研究、現代文學研究、文論與美學研究等領域，取得了一系列研究成果，成為中國外國文學研究史乃至整個學術文化史的重要組成部分，從知識與思想兩個方面，對中國當代文化建設做出了貢獻，也為今天該領域的學術史撰寫準備了充分的條件。

日本文學史研究中基本概念的界定與使用

—— 葉渭渠、唐月梅著《日本文學思潮史》及《日本文學史》的成就與問題[1]

　　在文學史的研究撰述方面，中日兩國有深刻的淵源關係，一般認為第一部中國文學史是日本人撰寫的，而中國人撰寫的中國文學史著作（如魯迅的《中國小說史大綱》等）也受到了日本學者的影響。同時，中國人對日本文學史也早就放出了自己的眼光。一九一八年，為了給中國新文學的發展提供參照，周作人寫出了題為〈日本近三十年小說之發達〉的長文，是中國最早的較為系統的日本文學史斷代述。十年後出版的謝六逸的《日本文學史》出版，是中國第一部完整的日本文學通史。此後的半個多世紀，中國日本文學史的著述幾乎處於空白狀態。直到一九八〇年代後，王長新教授的日文版教材《日本文學史》、呂元明教授《日本文學史》等出版發行；一九九〇年代後，陳德文《日本現代文學史》、雷石榆《日本文學簡史》、李均洋《日本文學概說》、劉振瀛《日本文學史話》以及葉渭渠、唐月梅夫婦的相關著作陸續問世。而其中最有代表性的、最有學術價值、影響最大的，當數葉渭渠《日本文學思潮史》和葉渭渠、唐月梅合著《日本文學史》（全四卷）。因此，對兩書所取得的學術成就加以確認闡發、對存在的問題提出商榷，就顯得很有必要了。

1　本文原載《山東社會科學》（濟南），2013年第5期。

一　葉渭渠著《日本文學思潮史》

　　一九九一年，葉渭渠、唐月梅合著《日本現代文學思潮史》由中國華僑出版社出版；一九九六年，葉渭渠著《日本古代文藝思潮史》由中國社會科學出版社出版。在這兩本書的基礎上，葉渭渠又出版了將古代與近現代文學合二為一的《日本文學思潮史》，一九九七年作為《東方文化集成》叢書之一出版。二〇〇九年，該書修訂版作為三卷本《葉渭渠著作集》之一卷，由北京大學出版社出版。這個版本（以下簡稱北大版，下文評述以該版本為據）最出彩之處，是冠於全書的〈緒論〉《日本文學思潮史的研究課題》。這篇緒論在舊版的基礎上做了較大補充和提升，可以說是葉渭渠晚年對其一生日本文學史研究經驗的高度概括和總結。對他所理解和界定的「文學思潮」的定義、文學思潮的流變因素、文學思潮的發展模式及特徵，以及文學思潮的時代劃分等做了闡述，可以說是全書的理論總綱。

　　一般認為，「文學思潮」是從西方文論中傳來的一個概念，它指的是在某種特定的時空條件下、由共同或相近的理論主張與創作而形成的共通的文學傾向。文學思潮又如氣象學的冷暖空氣，在某時某處發生後，具有明顯的流動傳播性、系統整體性、超越國界性等特徵。葉渭渠對「文學思潮」做了廣義上的理解，認為「文學思潮是在文學流動變化的過程中，伴隨著文學的自覺而超個體的、歷史地形成的文學思想傾向」。取廣義上的文學思潮的概念，可以幫助作者處理日本古代文學中的「思潮」問題，因為日本古代的一些文學觀念和文學思想，固然受到中國文學和文化的深刻影響，但也有著自己的具有民族特色的文學觀念，例如關於「言靈」的思想，「物哀」、「幽玄」、「寂」、「意氣」的思想等，按狹義的文學思潮的定義，它們都是較為本土化的文學觀念，空間上的流動性、超國界性也不太明顯。在這個意義上，葉渭渠將「文學思潮」與「文學思想」做同一觀，他認為：

「文學思想與文學思潮屬同一概念範疇，兩者不能絕對區別開來。如果說有區別的話，就是對不同發展階段的不同稱謂罷了。」為此，他將日本「文學思潮」劃分為「文學意識→文學思想→文學思潮」這樣三個階段。具體而言，就是上古時代只有不自覺的「文學意識」，古代在中國文學思想影響下有了自覺的「文學思想」，到了近現代受西方文學的影響，有了以「主義」為形態的「文學思潮」。在這樣的區分中，實際上等於說只有近現代文學才有嚴格意義上的「文學思潮」。

葉渭渠的這種觀點，在理論上是能夠自圓其說的。但是，把日本古代文學作為「文學思潮」來處理，仍有一些問題，就是在明治維新之前漫長的日本傳統文學中，文學思想、文學理論都是存在的，而真正稱得上有「思潮」特點的，在哲學思想上大概只有江戶時代的「儒學」與「國學」思潮了，而反映在江戶時代文學上的以町人文學為主體的遊戲主義（主要表現為葉渭渠所謂「性愛主義文學思潮」），以及以「意氣」為中心的身體審美、色道審美的思潮，實際上是以一種本能的、不自覺的方式體現出來，而由後人加以提煉和總結的。歸根到柢，嚴格意義上的「文學思潮」，只是存在於明治之後的日本近現代文學中。

儘管如此，《日本文學思潮史》的寫作仍具有充分的合理性和可行性，因為作者的根本動機，是要以這種途徑和方式對日本文學史寫作加以更新。在「文學思潮史」的架構中，可以把老套的以作家評論、文本分析為內容的文學史，改造為立體的、多維度的文學史，可以將文學史與思想史結合起來，將文學思潮與社會思潮結合起來，將作家的作品文本與理論家的理論文本結合起來。對此，葉渭渠論述道：

> 目前，一般文學史研究基本上習慣於對具體作家的作品、內容
> 與形式進行孤立的、靜態的評價這種固定的模式，這樣就很難

準確把握作為文學整體內涵的文學思潮與美學思想，以及與之
相關的大文化思想背景，以作出歷史的本質的評價。因此，要
突破這種帶惰性的固定研究模式，就要在歷史的結構框架上，
以文學思潮為中軸，縱橫於文學理論、文學批評和文學創作幾
個相互聯繫而又不盡相同的環節中展開，並以作家和作品作為
切入點，進行多向性的、歷史的動態研究，這樣才能更好地透
過文學現象，深入揭示文學發展的態勢和更本質的東西。[2]

　　通觀《日本文學思潮史》全書，作者完全實現了這樣的意圖。例
如，一般的日本文學史大都直接進入作品文本，講古代往往先從《古
事記》、《萬葉集》講起，但在《日本文學思潮史》的古代篇中，並不
是直接進入作品，而是用兩章的篇幅對日本古代文學文化特質加以總
括。第一章〈風土・民族性和文學觀〉從風土與民族性格的角度出
發，總結了日本的民族性格中的四個特點，即「調和與統一的性
格」、「纖細與淳樸的性格」、「簡素與淡薄的性格」、「含蓄與曖昧的性
格」；第二章〈自然觀與古代文學意識〉則從哲學的角度，分析了日
本的自然觀（包括色彩、季節與植物等）與日本古代文學意識的關
係。雖然這些看法和結論是其他學者早就提出的定說，但用這些基本
結論來統馭文學史的敘述，還是不乏新意的。

　　從第三章起，作者開始按時代順序進入文學思潮的敘述，對漢詩
集《懷風藻》、《古事記》與《日本書紀》、《萬葉集》、歌論等重要原
典加以分析，梳理了以「真實」為中心的美意識的形成軌跡，認為
「日本古代『真實』的文學思想，除了上述表現『事』、『言』的真實
以外，還表現心的真實、即真心、真情的一面。」（北大版，頁82）
進而從文學思潮的角度把「真實」的美意識提升概括為「寫實的文學

2　葉渭渠：《日本文學思潮史》（北京市：北京大學出版社，2009年），頁4。

思潮」，認為到了紫式部，真實的文學意識達到了自覺的程度。「可以說，『真實』是日本文學思潮自覺地開展的最初也是最重要的思潮之一。這一文學思潮支配著日本古代文學，左右著那個時代文學的走向」（北大版，頁90）。到了第八章，作者繼續從江戶時代的「國學家」、松尾芭蕉、上島鬼貫等人的俳論中尋繹「真實」論，使古代「寫實的真實文學思潮」的來龍去脈得以系統呈現。不過，需要指出的是，作者把日本的「まこと」譯為「真實」，意思固然沒有錯，但「真實」只是一種解釋性的翻譯，在日語古語中，也有「真實」一詞，音讀為「しんじつ」，是一個漢語詞。但「まこと」不同於「真實」，「まこと」訓為漢字「真言」、「真事」，漢字常標記為「誠」、「真」或「實」，其基本含義更趨向於精神性。也就是說，它固然是指真實，但主要指的是真心、真情、真誠，而重點並不在於強調對客觀外在加以真實描寫的「寫實」，因而與西方文論及一般文論中的「真實」論、「寫實論」是有區別的。應該說，在世界各民族文學中，對「寫實」、「真實」都有普遍的追求，都有葉先生所說的「寫實的真實的文學思潮」。在這方面，日本文學並沒有突出的特點，但在對「真實」的理解上卻有自己的民族特色，就是「まこと」並不強調客觀性，而是傾向於精神的、情感的方面，這是需要加以特別強調的。葉先生似乎是為了與一般文論相接軌，才使用了「寫實的真實文學思潮」這樣的表述。

《日本文學思潮史》〈古代篇〉中所論述的第二種文學思潮是「浪漫的物哀文學思潮」。關於「物哀」，日本學者在這方面的論述很多，葉先生參照相關成果，對從「哀」到「物哀」的發展演變，「哀」與「物哀」在不同時期作品中的用例與表達，特別是《源氏物語》中的「哀」與「物哀」的用法，都做了仔細分析，指出了紫式部在《源氏物語》中所表現的文學觀，並在《源氏物語》與《紅樓夢》的比較中，表明了兩者在儒教與佛教思想受容方面的差異性。認為

《源氏物語》中的「物哀」是日本神道觀念與佛教思想相融合的產物,「物哀的本質,以佛道思想為表,以本土神道思想為裡、為主體。實際上,《源氏物語》是古典寫實的『真實性』與古典浪漫的『物哀性』的結合達到完美的境地」(北大版,頁131)。接著,又對江戶時代國學家本居宣長的「物哀論」進行了評述分析。從「物哀」的角度理解《源氏物語》,也是本居宣長以來日本「源學」的主流觀點,上述的謝六逸的《日本文學史》已經注意到這一闡釋視角。葉渭渠在這裡用較大的篇幅做了系統論述,體現了中國學者試圖走進日本文學內部、設身處地地理解原作所做的努力,而不是「用放之四海而皆準」的政治意識形態觀念來解讀,這是很可貴的。在這個方面,稍感遺憾的是,作者似乎對本居宣長的「物哀論」原典沒有全面接觸,對最早、最集中地闡述「物哀論」的《紫文要領》一書也沒有提到,因而對「物哀」的內部構成的探討還留下了不小的餘地。

該書在第十章是〈象徵的空寂幽玄文學思潮〉,主要圍繞日本文學美學的另一個關鍵概念「幽玄」而展開。葉渭渠認為:

> 幽玄是這個時期(鐮倉室町時代——引者注)文學精神的最高理念。它在日本文藝中又是與日本空寂的審美意識互相貫通的。空寂文學意識的出現,可以遠溯古代,而發展到中世與禪宗精神發生深刻聯繫,形成空寂文學思潮就含有禪的幽玄思想的豐富內涵,從而更具有象徵性與審美性。[3]

把「幽玄」視為中世時代(鐮倉室町時代)日本文學精神的最高理念,是沒有問題的,這也是日本學術界的定論。但這一章把「幽玄」與所謂的「空寂」作為幾乎相同的概念來處理,卻很成問題。日

3　葉渭渠:《日本文學思潮史》(北京市:北京大學出版社,2009年),頁143。

本古典文論概念中並沒有「空寂」這個詞，這是葉渭渠對「わび」
（漢字標記為「侘」）一詞的翻譯，而被譯為「空寂」的「わび」這
個詞，在含義上與近世（江戶時代）以松尾芭蕉為中心的「蕉門俳
諧」核心的審美概念「寂」（日語假名寫作「さび」）意思是相同的。
而「幽玄」則是中世時代和歌、能樂的審美概念。「幽玄」與「寂」
雖然有著內在聯繫，但它們的適用對象與領域各有不同的。在〈象徵
的空寂幽玄文學思潮〉這一章中，作者卻把兩個概念視為本質上同一
的概念了，因而有時表述為「空寂幽玄」，使兩個概念並列，有時則
表述為「空寂的幽玄」（頁148），如此用「空寂」來限定「幽玄」，是
頗為值得商榷的，也不太符合日本學界大部分研究成果所得出的結
論。而且，把「わび」譯成「空寂」，把「寂」（さび）譯成「閑寂」，
問題似乎更大，因為它們本身都是「寂」，只是前者多用於茶道，後
者多用於俳諧。「空寂」、「閑寂」的譯法，是用「空」和「閑」字，
對「寂」做出了限定。做出這樣的限定本質上也無大錯，但卻縮小了
原來「寂」概念應有的豐富內涵。所謂「空寂的幽玄」這樣的表述，
實際上是說「幽玄」是具有「空寂」的屬性。實際上，「幽玄」雖然
有空靈感，但絕不是「空寂」，相反，卻具有像現代美學家大西克禮
所說的那種「充實相」，而且這個「充實相」非常巨大、非常厚重。[4]
總之，由於這一章將「幽玄」與所謂「空寂」合為一談，對「幽玄」
這個重要審美術語的探討和闡發也就受到了嚴重妨礙。

　　同樣的問題也體現在下一章（第十一章）〈象徵的閑寂風雅文學
思潮〉中。這一章的重心是論述松尾芭蕉以「寂」為中心的風雅論。
由於在上一章中已將所謂「空寂」與所謂「閑寂」分開，這一章的開
頭就講述兩者之間的區別與聯繫——

4　參見大西克禮：《幽玄論》，譯文見王向遠譯《日本幽玄》（長春市：吉林出版集團，
　2010年），頁245。

空寂與閑寂作為文學理念，在許多情況下，尤其是在萌芽的初
級階段，含義幾乎是混同的，常常作為相同的文學概念來使
用……而且作為日本文學理念的空寂和閑寂的「寂」包含更為
廣闊、更為深刻的內容，主要表達一種以悲哀和寂靜為底流的
枯淡與樸素、寂寥和孤絕的文學思想。[5]

既然說「空寂」與「閑寂」，也就是「寂」（さび）和「侘び」
（わび）兩者「含義幾乎是混同的，常常作為相同的文學概念來使
用」，那麼，既然這樣，為什麼還要將它們拆分為兩個概念、做出兩
種不同的翻譯呢？這就顯示了論述和操作上的矛盾。而且，接下來又
說「作為日本文學理念的空寂和閑寂的『寂』包含更為廣闊、更為深
刻的內容」云云，這就等於承認了「寂」這個概念包含了所謂「空
寂」和「閑寂」兩個概念；換言之，「空寂」和「閑寂」這兩個譯
詞，即便能作為概念來使用，那也只是從屬於「寂」的兩個次級概
念。當作者在第十章中不恰當地將所謂「閑寂」和「空寂」分開來，
到這裡就不可避免地引發邏輯上的混亂。此外，這一章在論述蕉門俳
諧所謂「寂靜風雅」的文學思潮的時候，由於對俳論及「寂」論原典
使用和徵引不多，對「寂」的豐富內涵闡釋不夠，顯得淺嘗輒止。

還需要特別指出的是，《日本文學思潮史》〈古代篇〉上述幾章的
標題，分別為「寫實的真實文學思潮」、「浪漫的物哀文學思潮」、「象
徵的空寂幽玄文學思潮」、「象徵的閑寂風雅文學思潮」，其定語分別
是「寫實」、「浪漫」、「象徵」。顯然是受西方文學思潮的術語概念的
影響。這樣做的好處是容易和西方文學思潮對位，並有助於現代讀者
的理解。但由此也帶來了問題，就是日本的「誠」的文學觀念不是西
方意義上的「寫實主義」意義上的「寫實」，而是出於儒教、神道的

5　葉渭渠：《日本文學思潮史》（北京市：北京大學出版社，2009年），頁153。

「誠」的觀念；「物哀」的文學思潮雖然以其情感性、情緒性的特徵
而具備一些「浪漫」的特徵，但「物哀」與西方「浪漫」，特別是與
「浪漫主義」建立在思想解放基礎上的自主自由精神和反叛性等，相
距甚遠；同理，作為蕉門俳諧審美理念的「寂」，雖然因使用暗示、
托物等手法，不無「象徵」的因素，但也絕不等於文學思潮意義上的
「象徵主義」。這樣看來，假如不使用「寫實」、「浪漫」、「象徵」這
三個限定詞，似乎更為穩妥一些。

　　除了上述的「象徵的閑寂風雅的文學思潮」外，《日本文學思潮
史》〈古代篇〉在論述近世（江戶時代）文學的時候，還劃分出了另
外三種文學思潮，即「古典主義」、「性愛主義」、「勸善懲惡主義」，
並用三章（第十二至十四章）加以論述。加上「閑寂風雅的文學思
潮」，這四種類型的劃分概括了江戶時代文學創作、文學理論、學術
研究方面的主要的思想傾向。嚴格地說，如果不使用西方文論概念來
表述的話，所謂「古典主義」，實際上是一種思想理論方面的國粹主
義復古思潮，但作者顯然是特意與西方文學史相對應，而將日本的這
種思想傾向稱為「古典主義」。「古典主義」這樣的稱呼在日本各種文
學史著述中，是很少看到的，作為作者的創意之一固然是值得肯定
的。但是另一方面，「古典主義」這個詞也有詞不稱意的問題。「古
典」，最根本的含義就是既「古」又「經典」，對於日本文學而言，所
謂「古典」絕不僅僅是本居宣長、賀茂真淵等江戶國學家所推崇的
《古事記》、《萬葉集》、《源氏物語》，也包括日本源遠流長的漢文
學，因為在日本從奈良時代到江戶時代長達一千年的文學史上，漢詩
漢文都被認為是文學的正統，比日本語文學更「古」，也最「經典」，
至於日本語文學，則長期被視為閨房文學、婦幼文學，是後來才被逐
漸認可的。這樣看來，「古典主義」也應該包括對漢詩漢文等漢文學
的推崇。然而實際上卻恰恰相反，作者在這一章中所說的「古典主
義」卻是排斥漢文學，反對漢文學的價值觀念、審美趣味和表達方

式，是將原本非經典的日本語文學加以經典化、正統化。這樣看來，
比起「古典主義」一詞，用「國粹主義」、「復古主義」或「國粹復古
主義」之類的名稱來概括這一思潮，似乎更為恰當吧。

　　第十三章「性愛主義文學思潮」中的「性愛主義」，也是作者的
新提法，指的是日本人常說的「好色文學」，或者說是「好色」的文
學美學思潮。在這一章中，作者簡單梳理了日本文學史上性愛傳統，
然後將論述的重點放在以井原西鶴為代表的「以『粹』為中心的新的
性愛主義文學思潮」。誠然，「性愛」的問題作為人性中的基本問題，
不僅貫穿於從古到今的日本文學，也貫穿於其他各民族文學史。在日
本，把性愛「道學」化而成為「色道」，將性愛文學提高到一種美學
形態的，是江戶時代的市民文學即「町人文學」，因此，也不妨把這
個意義上的「性愛」作為一種「文學思潮」來看待，但可惜這一章沒
有很好地展開，內容顯得淡薄。特別是對「性愛主義」之所以成為文
學的審美思潮，沒有透澈闡述。「性愛主義」之所以成為一種「文學
思潮」，是因為它體現了自己的文學審美觀念，這種觀念集中體現在
「意氣」這個概念中。關於「意氣」這個詞，此前的呂元明《日本文
學史》已經涉及到了。對這個問題，葉渭渠寫道：

　　　　這時期將這種純粹精神性的好色的美觀念，提升歸納為對
　　　　「粹」（すい）、「通」（すう），訓讀「いき」時寫作「雅」，其
　　　　內容大致是相通的，只不過不同時期、不同文藝形式，其稱謂
　　　　有所不同罷了。[6]

　　以上表述中，顯然存在一些不確之處。首先，「いき」並不是對
「粹」、「通」的訓讀，而是一個獨立的概念；第二，「いき」訓讀

6　葉渭渠：《日本文學思潮史》（北京市：北京大學出版社，2009年），頁183。

為、即用漢字解釋為「意氣」兩字，而不是「雅」字。在江戶時代的文學作品中，是有作家有時偶爾將「意氣」（いき）表記為「雅」，但那是極少的情況，因為「雅」作為一個審美觀念，假名寫作「みやび」，與「意氣」屬於完全不同的範疇。第三，「意氣」（いき）是核心概念，次級概念是「粹」與「通」，關於這一點，現代美學家九鬼周造在《「意氣」的構造》中闡述得已經很清楚了。[7]

　　與「古代篇」比較而言，《日本文學思潮史》〈近現代篇〉」用「文學思潮」來統馭之，理論上的問題要少一些。因為對明治維新後的日本文學而言，「思潮」是文學發展的主線。在西方文學思潮影響下，各種思潮相互更替，相生相剋，推動著文學的不斷發展演變。作者在「近現代篇」中，用十四章（十五至二十九章）的篇幅，從近代啟蒙主義文學思潮講起，一直講到二十世紀末當代文學思潮。各種文學思潮之間具有千絲萬縷的聯繫，劃分的角度和標準有所變化，思潮的名稱和論述方法就會有變化。在這些思潮中，寫實主義、浪漫主義、自然主義、唯美主義、人道主義與理想主義、無產階級等、現代派文學、戰後文學等，都是經典化的文學思潮，作者對這些思潮分專章論述，是無可爭議的。但是到了戰後的半個多世紀至今，日本的文學思潮如何例定和劃分，就成了一個問題。《日本文學思潮史》〈近現代篇〉在這個問題是有商榷餘地的，主要問題是切分過細。例如，第二十二章〈無產階級文學思潮〉與第二十七章〈民主主義文學思潮〉，這兩種思潮雖然分別發生在戰前和戰後，實際上是一脈相承的左翼文學思潮。「民主主義文學」這個詞，與其說是文學概念，不如說是一個政治性的概念。所謂「民主主義」文學在理論上除了內部理論鬥爭之外，並沒有新鮮的理論建樹，也沒有寫出真正勝過戰前無產

7　九鬼周造：《「意氣」的構造》的譯文，參見王向遠編譯《日本意氣》（長春市：吉林出版集團，2012年），頁1-59。

階級文學的優秀作品，因此儘管作者強調民主主義文學「不是戰前無產階級文學運動的簡單延續」，但它在性質上屬於「左翼文學思潮」是毋庸置疑的。又如，第二十五章〈戰後派文學思潮〉與第二十八章〈無賴派文學思潮〉，都是日本戰敗後社會狀況與精神狀態的反映，作為文學思潮，兩者實際上具有同時、同質、同構的特點，因此，「無賴派」完全應該合併到「戰後文學思潮」中去。而作者之所以把「民主主義」與「無產階級」文學、「戰後派」與「無賴派」分開，關鍵原因似乎是沒有在理論上對「文學思潮」與「文學團體」、「文學流派」這幾個概念加以嚴格區分。民主主義文學也好、無賴派文學也好，這些都屬於文學團體、文學流派。比起「文學思潮」來，文學流派或文學團體更受時間、地域和組成人員的限制，而文學思潮完全可以在涉及不同地域、不同作家與理論家，持續的時間也相對較長。因而，「文學思潮」完全可以籠罩和包含「文學流派」和「文學團體」的概念。如果將思潮切分得過於細碎，那麼「文學思潮」這一概念對「文學史」的統馭性，就勢必會受到削弱。

　　在具體的各種思潮的論述中，應該以「思潮」（思想傾向、理論主張等）為綱，以作家作品為目加以研究和評析，將理論文本與作品文本結合起來加以研究，在這一點《日本文學思潮史》〈近現代篇〉中的大多數章節都有很好的體現。但也有的章節在理論文本方面的評析上顯得薄弱。例如，在第十五章〈啟蒙主義文學〉中，作者論述了啟蒙思潮的起源及其傾向、翻譯小說的意義、自由民權運動與政治小說的關係、近代文學觀念與方法的引進、文學改良運動的性格，抓住了啟蒙主義文學運動各個方面，都是很得要領的，分析也是到位的，但是對啟蒙主義文學理論的分析評述卻有不足。既然講的是啟蒙主義的「文學思潮」，那麼關於文學啟蒙的理論觀點、理論主張的分析評述就應該是主體內容。而對於啟蒙文學時期的重要的理論家，作者只提到了西周的《百學連環》、《美妙新說》等著作，并上哲次郎等的

〈新體詩抄序〉等少量篇什。而實際上，構成啟蒙主義文學思潮主流的，是小室信介、坂崎紫瀾、尾崎行雄、末廣鐵腸、矢野龍溪、德富蘇峰、內田魯庵、森田思軒、矢崎嵯峨屋、金子筑水等啟蒙主義文學理論家的文章，應該對這些文章加以重點評析，才能細緻深入地揭示啟蒙主義文學思潮的內容及其特點。

　　總起來看，《日本文學思潮史》在日本文學史觀念和方法上具有創新意識，很大程度地更新了中國的日本文學史研究與寫作的模式，與日本的眾多文學史著作相比較，也是突出的。書中所存在的一些問題，大多是在觀念和方法論更新過程中所產生的問題，也為今後的繼續研究留下了餘地與空間。

二　葉、唐合著四卷本《日本文學史》

　　《日本文學思潮史》近五十萬字，是篇幅上屬於中型、專題文學史。也可以看作是葉渭渠的日本文學史研究的一個濃縮。此後，葉渭渠先生和唐月梅一道，將日本文學史的研究進一步展開，寫出了四卷本的《日本文學史》。

　　《日本文學史》全書分為「古代卷」（上下冊）、「近古卷」（上下冊）、「近代卷」、「現代卷」，近兩百萬字，屬於大型的日本文學通史。其特點是「大」。從篇幅規模上說，文學通史的撰述，最難的是兩端，一端是小型文學史，用十來萬的篇幅就把文學史寫下來，非有極強概括力而不能為。另一端是大型文學史，篇幅在數百萬之上。迄今為止，中國出版的外國文學史中，堪稱大型文學史的，據筆者所知大概有兩種，一種是王佐良、何其莘主編，一九九四至一九九六年陸續出版的五卷本《英國文學史》，總字數有兩百萬字左右；另一種是二〇〇〇年出版的劉海平、王守仁主編四卷本《新編美國文學史》，總字數在一百五十萬字左右。以上兩種大型文學史，都是多人合作撰

寫。這樣比較看來，多達兩百萬字的《日本文學史》，由葉、唐兩人合著而不是多人執筆，保證了文學著作風格的統一性，實在是難能可貴的，也從一個側面表明了中國的日本文學史研究水平是居於前列位置的。這樣的大規模的日本文學通史，不僅在中國是空前的，在日本也是不多見的。日本學者的《日本文學史》類的著作，卷數字數有更多的，但日語表述比漢語拖沓，若把它們譯成漢語，超過兩百萬字的恐怕也是屈指可數，規模最大的似乎只有美國學者唐納德·金的十八卷《日本文學史》。葉、唐合著四卷本《日本文學史》從古代一直寫到二十世紀末，是中國惟一的一部跨度最長、規模最大的日本文學通史，堪稱葉、唐夫婦日本文學研究的集大成的著作，是幾十年孜孜不怠、潛心研究的結晶，顯示了他們在日本文學方面長期的、豐厚的積累。可以預料，今後相當長的時間裡，中國學者要在規模和水平上超越此書，恐怕是很困難的。

　　作者在序章〈研究日本文學史的幾點思考〉中，闡述了日本文學史研究的基本思路和方法，這些主張和表述與上述《日本文學思潮史》〈緒論〉中的主張和表述大體一致。作者不滿意以往日本文學史的既定模式，意欲有所突破和更新。表現在文學史分期上，作者分析了日本文學史的各種分期方法，沒有採用日本人最常用的按朝代更替來劃分文學史時期的做法，而是採用西方式世界通史的做法並做了簡化，將從古到今的日本文學史分為古代、近古、近代、現代四個歷史時期。其中，作者所說的「古代」，是指平安王朝時代及其此前的文學史，「近古」是從鐮倉時代、室町時代到江戶時代的文學史，「近代」是指明治、大正時代，「現代」是指昭和時代至今。並按照這樣的劃分，每個時代各成一卷，簡明扼要，有利於分卷。這樣的時代劃分與日本學者西鄉信綱的《日本文學史》大體是一樣的，不同之處在於西鄉信綱將「近古」表述為「中世紀」。葉、唐合著《日本文學史》把「古代」之後的歷史時期稱為「近古」，是一個獨特的表述。

細究起來，既然以「古代」為開頭，那麼一般而論「古代」以下應該依次有「中古」、「近古」。從「古代」突然跳到「近古」，勢必會使習慣於世界通史劃分方法的讀者多少感到疑惑。但好在作者對此做了明確的時代界定，不至於產生太大的誤解。

在文學史撰寫的方法上，《日本文學史》〈古代卷〉在對日本文學的起源和發展進行追溯和清理的時候，既注意日本本土文化的特性，也不忽略中國語言文化的影響及它與世界各民族文學的共性；既充分論述日本語文學，也用相當的篇幅研究日本的漢文學，包括《日本書紀》那樣的歷史文學，《懷風藻》等漢詩集；在論述日本古代文學評論及文學觀念的時候，也周到地論述了中國文學批評的影響，反過來又肯定了空海的《文鏡祕府論》對保存和整理中國古代文論所做出的貢獻。在論述《源氏物語》的時候，則專闢一章論述《源氏物語》與中國文化的關聯。在〈近古卷〉中，作者對鎌倉時代以佛教僧人為主體的「五山」漢文學以專章加以論述。在論述到江戶時代文學時，也分專章論述了中國儒學的文學觀對江戶文學觀念的影響。因而，在某種意義上說，《日本文學史》的〈古代卷〉和〈近古卷〉也是一部中日古代文學的關係史和交流史，並揭示了一個歷史事實：上千年的日本的古代文學史，是漢文學與日語文學並存的歷史，而且在大部分情況下，漢文學一直是居於正統和主流的地位。一些具有日本文化民族主義傾向的學者寫作的《日本文學史》，雖然也都承認漢文學的存在，並給予一定篇幅的論述，卻有意地貶低漢文學的價值，例如用「歷史唯物主義」觀點寫成的西鄉信綱等著《日本文學史》，認為「漢詩是由頭腦裡產生出來的理性的文學，賣弄學識的文學。作為具有無限生命力的古典作品流傳至今的，當然不是《懷風藻》，而是《萬葉集》。」[8]從這種認識出發，該書對後來的「五山文學」等漢文

8　西鄉信綱撰，佩珊譯：《日本文學史》（北京市，人民文學出版社，1978年），頁46。

學創作則基本未提。近些年來日本出版的一些《日本文學史》，由於
新一代作者漢文學修養不足，想談也談不了；抑或出於文學史觀念上
的原因，導致對漢文學的論述越來越多少。這種情況下，葉、唐合著
的《日本文學史》全面客觀地再現了日本傳統文學中漢文學與日語文
學並存的狀況。不過，該書對漢文學的評述方面也存有一些缺憾之
處，例如江戶時代、明治時代日本人創作的大量的漢文小說，就基本
沒有提到。

　　《日本文學史》的〈近代卷〉和〈現代卷〉，由於作者對相關作
家作品的翻譯研究積累更多，所以顯得更為成熟。在長達半個世紀的
歲月裡，葉渭渠、唐月梅先生的主要精力用在了對日本現當代作家作
品的譯介方面，許多重要的作家作品，包括川端康成、三島由紀夫、
谷崎潤一郎、橫光利一、東山魁夷、安部公房等著名作家的多卷本文
集，就是經他們兩位組織、策劃並譯成中文出版的。在譯介這些作家
作品的過程中積累了對作家作品豐富的閱讀經驗，對其中的有些作
家，如川端康成、三島由紀夫等，還做過專門深入的研究，這些都為
《日本文學史》的〈近代卷〉和〈現代卷〉的研究和寫作打下了堅實
基礎。

　　在《日本文學史》〈近代卷〉的「序章」中，作者論述了日本近
代文學與日本傳統文學、與西方文學之間的雙向的密切關係，同時強
調了近代文學成立的三個價值基準：一是近代自我的確立，二是文學
觀念的更新，三是文體的改革，並在具體章節的論述中加以貫徹。
「近代自我的確立」屬於近代文學綜合體現的思想內涵，「文學觀念
的更新」主要是在文學批評與文學理論中得以反映，「文體的改革」
主要體現在作品表現形式演變的層面。作者就這樣以「近代性」為中
心，從內容到形式、從理論到創作，系統地呈現了日本近代文學的發
展進程及基本特點。在以下各章中，作者以作家作品論為中心，以思
潮流派的更替為線索推進近代文學的敘述，將翻譯文學、政治小說作

為啟蒙主義文學的主要表現，將二葉亭四迷作為日本近代小說的開山者，將坪內逍遙、森鷗外分別作為近代寫實主義與浪漫主義文學理論的奠基者，將正岡子規作為近代俳句的革新與確立者。在論述日本文學思潮的時候，將浪漫主義運動作為近代文學主體性確立的標誌，將自然主義思潮作為日本近代文學的主潮，將反自然主義的唯美主義、理想主義主義文學作為近代文學進一步展開，將夏目漱石作為的日本近代文學的高峰和代表。在論述過程中，把小說視為近代文學的主要樣式，同時也對詩歌、戲劇的近代化發展進程做了評述。總之，《日本文學史》〈近代卷〉寫得周密周到和成熟。

　　當然，具體到有些論述，也有一些問題值得商榷。例如在第十章《島崎藤村與近代現實主義的發展》中，把島崎藤村看成是「現實主義者」，這似乎是延續了一九五〇年代劉劉振瀛先生在《破戒》譯本序言中的說法，但劉的說法是在獨尊現實主義的那個特定時代產生的，實際上，按日本自然主義的標準，島崎藤村的《破戒》在「描述實事」、「個人隱私告白」、「無理想、無解決」等方面，是道道地地的自然主義小說，這也是日本學界的定論。不能因為作品反映了社會現實問題就判為「現實主義」。如果單從反映現實甚至批判現實著眼，實際上浪漫主義、現代主義等幾乎所有思潮流派的作品都也都從不同角度反映了現實、甚至批判和否定了現實。因此，還是得從日本自然主義的獨特定義出發，來判斷島崎藤村思潮的歸屬問題。再如，在第十一章〈夏目漱石〉中，把夏目漱石定位為「一位偉大的批判現實主義作家」（頁364），把《我是貓》視為「批判現實主義的經典」（頁380），恐怕是以偏概全了。夏目漱石的作品充滿社會正義感，有批判精神，但更有歐美「批判現實主義」作家所沒有的那種佛教禪宗式的超越、餘裕、旁觀、靜觀的姿態，尤其是對社會政治保持了足夠的距離，也沒有歐美批判現實主義者那種以文學干預社會、乃至改造社會的動機與意圖。《我是貓》、《哥兒》等前期創作是取江戶文學的滑稽

諷刺，後期則專心對人性中的利己主義的剖析。因此，漱石作為一個大作家，其文學具有超流派的、綜合性的特徵，不能簡單地說說夏目漱石是個「現實主義」作家，用歐洲的「批判現實主義」來給夏目漱石定性，這樣就難以揭示夏目漱石作為「日本近代文學之代表」的本質特徵。此外，對戲劇家菊池寬的戲劇的評析和評價也嫌不夠。

　　和日本近代文學史比較而言，一九二〇年代末期之後、即芥川龍之介去世後的日本文學史，被一些日本文學史家稱為「現代文學」，這一時期處在日本歷史上最為動盪的混亂年代。在戰前和戰中，反國家體制的無產階級文學、為天皇制國家服務的民族主義及日本國家主義文學，協力侵略戰爭的戰爭文學，西化的新感覺派及現代派文學，以娛樂消遣為目的的大眾通俗文學，反對西化和反撥近代化進程的「近代的超克」文學等，呈現出錯綜複雜的局面，加上歷史沉澱時間不長，經典化的過程太短，因而現代文學史的撰寫也遠比近代文學史困難。

　　在這種情況下，葉渭渠、唐月梅合著的《日本文學史》〈現代卷〉在〈序章〉《現代的探索》中，談了這一時期文學史發展的基本特點，認為「在社會的重壓之下，近代文學雖然在促使近代人的觀念、文學思想和文學方法開始發生變化，但未能實現根本性的變化。這就是日本近代文學軟弱性和妥協性的原因所在。」（頁4-5）那麼這種情況到了「現代文學」中有了什麼改變嗎？若沒有改變，近代文學如何演進到現代文學呢？「現代文學」的「現代性」又體現在什麼地方？對於這個問題，《日本文學史》〈現代卷〉並沒有明確地加以回答。作者認為：「無產階級文學和新感覺派文學是近代文學解體期的產物，前者從個人意識轉向社會意識，以實現革命文學的形式，促進這種解體；後者脫離社會意識而籠閉在個人意識中，試圖以文學革命的形式來完成這一解體的過程。它們的誕生，宣告了近代日本文學的完成，拉開了現代日本文學的序幕。」（頁5-6）又指出，無產階級文

學與現代派文學「這兩種文學思潮的基本對立關係，就是日本現代以來的文學本質，也是二十世紀世界文學狀況在日本現代文學中的反映。」（頁6）這個基本判斷是符合歷史事實的，也是日本文學史家們的共識。但是，上述近代文學中人的解放、個性解放、自我意識的主題，在現代文學中並沒有得到進一步解決，而且在很大意義上是後退了。對此，作者也指出：無產階級文學的實質是以階級性、黨性、政治性、集體性為優先，是反對個人主義和個性表現，而戰爭時期的為天皇制政權對外侵略服務的御用文學及戰爭文學，也是強調個人一切服從國家。還有一些理論家提出了反對西化、回歸日本民族傳統的「日本主義」、「近代的超克」的主張。這一切，不但很不「現代」，而且是在「超克」近代了。對此，作者沒有加以透澈分析。實際上，將日本的昭和時代以後的文學史稱為「現代文學」，只不過是一些日本文學史家為了給明治以後的文學史做時代分期，而使用的一個單純的時間性詞彙而已。換言之，一九二六至一九四五年的日本文學，在天皇制政府前所未有集權統制及對外侵略的舉國體制中，人的解放、個性解放方面，總體上是倒退了，在一定程度是反「近代」的，更遑論「現代」。對於這個問題，文學史家必須作出清醒的判斷。也必須讓讀者明確，只有到了日本戰敗後，才在一定程度上接續了近代的傳統，而具備真正的「現代」文學的性質。

正因為「現代」歷史不長，因而哪些該寫進文學史，哪些該多些、哪些該少寫，不同作者由於立場視野和方法論的不同，而處理有所不同。葉、唐合著的《日本文學史》〈現代卷〉，在這方面也有自己的選擇。對於戰前文學部分，眾多的日本文學史書論述很多，選材上是沒有問題的，但也存在一個論述上多寡與輕重的問題。例如，在《日本文學史》〈現代卷〉的「序章」之後的頭三章，講的都是無產階級文學，三章的篇幅是全書各流派中最多的，可見對無產階級文學的高度重視。其中對小林多喜二單列了一章，與後文中單列一章的井

上靖、川端康成、三島由紀夫處在一個等級，給了他以大作家的地位。但是，應該明確：小林多喜二去世的時候不到三十歲，生前主要精力並不在寫作，藝術上處在學習階段，如何能把他作為列專章，作為第一流的大作家來論述呢？老實說，這樣的選材標準，恐怕主要還不是文學本身的標準、藝術性的標準，而是社會政治的標準，這與作者關於文學與政治關係的理解也不盡相符。而另一方面，對戰爭時期的侵略文學，作者單列第八章〈黑暗的戰爭年代與文學〉做了評析，但對侵華文學及戰爭文學的來龍去脈的分析還不太充分，對日本文學史上的反文學的陰暗面還應該更充分地加以揭示。特別是該章第四節的談到所謂「抵抗文學」的時候，與其他一些日本文學史書一樣，沒有明確說明那些看起來是「抵抗文學」或反戰文學的作品篇什，到底是戰爭期間，還是戰後寫的。只有在戰爭中發表的抵抗文學才是真正的抵抗文學，正如只有面對著敵人抵抗才是抵抗一樣。鑒於日本很多作家戰前、戰中、戰後，在壓力之下見風使舵，頻繁「轉向」，戰後發表的那些所謂反戰文學，很難證明是戰爭中寫的，而很可能是戰後寫的而故意說成是戰中寫的。這一點要做明確辨析雖然不容易，但一定要跟讀者說明。否則就會使讀者誤以為日本文學界也像德國文學界那樣存在「反戰文學」、「抵抗文學」，並給予過高估價。

對於戰後文學部分，特別是近二十世紀最後二、三十年，選材上有許多困難，這也許就是所謂「燈下暗」現象，越是晚近的，也難以入史。例如，大眾文學、通俗文學，主要包括戰前戰後的歷史小說、推理小說等，是日本現代文學的重要組成部分，大眾文學的發達也是日本現代文學的一個突出特點，對此，《日本文學史》〈現代卷〉第七章〈現代戲劇再興與大眾文學流行〉中的後兩節，評述了一九二〇至一九三〇年代大眾文學及代表作家中里介山、吉川英治、大佛次郎、直木三十五等人。鑒於這些作家在讀者中影響很大，一些日本文學史家認為這不是「純文學」而是商業化的文學，便予以輕視。《日本文

學史》〈現代卷〉在這裡予以介紹專門是非常必要的。但寫到戰後至當下文學部分的時候，《日本文學史》〈現代卷〉對戰後十分繁榮發達的大眾通俗文學雖有涉及，但評析不足，例如，在日本讀者中幾乎人人皆知、長期以來影響力名列前茅、被眾多研究者作為研究對象的著名小說家司馬遼太郎，論述卻過於簡單，與司馬遼太郎在日本文學中的實際地位與影響不甚相配。平心而論，就當代日本作家的創作成就、對讀者與社會的影響力而言，能與司馬遼太郎比肩的作家，為數極少，司馬遼太郎是應該用單列專章予以論述的大作家。另一方面，對於推理小說這樣一種具有巨大影響的文學樣式介紹不夠。站在中國讀者的角度來看，近三十多年來，特別是一九八〇至一九九〇年代的二十多年間，日本的推理小說在中國的譯介很多、傳播甚廣，對此，面向中國讀者的《日本文學史》也應該做出相應的反應和解說。同樣的，中國讀者很熟悉的村上春樹並不是大眾文學家，而是屬於純文學或精英文學，村上一九八〇年初就走向文壇，並產生了持續的、世界性的影響，可惜在《日本文學史》〈現代卷〉全書中，甚至難以找到村上春樹的名字。除了村上以外，在戰後文壇上影響很大的許多作家，都沒有進入該書的視野。本來全書的最後一章〈當代日本文學的走向〉和終章〈未來文學發展的大趨勢〉中應該提到，但是作者只是援引了若干日本評論家的話並做了宏觀層面上的綜述，便匆匆結束全書。看來，《日本文學史》〈現代卷〉中涉及當代（戰後）部分的文學史時，面臨的關鍵還是選材問題。要把近十年來的重要的文學現象納入文學史，需要衝破已有文學史的論述範圍，緊密追蹤文學發展的實際，將文學史的縱深性與當下性連結起來。總之，儘管存在選材範圍及論述輕重上的一些值得商榷的問題，但這並沒有從根本上妨礙《日本文學史》〈現代卷〉的學術上的高水平和重要價值。作者的論述和評析在知識層面上是可靠，在思想層面上也不乏啟發性。

進而言之，全四卷的《日本文學史》作為迄今為上篇幅最大、內

容最豐富、資料最全面的日本文學史，代表了中國二十世紀末期之前中國日本文學史研究寫作的最高水平，是葉渭渠、唐月梅夫婦日本文學史研究成果的集大成。作者雖然借鑒和參閱了許多已有的日文版文學史，但由於建立了自己科學嚴謹的文學史觀和文學史研究寫作方法論，能夠有效地避免了日本學者常有的那種材料堆砌、文本細嚼、散漫繁瑣、過於感性化、過多臃詞贅句、缺乏理論思辨性的弊病，充分發揮了中國學者所擅長的思路清晰、表達準確洗鍊的優勢，體現了中國學者日本文學研究的實力和貢獻。這樣大規模的、高水平的日本文學史著作，不僅在中國是空前的，即便在日本也並不多見，與日本的同類文學史相比也是出類拔萃的。全書結構合理、羅織周密、知識密集、信息豐富，既可以作為專著連續閱讀，也可以作為工具書與資料書供隨時查閱使用，具有閱讀和收藏的雙重價值。對於日本中國的日本文學史學習與研究者來說，可以將此書置於座右。

近十年來中國的日本文論與美學研究中的若干問題與缺憾[1]

一　原典研讀缺失，範疇界定與特徵概括不準確

　　研究文學理論及美學問題，範疇的理解與界定是基礎和出發點，在這方面出現的問題也較多。尤其是中日古代文論與美學的研究及中日比較研究，難度很大，在研究的初創期，一些問題是難以避免的。以姜文清先生著《東方古典美：中日傳統審美意識比較》（中國社會科學出版社，2002年）一書為例。這是中國第一部中日傳統審美意識比較研究的專著，此前只有日本的太田青丘《日本歌學與中國詩學》（1989年）等極少數專門相關著作及少量單篇論文，因而該書在選題上具有開拓性。作者找出了中日兩國具有相通性的類概念或類範疇，如日本的「物哀」與中國的「物感」，日本的「幽玄」與中國的「神韻」，日本的「寂」與中國的「興趣」等，並做了初步的比較分析，為今後的進一步的比較研究打下了基礎。但由於本書的先行性，原典資料的收集、研讀和利用不足，故而在基本範疇的界定、中日比較研究的對位問題上，留下了一些值得再探討的問題。以全書較有特色的第五至第九章關於「物哀」論的部分為例，作者在〈從哲學角度探尋「物哀」的哲理依據〉的標題下，只評述了和辻哲郎一個人的論點。而且，和辻哲郎的那篇〈關於物哀〉文章並非「從哲學角度」，而是社會文化史的角度。真正「從哲學角度」研究「物哀」的現代學者，

---

[1]　本文原載《廣東社會科學》（廣州），2013年第5期。

似乎只有著名美學家大西克禮的《物哀論》（原文《あはれについて》，1941年）一書，作者對此卻隻字未提。同樣的，在〈用歷史的方法探尋「物哀」的社會思想內涵〉的標題下，作者只談了渡部正一《日本古代中世的思想文化》一書中的觀點，實際上這方面的書較多。重要的是，別的可以忽略不談，談「物哀」就必須對「物哀」論的確立與闡釋者本居宣長加以深究，但作者只在〈從本居宣長的漢學修養，看中國典籍對其「物哀」論的影響〉的標題下，用了一千來字，轉述了吉川幸次郎對這個問題的看法，未能對本居宣長的「物哀」論的原典著作加以研讀和利用。

　　由於對「物哀」論的本質內涵沒有深究，在中日美學相關範疇的比較中，也出現了相互之間的「不對位」或「錯位」問題。在第七章中，作者把「物哀」與中國的「物感」聯繫在一起加以比較，固然是很可行的，但作者所說的「物哀」實際上是《源氏物語》中作為一般詞彙使用的、非概念的「哀」（あはれ）。據日本學者統計，這樣的「哀」字在《源氏物語》中使用了一千多次，而「物哀」只使用了十幾次。雖然「哀」、「物哀」跟「物感」在字義上有可比性，但「物感」或「感物」是中國古典文論的一個概念，而作者用以與「物感」做比較的，卻主要是《源氏物語》中用於描寫和敘述的、作為一般形容詞或名詞的「哀」。作為概念的「物哀」，是經江戶時代思想家本居宣長的闡釋才確立起來的。要對「物哀」與「物感」兩個概念之間做比較，主要應該是中國的「物感」論與本居宣長的「物哀」論之間的比較。第九章〈「寂」與「興趣」〉談到日本的俳諧審美概念「寂」的時候，涉及蕉門俳諧中的一個重要概念「しほり」（一作「しをり」，近代以後作「しおり」），作者把「しほり」的漢字標記為「憐」，並以漢字的「憐」來解讀該詞的詞義，還說明「憐」字多見於向井去來的《去來抄》。實際上，《去來抄》等其他各種版本的俳論原典都沒有把「しほり」標記為「憐」，而是通常寫作「しをり」，漢字訓作「枝

折」、「萎」、「撓」，而不是「憐」，表示的是一種柔婉、曲折、萎靡、可哀的「蔫」之美。不知這個「憐」字引自何處。而且這一章對「寂」概念的分析論顯得蜻蜓點水、淺嚐輒止，顯然也是因為對日本古今「寂」論原典缺乏研讀所致。不直接研讀原典，就只能使用二手材料，如第六十一頁在談到「幽玄」問題的時候，引用了藤原俊成的一段話，並有「藤原俊成在其《古來風體抄》中說」這樣的說明。然而查《古來風體抄》卻不見那段話。那段話實際出自《慈鎮和尚自歌合》中。這樣的錯誤，顯然也是在第二手資料轉引過程中出現的。

接下來出版的邱紫華先生著《東方美學史》（上下卷，商務印書館，2003年），問題更為突出。該書第五編〈日本的美學思想〉約十萬字，對日本文學藝術中所表現出的審美意識及審美思想等做了評述。但該書在寫作過程中似乎未能參閱日文文獻，而作者執筆寫作時國內出版的關於日本文論、美學的翻譯出版極少，因而作者只能根據曹順慶主編《東方文論選》、今道友信《東方美學》、葉渭渠和唐月梅《日本人的美意識》及《日本文學思潮史》、鈴木大拙《禪與日本文化》等為數很少的中文著作或譯作來寫作。在這種條件下，要寫好日本美學頗為艱難的。實際上《東方美學史・日本的美學思想》關於日本美學的實質性內容並不多，更多的篇幅是關於審美文化史背景的一般性描述。對日本文學文化基本背景的描述、對日本美學的評述、概括都出現了一些不準確、不到位乃至錯誤的地方。例如在講到日本民族審美意識特點的時候，概括為三點：「第一，崇尚生命之美，讚賞生氣盎然之美」；「第二，美與善同一」；「第三，色彩具有明確的人類文化學及審美象徵的意義」；「第四，以植物生命為象徵體系的審美意識」（頁1057-1068）。其中第一、第三、第四條很難說是日本美學的「特點」，因為其他民族的審美意識大體也都如此；關於第二點「善與美同一」，相信凡有日本文學閱讀經驗的人都知道，古今日本人審美意識的最大特點是：美是在不道德（不善）中產生的，而最能體現

日本人審美價值的「物哀」論，其鮮明地反道德、超倫理性就是明證。因而，「善與美同一」說是值得商榷的。

　　《東方美學史》〈日本的美學思想〉在對日本美學基本範疇的把握上，也顯得無序和混亂。例如，在〈日本美學範疇〉一章中，作者把「物哀」這一範疇與「風」「雪」、「月」這樣的文學意象詞彙，同樣作為「美學範疇」來看待，甚至把「白」、「青」、「黑」、「赤」這樣的色彩用語也視作「美學範疇」（頁1117）。把「一即多」、「簡素」、「余白」、「貧窮」（頁1136）之類的中文詞語也作為「日本美學範疇」。這就將「美學範疇」擴大化、普泛化了，「美學範疇」也就失去了應有的規定性。在概括「日本美學範疇的特點」的時候，作者認為日本美學範疇具有「形象性」、「象徵性」、「情感性」三個特點。這樣的概括也很成問題。第一個特點「形象性」，原來作者舉出的「範疇」的例子是「風」、「雪」、「月」、「白」、「青」、「黑」、「赤」這些自然物或自然色彩，無怪乎由此得出了「形象性」的結論。實際上，只要稱之為「範疇」，就是一種抽象概括，而不可能具有「形象性」，即便德國哲學家斯賓格勒所說的「基本象徵物」，雖不無形象性，也是高度抽象的結果。實際上，真正的日本特色的美學範疇「物哀」、「幽玄」、「寂」、「意氣」、「間」、「言靈」等，也是非常玄妙和抽象的。作者所說的第二個特點「象徵性」本來應該是文學藝術形象塑造的一個特點，而言範疇具有「象徵性」，不知何指。作者為說明這一特點舉出的例子只是「白」、「花」和「月」之類。同時把「空寂」、「貧困」、「餘情」、「自然」、「無」等概念的「難以令人深切理解和把握內在特徵」也歸結為「象徵性」，非常牽強。第三個特點「情感性」，是作者把「物哀」等所指涉的情感內容，混同為「範疇」的特性了。範疇，無論指涉不指涉情感內容，都同樣是一種理性的抽象概括。關於日本美學範疇的發展邏輯，作者斷言所有的美學範疇都是由「真」為「邏輯起點」（頁1122），但是對這一重大論斷，卻完全沒有做任何論

證。作者關於日本美學範疇形成的描述，也有許多與事實不符，如談
到「物哀」時，說「在『哀』字之前冠以『物』而成為『物哀』的範
疇，是由紫式部完成的。」（頁1138）實際上，「物哀」這個詞早在紫
式部之前就使用了，如在紀貫之的《土佐日記》中就有用例，實際上
《源氏物語》對「物哀」的使用很少，後來經由本居宣長對《源氏物
語》的解讀闡發，才使「物哀」成為一個美學範疇。總之，作者未能
深入日本美學原典內部，未能將真正的「美學範疇」與一般性的詞
語、概念區分開來，未能對日本美學的基本範疇區分出層級，並構擬
出其中的邏輯結構。這一問題，到了後來在《東方美學史》基礎改寫
的《東方美學範疇論》（中國社會出版社，2010年）一書涉及日本美
學範疇的部分，也仍然沒有改觀。此外，《東方美學史·日本的美學
思想》對文獻的引述注釋有許多不統一、不規範、不完整之處，腳注
中的許多文獻只列出書名，而不寫出處。有的該注明出處的而未注明
出處，如第一〇七八至一〇七九頁用了近千字講述了菅原道真的悲劇
故事，卻隻字未提該故事出自什麼文本。

二　關鍵字界定混亂，「文」論雲山霧海

　　如果說，上述的兩種著述出現的問題主要是日本文論與美學研究
初創期所存在的問題，那麼下面要談到的問題，恐怕更多的是治學路
數與治學態度的問題了。

　　本來，從基本範疇、概念入手，是日本文論、美學與中日比較詩
學的很好的切入口。林少陽先生著《「文」與日本的現代性》（中央編
譯出版社，2004年）一書，以「文」為關鍵字展開論述，從書名上看
是有新意的，也較能引起理論研究者和愛好者的注意。全書有三個部
分，共分七章，研究了從江戶時代到當代的七位日本知識份子的相關
思想。

　　書名既然是《「文」與日本的現代性》，那麼「文」與「現代性」兩個詞，理應是該書的關鍵字，然而作者始終沒有對兩個關鍵字做出明確界定。關於「文」，作者開門見山明確指出：「『文』的概念是東亞知識份子，尤其是中國知識份子思想史的一個最核心概念……本書將從『文』的角度，重新審視日本知識份子史。」（頁1）「文」既然是如此重要的「一個最核心的概念」，那麼，「文」究竟什麼呢？然而除「緒論」之外，全書只有論述荻生徂徠的第一章、論述夏目漱石《文學論》的第二章，直接涉及到「文與現代性」；其他大部分章節，從章節標題到具體行文，竟然很難找到「文」這一概念的影子，不免給人以「文不對題」之感。在「緒論」部分和關於「文」的界定，作者一會兒說是「文」指的是一種「語言」（緒論頁8、正文頁51）或「特殊語言」（緒論頁2），一會兒說「文」是「作為話語歷史的日本知識份子的『文』」（緒論頁5），一會兒說「文」是「思想史概念」（緒論頁9），一會兒說「文」是「知識份子思想本身」，一會兒在「言文一致」的意義上暗示「文」是與「言」（口頭語言）相對的書寫語言（正文頁72）；在談到夏目漱石的時候，又說「『文』的形式是多樣的，包括詩、俳句、書畫、小說等」（正文頁99），甚至於說「文」是「中國革命」的「一種具有普遍意義的『文』的表現形式」（正文頁11）。總括起來，「文」似乎具有語言學、思想史、革命史、文學藝術各種體裁樣式等多方面的指涉，其內涵沒法確定，外延就更加漫無邊際了。至於「現代性」是一個時間觀念，還是一個文明形態的價值判斷，它與「文」的連結點何在，全沒有透澈論述。由於缺乏關鍵概念的明確界定，論述過程過於虛泛，枝蔓叢生、迂迴蔓延，看似滔滔不絕，說東道西、縱橫南北，但整體上缺乏聚焦點，思路不清，零亂不得要領。所謂「圍繞著『文』之概念」將六、七個思想家、文學家的論述「加以譜系化」（見小森陽一序）這一點，並沒有很好地加以實現。

《「文」與日本的現代性》問題很多，為篇幅所限，這裡只以第
二章〈「文」與現代性——夏目漱石的《文學論》〉為例。因為從章節
名稱到具體內容，看上去這一章是最為切題的一部分，也是全書最有
代表性的章節。

作者聲稱這一章中要「在語言的層面上分析夏目漱石與現代性之
間的關係是如何在『文』這一概念上展示的」（頁61）。然而凡是讀過
夏目漱石《文學論》的人，都會知道《文學論》除了在個別地方引述
「漢學者」所謂「山川河嶽、地之文；日月星辰、天之文」之類的表
述外，並沒有把「文」作為一個概念範疇來使用，更沒有對「文」做
出界定。《文學論》所使用的是「文學」（有時候是「文章」）這一概
念。原來，用「文」這一概念來解讀《文學論》，只是作者的一種主
觀性的概念預設而已。日本當代左翼批評家柄谷行人在《日本近代文
學的起源》一書中，認為夏目漱石的《我是貓》不是「小說」，而只
能稱其為「文」，他所謂的「文」指的是西方影響下的近代小說形成
之前的混合的文體類型。林著以「文」來看夏目漱石，很顯然是從承
接柄谷行人的。

作者認為，應從三個方面考察夏目漱石的「文」。「首先是文體意
義上的，如『美文』、『寫生文』……其次是偏於語言的書寫體
（écriture）意義上的『文』……三是存在論（ontology）意義上，作
為精神寄託對象的『文』……本文試圖按照對漱石的『文』的細分，
揭示漱石之『文』的特質。」（頁62-63）然而作者用了三、四萬字，
從日本江戶時代的荻生徂徠，說到當代的子宣安邦，小森陽一；從西
方的海頓·懷克、福柯，說到尼采、德里達、梅洛·龐蒂，再到中國
的錢鍾書；從格式塔的「場」，再到現象學，迂迴曲折兜了一圈又一
圈，要說明的道理卻很簡單：夏目漱石在《文學論》中通過（F＋f）
這一公式，要打破漢文學與英國文學之間、「形式對內容」、「主觀對
客觀」之間的「二元對立的設定」，要以多義性的「文」，反抗主流秩

序的「一義性」，並斷言「漱石似乎難以用近代意義上的『小說』這一新的『文』的形式盡抒其複雜的內心世界。無論如何，正是『文』，才是他的精神支柱。」（頁99）

　　而實際上，這些結論是被作者極其主觀地「分析」出來的，也是經不住推敲的。細讀《文學論》就不難看出，漱石的（F+f）這一公式，表示的文學作品的理性因素與情緒因素兩者的相加相融，本身就建立在「二元對立」的基礎上。而且，聯繫漱石關於文明論與文學論的相關著述，就可以知道他作為一個近代知識份子，其基本思維方法與言論方式本身就是「二元論」的。例如「餘裕論」與「沒有餘裕」、「人情」與「非人情」、「文學」與「科學」的二元文學論；「西洋的開化」與「日本的開化」、「個人主義」與「國家主義」等的文明論的二元論等等。實際上，前提是必須先承認「二元對立」，然後才有「打破」對立的問題。漱石在《文學論》中，用了大量篇幅分析作品中的這兩種因素，以及兩種因素的融合，與其說是要「打破二元對立」，不如說是首先正視二元對立，然後尋求「對立中的融合統一」。而作者斷言「文」與「近代的小說」兩者在漱石身上形成對立與矛盾，這一斷言本身恰恰落入了「二元對立」思維的牛角。實際上，漱石的「文」與「文學」之間，在傳統與近代之間是同一的、渾融的，而非對立的。漱石的全部創作，正是傳統與現代、東方與西方矛盾統一的範例。就《文學論》而言，這是一部在西方文學影響寫出來的嶄新的「文學原理」類著作，書中所舉出的作品例子大都是十九世紀的英國文學作品，都是很「近代」的。漱石就是要用這些英國「近代」作品為例，來闡發他的「文學論」，並在《我是貓》、《草枕》、《心》等一系列作品中加以實踐。如此，怎麼可以得出「漱石似乎難以用近代意義上的『小說』這一新的『文』的形式盡抒其複雜的內心世界，無論如何，正是『文』，才是他的精神支柱」這樣的結論呢？難道作為眾所公認的日本近代文學之代表的夏目漱石，是一個反「近代」的

復古主義者嗎？如果是這樣，漱石的《文學論》如何實現所謂的「現代性」？作者的主題論旨──「文與日本的現代性」又如何來說明呢？這種結論豈不是自相矛盾的嗎？誠然，漱石也喜歡傳統意義上的「文」──漢詩、俳句、東洋書畫，但這一切只是他的修養的組成部分，而他的主要成就恰恰正在於那些「近代意義上的『小說』」，他的「精神的支柱」也主要在此。

統觀〈「文」與現代性──夏目漱石的《文學論》〉一章，並沒有充分尊重《文學論》文本，沒有從文本細讀中得出可靠結論，而是從自己預設的「文」觀念出發，大量援引各色理論，在《文學論》的周邊東拉西扯，雲山霧罩，卻沒有對《文學論》本身做出切實的解讀與闡發，得出了似是而非、貌似複雜而實則淺顯的結論，既缺乏新意，也無助於讀者對漱石《文學論》的理解。中國古代文論中有「為情而造文」之說，《「文」與日本的現代性》一書似也帶有「為『文』而造文」的強烈色彩。使用這種套路寫書的，在當今的西方、日本乃至中國都不乏其人，然而這似乎並不是真正的學術研究與學術著述的正確有效的途徑。

此外，在文字表述等技術層面上，該書也有大量錯誤。許多引文，由於不像引自第一手的原典，或者由於其他原因，而出現過多的錯別字、引文不准及出典錯誤，這些幾乎達到俯拾皆是的程度。僅以〈「文」與現代性──夏目漱石的《文學論》〉一章為例，僅就該章的中文腳注和引文內容進行核對，至少可以發現二十多處疏漏和錯誤。只是本章一開頭引用魯迅《藤野先生》中的一段文字，在七十來字的引文中竟有四處錯誤。至於古文的引用、年代日期等，差錯就更多了。如第六十頁弄錯了漱石辭退政府授予的名譽博士學位的時間；第六十一頁弄錯了《文學論》產生的時間；第一〇四頁的腳注弄錯了夏目漱石進入東京帝國大學文學部英文學科的時間；第一〇六頁弄錯了漱石在東京帝國大學講授《文學論》的時間……此外的大量的硬傷錯誤，不

還一一列舉。據說本書作者師從日本東京大學著名教授,《「文」與日本的現代性》一書實際上是向該校正式提交的博士論文的「準備篇」。但是,《「文」與日本的現代性》一書似乎沒有很好地體現日本學術界傳統的科學實證精神和嚴謹的治學態度,卻更多地沾染了當今一些新派時髦學者貌似博學、貌似很「理論」,實則於理不通、浮躁花哨的文風。

後來,作者或許感到了書中的問題,又出版了一個修訂版《「文」與日本的學術思想——漢字圈1700-1990》(中央編譯出版社,2012年)。作者在前言中稱本書「除了糾正原書文字方面的錯誤,並刪掉兩章附錄及部分內容外,由原書的七章,擴充為十二章,補充了近十六萬字的新內容」。修訂本自然減少了作者意識到的一些錯誤,但對「文」仍然沒有清晰界定,書名改為《「文」與日本的學術思想》,與初版本的《「文」與日本的現代性》,實際上論題發生了很大轉變,但是在整體內容沒有太多變化的情況下,「日本的現代性」這一論題,是如何一下子轉換為「日本的學術思想」乃至整個「漢字圈」近三百年歷史問題的?這是一個令人困惑的問題。

三　文論史、批評史的粗陋

對日本文論加以縱向的梳理和橫向的綜合性研究,是研究展開的兩種重要途徑和方式。在縱向的歷史研究方面,這裡要提到兩本書,一本是靳明全先生著《日本文論史要》,一本是葉琳等先生著《現代日本文學批評史》。

《日本文論史要》(中國社會科學出版社,2010年)是在作者所承擔的國家社科基金項目《日本文學批評史》最終成果的基礎上修改而成。在日本,《文學批評史》、《評論史》、《論爭史》之類的著作成果已有不少,但在中國,迄今為止還沒有相關的專門著作,因而該選

題是有意義和價值的。如果做得好，可以填補中國的外國文學批評史
研究的一個空白。但是，正因為這個課題的研究難度相當大，對文獻
的要求、對理論的要求也很高。要做得好，首先必須對日本文論原典
加以廣泛涉獵，並且從文字上、內容上真正吃透。日本古代文論原典
用古文寫成，近代文論文白夾雜，現代文論資料浩繁，要寫成一部自
古及今的《日本文學批評史》，困難可想而知。事實上，作者似乎也
付出了一定的努力，但努力顯然很不夠，終於未能做出真正的《日本
文學批評史》，故而在出版最終成果的時候，將書名更改為《日本文
論史要》，這就一定程度地迴避了通史所應具有的全面性系統性，同
時偏離了國家項目立項的宗旨，減弱、降低了原有選題的學術價值。

　　從分量和結構上看，《日本文論史要》總字數只有二十萬，其
中，「附錄」的日本文學批評的譯文約占全書篇幅的三分之一。而
且，在附錄的這些譯文中，古代部分大部錄自《東方文論選》，並非
作者自譯；近代文論部分大部分文章是早已經有了譯文的篇目，如坪
內逍遙、有島武郎、廚川白村的文章，一般讀者很容易查到，這些篇
目雖署「靳明全譯」，但和已有的譯文關係如何，複譯的譯文質量是
否有提高，尚有待譯本的對比分析才能做出結論。但有一點可以肯
定：在所附錄的譯文中，有的篇目存在大面積的錯譯。（錯譯問題屬
於另外的論題，在此從略。）不管怎麼說，對國家級課題的高端學術
著作而言，將本來已有譯文的篇目附錄於書後，除了徒充篇幅以外，
只能增加該書的含水量。

　　除去附錄的譯文，屬於作者實際撰寫出來的字數只有十三萬字左
右。這麼小的篇幅，對於日本文論史而言，實在太單薄了。即便是
「史要」，相對於古今日本文論史的豐富內容，分量也顯得嚴重不
足。日本學者久松潛一《日本文學評論史》只寫古代部分，就有厚厚
五大卷，約合中文一百五十萬字，相當於《日本文論史要》的十幾
倍。寫「史」者、讀「史」者，都期求豐富的資料信息。首先是史

料、然後是史識。史料不齊，史識焉附？本書在史料上的嚴重欠缺，並不是卷首二百來字〈自序〉中所稱的「要而不繁、簡明扼要」，而是殘缺不全、丟三落四，如此，「史」的價值便大打折扣了。

從總體構架上看，《日本文論史要》採用的教科書式的寫法，在章節結構上以「概述」加人頭，來謀篇布局，未能提煉出問題點，也未能對文論文本做出應有的解讀和闡發。在實際的行文中，流於淺層的介紹，缺乏深入的理論剖析，缺乏獨到的見地。特別是站在中國學者立場上的比較文學的分析、美學層面的分析，就更為貧弱了。全書甚至連一個提綱挈領的、對日本文論發展規律及民族特點加以總結的序言、緒論都沒有。作為本身就是研究「文論」的著作，卻如此不「理論」，是超乎想像的。誠然，教科書式的寫法、教科書式的讀物也不無用處，教科書可以做得很基礎、可以寫得很通俗易懂，但無論如何也不能粗糙淺陋。尤其是作為國家級研究課題的最終成果，本來應該是以「原創」為根本追求，不能僅僅寫出入門讀物便宣告「圓滿結題」（該書「後記」語）。

《日本文論史要》理論建構上缺失，文獻資料方面也存在著殘缺不全、顧此失彼、引證不規範的問題。例如，在古代部分，「連歌」論相當重要，日本古人寫了不少「連歌論」的專著和文章，很有理論價值，而《日本文論史要》中卻隻字不提。難道作者不知道日本出版的任何一種《日本古典文學大系》在文論方面都必然收錄「連歌論」嗎？再如，關於世阿彌的戲劇理論，《日本文論史要》只講《風姿花傳》，而對世阿彌的其他十幾部相關著作隻字不提，這就不可能全面把握世阿彌的戲劇理論體系。總體上看，在文獻資料方面，從古代、中世、近世部分的腳註中就可以看出，作者所依據的材料，主要是曹順慶主編《東方文論選》一書中王曉平先生的譯文，而對日本原文原典，卻基本沒有觸及。例如，作者之所以不提連歌論，是因為連歌論原典那時尚沒有中文譯文；之所以對世阿彌《風姿花傳》之外的其他

著述不提，是因為那時其他著述尚沒有中文譯文；之所以對淨瑠璃
論、歌舞伎論等近世戲劇藝術論不提，也是因為那些文獻尚沒有中文
譯文。凡是有中文譯文的，就寫；凡是沒有中文譯文的，就省略，這
顯然是作者取捨時的主要考量。像這樣主要靠有限的中文譯文來研究
和撰寫《日本文論史》，就勢必捉襟見肘。令人困惑的是，作者在
「後記」中聲稱自己在日本各大圖書館「收集了《日本文論史》的大
量一手資料」，但是這「大量一手資料」究竟用在了什麼地方呢？

　　有時貌似引自原典，實則可疑。如第五十頁、第五十一頁的腳注
寫明：所引用的井原西鶴、廣瀨淡窗、荻生徂徠的話，分別出自岩波
書店版中村幸彥校注《近世文學論集》第六頁、第九頁、第六頁。乍
看上去，這似乎在引用原典，但實際上所引並非原典，而是對編者的
《解說》文字的轉引。更有甚者，第二十三頁，引了菅原道真〈新撰
萬葉集序〉中的幾句話，該頁有作者的腳注云：「佐佐木信綱編：《日
本歌學大系》第一卷，靳明全譯，文明社昭和十五年版，第八十五
頁。」而這個短短的腳注卻隱含了三個錯誤：

　　第一，該段話不見於佐佐木信綱編《日本歌學大系》第一卷八十
五頁，而是在第三十五頁；

　　第二，該段話原文為漢語，無須翻譯，也根本不存在「靳明全
譯」的問題；

　　第三，該段話在引用時出了錯。原文是「青春之時、冬玄之節、
隨見而興（既作，觸聆而感自生。）凡厥所草稿不知幾千」。作者卻
錯引為：「青春之時，冬玄之節，隨見而興既作。觸聆而感自生。凡
厥取草稿不知幾千」。作者的錯引，把括弧去掉了，把句讀改變了，
把文字置換了（「所」字換為「取」字），致使原文的意思也變異了、
莫名其妙了。由此而不得不令人懷疑全書文獻引用、翻譯的可靠性。

　　此外，令人納悶的是，在很多場合下，作者都援引《東方文論
選》中王曉平先生的譯文，而菅原道真〈新傳萬葉集序〉在《東方文

論選》中也選錄了，而且文字上與佐佐木信綱編《日本歌學大系》中的原文完全一致，為什麼對這段不需要翻譯的漢文，反而要捨近求遠，需要「直接」引自佐佐木信綱編《日本歌學大系》呢？這要嘛是「偽引」，要嘛是暴露了引用上的隨意性和不嚴謹性。這樣的問題，在《日本文論史要》中還大量存在著。篇幅所限，此不一一。

　　近代部分的內容上的顧此失彼缺漏也很嚴重。例如，在日本近代文學中，自然主義是文學主潮，也是最具有日本特色的理論評論現象，但《日本文論史要》課題卻幾乎沒有論及；再如，談新感覺派文論，不談該派最重要的理論家橫光利一，卻只談川端康成。對於日本近代第一流的幾個評論家和文論家，如高山樗牛、北村透谷、長谷川天溪等，完全沒有論及；對日本對外侵略期間，文學批評如何協助對外侵略，是二十世紀三〇至四〇年代日本文評中不能迴避的問題，卻絲毫不涉及，如此等等。戰後六十多年來的日本文學評論，豐富多彩，最值得好好梳理和評述。然而，《日本文論史要》卻只寫到二十世紀三〇至四〇年代為止，匆匆收筆。作為「史」而缺乏當代史部分，也是一種很大的缺憾。

　　總之，我們不得不說，《日本文論史要》一部粗陋、草率的產品。不僅資料上不可靠，內容也殘缺不全，無法顯示日本文論史的系統性，無法呈現日本文論史的演進軌跡與發展規律，也就無法擔負「史」之名；「史」固然有詳有略，但本書對日本文論史中最不能忽略的內容卻也忽略了，因而也不能擔負「史要」之名。

　　日本文論史方面的另一部著作是葉琳等著《現代日本文學批評史》（上海外語教育出版社，2008年）。作者把「現代文論」界定為一九二〇年代初至一九七〇年代末，共六十年。這段時期日本文學批評流派甚多，文章甚多，情況更為複雜。作者以時間推移為線索，以團體流派為單位，分專章依次對無產階級文學批評、「藝術派」文學批評、戰爭時期文學批評、戰後文學批評、「傳統派」文學批評，「批判

現實主義」文學批評、經濟高度增長時期的文學批評、女性文學批評等，做了評述。儘管此前日本學者的相關研究相當不少，「文學論爭史」、「文學評論史」等已有多種，相關資料集也出版了若干，但這樣的中文著述此前還沒有，因而《現代日本文學批評史》選題本身很有價值。

但是，遺憾的是，《現代日本文學批評史》在很大程度上偏離了「文學批評史」的正題，書中有太多的內容，評述的是一般文學史上都講的作家作品，而不是「文學批評」本身。這種情況，在第一章〈無產階級文學批評〉和第二章〈現代藝術派的文學批評〉中尚不太突出，到了第三章〈戰爭時期的文學批評〉則開始明顯。第四章以後，不屬於「文學批評」的內容逐漸增多，乃至有的章節用了超過一多半的篇幅來綜述文學史的演進及作家作品，使人感到作者似乎忘記了是自己在寫「文學批評史」，而是在寫一般的「文學史」！而到了第六章〈批判現實主義的文學批評〉，幾乎全部篇幅在評述作家創作，至於「批判現實主義」有哪些「文學批評」的文章、有哪些理論主張，則完全沒有涉及。第七章〈高度增長時期的文學批評〉共三十多頁，用於「文學批評」評述的文字不超過一頁。第八章〈女性文學批評〉中的三節分別談女性文學的風格、創作主題及女性文學的貢獻，幾乎不談女性文學批評是怎樣的。更不用說最後一章〈典型作家的文學批評〉，更是無關乎「文學批評」，不過作者在「前言」中明確做了說明，說因為那些作家很重要，所以需要「從理論角度」做「個案評析」。

誠然，文學批評與文學創作是密切關聯的，但是，「文學批評」與「文學創作」是兩個不同的領域，前者是「理論」形態的東西，後者是虛構敘事、情感想像的東西；前者涉及理論文本，後者涉及虛構性作品文本，這是無需多說的常識。然而遺憾的是，《現代日本文學批評史》的大多數章節卻將兩者混淆起來，不以「理論文本」的評

述、解析和闡發為主要任務，於是偏離了「文學批評史」的正題。在
這種情況下，書中所提到或評析的文學評論的文章篇目也出乎意料得
少，「文學批評史」在很大程度上變成了一般的文學史。該書作為
「國家社科基金青年項目」的最終成果，出現這一問題是很不應該
的。至於書中出現的一些細節問題，如第一二六至一二七頁談到詩人
金子光晴「反戰」詩歌的時候，卻不提（或不知道）該詩人也寫過歌
頌戰爭的詩歌；第一四四頁提到「國民文學」主張的時候，隻字不提
「國民文學」最有影響的提倡者之一高山樗牛的觀點等等，還有書後
附錄的參考書目和論文目錄，許多與作者論題密切相關的中文及日文
的重要文獻未能納入視野，顯示了作者對文學史料把握的殘缺不全與
片面性。

　　以上指出的相關著述中的問題與缺憾，來自筆者研究和撰寫日本
文學研究史過程中的閱讀體驗。需要強調的是，拙文雖然不得不提到
相關作者的名字，但是對事不對人，純粹就學術而談學術，而且僅就
所評述的特定著作而言，並不是對作者的整體學術做出的評價。本文
寫作雖然基於純學術立場，但畢竟水平所限，只是一孔之見，姑且提
出來就教於作者和讀者，並期待相關作者或讀者提出反批評，以有助
於活躍學術氣氛，吸取學術史經驗，推動學術發展，使中國的東方
學、日本學及日本文學、文論的研究取得更大進步。最後，與本文論
題相關的批評文章，還想推薦祁曉明教授〈近年來中、日比較詩學研
究中存在的問題〉一文（原載《軒轅集：當代視野下的語言文化研
究》，對外經貿大學出版社，2011年），該文指出了《東方美學史》、
《日本詩話的中國情結》等相關著述中的問題與錯誤，可以與拙文相
互參讀。

近三十年來中國的日本漢文學研究的成績與問題[1]

　　日本漢學中包含了日本的漢文學研究，換言之，日本學者的漢文學研究是日本漢學研究的重要組成部分。而中國學者對日本漢學的研究，則是對日本的漢學及漢文學研究的研究。在這方面，嚴紹璗的「日本中國學」的研究成果首開風氣、奠定了基礎，李慶的五卷本《日本漢學史》集其大成。一九八○年代以來，中國學界對日本以漢詩為主、包括漢文及漢語小說在內的漢文學展開了研究，陸續出現了王曉平、馬歌東、宋再新、肖瑞鋒、高文漢、嚴明、張石、孫虎堂、馬駿、陳福康等有成就的研究者，取得了不少成績。從作品分類整理、注釋賞析，到對相關作品進行個案研究；從中日的比較研究及關係研究，到綜合性的專題研究，也有文體學、語言學等不同層面上的研究成果，更有大規模的日本漢文學史著作問世，解決了文獻學、比較文學層面上的許多問題。同時，漢文學史在關鍵概念的界定和使用、理論概括與學術觀點的科學性、文獻信息使用的周密性等方面，也存在一些值得商榷的問題。

一　對日本漢學及漢文學研究的研究

　　日本漢學（包括研究中國當代問題的「中國學」）有上千年的傳

1　本文原載《東北亞外語文化研究》（大連），2013年第1期（創刊號）。

統，取得了豐碩的成果。由於日本漢學的研究包括了相當數量的漢文
學的研究，在這個層面上對日本漢學所做的研究，也屬於日本文學研
究的範疇。

　　一九七八年改革開放之前，對日本漢學及漢文學基本上談不上什
麼研究。一九七〇年代中後期，中國社會科學院成立情報研究所，對
國外研究中國的信息情報加以收集整理，並編輯《國外研究中國叢
書》，一九七九年，嚴紹璗教授編寫的《日本的中國學家》列入此套
叢書，由中國社會科學出版社出版。該書共收入日本現當代一千一百
〇五位中國學家的相關信息，編錄了一萬多種相關書目。接著，嚴紹
璗編寫了《漢籍在日本的流布研究》（江蘇古籍出版社，1992年）、《日
本藏宋人文集善本鉤沉》（杭州大學出版社，1995年）、《日本藏漢籍
珍本追蹤紀實》（上海古籍出版社，2005年），最後編纂了集大成的目
錄學工具書《日藏漢籍善本書錄》（全三卷，中華書局，2007年）。這
些文獻目錄學的基本調查與收集整理，奠定了中國的日本漢學與漢文
學研究的基礎。此外，王勇（1956-）教授主編的論文集《中國典籍
在日本的流傳與影響》（杭州大學出版社，1990年）、《中日漢籍交流
史論》（杭州大學出版社，1992年）、《中日書籍之路研究》（北京圖書
館出版社，2003年）及獨著的《中日關係史考》（中央編譯出版社，
1995年）中，也收錄了一些關於日本漢學研究的研究論文。

　　在文獻目錄的整理編纂的同時，嚴紹璗教授展開了對日本中國學
的系統評述和縱向研究，出版了《日本中國學史》（第一卷，江西人
民出版社，1991年）。這是嚴紹璗日本漢學、日本中國學研究的代表
作品，填補了學術研究的一個空白。該書四十五萬字，分為十章，評
述了日本侵華戰爭結束之前日本的中國學史的發展流變。第一章是
〈中國文獻典籍東傳日本的軌跡〉，從飛鳥、奈良時代漢籍傳入開始
寫起，一直寫到江戶時代，對漢籍的傳入、傳播與吸收影響。第二章
〈日本傳統漢學的發生與形成〉，對中國宋學的傳入及日本漢學的形

成的軌跡做了探究。第三章〈日本傳統漢學的流派〉，對江戶時代漢
學的諸家流派，包括以林羅山為中心的朱子學派、中江藤樹為中心的
陽明學派、以伊藤仁齋和荻生徂徠為中心的古學派的學術淵源、學風
及特點做了分析評述。第四章〈日本近代文化運動與傳統漢學的終
結〉，分析了日本學術文化的近代轉型和傳統漢學的終結。第五章
〈歐洲的 Sinology 及其傳入日本——近代日本中國學形成的條件
（上）〉，分析了歐洲漢學及歐洲人的中國觀及其對日本近代中國學的
影響。第六章〈二十世紀初期中國文化遺留物的重大發現——近代日
本中國學形成的條件（下）〉，對甲骨文、敦煌文物的發現、日本漢學
家的中國之行及其與中國觀形成之間的關係做了分析。第七章〈近代
日本中國學的形成〉，梳理了從「經學」向「中國哲學」、從「道學的
史學」向「東洋史學」的轉變以及中國學研究近代性的形成。第八章
〈近代日本中國學早期古典研究的學術流派〉，對狩野直喜、內藤湖
南與「支那學社」為代表的實證學派，山路愛山、津田左右吉為代表
的「批判主義」學派，以服部宇之吉、宇野哲人及「斯文會」為代表
的「新儒家學派」以及非主流學派秋澤修二的中國哲學研究、河上肇
的中國古詩研究做了評述。第九章〈近代日本中國學對現代中國文化
研究的寶貴業績——戰前日本的魯迅研究〉，揭示了日本的魯迅評論
與魯迅研究的盛況。第十章〈近代日本中國學的挫折〉，分析了日本
近代軍國主義侵略擴張對中國學的負面影響，以及戰爭期間對中國文
物的破壞掠奪。總之，《日本中國學史》（第一卷）作為第一部同類著
作，不僅提供了豐富的文獻資料資訊，奠定了這一學術領域的基本的
框架結構，而且史論結合，表現了出色的歷史分析能力，為中國的日
本漢學及中國學的研究做出了示範、奠定了基礎。

　　二〇〇九年，《日本中國學史》列入學苑出版社《列國漢學史書
系》再版，改題為《日本中國學史稿》，去掉了初版本「第一卷」的
標識，結構上有所調整，篇幅增加到六十萬字，特別是增寫了第五編

〈日本中國學戰後狀態綜述研討〉，使內容貫通古今，又在書後增加了七條資料性附錄。

　　進入二十一世紀後，中國學界對日本的漢學史的研究，由旅日學者李慶（1965-）先生的《日本漢學史》而推上了一個新的高峰。《日本漢學史》全五卷的前三卷，在二○○二至二○○四年間由上海外語教育出版社陸續出版，二○一○至二○一二年由上海人民出版社陸續出版五卷本。該書規模宏大，共兩百多萬字。其中第一卷〈起源和確立（1868-1918）〉、第二卷〈成熟與迷途（1919-1945）〉，研究的時段是明治維新（1867年）至日本戰敗（1945年），與上述嚴紹璗的《日本中國學史》的近代部分在時段上重合，而第三卷〈轉折和發展（1945-1971）〉、第四卷〈新的繁盛（1972-1988）〉、第五卷〈變遷和展望（1989-）〉，研究的是日本戰後的漢學。作者十幾年如一日，在沒有經費資助的情況下，在日本孜孜不倦，甘於寂寞，埋頭苦幹，廣搜博覽，憑一人之力，終於成就這部煌煌巨著，其氣魄和勇氣為常人所不及。此前這樣的書日本沒有，中國也缺乏，堪為日本漢學史研究的集大成，在今後相當長時間中，恐怕也難以被超越。

　　李慶先生在第一卷前言中，對「漢學」、「中國學」、「東洋學」和「東方學」等幾個基本概念做了辨析，認為「中國學」這一概念的範圍太寬泛，故取「漢學」的概念，並將「漢學」明確界定為日本明治維新以後對中國古代（有時也延伸到近代）文化的研究。「漢學」這一界定，有效地將嚴格意義上的對中國傳統文化的「學術研究」，與「當代中國問題的觀察評論」這兩種不同的言論形態區分開來。前者因為研究對象有了積澱性和固態性，與研究者在時間上有了必要的距離，因而可以成為學問探究的對象；後者因為對象不固定、時間距離不夠，加上不免受政治局勢、實利需要的左右，而只能是「評論」的形態，卻很難稱之為「學」或「研究」。從這個意義上說，「日本漢學」顯然比所謂「日本中國學」這一概念更具學理性。作者對日本漢

學各個階段的時代氛圍、教育及學術體制、學術背景、學派嬗變、代表人物及其著述，都做了翔實的分析評述。作者在第一卷「前言」中，指出了日本漢學在學術研究上的一些基本特點，如非常注重基本材料和工具書的積累與建設，具體問題的研究非常細緻，但同時也有欣然套用西方理論的問題；對具體問題的研究很出色，卻也有缺乏系統的理論建構的「見木不見林」的傾向。這些都是十分剴切的見解。《日本漢學史》表明，日本的漢學研究儘管經歷了時代的跌宕起伏，但研究的陣容之強、成果之豐、水平之高、影響之大，使其一直在世界各國漢學中遙遙領先，充分表明了日本與中國在學術文化上的特殊的、深刻的關聯。這一點，會對中日關係的思考和研究提供有益的啟示。從中國的日本文學學術史角度看，《日本漢學史》有相當一部分內容屬於日本的中國文學研究的範疇，這對中國的日本文學研究者而言，也有著重要的參閱價值。《日本漢學史》在內容上以史料梳理為主，對各時期日本漢學的著述，幾近搜羅殆盡，並概括敘述了相關重要漢學著述的基本內容，具有書目文獻學上的意義。不過與此相聯的是有不少章節段落敘述有餘，而分析評論有所不足，但對如此規模的史書而言，這是瑕不掩瑜的。

在日本漢學（中國學）史的研究之外，對重要漢學家的個案研究也在展開。這方面的成果主要體現在嚴紹璗主編、中華書局出版的《北京大學二十世紀國際中國學研究文庫》中已出版的幾部著作上，其中包括劉萍著《津田左右吉研究》（2004年），錢婉約著《內藤湖南研究》（2004年），張哲俊著《吉川幸次郎研究》（2004年），這三本書都以學術評傳的方式，對三位重要的漢學家作出了系統評述，使日本漢學史的重要的「點」的研究得以深化。錢婉約著《從漢學到中國學》（中華書局，2007年），分「日本中國學家例話」、「近代日本的中國觀」等五個部分，是一部關於日本漢學與中國學的有特色的專題文集。劉正的《京都學派漢學史稿》（學苑出版社，2011年）對日本最

有代表性的漢學流派京都學派的學術流變、代表人物做了系統的評述。王曉平的《日本中國學述聞》（中華書局。2008年）一書，收錄了作者在報刊（大部分是《中華讀書報》）上發表的五十多篇文章，涉及到日本的「文藝中國」問題、日本中國學問題、中國經典在日本的傳播等問題。文章將學術性與散文藝術性結合起來，雅俗共賞、言之有物、清新可讀。復旦大學教授邵毅平（1957-）的《中日文學關係論集》（上海古籍出版社，2011年）中的上下兩編中的下編《日本漢學述評》所收八篇文章，在該論文集中占比重最大，也較有新意，分別評述了鈴木虎雄的《支那文學研究》、吉川幸次郎的《中國的古典與日本人》、《中國詩史》、《宋詩概說》、《元明詩概說》，斯波六郎的《中國文學中的孤獨感》、小尾郊一的《中國文學中所表現的自然與自然觀》、《李白》等，具有一定的參考價值。

　　以中國的古典名著在日本的譯介與研究為研究對象，也是日本漢學研究很切實的選題角度，在這方面，中國藝術研究院孫玉明（1961-）的《日本紅學史稿》是一個成功的嘗試。相比於《三國演義》、《水滸傳》等明代小說，清代小說《紅樓夢》傳入日本較晚（1793年），在這兩百多年的歷史上，日本學界對《紅樓夢》的翻譯、注解、評論和研究，已經有了相當的積累和積澱，形成了「日本的紅學史」。基於這樣的判斷，作者以日本的「紅學」作為北京師範大學中文系博士學位論文選題，克服了在國內收集日文材料的諸多困難，終於寫出了這部十七、八萬字的論著，論文答辯後被納入《「紅學書系」學術系列》，由北京圖書館出版社二〇〇六年出版。該書將日本紅學從一九三九到二〇〇〇年間的歷史，劃分為三個時期，對各個時期日本紅學的背景、日本紅學對中國「紅學」的反應、有代表性的紅學家，如松枝茂夫、大高岩、太田辰夫、伊藤漱平、飯塚朗等人的研究成果，都做了分析評論。書後附〈日本《紅樓夢》研究論著目錄〉和〈《紅樓夢》日文譯本一覽表〉，對讀者都頗有用處。儘管該書

也有缺憾和不足，即未能從翻譯文學研究的角度，對日本主要幾種
《紅樓夢》譯本，做語言學、翻譯美學層面上的文本分析。但全書總
體而言資料翔實、分析透澈，特別是以某一種中國古典名著在日本的
譯介與研究為選題，是頗有開創性和啟發性的。

　　《日本「紅學」史稿》出版的次年（2007年），倪永明從語言學
的角度寫成的《中日《三國志》今譯與中古漢語詞彙研究》由江蘇鳳
凰出版社出版。該書研究的對象雖然不是作為文學作品的《三國演
義》而是作為史書的《三國志》，但從比較語言學的角度出發，對譯
本做細緻的語言學、詞彙學分析研究，特別是指出了各種日譯本的誤
譯及值得商榷之處，在研究實踐和方法論上是富有啟發性的。實際
上，對日本的《三國演義》、《水滸傳》、《金瓶梅》等多種譯本，都應
該做這類語言學層面的細緻研究，或至少在此類研究中使用翻譯文學
和語言學的方法。

二　對日本漢詩的專題研究

　　漢文學是日本傳統文學的重要組成部分，有上千年的歷史傳統。
中國學界對日本漢詩文、特別是漢詩的關注較早，早在唐代，李白、
王維等就與渡唐日本詩人晁衡等有相互唱和之作。宋元時期中日詩僧
也有往來，日本詩僧流布於中國的作品，也斑斑可考。但總體而言，
流入中國的日本漢詩極少，中國人對日本漢詩長期缺乏關注。到了清
末，俞樾（1821-1907）曾應日本人岸田吟香的請求，編選日本漢詩
集《東瀛詩選》四十卷並補遺四卷，凡五千餘首。在《東瀛詩選》的
序言及《東瀛詩記》中，俞樾對日本漢詩有所評論，並將日本的漢詩
與中國詩做了一些比較，也可以把俞樾的這些文字作為中國的日本漢
詩評論與研究的濫觴。

　　直到一九八〇年代後，中國開始對日本漢詩加以編選刊行和研

究。首先是對日本漢詩按主題題材加以編輯整理。其中，從中日兩國
交誼、往來的角度編選的日本漢詩就有數種。有張步雲的《唐代中日
往來詩輯注》（陝西人民出版社，1984年），楊知秋編注《歷代中日友
誼詩選》（書目文獻出版社，1986年），孫東臨、李中華選注《中日交
往漢詩選注》（春風文藝出版社，1988年），黃鐵城等編注《中日詩
誼》（陝西人民出版社，1995年），孫東臨編注《日人禹域旅遊詩注》
（武漢出版社，1996年）等。這些選集一則可為中日交流史提供詩
證，二則可為讀者的鑒賞提供材料。從純文學欣賞的角度編選注釋的
日本漢詩集也有幾種，其中包括黃銘新選注《日本歷代名家七絕百首
注》（書目文獻出版社，1984年），程千帆、孫望選評《日本漢詩選
評》（江蘇古籍出版社，1988年），馬歌東編選《日本漢詩三百首》
（世界圖書出版公司，1994年），劉硯、馬沁編《日本漢詩新編》（安
徽文藝出版社，1985年），王福祥、汪玉林、吳漢櫻編《日本漢詩擷
英》（外研社，1995年）。二○○八年後，廣西師範大學出版社、華東
師範大學出版社出版《日本漢文著作叢書》，列出的書目有從古代到
現代的日本漢文作品十八種，已出版的有《一休和尚詩集》（2008
年）、《夏目漱石漢詩文集》（2009年）、《內藤湖南漢詩文集》（2009
年）等。此外，對於日本的填詞，中國學界也做了一些介紹，其中，
詞學家夏承燾先生的《域外詞選》選錄了一些日本詞，張珍懷為之箋
注。在此基礎上，張珍懷出版了《日本三家詞箋注》（黃山書社，
2009年），收錄日本明治時代前期三位詞人森槐南、高野竹隱、森川
竹溪的填詞作品，並加以箋注。張珍懷為該書寫的「前言」，評價了
三位日本詞人的創作，並在此前發表的《日本的詞學》（《詞學》第2
輯）中對日本的填詞史做了總體評述。

　　在此基礎上，近三十年來，特別是一九九○年代以來，許多學者
們展開了對日本漢詩的研究。其中，有的研究從考釋的角度展開，如
北京外國語大學的王福祥（1934-）編著的《日本漢詩與中國歷史人

物典故》（外研社，1997年），以一百七十八位中國歷史人物為切入點，選出含有這些歷史人物典故的漢詩四百七十六首，並對詩人生平略作簡介，既是一部獨特的日本漢詩選集，也是一部有特色的中日比較文學的專著。由此可以看出以中國歷史人物（既有真實人物，也有神話傳說中的人物）為題材的日本漢詩已經形成了一個重要的部類。冠於卷首的長文《日本漢詩與中國文化》描述了日本歷代漢詩的發展演化的軌跡，對日本漢詩人的思想情操、創作中所受的不同時代中國詩風的影響，日本漢詩與中國的時令節氣、節日習俗，日本漢詩的主要的修辭手法等，都結合具體作品做了分析。

　　對一部作品進行專門的研究的，是四川外國語學院教授宋再新（1952-）的題為《和漢朗詠集文化論》（山東文藝出版社，1996年）的小冊子。《和漢朗詠集》是平安時代編纂成書的漢詩、和歌佳句集錦，編者據認為是著名歌人藤原公任。全書分為兩卷，共收中國詩文佳句兩百三十四句，日本漢詩文佳句三百五十四句，和歌兩百一十六首。宋再新教授認為，該書將中國文學、日本漢文學、日本傳統文學的佳句匯於一集，通過該書的閱讀研究，可以很好的理解三者之間的關係，看出中國文學對日本的影響，認識日本文學固有的文學觀和文學的特殊性，因此《和漢朗詠集》值得研究。《和漢朗詠集文化論》除前後的「引言」和「結語」外，分為〈歌謠・和歌・漢詩〉、〈日本漢詩文的興盛與和歌的復興〉和〈《和漢朗詠集》的文學價值〉三章，論述了《和漢朗詠集》成書的背景、漢詩與和歌之間的彼此消長、相反相成、相輔相成的關係，以及《和漢朗詠集》文學價值與文化意義，並將《和漢朗詠集》的全書附錄於書後，用兩句漢詩題譯出了其中的二百多首和歌。作者指出：《和漢朗詠集》對漢詩的選擇標準帶有明顯的日本平安朝宮廷貴族文化的取向和趣味，平安貴族崇尚唐文化，提倡華貴、風雅，《和漢朗詠集》中編選的佳句，都是閒適、綺麗一類。其中入選最多的白居易的佳句（共一百三十五首）也

都是此類風格的詩，而對於白居易自己最得意的樂府諷喻詩中的憂國憂民、社會批判的詩，則幾乎不選。又指出：「《和漢朗詠集》所提倡的並不是中國古代文人熱衷的『詩言志』、『文以載道』，他們仿效的是侍宴應制、酬酢唱和，鍾情的是中國文學中描寫自然風景、卿卿我我的作品。」（頁9）這些話，在當時對於中國讀者而言，都是新穎的和富有啟發性的結論。

　　十年後，宋再新教授又出版了《千年唐詩緣——唐詩在日本》（寧夏人民出版社「人文日本新書」，2005年），在研究思路上與上述相似。《千年唐詩緣》以《千載佳句》為主要研究對象，展開了唐詩在日本的接受研究。該書重點不是全面地分析唐詩在日本的影響（那需要更大的篇幅），而是通過考察日本人對唐詩的理解和鑒賞經過，了解各時代的日本人接受唐詩影響的文化背景和鑒賞。作者指出，日本人對唐詩的選擇欣賞與中國人是有差異的，他們喜愛的詩句詩篇與中國人最推崇的詩句詩篇並不相同。這一點集中體現在西元九五〇年前後平安時代學者大江維時所編纂、並被歷代讀者所酷愛的唐詩佳句選集《千載佳句》一書中。該書收集一百五十三個唐代詩人的一千〇八十三聯七言詩佳句，其中白居易的詩就占了一半，就可以發現日本人對唐詩是有分撿選擇和過濾的。他們以和歌的審美標準來選唐詩，而將表現社會政治、憂國憂民的唐詩摒棄在外了，他們唯尊白居易，而且獨尊白居易描寫風花雪月的作品。到了江戶時代，隨著漢學水平的普遍提高，傳為中國明代李攀龍編選的《唐詩選》以及明清兩代尊崇李杜的風氣傳到日本，日本人開始比較全面地了解唐詩，對李白、杜甫也重視起來。直到當代，日本人對唐詩仍很重視，中學課本中有唐詩，出版社不斷推出各種唐詩選本。《千年唐詩緣》按照這樣的思路，描述了上千年間唐詩在日本的接受軌跡，分析了唐詩對日本民族詩歌乃至民族文學的影響。書中對日本獨特的審美趣味的強調及相關結論，與上述的《和漢朗詠集文化論》是一致的。此外，《千年唐

詩緣》書後所附錄的《千載佳句》全書，對中國讀者而言也有文獻
價值。

　　同樣收入寧夏人民出版社「人文日本新書」的日本漢詩研究專
書，還有蘇州大學教授嚴明（1956-）的《花鳥風情的絕唱：日本漢
詩的四季歌詠》（2006年）。該書是一部賞析性的書，把日本漢詩按春
夏秋冬四季加以編排，列出描寫四季風物的原作，並加以鑒賞，也時
有中日詩作的比較分析，該書可作為了解日本漢詩基本面貌的入門讀
物。此外，嚴明的〈日本狂詩藝術特徵論〉（《東亞文學與文化研究》
第2輯，2012年）一文，對日本「狂詩」的由來及其藝術特色做了透
澈的概括分析，是這方面的不可多得的好文章。

　　從一九九〇年代起，到新世紀頭十年的二十多年間，陝西師範大
學的馬歌東（1944-）在中國和日本的相關書刊中，陸續發表了十幾
篇論文，其中有〈物理・事理・情理・禪理──試論中國古詩與日本
漢詩中的造理表現〉（1990年）、〈日本漢詩的運命〉（1991年）、〈試論
日本漢詩對王維五言絕句幽玄風格之受容〉（1995）年、〈試論日本漢
詩對於杜詩的受容〉（1995年）、〈試論日本漢詩對於李白詩歌之受容〉
（1998年）、〈日本詩話的文本結集與分類〉（2001年）、〈訓讀法──
日本受容漢詩文之津橋〉（2002年）、〈俞樾〈東瀛詩選〉的編選宗旨
及其日本漢詩觀〉（2002年）、〈唐宋涉膾詩詞考論──兼及日本漢詩
膾意象〉（2002年）、〈日本五山僧漢詩研究〉（2003年）、〈中日秀句文
化淵源論〉（2003年）等。後來，這些論文結集為《日本漢詩溯源比
較研究》，由中國社會科學出版社二〇〇四年初版發行。後來又增補
了兩篇文章，以相同的書名由商務印書館二〇一一年再版發行。

　　《日本漢詩溯源比較研究》的大部分論文，在選題、材料或結論
上具有一定的創新性。例如，在〈日本漢詩的運命〉一文中，作者從
日本的歷代詩話的分析中，認為日本人對日本漢詩的評價向來是以中

國為標準的，日本漢詩中的所謂「和臭」（又作「和習」、「倭臭」、「倭習」，指漢詩中的日本式字句與表達習慣）是極力避免的，作者指出，到了江戶時代——

> 日本漢詩已相當成熟，能夠創作性地顯示出日本漢詩的民族特色，達到了「日本的漢詩」這一至境。如果廣義地把這也視為一種「和臭」的話，這已與道真時代的「和臭」有了質的變化。從產生「和臭」到「和臭」減少，再發展到無「和臭」卻顯示出民族特色，這是日本漢詩走過的合乎邏輯的進程。[2]

這樣分析和結論是十分準確的。也就是說，「和臭」或「和習」是日本人漢語水平和漢詩水平不高所產生的迫不得已的現象，並非是日本人故意顯示「和習」來標新立異，「和習」更不是顯示日本民族特色的有效途徑。這與當下有些「和習」研究所得出的相反的結論，形成了對比（詳後）。在〈訓讀法——日本受容漢詩文之津橋〉一文中，作者介紹了日本漢詩文訓讀法的形成和完善的過程，認為：「訓讀法不僅是日本人接受漢籍並進而創作漢詩文的語言工具，更重要的是，向使日本人一味用音讀法處理漢詩文，則漢詩文就始終只能是極少數文化貴族的文學，漢詩文在日本就永遠只能是『外國文學』，就不可能有持久的生命力，不可能出現江戶時期的鼎盛，更談不上融入日本文學。成為構成日本文學的和漢兩大體系之一。」（頁45-46）這樣的分析也是頗得要領的。還有幾篇論文選題具有探索性和創新性，如〈物理‧事理‧情理‧禪理——試論中國古詩與日本漢詩中的造理表現〉，從「理」和「造理」的角度對中日詩做比較研究，是一個十分重要的論題，但可惜作者只談了中國古詩中的「造理」的分類，從

2　馬歌東：《日本漢詩溯源比較研究》（北京市：中國社會科學出版社，2004年），頁18。

中日有關詩歌中分析兩國詩歌在造理上的相通性，卻沒有聯繫日本古代文論，分析日本人對「理」的獨特理解，特別是以和歌、物語為代表的日本傳統文學對說理、講道理，即落入所謂「理窟」的反感和排斥，來揭示中日文學在「理」上的根本不同。在〈試論日本漢詩對王維五言絕句幽玄風格之受容〉一文中，作者從中國詩話史料中，看出許多論者用「幽玄」或「窮幽入玄」一詞，來概括王維的詩風，特點是「傷暮悲秋、境入靜寂」，並指出日本漢詩也有王維式的「幽玄」之句。這是一個很好的、創新性的選題，但可惜作者只是從具體作品的風格分析中來論「幽玄」，未能聯繫日本古典文論特別是源遠流長的「幽玄」論從理論上進一步深入探討，對「幽玄」的詩學內涵、中日「幽玄」的美學差異等，也沒有理論分析。在〈中日秀句文化淵源考論〉一文中，作者從語義學的角度，對中國詩學中的「秀句」一詞做了考辨，並對「秀句」的基本審美特徵做了分析概括，並在此基礎上論述了日本對中國「秀句」文化的受容。雖然該文未能聯繫日本古典和歌論、連歌論、俳諧論，對「秀句」作為文論概念的概念做出深入闡釋，卻為今後的進一步研究，開了一個好頭。

　　總體看來，馬歌東的《日本漢詩溯源比較研究》中的相關論文，開啟了一系列創新型的選題，代表著一九九〇年代後二十年間中國的日本漢詩研究中的高水平，為今後的研究鋪墊了很好的基礎。

　　《日本漢詩溯源比較研究》之後的另一部日本漢詩的論文集，是旅日學者蔡毅（1953- ）的《日本漢詩論稿》（中華書局，2007年）。該書收錄作者的十八篇論文，其中主要是考據、考證性的文章，包括〈空海在唐作詩考〉、〈韓志其人其事〉、〈祇園南海與李白〉、〈市河寬齋簡論〉、〈從日本漢籍看《全宋詩》補遺——以〈參天台五臺山記〉為例〉、〈市河寬齋與《全唐詩逸》〉、〈市河寬齋所作詩話考〉、〈長崎清客與江戶漢詩——新發現的江芸閣、沈萍香書簡初探〉、〈陳曼壽與《日本同仁詩選》——第一部中國人編輯的日本漢詩集〉、〈俞樾與

《東瀛詩選》〉、〈黃遵憲與日本漢詩〉、〈明治填詞與中國詞學〉等，多有探幽發微的尋覓與發現。還有對日本漢詩的賞析與批評的文章，如〈試論賴山陽對中國古典詩歌傳統的繼承與創新〉、〈超越大海的想像力——日本漢詩中的中國詩歌意象〉。特別值得注意的是，在日本漢詩的研究思路與研究方法方面，作者也提出了一些高見，如〈日本漢籍與唐詩研究〉一文認為，縱觀日本對唐詩的接受史，有兩個現象尤其引人注目：一是平安時代白居易的文壇獨步，一是江戶時代李攀龍編《唐詩選》的天下風行。由此看到日本漢籍對唐詩研究所具有的獨特意義，那就是中國的白居易研究應該借助日本所收藏的、中國國內不見的各種白居易文集抄本、刊本。而對唐詩字句的注釋，也應該參照日本人對《唐詩選》的翻譯注解。在〈日本漢詩研究斷想〉一文中，作者認為中國學者研究日本漢詩，重要的是發現日本漢詩與中國古詩的不同，「求異是難點，也應是日本漢詩研究的重點，正是在這裡，日本漢詩才展示出它獨特的魅力」（頁168）。例如，由於日本「民風自古開放，『男女之大防』較中國遠為鬆弛，日本漢詩，特別是江戶時代的漢詩，愛情之作時可寓目。賴山陽和江馬細香的『生死戀』，就具有現代性愛的平等精神，其互訴肺腑之作，足可譜寫一曲新的『長恨歌』。其他如對自然景物的描寫，中國文學中一直作為恐怖形象的大海，在日本漢詩中卻是明朗親切的存在，大陸國家和海洋國家的差異，於此得到鮮明的體現」（頁168-169）。基於日本漢詩特殊性的強調，作者認為：「日本漢詩最有價值的，並不是五山僧侶們與中國詩惟妙惟肖、難分二致的詩作，而是江戶中期以後逐漸興起的『漢詩日本化』的作品。」（頁170）這些看法都可為中國的日本漢詩研究的著眼點和方法，提供有益的參考。

　　試圖從「文體學」這個特定的角度，對日本漢詩做出研究的是吳雨平（1962-）女士的《橘與枳：日本漢詩的文體學研究》（中國社會科學出版社，2008年）。該書是在博士學位論文的基礎上修訂而成

的。對漢詩作「文體學」的研究，研究日本漢詩的體裁樣式，即語言、結構、體裁、體制等，是一個很好的思路和角度。作者在該書「緒論」中，表示要「將日本漢詩作為特殊的『文體』，對其『生命史』進行文體演化的研究，考察日本的漢詩詩體、詩風的形成、發展和變遷，並且同時關注這種過程與作為文體環境的日本社會歷史進程中各種政治文化思潮的關係，以及日本各個歷史階段政治、軍事、文化和經濟勢力的消長對日本漢詩的作用，即通過對日本漢詩這種特殊文體的內部與外部研究，來探討它尚未被完全挖掘的歷史文化及文學價值。」（頁2）但是作者沒有將文體作為「體裁樣式」來把握，而是對「文體」做了極其寬泛的理解，「認為『文體』既是語言的編碼方式、體裁文類，更是文體風格、體裁內容、表現方法乃至作家的主體精神，甚至是時代精神和民族感情的凝聚。這可以看作是本書對日本漢詩進行文體和文體意識研究的理論預設。」（頁6）這樣一來，「文體」就從內容到形式、從作者到社會，從社會到歷史文化，無所不包了。在這樣寬泛的理解中，「日本漢詩的文體學研究」就變成了「對日本漢詩這種文體的研究」；換言之，在這種語義中，「文體」這個概念就完全被虛化了，實際表述的是「對日本漢詩的研究」。統觀全書，對日本漢詩的嚴格意義上的「文體學研究」的內容極其微少，全書共有七章——第一章〈日本漢詩的起源及其歷史分期〉、第二章〈日本漢詩與古代東亞漢文化圈〉，第三章〈日本漢詩與執政者的意識形態〉，第四章〈日本漢詩與其創作主體〉，第五章〈日本漢詩與中國文學選本、詩文別集〉，第六章〈日本漢詩與中國古典詩歌傳統〉、第七章〈漢詩文與《萬葉集》〉——大都是對日本漢詩與周邊歷史文化各個方面之關聯的評述，而不是真正的「文體學研究」本身，因而作者並沒有集中闡述出「橘與枳——日本漢詩的文體學研究」這一標題所表示的主題，沒有集中論述中國詩（「橘」）在文體上如何變為日本漢詩之「枳」。這樣一來，從書名上看論題很鮮明集中的「文體學

研究」，便瀰漫為關於漢詩的歷史演變、文化背景、詩人創作及其與
中國文學之關係的一般化的評述了。在這種情況下，儘管書中也有一
些作者自己的心得，但要寫出更多的創意和新意，就相當困難了。

　　旅日學者張石的《寒山與日本文化》（上海交通大學出版社，
2011年），是以寒山及寒山詩在日本的傳播與影響為切入口的日本漢
詩與中國文學之關係研究。眾所周知，中國唐代詩人寒山在近百年的
各種中國文學史書上長期沒有記載，但其詩作傳到韓國、日本和歐美
世界後，卻產生了很大的影響，這是一種頗為值得研究的現象。近年
來，研究寒山對日本文學、文化影響的文章陸續出現，但一直沒有出
現專門的成規模的研究專著，張石先生的《寒山與日本文化》填補了
這方面的空白。全書分兩編：第一編〈寒山與中國文化概論〉，詳細
分析寒山及寒山詩的內容與藝術特色，分析了寒山詩對中國文化與中
國文學的影響；第二編〈寒山與日本文化〉是全書的重心，對寒山詩
傳入日本的途徑、保存、流傳和出版刊行情況做了描述，對寒山詩與
日本佛教、特別是禪宗及著名僧侶的關係做了評述，對日本古代文
學、近現代文學接受寒山詩的影響做了全面分析，對日本繪畫等美術
中的寒山題材及寒山形象做了梳理呈現，還進一步論述了寒山對日本
人現代社會生活的影響。其中，作者對寒山與日本文學的關係論述尤
其詳細，包括日本五山漢文學、謠曲中的寒山題材，寒山詩與松尾芭
蕉、良寬等人創作的關係，近現代作家坪內逍遙、森鷗外、夏目漱
石、芥川龍之介、岡本可能子、安西冬衛、井伏鱒二等作家對寒山形
象的描繪及受寒山詩作的影響等，都做了詳細的論述。作者指出，寒
山詩中的禪宗思想、樂觀放達的「笑」的魅力、修煉孤獨與享受孤獨
的精神，都是寒山及寒山詩能夠影響日本近現代文學的原因。而寒山
詩中的無常觀、簡樸清貧的生活觀和與大自然融為一體的自然觀，則
是寒山詩能夠影響日本文化的深層原因。在研究方法上，該書將比較
文學的傳播研究、影響研究與文學研究的文本分析、文獻考據等結合

起來，既有扎實的文獻功底，又有透澈的理論分析，使《寒山與日本文化》成為一部了解該領域的不得不讀的書，也是中國古詩對外傳播與影響研究的一部力作。

三　對日本漢詩文及漢文小說的綜合研究

除上述對漢詩個案問題研究的成果外，對日本漢詩文、漢文小說的綜合研究的成果也陸續問世。所謂綜合研究，就是日本的漢文學作為一個整體來把握，既有歷史演變的尋繹、也有空間關聯的梳理，乃至將日本漢文學置於整個東亞漢文學的系統中加以觀照。

在綜合研究方面，王曉平教授的《亞洲漢文學》（天津人民出版社，2001年初版，2009年修訂版。修訂本只校正舛誤，內容結構未變）是中國第一部系統評述「亞洲漢文學」的專著，填補了中國文學對外傳播研究和國外漢學研究中的一個空白。在這部書中，王曉平提出了「亞洲漢文學」的概念，強調將「亞洲漢文學」作為一個整體加以總體研究的必要，認為迄今為止東亞各國進行漢文學研究都是國別範圍的研究，應該將亞洲有關國家的漢文學研究作為一個整體，納入相互關係及比較研究之中。作者在初版序言〈亞洲漢文學的文化蘊含〉中，高屋建瓴地綜論了亞洲漢文學的發展規律、特性和特色。作者指出：「各國漢文學大抵經過中國移民作家群與留學生留學僧作家群活躍的準備階段，便由成句拼接到獨立謀篇，從步步模擬到自如創作，從摹寫漢唐風物到描繪民族今昔，邁進本土漢文學階段，並與中國的文學思潮形成彼伏此起、交相輝映的格局」（初版頁3）。作者認為歷史上亞洲漢文學出現過四次高潮：第一次高潮出現在八至十世紀的日本，是漢唐文學的咀嚼期；第二次高潮在十二至十五世紀的高麗，是宋元文學的咀嚼期；第三次高潮在十五至十七世紀，是程朱理學文藝思想的光大期，各國漢文學的發展水平逐漸接近；第四次高潮

出現在十八至二十世紀初，是亞洲漢文學的全盛期，也是明清文學的咀嚼期。作者認為亞洲漢文學是模擬性與創造性的矛盾統一，其創造性主要體現在漢文的閱讀方法的多樣性、民族語言的漢化、變體漢文及文體的創造、翻譯注釋與改編形式的配合；尤其重要的是亞洲各國漢文作者並不把漢文看成是外國文學或官方文學，而是個人抒情敘事的必不可少的方式。王曉平認為「區域的國際性」是亞洲漢文學的重要特性，在歷史上亞洲各國交往中起了重要作用。將漢文學區域化、國際化是由若干不同類型的作家群體來實現的，他們包括帝王群、臣僚群與文人群、釋門群、道門群、閨秀群。在修訂本序言〈漢文學是亞洲文化互讀的文本〉中，王曉平進一步提出了「漢文學是亞洲學人同讀共賞的文學遺產」、「漢文學是東亞文化交流的寶貴結晶」、「漢文學是亞洲學人共同的學術資源」這三個命題，從文學鑒賞、文化交流、學術研究三個角度論述了亞洲漢文學的意義。《亞洲漢文學》全書以專題論的形式設計全書的構架，分「書緣與學緣」、「歌詩之橋」、「迎接儒風西來」、「梵鐘遠響」、「神鬼藝術世界」、「傳四海之奇」、「走向宋明文學的踏歌」、「辭賦述略」、「送別夕陽」共九部分。也許是為了追求行文的活潑可讀，全書按普及讀物的風格樣式謀篇布局，這樣的結構布局似不利於在時序和空間關聯上揭示亞洲漢文學的內在聯繫，不利於體現作者在序言中提出的對亞洲漢文學的演變規律及特徵的基本把握，這似乎是書中美中不足之處。

　　在亞洲漢文學的整體研究方面，續王曉平之後，高文漢、韓梅合著的《東亞漢文學關係研究》（中國社會科學出版社，2010年）一書，則將日本與韓國的漢文學作為一個整體加以研究，作者在「前言」中提出本書的研究目標是「以梳理日、韓漢文學的發展、變化為基礎，運用比較文學的研究方法，從韓、日漢文學的重點作家、主要文學流派的體裁、文學價值觀、審美取向、表現手法、思想傾向等問題入手，以期探明中國文學對日韓漢文學的影響，日、韓漢文學在接

受過程中的變異以及它們之間的內在聯繫，進而總結、歸納東亞漢文學發展的共同規律。」（頁5）應該說該書部分地實現了這一目標。但該書作為國家社科基金項目「東亞漢文學關係研究」的最終成果，理應在原創性、體系性上要求更高。從全書架構上看，全書沒有將日、韓漢文學納入「東亞漢文學關係」的整體框架中加以論述，而是以上、下兩編，花開兩朵各表一枝的方式，將日本漢文學、韓國漢文學分別論述。這樣當然有利於兩個執筆者分頭撰寫，卻不利於全書的完整立意的表現。在「上篇」即日本漢文學部分中，一共五節（實際上，若按約定俗成的寫作規範，「編」之下應該是「章」，「章」之下才是「節」，但作者在「編」之下直接表記為「節」），包括第一節「日本漢文學史略」、第二節「中國典籍與日本漢文學」、第三節「中日文化交流與日本漢文學」、第四節「中國文化對日本漢文學的影響」、第五節「中國古典文學與日本漢文學」。從各節的名稱中可以看出，在概念表述、內容思路上有互相重疊、糾纏不清的問題，例如「中國典籍」、「中國文化」、「中國古典文學」是相互包含、相互交叉的概念；而「中國典籍」的流傳與「中日文學交流」也是相互包含和交叉的。因此在論述上就不免也有疊床架屋之感。該書的上編（日本部分）約有十四至十五萬字，篇幅不大，所使用的材料較為常見，也難以容納更多的材料，並且在內容材料方面與作者早先出版的《日本古代文學比較研究》等有不少的重複。

　　在漢文學研究方面，高文漢還有一本《日本近代漢文學》（寧夏人民出版社，「人文日本新書」，2005年）是日本漢文學的斷代史，對明治時代及大正時代的漢文學做出了較為全面的評述和研究。此前，在日本有《明治漢文學史》（三浦葉著，1998年）等相關著作，但在中國，此前還沒有綜合評述明治時代日本漢文學的專書，因而該書在選題上填補了一處空白。作者指出，明治七、八年以後，隨著對過度西化的反思，漢學重新得到評價，漢文學再次復興，並於明治二、三

〇年代迎來了「日本漢文學史上的第四次繁榮」。據日本學者統計，明治年間日本出版的漢詩文集多達兩千七百種，數量驚人。因而，這段漢文學史極有研究的必要和價值。全書分為五章：第一章〈明治漢文學復興的背景〉，談了學制及漢學學塾、詩社與文會、出版業的發展、中日文人的交流等對漢文學復興的影響；第二章〈明治前期的主要詩人〉，評述了小野湖山、岡本黃石等十幾位詩人的創作；第三章〈明治中、後期的詩壇〉評述了「森門四傑」及其他幾個作家；第四章〈明治時期的文壇重鎮〉，評述了中村敬宇等六位漢文作家的漢文創作；第五章〈大正、昭和前期的漢文學〉分兩節談了漢詩與漢文的創作。作者主要使用了作家介紹與作品分析的方法，這在日本近代漢文學的研究的前期階段是合適的、可行的。另外，全書第一章、第三章前面，都有一段引言性的文字，但其他各章卻沒有，造成了結構上的不對稱，算是白璧微瑕。

　　長期以來，對日本漢文學的研究，主要是研究漢詩與漢文，而「漢文」主要是指散文，而常常忽略小說。實際上，日本的漢文小說也是日本漢文學的重要組成部分。對此，在一九二〇年代以後，就有日本學者陸續加以整理和研究。中國臺灣地區的學者王三慶等，從一九九〇年代後期開始，也陸續發表和刊行從日本收集到的漢文小說。二〇〇三年，王三慶等四位學者主編的《日本漢文小說叢刊》（第一輯）由臺灣學生書局出版發行。在大陸，一九八八年，上海師範大學孫遜教授的論文〈日本漢文小說《譚海》論略〉（《學術月刊》2001年第3期）開中國大陸日本漢文研究風氣之先，又發表〈東亞漢文小說：一個有待開掘的學術領域〉（《學習與探索》2006年第2期）一文，呼籲對日本等東亞各國的漢文小說展開研究。孫遜教授還主持了國家社科基金項目「域外漢文小說整理與研究」的研究課題，他主編的《海外漢文小說研究叢書》，也由上海古籍出版社出版發行，該叢書首先推出《越南漢文小說研究》、《韓國漢文小說研究》和《日本漢

文小說研究》等專著，都是中國的海外漢文小說研究的標誌性成果。

其中，《日本漢文小說研究》（2010年）由孫遜教授指導的博士研究生孫虎堂（1977-）承擔，該書也是在他的博士論文基礎上修改而成的。該書「緒論」部分對日本漢文小說的研究理路做了清晰的闡釋。

作者認為，「日本的漢文小說」這一概念，廣義上是指日本境內現存所有小說類漢籍，狹義上則指古代日本人用漢字書寫的小說著作，而「日本漢文小說」的研究對象就是後者。他還進一步對「日本漢文小說」的概念的名與實做了辨析，認為從文字體式的層面上，「日本漢文小說」應該指純漢文或夾雜極少量變體漢文的小說作品，而不應包括和漢混合體或含有較多變體漢文的小說作品；在文體層面上說，不能僅僅拿現代小說的標準或歐洲文學理論中的「小說」標準來衡量日本漢文小說，而應該參照中國傳統的小說及日本本土的敘事文學的標準來衡量，否則就會把數量眾多的「筆記體小說」排除在外；從作者的創作方式上說，日本的漢文小說分為「原創型」和根據既有的日文作品加以翻譯改編的「翻譯型」兩大類，由於絕大多數的「翻譯型」小說並非是對日語小說的忠實翻譯，而是在章節選擇、情節取捨、人物形象等方面有著較多改變的再創作，因此，研究日本漢文小說，也應該將這類「翻譯型」的漢文小說也包括在內。

在確定了「日本漢文小說」的內涵和外延之後，作者又對日本漢文小說加以分類，認為應該綜合考察作品的篇章體制、話語方式、流傳方式等各種因素，參照學界一般通行的中國古代小說分類標準，將日本漢文小說分為筆記體、傳奇體、話本體、章回體四類。然後根據這四種分類，確立了正文的四章。第一章〈筆記體日本漢文小說〉，又分為「軼事類小說」、「諧談類小說」、「豔情小說」、「異聞類小說」共四節；第二章〈傳奇體日本漢文小說〉，分為「民間傳說類小說」、「世情類小說」、「民間故事類小說」、「豔情類小說」、「『虞初體』漢文小說」、「志怪類小說」共六節；第三章〈話本體日本漢文小說〉，

分為「世情類小說」、「豔情類小說」兩節；第四章〈章回體日本漢文
小說〉，分為「歷史演義類小說」、「才子佳人小說」、「神魔類小說」、
「英雄俠義類含義小說集」共四節。分類是研究的基礎，科學的分類
是科學研究的基礎，對於日本漢文小說這樣的此前並沒有以「小說
史」的形式加以系統研究的文學現象，正確的分類是十分重要的。可
以看出，作者每章的分類（一級分類）基本上是以文體為依據，而各
節的分類（二級分類）基本是以題材為依據，這樣的層級分類能夠涵
蓋不同時期日本漢文小說的各種類型，並由此成功地搭建了全書的框
架，使日本各時代的漢文小說在混沌中顯出了秩序。作者充分吸收了
日本學者和中國學者的現行研究成果，對文本做了盡可能詳盡的搜
羅，並在此基礎上對四十多種重要作品做了細緻的文本分析。此書作
為小說史著作，點線面結合，以史代論，可謂「眉清目秀」。作者作
為初入學術之門的博士和年輕學者，所顯示出的良好學術功底是令人
欣慰的，也足見一個好的選題往往是困難的選題，困難的選題不容易
做，但只要下功夫就可以做好，同時也可見出博士生導師的卓越的選
題策劃與指導，對博士生做出優秀的學位論文，是何等重要。

　　從語言學角度研究漢文學，也是一個頗有價值的研究領域。眾所
周知，日本漢文學是用漢語書寫創作的，在假名沒有發明之前，日本
古代的第一批日語文獻，如《古事記》、《萬葉集》也是用漢字（萬葉
假名）來標記的。那麼，如何看待日本古代文獻在漢語的使用上的不
可避免的不規範現象？如何看待和評價那些日本化的漢字、日本風格
的漢字詞語與漢語句式？其形成受到了哪些因素的影響？如何利用這
些漢字漢語的日本化現象來研究中日古代文學關係？這是日本漢文學
研究及漢字影響研究的一個重要問題。對外經貿大學日語教授馬駿
（1960-）的《日本上代文學「和習」問題研究》（北京大學出版社，
2012年，《國家哲學社會科學成果文庫》之一），在這方面做了深入的
探索，選題新穎，論題重要。在該書出版之前，馬駿教授還出版了

《《萬葉集》和習問題研究》（智慧財產權出版社，2004年），並在《日語學習與研究》等雜誌上發表了二十幾篇相關論文。這些成果最終都納入了《日本上代「和習」問題研究》一書中。

　　所謂「和習」，也寫作「和臭」，指日本人受自身語言的影響，在使用漢字、漢語時夾雜著的日語習慣及不合漢語規範的表達。從「和習」角度評論與研究日本的漢文學，始於江戶時代的儒學家荻生徂徠。但從荻生徂徠起，到後世的日本的大部分研究者，都是以規範的漢語為標準，對「和習」採取批評和否定的態度。《日本上代「和習」問題研究》在參考和吸收日本人的相關研究的基礎上，用語言學及比較語言學的方法，對日本的「上代」（奈良、平安時代）用漢字標記的史書《古事記》、和歌集《萬葉集》、用漢文書寫的史書《日本書紀》、地方誌《常陸國風土記》和漢詩集《懷風藻》等五部文獻中的「和習」現象，進行了比較語言學層面上的細緻入微的分析研究，資料豐富細密、引述不厭其煩，使全書篇幅較大，達七十萬字，在方法、套路與著述方式上與日本學界擅長的微觀研究很是接近。書中絕大部分內容是列出原文，從字、詞彙、詞組、句法的角度，做微觀的語料分析，從而見出「和習」日語與規範漢語之間的關係，解釋有關日本原典與中國典籍之間的接受與變異的複雜關係，指出了哪些中國文獻對日本的某部典籍發生了哪些影響，對來自不同文獻的不同影響，即「出典」問題，也做了細緻的考辨和分析，並由此對日本學者的相關看法與結論做了一些質疑、指弊和矯正。作者特別強調：與中國的傳世經典相比，漢文佛經的語言文體對日本上代文學語言的影響，遠遠超出了人們的想像，一些被視為「和習」的語言現象，實際上並不是「和習」，而是傳入日本的漢譯佛經中的語言影響所致，認為應該在中國傳統文學典籍與漢譯佛經的交互作用中，來展開「和習」的研究。在對「和習」現象的評價方面，作者指出：長期以來，日本學者以規範的漢語為標準來看待和評價「和習」現象，並做出負

面評價，是偏頗的；認為「和習」現象是中日古代語言文學交流中的
一種自然現象，反映了日本人在使用漢語過程中的一種「主體意識與
創新精神」，是日本作家根據本國傳統文化、審美趨向、風俗習慣乃
至生活環境等所創造出的新的文學表達內容與形式，因而應該對「和
習」現象做出積極的、正面的估價。誠然，從比較文學的「變異研
究」及「創造性叛逆」的角度看，作者的這一看法是很有道理和很有
價值的。但是另一方面，任何一個時代的日本人，既然要使用漢語來
寫作，主觀上恐怕都希望能夠使用道地的漢語，而不可能是故意破壞
漢語並由此來體現「主體意識與創新精神」。對「和習」的評價，恐
怕不能從荻生徂徠等日本學者的負面評價，一下子掉轉方向做出完全
正面的評價。要對「和習」問題做出正反兩方面的分析，就不能不承
認有一些「和習」的確是日本人漢語水平有限所造成的，它影響了漢
語的有效、正確的表達功能，日本人主觀上也極力規避，但規避不
掉；而另有一些「和習」，特別是一些新的日本漢字的創造，一些新
的漢字詞的創制，是對漢語的正面貢獻。此外，本書的書名《日本上
代文學「和習」問題研究》，似乎也帶有很強的「和習」色彩。首先
是「上代」這個詞，在日語是「上古」的意思，而作為中文詞彙一般
用於「上一代」的縮略語。對「上代」這一「和習」式的表達，一般
中國讀者可能會莫名其妙；其次是「文學『和習』」這個詞組，所指
涉的當然是「文學中的和習」，但是，嚴格而論，文學中的「和習」
不同於語言中的「和習」，文學中的「和習」應該指日本文學不同於
中國文學的獨特的「和風」，包括題材主題、人物形象、情節結構、
審美取向、藝術風格等方面的民族氣派。這種「和習」不是「問
題」，而是天經地義的事情。該書所研究與其說是「文學」的「和
習」問題，不如說是語言中的「和習」問題，而且作者所研究的五部
文獻中，除了《萬葉集》和《懷風藻》是文學作品外，《古事記》、
《日本書記》、《常陸國風土記》雖有一定的文學價值，卻主要屬於歷

史、地理風土方面的文獻，而不是一個意義上的「文學」作品。總之，《日本上代文學「和習」問題研究》雖因大量資料的臚列而某種程度地掩蔽了學術思想的表現與提升，但作為立意新穎的著作，細密、厚重，具有豐富的文獻資訊和很大的勞動含量，為從「和習」角度研究日本漢文學的發展演變，探索以漢字、漢語為媒介的中日文學關係開了先路，在研究角度與方法上具有重要的啟發意義和學術價值。

四　日本漢詩史和日本漢文學史的撰寫

日本漢文學史的撰寫，是對日本漢文學加以縱向的系統研究的重要方式。最早為漢文學寫史的，是肖瑞峰的《日本漢詩發展史》（第一卷）（吉林大學出版社，1992年），雖然只出版了第一卷後便沒有下文，但作為迄今為止唯一的一部漢詩發展史，填補了日本漢文學史的一個空白。該書上卷有兩編，第一編〈緒論：日本漢詩概觀〉，對日本漢詩的歷史地位、日本漢詩形成和發展的原因做了概括的評述和分析。關於漢詩在日本文學上的地位，作者援引了古今日本學者詩人的材料和論點，認為在奈良時代及平安時代，只有用《懷風藻》那樣的漢詩、《日本書紀》那樣的漢文才是正式的文學，而像《萬葉集》、《古事記》則是地方文學；平安王朝時代被普遍推崇的作家詩人空海和道真，而不是紫式部等閨房作家。當時的文人高官，大多是以能寫漢詩、而不是能寫和歌為榮耀的。而當時的日本人也明確地意識到了漢詩與和歌的不同，認為漢詩是莊重的，而把和歌視為「豔詞」。作者把日本漢詩的發展歷史分為四個時期，即平安王朝時代的發軔、演進期；五山時代的嬗變蟬蛻期；江戶時代的成熟繁榮期；明治維新以後的轉捩、衰替期。作者還對日本的日本漢詩研究的歷史與現狀做了綜述，認為日本對漢詩的研究與漢詩集的編纂是同時發生的，詩集的序文，以及入選者的小傳，都為後人了解、研究漢詩提供了資料。而

對詩人詩作加以評論的文字，流傳下來的也較為豐富，在批評方法上
受到了中國詩話的影響。到了江戶時代，各種「詩話」集、詩選集紛
紛刊行，並出現了江村北海的《日本詩史》那樣的系統性的研究專
著，明治時代以後則出現了多種關於日本漢詩史、漢文學史的著作以
及大規模的漢詩選本。該書的第二編〈王朝時代：日本漢詩的發軔與
演進〉對平安王朝時代漢詩的基本狀況、第一部漢詩集《懷風藻》、
三部敕撰漢詩集《淩雲集》、《文華秀麗集》、《經國集》，以及敕撰集
之後的漢詩總集《本朝麗藻》、《本朝無題詩》等，都做了評述。對王
朝漢詩的最高代表菅原道真及空海等其他十幾位重要詩人做了專章專
節的介紹。

　　總之，肖瑞峰的《日本漢詩發展史》（第一卷）借鑒吸收了日本
學者的研究成果，開了中國的日本漢詩史系統研究的先河。遺憾的是
該書只寫出了第一卷，二十年後的今天，仍然未見第二卷出版。

　　到了二〇一一年，出現了從史的角度系統描述日本漢文學發展史
的專門著作，那就是上海外語大學陳福康教授的《日本漢文學史》
（上中下卷，上海外語教育出版社，2011年）。

　　近百年來，日本的漢文學史類的相關著作已經出版了十幾種，其
中包括芳賀矢一的《日本漢文學史》（1909年）、岡田正之的《日本漢
文學史》（1929年）、緒方惟精的《日本漢文學史講義》（1961年）、市
川本太郎的《日本漢文學史概說》（1969年）、豬口篤志的《日本漢文
學史》（1984年）等，此外還有一些斷代的漢文學史，如川口久雄的
《平安朝文學史》（1981年）、山岸德平的《近世漢文學史》等。對
此，陳福康教授在《日本漢文學史》的「緒論」中都做了評述和評
價，認為上述著作中體現日本漢文學研究最高水平的是豬口篤志的
《日本漢文學史》，但也存在著論述上的缺項（例如沒有談到日本的
詞），寫了一些不該寫的非文學的內容，以及一些見解有問題等。陳
福康教授認為：「這麼多年來我們偌大的中國竟然還沒有一部《日本

漢文學史》，真正是說不過去的。」（頁33）（但不知為什麼，他對近年來中國學者在漢文學方面的研究成果，如上述的肖瑞峰、高文漢的研究，沒有評述。）懷著這種責任感，陳福康傾數年之功，寫成了上中下三卷、篇幅達一百多萬字的《日本漢文學史》，作為日本漢文學的大規模通史，填補了一項空白。

《日本漢文學史》在緒論中，援引錢鍾書關於文學史研究工作具有「發掘文墓」和「揭開文幕」的功能這一說法，認為「前者殆指文史考證帶有考古發掘的性質；後者則說敘述文學史就像演歷史劇，還有讓觀眾（讀者）欣賞的目的。」（頁21）並據此建立了自己的文學史寫作價值觀，認為日本漢文學史的研究具有「發掘文墓」和「揭開文幕」雙重的意義。在談到本書的追求時又寫道：

> 本書最力求做的，是以科學的理論指導，放出中國人的眼光，來對日本漢文學進行審視、鑒賞、品評、研究。既充分參考日本學者的論著，又堅持獨立思考。既反對狹隘的民族主義，注意揭露日本漢文學中一度遊蕩的軍國主義幽魂；也注意反對大漢族主義，反對帶著過分的文化優越感來對待日本漢文學。在論述中，力求做到史學與美學的結合，宏觀與微觀的統一。堅持論從史出，盡可能廣博地占有史料，包括少量保存於中國古籍中的史料。採銅於山，不炒冷飯。[3]

綜觀全書，作者基本上達到了這一總體目標。尤其是在史料收集方面，作者發揮了自己的長處。眾所周知，對於文學史乃至所有的歷史著作而言，「史料」和「史識」是兩個要件。史料是基礎，史識是靈魂。陳福康教授首先是文獻學家，《日本漢文學史》的最大特點和

3　陳福康：《日本漢文學史》（上海市：上海外語教育出版社，2011年），頁36。

優點之一，就是篇幅規模大大超出了以前同類著作，因而能夠容納更
多的文獻資料。同時，在史料使用中，也有一些文獻考證式的發現，
如對日本人的一些漢文學作品的抄襲或雷同現象做了指陳，還發現了
一些漢文學史著作在資料使用上的一些錯誤。陳著的史料豐富主要體
現作家作品的發現和論列方面，如作者在緒論中所說，「本書精心挑
選引錄的作品，比豬口一書多得多，僅從涉及的作家人數來說，豬口
寫到二百四十餘人，本書則達六百四十來人」（頁35）。涉及的作家
多，選錄的作品更多。幾乎每個漢詩人，都選錄了一首乃至數首完整
的作品。在作品之後，便是對作品的鑒賞分析。這樣，整部《日本漢
文學史》的主要篇幅是作品選錄和評析。這樣做的好處就是能夠將日
本漢文學史上的優秀作品在書中加以呈現，不把文學史純粹寫成史家
的論述，而是一種作品資料彙編，或者像是作品賞析辭典。作者認
為：「在目前中國讀者對日本漢文學幾乎一無所知的情況下，如果僅
僅強調理論闡述，徒作空談，更是沒有意義的。」因而「一些我認為
精彩的作品也就愛不忍釋地抄錄下來，並想貢獻給我的讀者。因此，
我也把這一點作為本書的一個可以『自豪』的特點」（頁35）。這確實
是陳著《日本漢文學史》的特點，因而讀者把該書作為一部日本漢詩
文（主要是漢詩）的選本及賞析書來讀，也是很有價值的。

　　但是另一方面，「目前中國讀者」對日本漢文學似乎並非「一無
所知」。即便是普通讀者，也可以從一九八〇年代以來公開出版的十
幾種漢詩選本中讀到上千首日本漢詩。倘若是為了讓讀者欣賞到更多
的好作品，那麼完全可以在書後附錄一個「作品選」，而不必一定要
錄在《日本漢文學史》的正文中，否則就不免讓眾多的作品史料沖淡
了作為學術理論著作應有的洗練性和結構的緊密度。從「史料學」的
角度看，陳著《日本漢文學史》所收集到的材料是豐富的，有些是稀
見的、珍貴的，寫進書中加以強調也是應該的。但如果有些作品別的
選本也選過，似乎可以簡略。另一方面，從著作的定位來說，如果把

《日本漢文學史》這樣的書，定位為普及性的非學術讀物，則多多選錄和評析作品是絕對必須的。但如果定位為學術著作，則讀者對象就不應假定為普通的「一無所知」的讀者，而應定位為學界專業人士。當然，學術著作的雅俗共賞是可能的，但是雅俗共賞應該是以「雅」來提升「俗」，而不是讓「雅」附就「俗」。應該把學術著作定位為高端，就高不就低，寧願曲高和寡，不去迎合普通讀者，這樣才能保證應有的學術水平。實際上，有了學術水平，反而會有較多的讀者。因為在中國，僅僅是文科的教授、博士等高端讀者，保守估計就有十幾萬。這些讀者的閱讀標準不是通俗，而是學術。由此聯想到一些學術著作，常常自覺不自覺地將讀者假想為外行人，假定這方面的知識只有從我的書中才能讀到，因此便寫了許多一般化的、從別的書上也可以看到的知識或材料，或者故意使用通俗讀物的架構和表述方式，影響學術表達的嚴謹與科學，這恐怕是不足取的。

　　寫史要有「史識」。陳著《日本漢文學史》在宏觀理論的提升方面也有若干亮點，例如，他指出：「日本漢文學作品的水平雖然參差不齊，但總的說流傳下來的大部分還應屬於合格之作。尤其是一些著名作家的優秀作品，確實達到了很高的水平。可以讓中國作家也佩服的。筆者認為，雖然在總體上，日本漢文學不可能勝過中國文學，但是在局部，有一些漢文學作品，如果置諸中國大作家集中也可能難以辨別，甚至有時有『青勝於藍』的現象。」（頁25）這是在中日比較中做出的可靠的有啟發意義的總體結論。但是，「史識」一方面體現在對具體歷史現象的概括、提煉與總結，另一方面也更直接地體現為文學史的理論體系的構架上。但這方面，作者似乎顯得有些消極保守。全書按日本的朝代更替——王朝時代、五山時代、江戶時代、明治時代——來分章，這也是日本學術史上許多人常用的分期法，每章之下分若干節，第一節是「引言」，以下各節是按人名排列。對這種沿襲已久的典型的「教科書」式的構架，作者在「緒論」中認為：

「有人稱這是教科書寫法的固定模式。事實上，日本學者的《日本漢文學史》就都是這樣寫的，而且它們也確實原先都是教科書……想到對於絕大多數中國人來說，對日本漢文學史還處於幾乎無知的狀態，因此，『教科書的寫法』倒是非常合適的。」（頁34）使用流行的教科書的構架模式固然有充分的理由，但也就放棄了作者的日本漢文學史理論體系的獨特構建，也在一定程度上限制了作者對日本漢文學發展進程的縱向性的獨特闡釋與把握。例如，日本漢文學史不同於日文（和文）文學史的消長規律，漢文學與「和文學」之間的相生相剋、相反相成、相輔相成的關係等，都需要在史的構架中得以揭示。

　　另外，《日本漢文學史》以文獻使用和史料收集見長，但也有一些疏漏。例如，書後缺乏一個參考文獻。對於嚴肅的史書而言，參考文獻是不能不列的。對近年來中國學者關於漢詩、漢文學的研究成果，特別是幾種早於該書出版的漢文學史類的著作，本來就很稀少，即便作者認為沒有參考價值，也應該提到才是，而不能不加反應；對於日本學者較晚近的時候出版的類似的書，如一九九八年出版的三浦葉的《明治漢文學史》等也沒有提到。特別是松下忠的《江戶時代的詩風詩論》，是一部在日本學術界享譽甚高的巨著，凡八十萬字，二〇〇八年已經譯成中文出版，而且在寫法上，也是將單個詩人分專節論述，與陳著《日本漢學史》的結構布局頗為相似，陳著若沒有參照此書將是一個缺憾，如果參照了此書而沒有提及，更是一個疏漏。在漢詩選輯方面，作者在談到中國學者對漢詩的收集整理出版時，提到了一八八二年陳鴻誥編選的《日本同仁詩選》、一八八三年俞樾編選的《東瀛詩選》、一九八〇年代後劉硯、馬沁的《日本漢詩新編》、一九八八年程千帆、孫望的《日本漢詩選評》、一九九五年王福祥等編選的《日本漢詩擷英》，二〇〇四年馬歌東《日本漢詩溯源比較研究》所附《日本漢詩精選五百首》，然後寫道：「這些，就是我寫書時所知中國出版的日本漢詩的全部了。」（頁35）而實際上這並不是

「全部」，另外還有張步雲《唐代中日往來詩輯注》（1984年），黃銘新選注《日本歷代名家七絕百首注》（1984年），楊知秋編注《歷代中日友誼詩選》（1986年），孫東臨、李中華選注《中日交往漢詩選注》（1988年），黃鐵城等編注《中日詩誼》（1995年），孫東臨編注《日人禹域旅遊詩注》（1996年）等，都不能無視。在對日本漢詩的論述方面，作者也有若干重要的遺漏，如明治時期的兩個文壇領袖森鷗外和夏目漱石，都有專門的漢詩集，而且寫作水平很高，後來的研究者較多，但不知為何陳著不予論述。還有，最重要的是，日本的漢文學，除漢詩、漢文之外，漢文小說也是重要的組成部分，全書對漢文小說卻基本上沒有觸及，這就使得《日本漢文學史》成為漢文小說缺席的歷史，這在漢文學的文體樣式上說，無論如何是不全面的。但是，作為第一部大規模的日本漢文學通史，出現這些缺憾是可以理解的，「第一本」常常是難以完善的，如作者今後加以補充修訂，相信會更好。

和歌、俳句在中國[1]

　　和歌、俳句是日本古典詩歌的典範性樣式，也是日本人精神文化的重要載體。要把和歌、俳句置於漢語文化的平臺或語境中加以研究，首先就有賴於和歌、俳句的漢譯，因而，無論從翻譯學的角度看，還是從學術研究的角度看，和歌、俳句的漢譯及關於漢譯方法的爭鳴討論本身，就是對和歌俳句的獨特的研究形態。周作人、錢稻孫、楊烈、李芒、趙樂珄、林林等，在不同的歷史階段為和歌俳句的漢譯和漢俳的誕生，做出了自己的貢獻。從俳句翻譯及格律模仿中誕生的「漢俳」成為中國當代的新型小詩體，豐富了中國詩歌體式，具有重要的文學價值。和歌、俳句無論在內容表現、還是在藝術形式上，都與中國文學有著密切的關聯，王曉平等中國學者的和歌俳句研究，在選題上也大都從中日文學關係的角度出發，充分發揮中國立場和中國文化的優勢，在借鑒吸收日本學者的研究成果的基礎上，形成了鮮明的研究特色。在日本和歌史、俳句史的研究上，鄭民欽的《日本民族詩歌史》、《和歌美學》等著作最有代表性。

一　《萬葉集》及古典和歌的譯介

　　和歌是日本民族詩歌的主要樣式，日本最古老的和歌總集是《萬葉集》，在日本文學史上，《萬葉集》的地位相當於《詩經》在中國文

1　本文原載《比較文學與文化研究叢刊》（天京），第1輯（創刊號）（2014年）。原題為《日本和歌、俳句在中國》。

學史上的地位。《萬葉集》收集了自西元四世紀到八世紀約四百年間
的和歌四千五百餘首,全書共二十卷,其中大部分是八世紀奈良時代
的作品。《萬葉集》寫作和成書時,日本自己的「假名」文字還沒有
誕生,故全部借用漢字標記日語的發音(後被稱為「萬葉假名」),同
時直接使用漢字(即所謂「真名」)來表義,真名、假名混雜難辨,
難以卒讀。經日本歷代學者研究考訂,才有了我們現在所看到的用日
語文言文整理出來的本子。《萬葉集》中的各種體式的和歌都是五七
調,但與漢詩的五言或七言的對偶句不同,一首和歌的句數和字數都
是奇數的。其中「五七五七七」五句三十一字音的短歌在《萬葉集》
占絕大多數,《萬葉集》之後便成為和歌的唯一體式。

　　明代的李言恭、郝傑編纂的《日本考》中,有編纂者翻譯的日本
和歌(短歌)三十九首,或許是中國最早的和歌翻譯,譯文形式不
一,最多的的五言四句,其次是四言四句。晚清黃遵憲在〈日本雜事
詩〉中,也有對日本和歌的介紹。第一六二首云:「弦弦掩抑奈人
何,假字哀吟伊呂波。三十一聲都愴絕,莫披萬葉讀和歌。」並注
云:「國俗好為歌。上古口耳相傳,後借漢字音書之。『伊、呂、波』
作,乃用假字。句長短無定,今通行五句三十一言之體,始素盞嗚尊
〈八雲詠〉。初五字,次七字,又五字,又七字,又七字,以三十一
字為節。聲哀以怨,使人輒喚奈何。《萬葉集》,古和歌名作。有歌
仙、歌聖之名。」這是對和歌的最早的較為概括的介紹。第一五七首
詩及詩注介紹了和歌在宴飲等場合的使用,還介紹了日本古代的「歌
垣」(賽歌會)的盛況。

　　到了現代,最早介紹和歌的是周作人。一九二一年,他發表〈日
本的詩歌〉(《小說月報》第12卷第5號)一文,介紹了日本和歌,並
在與中國詩的比較中,對和歌的基本特點做了提示性的總結。他認
為,和歌的特點是由日本語言的特點所決定的,「日本語很是質樸和
諧,做成詩歌,每每優美有餘,而剛健不足,篇幅長了,便不免有單

調的地方，所以自然以短為貴。」「詩形既短，內容不能不簡略，但思想也就不得不含蓄。」他認為和歌與中國的詩比較起來，是「異多而同少」，這是由和歌的特殊形式所決定的，和歌短小，擅長抒情而不擅長敘事，也不能像漢詩那樣使用典故。所以他認為和歌很難譯成中文。周作人之後，謝六逸在一九二五年六月《文學週報》上發表了關於〈《萬葉集》〉的介紹性文章。

對於中國的和歌研究而言，和歌特別是《萬葉集》的翻譯，是研究的基礎和出發點。《萬葉集》翻譯一方面是中國學者、讀者閱讀理解的津梁，另一方面，對翻譯者而言，翻譯本身需要對原作有透澈的理解、準確的語言轉換，需要對日本學者的相關研究成果，包括注釋、出典等加以鑒別和吸收，因此，漢譯本身就是一種研究，而且是一種充滿困難和挑戰的研究。

最早翻譯《萬葉集》的是錢稻孫（1887-1966），他早在一九四〇年代便在《北平近代科學圖書館館刊》上發表了選譯，題為《萬葉集抄譯》。一九五八年八月，他在《譯文》（今《世界文學》的前身）雜誌發表了〈《萬葉集》介紹〉一文；一九五九年，錢稻孫選譯的《萬葉集》三百餘首曾由日本學術振興會在日本東京出版。一九六〇年代，他又在此基礎上增譯了三百七十九首，準備在國內出版，但由於後來的「文化大革命」，出版已無可能。直到一九九二年，錢稻孫譯的《萬葉集精選》才由文潔若翻譯整理，由中國文聯出版公司正式出版發行。二〇一二年，上海書店出版社年在中國文聯版的基礎上，將一九四九年前發表在有關報刊上的譯文加以彙集整理並編入，出版了該書的增訂本。錢稻孫的《萬葉集精選》的第一個特點是，對同一首和歌提供了至少三種譯文。一種譯文採用中國《詩經》及楚辭的用詞和格律形式，一種手取唐宋詩詞的用詞和句式，一種則採用現代白話文譯文。《萬葉集精選》的編者文潔若在編輯時將錢稻孫的三種不同格式的譯文一一列出，可使讀者在比較中品味鑒賞，不同的譯文可帶

來不同的審美感受，避免了一種譯文所帶來的理解上的侷限性，對於讀者全面地理解原作，提供了多種視角和參照。錢譯《萬葉集精選》的第二個特點，就是除了原注以外，在譯文前後、譯文中間夾帶了不少解說和注釋的文字，對原歌中所涉及的知識背景、地名人名物稱，以及用詞用典等，均做了簡明扼要的說明。因此，該譯本同時也是一個譯者自己的評注本，具有較強的學術價值。王曉平先生在〈錢譯萬葉論〉（見《日本研究集刊》1996年第2期）一文中評論說：「總的來說，錢氏在儘量調動中國詩歌表現手法的同時，也注意到『力存其貌』、『力存其奇』。既要『存其貌』、『存其奇』，又要做到如同歌人在用漢語作詩，譯者便不能不為之嘔心瀝血。」又說：「錢譯可稱為《萬葉集》的『學問譯』。應該說，錢譯萬葉很適合一部分讀過較多古書而又希望了解日本古代文學的人的口味，因為錢氏始終在擬古與『力存其貌』、『力存其奇』之間尋求平衡。」可謂切中肯綮之論。

　　《萬葉集》的第一個全譯本的譯者是楊烈（1912-2001）。早在一九六〇年代楊烈就譯完了《萬葉集》。這是二十世紀中國《萬葉集》的僅有的一個全譯本。但也由於國內政治社會動亂等原因，該譯本一直到了一九八四年才由湖南人民出版社作為「詩苑譯林」之一種出版。關於為什麼需要《萬葉集》的全譯本，楊烈在譯序中說：「中國至今沒有全譯的《萬葉集》。雖然有人和我自己都曾發表過少許，但在全書四千五百首中，所占比例大小，不足以窺全豹。所以僅從文獻的立場看，也應該有此書的全譯本問世。」楊烈的《萬葉集》譯本的最大價值，在於它是全譯本，填補了中國日本文學翻譯中的一大空白。《萬葉集》中有許多歌，意義曖昧難解，翻譯更難，全譯本無法跳過。全部譯出，難能可貴。楊譯本除了譯文本身的欣賞價值之外，還有重要的文獻資料價值。曾幫助楊烈校對譯文的施小煒在《萬葉集、古今集及楊譯淺論》（見《日本文學散論》，頁21）中說：面對詩歌翻譯的內容與形式之間的矛盾和難題，「楊先生作了一次用中國古

典詩歌形式翻譯外國詩歌的成功嘗試：楊先生將長歌和旋頭歌等全部用五古和七古的形式譯出，而短歌則全部譯成格律嚴謹的五絕，既傳神達意，又形式完美，而且符合中國讀者的欣賞習慣，兼得形似與神似之妙」。的確，嚴格按中國的五言律詩的韻律和體式來譯，譯文風格統一。用整齊的漢詩體來翻譯「五七調」的和歌，實在很不容易，這其中不但是意義的傳達翻譯，也勢必是原作的意義的增值和闡釋，譯者為此付出的心血、智慧和創造性勞動可想而知。另一方面，全部以漢詩的體式來翻譯和歌，原作的形式便不可兼顧了。例如，以短歌而論，短歌的「五七五七七」五句共三十一音節大約只相當於十個左右的漢字所承載的信息，以五絕的形式翻譯的三十一個音節的短歌，勢必會增加原作中沒有的詞和意義。這在形式上不可謂「忠實」的翻譯，但確實符合中國一般讀者的欣賞趣味。

　　還應該提到的是楊烈對《古今和歌集》的翻譯。《古今和歌集》，又簡稱《古今集》，是繼《萬葉集》後，在十世紀初年出現的第二部和歌集。同時又是第一部由天皇下詔編輯成書的所謂「敕撰和歌集」，也是第一部由剛創制不久的「假名」文字寫成的和歌集。《古今集》仿《萬葉集》的體制，也分為二十卷，收錄了《萬葉集》未收的和歌與新作和歌一千一百一十首，除個別例外，全部是「短歌」，篇幅約有《萬葉集》的四分之一。《古今集》的風格與《萬葉集》的雄渾、質樸頗有不同，其風格特點被稱為「古今調」，題材狹窄，專寫四季變遷、風花雪月、人情與愛情，風格纖細婉曲，精鏤細刻，講究技巧與形式。《古今集》代表了和歌的成熟狀態，對後來出現的和歌集的影響也超過了《萬葉集》。楊烈的《古今集》的翻譯，也是在六〇年代完成的，但直到一九八三年，才由上海復旦大學出版社出版。楊烈在〈譯者序〉中說：「我在六〇年代先後譯完《古今和歌集》和《萬葉集》。六〇年代對我來說是寂寞的年代，住在斗室之中以翻譯吟詠為事，每每譯出得意的幾首，便在室內徘徊顧盼，自覺一世之

雄，所有寂寞悲哀之感一掃而光。」楊烈的《古今集》譯文，絕大多數仍使用五言古詩的句式，大部譯得合轍押韻，琅琅上口。如譯著名女歌人小野小町的歌：「念久終沉睡，所思入夢頻，早知原是夢，不作醒來人」；「莫道秋長夜，夜長空有名，相逢難盡語，轉瞬又黎明」等等，都很有韻味。

在已有的翻譯的《萬葉集》及古典和歌翻譯的基礎上，到了一九七九年改革開放後，中國日本文學研究界就《萬葉集》及和歌的漢譯理論與方法問題展開了一場討論。引發這場討論的是李芒（1920-2000）在《日語學習與研究》一九七九年創刊號上發表的題為〈和歌漢譯問題小議〉的文章，認為以往的和歌翻譯有兩種主要的情形。第一種情形是錢稻孫的翻譯，錢的翻譯在正確理解原意、遣詞造句等方面，達到了相當高的水平，但大部分譯文使用《詩經》的筆法，文字過於古奧、難懂，不利於讓更多的讀者了解《萬葉集》，因此其譯法是不可取的；第二種情形是主張一律用五言或七言四句的形式（楊烈譯文），這種譯法使譯文具備中國古詩的形式，如果在實踐上做得好還是可取的。但是，以短歌而論，句法和內容多種多樣，應採取相應的譯法，而不宜在形式上強求一律，宜從原歌出發，使用七言（一般多用於翻譯長歌）、五言、四言和長短句等多種多樣的形式。」該文發表後，李芒又在《日語學習與研究》一九八〇年第一期上發表〈和歌漢譯問題再議〉，通過進一步舉出自己和他人的譯例，將前文的觀點加以展開，認為和歌漢譯最重要的要做到「信」，同時也要有一定限度的靈活性。李文發表後，引起了較大的反響。羅興典在《日語學習與研究》一九八一年第一期上發表了〈和歌漢譯要有獨特的形式美──兼與李芒同志商榷〉一文，認為李芒譯的短歌，在譯文形式上多種多樣，但「作為一首首不定型的和歌，似乎還缺少他獨具的特色──形式美」，因此他提出：「除了李芒同志採用的那些和歌漢譯句式以外，能否還採用一種和歌固有的句式──『五七五七七』句

式。」他認為，雖然這樣譯，要在譯文中增加原文中沒有的字詞，但
「為了解決這一矛盾，在不損害原詩形象的前提下，漢譯時可以適當
增詞，靈活地變通。這在翻譯理論上也是容許的」。對此，李芒在發
表的〈和歌漢譯問題三議〉（《日語學習與研究》1981年第4期）中，
認為「不能片面地絕對地界定詩歌的形式問題」，多種多樣的譯法也
有「另一種形式美──參差美」，同時認為羅興典提出的按和歌原有
句式來翻譯，也可以作為「多種多樣」的譯法的一種。王曉平又在同
刊一九八一年第二期上，發表〈風格美、形式美、音樂美──向和歌
翻譯工作者提一點建議〉，認為和歌翻譯中這三「美」都必須兼顧，
不可單純強調一方面而忽視其他。沈策在同刊一九八一年第七期上，
發表〈也談和歌漢譯問題〉，指出：《萬葉集》「這部歌集基本上是用
當時的口語寫成的。……實際上那些和歌在當時的讀者中，聽起來是
很容易明白和欣賞的」，他提出也可以用漢語口語來翻譯和歌，並舉
出了自己的一些譯案。接著，孫久富發表〈關於《萬葉集》漢譯的語
言問題的探討〉，對沈策的說法提出質疑，認為《萬葉集》所使用的
是日本上代古語，它同現代日語差別很大，將《萬葉集》譯成現代日
語，對傳達原作風格尚且有很大侷限，而以現代漢語翻譯《萬葉
集》，侷限性就更大。他最後說：「我認為採用中國古代詩歌的語言翻
譯這部歌集更為有利。」接著，孫久富又發表〈關於《萬葉集》古語
譯法的探討〉，進一步舉例探討了用古漢語翻譯《萬葉集》的可行性
問題。丘仕俊在《日語學習與研究》一九八二年第三期上，發表〈和
歌的格調與漢譯問題〉，提出為保持其格調，和歌直譯成「三五三五
五」的格式。總之，關於和歌漢譯問題的討論，歷時四年多，而且若
干年後餘音不絕，是中國的日本文學譯介史上少有的就日本文學某一
體裁的翻譯所進行的專門的討論和爭鳴。這次討論，吸引了讀者對日
本文學翻譯問題的注意，對和歌的翻譯實踐具有一定的指導意義，同
時，也增進了人們對和歌與《萬葉集》的閱讀與研究的興趣。

　　李芒翻譯的《萬葉集選》，是改革開放後譯出的第一種《萬葉集》的選譯本。這個譯本被收入人民文學出版社《外國文學名著叢書》，一九九八年十月正式出版。《萬葉集選》選譯和歌七百三十四首。李芒在〈譯本序〉中說：「我們過去的譯文，有的偏重於古奧，有的較為平易。但有人照搬原作的音數句式，由於中日文結構迥異，這樣譯成中文必然比原文長出不少，就難免產生畫蛇添足的現象。然而，總的來說，大家都為中國的《萬葉集》欣賞和研究作出了貢獻。本書譯者參考了上述種種譯作，採取在表達內容上求準確、在用詞上求平易、基本上運用古調今文的方法，以便於大學文科畢業，喜愛詩歌又有些這方面常識的青年知識份子，個別詞查查字典就能讀懂。」李芒的譯文是他和歌漢譯理論主張的實踐，即譯文不拘泥於某一種格式，根據情況靈活變化。他在《萬葉集選》中的絕大多數譯文使用的是五言律詩的形式，少量譯文五、七言並用，或夾以長短句。李譯本較為晚出，有條件借鑒前譯，加之所選和歌均為《萬葉集》中之珍品，也為現代日本讀者所廣泛傳頌。譯文錘鍊精當，既有古詩之風，又曉暢易懂，具有較強的欣賞價值。

　　趙樂珄《萬葉集》譯本是繼楊烈譯本後的第二個全譯本。一九八〇年代開始翻譯，到二〇〇〇年全部完成，二〇〇二年由譯林出版社出版，歷時二十多年。趙樂珄在「譯序」中談到了此前的《萬葉集》存在的四個方面的問題——

　　　　一是古奧，以為古歌要用古語，因此譯得比《詩經》還難懂。當時日本的語文不見得那麼古。
　　　　二是添加。「戲不夠，神來湊」似的，字數不夠硬要湊，便添加了一些原歌沒有（不可能有）的詞，甚至改變了歌的主旨或意趣。
　　　　三，打扮。本來是些樸實無華的作品，卻有意儘量選用一些華

麗的辭藻，濃施粉黛，打扮得花枝招展，似乎這才是「詩」。
四，改裝。不論原作的表現特點如何，一律納入起承轉合的四
句裡，倒也像「詩」，只是不是那首「歌」。

上述問題，在錢譯本、楊譯本中的確是存在的。總起來說就是重
視中國讀者的閱讀感覺，而使和歌「歸化」於中國的漢詩，而不太尊
重原作獨特的形式。趙譯本是對此前譯本的一種反撥，強調尊重和歌
（主要是短歌）的形式，打破過去的五言、七言律詩的譯法，採用日
本近代以來流行分三行分寫的短歌體式，每句字數不等，使用現代漢
語而不是古文，以直譯為主，儘量不添加原作中沒有的意義和詞語。
相對於錢譯和楊譯的「歸化」和「仿古」的翻譯，趙譯則是一種以
「存貌」為主要原則的「異化」翻譯，文字上文白夾雜，有時長短句
參差交錯，有時句式整齊劃一，不避俚語俗語，也有古語雅詞，還照
顧了中國讀者的感覺，即在句末使用了漢詩才有的韻腳。這樣的翻
譯，就許多中國讀者而言，在欣賞性上可能不如歸化的「翻譯」，例
如，「苦戀阿妹／古昔，有人亦如我耶／輾轉不能眠／」（第497首）；
「我家院中，／花橘零落結珠實，／可串繩。」（第1489首）；「坐立
等，不耐煩；／來此幸逢君，／胡枝子，插發端。」（第4253首）實
際上是一種「述意」（轉述大意）式的翻譯，這一點上有似於當年周
作人在小林一茶俳句翻譯時所採用的方法。但俳句以古拙、幼稚為
美，和歌則以古雅為尚，這種帶著「拙」味的「述意」式的翻譯是否
適合和歌美的呈現，不能不說還是一個問題。不過，另一方面，考慮
到當今中國讀者、特別是年輕讀者對日本和歌的了解比此前增多、對
日本文學樣式的理解和接受度也比從前大有提高，趙譯的這種「異
化」的翻譯在「歸化」的翻譯之外，更有出現和存在的價值。特別是
對於《萬葉集》的研究而言，以前不通、或粗通日文的研究者大多以
楊譯本作參照，但由於楊譯本常常增加原作中沒有的字詞，例如談到

日本的色彩感，有的論者直接以楊譯本為根據，找出其中的紅綠黃白之類的詞，實際上原文未必存在，有時是靠不住的。在這種情況下，趙譯本更尊重原文，力求對原作的信息不增不減，對於中國的《萬葉集》研究者、中日詩歌比較研究者，更有可靠的文獻意義和參考價值。

　　趙樂珄全譯本出版幾年後（2008年），金偉、吳彥夫婦的合譯本由人民文學出版社列入《日本文學叢書》出版，這是第三種漢語全譯本，一律採用現代漢語翻譯，形式不拘一格。譯者在「譯序」中說：「本書在翻譯期間，參考了各種《萬葉集》相關的注釋書、校本、索引、辭書、年表、定期刊物、學會雜誌以及各種中日古辭書，在此不一一列舉，謹表感謝。」但不知為何，唯獨不提對已有的多種漢譯本是否有所參考。從翻譯學上的「複譯」的角度來看，如果複譯者不知道之前有漢譯本存在，則屬無知，是譯者和研究者的大忌；如果故意無視已有的譯本的存在、不參考已有的諸種譯本，要揚長避短、超越以前的譯本、發揮出自己的特色，是不可想像的，甚至連複譯的必要性、合理性都成了疑問。比較地看，這個譯本的特點是所有的篇目都用現代漢語來譯，而且不使用韻腳，從語體的口語化上看要比趙譯本來得更徹底；短歌有時寫為三行，有時寫為四行或五行，從形式上也看也比趙譯本來得更為自由。要之，該譯本比此前的譯本更為通俗易讀。值得提到的是，在此之前，金偉、吳彥還根據岩波書店《日本古典文學大系・古代歌謠集》翻譯出版了《日本古代歌謠集》（春風文藝出版社，2001年），使用現代漢語，對散見於《古事記》、《日本書紀》、《風土記》等文獻中的古代歌謠做了系統翻譯，對研究日本和歌及日本古典民俗文化、都具有重要的參考價值。

二　俳句的譯介及漢俳的興起

　　俳句是從和歌中演化、獨立出來的日本古典詩歌樣式之一，經典

的俳句在形式上是「五七五」三句共十七個音節，其中在用詞或句意上要暗含著表示春夏秋冬某一季節的「季題」或「季語」。還要使用帶有調整音節和表示詠歎之意的「切字」。近代以前俳句一般稱為一般「俳諧」，「俳諧」與中國古代的「俳諧詩」有著一定的關係。

　　據周一良先生在〈八十年前中國的俳句詩人〉（《日語學習與研究》1980年第4期）和鄭民欽〈中國俳人蘇山人〉（《中日文化與交流》第2輯，1985年）的研究和介紹，清末的旅日人士羅臥雲（俳號蘇山人）是第一個寫俳句的中國作家，在當時日本俳壇也有一定影響。而最早翻譯和詳細介紹俳句的，則是周作人。一九一六年，周作人（啟明）在《若社叢刊》第三期上，用文言文發表了題為〈日本之俳句〉的小短文，說日本的俳句「其體出於和歌，但節為十七字，以五七為句，寥寥數言，寄情寫意，悠然有不盡之味。彷彿如中國絕句，而尤多含蓄。」又說：「俳句以芭蕉及蕪村作為最勝，唯余尤喜一茶之句，寫人情物理，多極輕妙。」並說俳句的翻譯，自己「百試不能成，雖存其詞語，而意境殊異，念什師嚼飯哺人之言，故終廢止也。」他在〈日本的詩歌〉（《小說月報》1921年5月）一文中，對俳句的由來、體式、不同時代的代表人物松尾芭蕉、與謝蕪村、正岡子規等做了介紹，認為：「芭蕉提倡閒適趣味，首創蕉風的俳句；蕪村是一個畫人，所以作句也多畫意，比較地更為鮮明；子規受到了自然主義時代的影響，主張寫生，偏重客觀。表面上的傾向，雖似不同，但實寫情景這個目的，總是一樣。」周作人還對俳句的通俗變體「川柳」做了介紹，談到川柳「與俳句一樣，但沒有季題與切字這些規則」，關於川柳的用語，周作人說：「短歌俳句都用文言，（一茶等運用俗語，乃是例外，）川柳則用俗語，專詠人情風俗，加以諷刺。」實際上，短歌用文言雅語，而俳句包括蕉門俳諧，雖然不少使用漢語詞彙，但也都是提倡使用俗語的，蕉門俳論書《二十五條》更鮮明地提出俳諧創作就是「將俗談俚語雅正化」，與謝蕪村在〈春泥發句集

序〉中也提出俳諧應使用俗語，可見，在使用俗語的問題上，並不是小林一茶是「例外」。在這篇文章中，周作人還再次強調了日本詩歌（包括和歌、俳句）「不可譯」。但他還是譯了幾首，如松尾芭蕉：「下時雨初，猿猴也好像想著小蓑衣的樣子」；「望著十五月的明月，終夜只繞著池走」。小林一茶：「瘦蝦蟆，不要敗退，一茶在這裡」；「這是我歸宿的家嗎？雪五尺」等。可見，周作人一開始就知道和歌俳句不可譯，所以他乾脆完全不管俳句的「五七五」的形式，而只是做解釋性的翻譯，即他所說的「譯解」，即把意思翻譯、解釋出來就行了。譯出後，他又承認：「各自美妙的意趣，但一經譯解，便全失了」。然而另一方面，他卻是知其不可為而為之，這一點集中體現在他此後對小林一茶的譯介中。

在日本的俳人中，周作人對小林一茶可謂情有獨鍾。他在一九二一年《小說月報》第十二卷第十一號上，發表了題為〈一茶的詩〉的文章，開篇就寫道：「日本的俳句，原是不可譯的詩，一茶的俳句尤為不可譯。俳句是一種十七音的短詩，描寫情景，以暗示為主，所以簡潔含蓄，意在言外，若經翻譯直說，便不免將它主要的特色有所毀損了。一茶的句子，更是特別；他因為特殊景況的關係，造成了一種乖張而慈悲的性格。他的詩脫離了松尾芭蕉的閑寂的禪味，幾乎又回到松永貞德的詼諧與灑落（Share 即文字的遊戲）去了。但是在根本上卻有一個異點：便是他的俳諧是人情的，他的冷笑裡含著熱淚，他的對於強大的反抗與對於弱小的同情，都是出於一本的。他不像芭蕉派的閑寂，然而貞德派的詼諧裡面也沒有他的熱情。一茶在日本俳詩人中，幾乎是空前絕後，所以有人稱他作俳句界的彗星⋯⋯。」這段話不長、也不深奧，卻把小林一茶俳句的特點精確地點了出來。五四新文化時期的周作人之所以特別推崇小林一茶，恐怕與他的「人的文學」的提倡、與他的人道主義的思想主張是密切相關的。他在這篇約五千字的文章裡，一連譯出了一茶的俳句四十九首，且翻譯且評議，

可以說將一茶最有特點的作品大都翻譯出來。至於翻譯方法，一如他
的〈日本的詩歌〉一文中所採用的方法，就是用散文譯述大意，去掉
了原文形式的外殼，卻歪打正著，不經意間傳達出了一茶俳句的「俳
味」，而令人覺得清新可喜，如「來和我遊戲罷，沒有母親的雀兒！」
「笑罷爬罷，二歲了呵，從今朝開始！」「一面哺乳，數著跳蚤的痕
跡」；「秋風啊，撕剩的紅花，拿來作供」等等，這種天真稚拙、輕鬆
隨意、悲涼而又溫馨的小詩，與「詩言志」、「文以載道」的嚴肅板正
的中國古典詩歌相比，形成了極大的反差，與五四時期的新青年文
化、與五四詩壇的「少年中國」的氣息，不期而合。所以，周作人的
俳句翻譯很快引起了人們的興趣，在周譯俳句和泰戈爾的小詩的影響
下，一九二〇年代的最初幾年，中國詩壇產生了不大不小的「小詩」
運動，「小詩」在很大程度是對周作人俳句翻譯的模仿，也是對中國
傳統古詩的矯枉過正。

　　一九三七年，周作人發表〈談俳文〉（《文學雜誌》第1卷第2期，
1937年7月），由俳句而進一步談到「俳文」（俳諧文），這也許是中國
最早的系統介紹日本「俳文」的文章。周作人給俳文下了一個簡單的
定義：「俳文者即是這些弄俳諧的人所寫的文章。」認為日本的「俳
諧」這一名詞源自中國，「俳文」和中國的「俳諧文」有著淵源關
係，並指出：「用常語寫俗事，與普通的詩有異，即此便已是俳諧」，
認為「日本的俳文有一種特別的地方，這不是文人所作而是俳人及俳
諧詩人的手筆，俳人專做俳諧連歌以及俳句（在以前稱為發句，意雲
發端的一句），也寫散文，即是俳文，因為其觀察與表現方法都是俳
諧的，沒有這種修煉的普通文人便不能寫。……歸納起來可分為三
類，一是高遠清雅的俳境，二是諧虐諷刺，三是介在這中間的蘊藉而
詼詭的趣味。但其表現方法同以簡潔為貴，喜有餘韻而忌枝節，故文
章有一致的趨向，多用巧妙的譬喻適切的典故，精煉的筆致與含蓄的
語句，復有自由驅使雅俗和漢語，於雜糅中見調和，此其所以難

也。」並指出「現今日本的隨筆（及中國的小品）實在大半都是俳文一類」，這就點出了當時中國盛行已久的小品散文與日本古代俳文、現代隨筆之間關係。

談到俳文的時候，必須說到的是，周作人所說的「俳文」，到了七〇年後的二〇〇八年有了系統的翻譯，那就是翻譯家陳德文的〈松尾芭蕉散文〉。松尾芭蕉的俳文不是日本最早的俳文，但堪稱古典俳文的典範。陳德文在「譯者前言」中指出：「照現在的觀點，所謂俳文，就是俳人所寫的既有俳諧趣味、又有真實思想意義的文章。這種文章一般結尾處附有一首或數首發句（俳句）。」這是通常的定義，也與周作人的俳文定義一脈相通。陳德文在《松尾芭蕉散文》中，將芭蕉的散文分為「紀行、日記編」和「俳文編」兩類，這也是權宜的分法，其實紀行和日記等總體上都視為「俳文」也未嘗不可。〈松尾芭蕉散文〉將芭蕉的主要俳文作品都翻譯出來了，對讀者來說，譯者實現了在「前言」中所說的「送您一個完整的芭蕉」的承諾。

此外，在一九三〇年代，還有傅仲濤發表了〈松尾芭蕉俳句譯評〉（《新月》第 4 卷第 5 號，1932 年 11 月 1 日），翻譯介紹了松尾芭蕉的若干作品；一九三六年，徐祖正發表〈日本人的俳諧精神〉（《宇宙風》，1936 年 10 月 1 日）。抗日戰爭及此後的國共三年內戰乃至新中國成立後直到改革開放前，像俳句這種閒適脫俗的、純審美的詩體的譯介就失去了環境和餘地。

到了一九八〇年代，詩人、翻譯家林林（1910-）的《日本古典俳句選》由湖南人民出版社作為「詩苑譯林」之一種，於一九八三年底出版。譯本選譯了松尾芭蕉、與謝蕪村、小林一茶三位最著名的俳人的作品約四百首。林林的譯文，基本上使用了白話、散文體的譯法，即使有的譯文用了較整飭的文言句式，也都通俗易懂，一般分兩行或三行。如松尾芭蕉的幾首俳句，譯文如此：「請納涼，北窗鑿通個小窗」；「知了在叫，不知死期快到」；「蚤虱橫行，枕畔又聞馬尿

聲」；「旅中正臥病，夢繞荒野行」。小林一茶的俳句：「小麻雀，躲開，躲開，馬兒就要過來」；「瘦青蛙，別輸掉，這裡有我一茶」；「像『大』字一樣躺著，又涼爽又無聊」。可以說譯文風格基本承襲了周作人。值得注意的是詩人、民俗學家鍾敬文為林林的譯本所寫的序言，是一篇頗得俳句要領和精髓的文章，鍾敬文從比較文學角度，指出中國古今有一些詩體，如兩句成章的信天遊（陝北）、爬山歌（蒙古一帶）等，在同是形制短小這一點上，與日本的俳句是相通的。關於俳句的體味和欣賞，鍾敬文形象地指出：俳句是凝縮的，「它像我們對經過焙乾的茶葉一樣，要用開水給它泡過來，這樣，不但可以使它那捲縮的葉子展開，色澤也恢復了（如果是綠茶）。更重要的是它那香味也出來了。對於俳句這種小詩。如果讀者不具備上述的那些條件，結果恐怕要像俗語所說的『囫圇吞棗』那樣，不知道它到底是什麼味道了。」他並結合芭蕉和一茶的俳句，對俳句的思想感情、情緒感覺、象徵、同感等手法的運用等等，做了細緻的分析。關於俳句的翻譯，鍾敬文認為，儘管採用口語散文體來翻譯有缺點，但它也有兩點頗為值得注意的好處，一是它能儘量保存原文中的感歎詞，如「や」「かな」等，這些嘆詞很重要，往往起著傳神的作用；第二它有利於表現出異國情調，因為我們譯的畢竟是外國詩。……鍾敬文作為一個詩人曾寫過漢俳，對日本俳句之美有著深切的體會，故能有切中肯綮之論。

　　在譯介古典俳句的同時，現當代俳人的作品在一九九〇年代也陸續被譯介了不少。其中，葛祖蘭的《正岡子規俳句選》出版最早的近代俳句譯作集。正岡子規（1867-1902）是明治時代人，也是十九世紀後半期由古典走向近代的俳句革新的領袖人物。譯者葛祖蘭（1887-1988）本人也是一個俳人，從一九四〇年代起一直寫作俳句。一九七九年，他的《祖蘭俳存》在日本出版，引起重視，日本還為他樹立了「句碑」和銅像。葛譯《正岡子規俳句選》一九八五年由

上海譯文出版社出版。共選譯、注釋子規的俳句一百六十三首。每首都先列原文，再列漢譯，最後是作者的注解和譯者的注解。譯文大都用七言兩句或五言兩句的古詩句式翻譯，和上述的周作人、林林的翻譯屬於不同的兩種路數，與錢稻孫、楊烈用中國古詩翻譯和歌一樣，葛祖蘭可以說是俳句翻譯中的「歸化」派。

李芒在當代俳句的譯介翻譯方面做了大量的工作。他在一九九三年譯出了《赤松蕙子俳句選》，一九九五年出版了《藤木俱子俳句、隨筆集》（中國社會出版社）；由李芒主編、主譯，南京譯林出版社一九九四至一九九五年出版的《和歌俳句叢書》，出版了金子兜太、加藤耕子、赤松唯等俳人的作品數種，全部採用原文與漢譯對照的形式，就譯介的系統性和規模而言，都是前所未有的。

在日本俳句的翻譯介紹的同時，仿照俳句的「五七五」格律寫成的「漢俳」，也悄然興起了，並成為近一九八〇年以降中國詩壇的一種嶄新的詩體。

早在五四時期，在所謂小詩中，郭沫若等就曾用「五、七、五」句式寫過作品，也可以說是最早的「漢俳」。但那時的詩人在寫作時，並沒有「漢俳」的自覺意識。漢俳的真正發足，還是在一九八〇年代。一九八〇年五月底，在歡迎以大林野火為團長的中日友好協會代表團時，趙樸初仿照俳句的「五七五」的格律寫了幾首別致的詩，其中一首詩曰：「綠蔭今雨來，山花枝接海花開，和風起漢俳。」這大概就是「漢俳」一詞的由來。此後，杜宣、林林、袁鷹等相繼發表了一些漢俳作品。北京的《人民文學》、《詩刊》、《人民日報》、《中國風》，江西的《九州詩文》等報刊，提供了發表的園地。「漢俳」作為詩歌之一體，逐漸為人們所了解。到了一九九〇年代後，漢俳創作的勢頭有了更大的發展，《香港文學》、《詩刊》、《當代》、《文史天地》、《人民論壇》、《民俗研究》、《中國作家》、《日語知識》、《佛教文化》、《金秋》、《揚子江詩刊》、《黃河》、《人民文學》、《中國作家》、

《天涯》、《中華魂》、《北京觀察》等許多報刊陸續刊登漢俳。到二〇
一二年為止，大陸和香港地區已出版的各種漢俳集有二十多種，如香
港的曉帆的《迷朦的港灣》（香港，1991年），谷威的《情絲》（北嶽
文藝出版社，1991年）、林林的漢俳集《剪雲集》（北京大學出版社，
1995年），林岫的《林岫漢俳詩選》（青島出版社，1997年），段樂三
的《段樂三漢俳詩選》（珠海出版社，2000年），劉德有的《旅懷吟
箋——漢俳百首》（文化藝術出版社，2002年）曹鴻志的《漢俳詩五
百首》（北京長征出版社，2004年），張玉倫的《雙燕飛——漢俳詩百
首選》（河南人民出版社，2009年），肖玉的《肖玉漢俳集》（香港，
2001年）、楊平的《楊平漢俳詩選》（中國人文出版社，2006年）等。
此外，中日俳句、漢俳交流的集子也有出版，如上海俳句（漢俳）研
究交流協會編輯的中日漢俳、俳句集《杜鵑聲聲》，北京的中國社會
出版社出版的、日本竹笋（たかんな）俳句訪華團和中國中日歌俳研
究中心共同創作和編輯的《俳句漢俳交流集》等。一些城市和地方
（如長沙、益陽、長春等）還成立了漢俳協會之類的團體。如一九九
五年在北京成立了以林林為顧問、李芒為主任的「中國中日歌俳研究
中心」、二〇〇九年長春成立「長春漢俳學會」，以及全國性的「中國
漢俳學會」等，還出現專門的漢俳同仁雜誌，如長沙的《漢俳詩
人》、長春的《漢俳詩刊》等。

　　其中，香港的曉帆（原名鄭天寶，1935-）《迷朦的港灣》是中國
最早的漢俳集，一九九三年出版的《漢俳論》是最早的專門論述漢俳
的理論著作，在理論與創作方面具有相當影響。後來，曉帆在一九九
七年《香港文學》雜誌（1997年10月）上發表了題為〈漢詩—俳句—
漢俳：中日文化的雙向交流〉的文章，該文根據作者在廣州中山大學
中文系的講座稿修改而成，也是對作者此前觀點的一種提煉和概括，
對漢俳的來龍去脈、藝術特點、世界十幾個國家的俳句（英俳、法
俳、德俳、美俳等）創作情況，還有本人的漢俳創作心得，都做了清

晰的表述。曉帆認為，日本俳句之所以能在世界上廣為流行，在於俳句有以下幾個特點：一是「題材發現的獨特性」，二是「創造的新奇性」，三是「簡練的必然性」、四是「捕捉實態」，五是「象徵的力量」，六是「季語的作用」。其中在第五條中說：「俳句要求有深刻的內涵、令人尋味的餘韻和朦朧美，我想這就是人們所欣賞的『俳味』。這種功能靠象徵來完成。」提出「漢俳的藝術技巧」主要是要表現出「意象美、意境美、含蓄美」，他把自己寫作漢俳分為五種不同的風格，並舉例證之。即「雅俳」（典雅優美、押韻，如〈紫荊〉：「山色浮窗外／燕子低飛紫荊開／幽香落滿腮」）、「俗俳」（通俗平易、口語化，如〈香港時裝〉：「時裝走天涯／香江風情染華夏／難辨是哪家」）、「諧俳」（風趣、活潑、詼諧，押韻，如〈尋句〉：「手扶辛棄疾／踏遍深山繞小溪／不怕沒有句」）、「諷俳」（譏笑、諷刺，押韻，如〈蜜語〉：「蜜語一籮籮／苦口良藥常缺貨／今朝無華佗」）、「散俳」（自由抒發的現代散文式小詩，可不押韻，如〈琴手〉：「自從那一夜／彈響了你的心弦／我才算琴手」）。曉帆的理論與創作，對後來的漢俳理論與創作都產生了一定影響。此外、漢俳理論方面的專著還有林克勝的《漢俳體式初探》（長春出版社，2009年）等，李芒、劉德有、紀鵬、羅孟東、段樂三，都寫過漢俳論方面的文章。

　　最早出版的諸家漢俳合集《漢俳首選集》（青島出版社，1997年），收集了包括老中青三代、共三十三名漢俳詩人的代表作，如鍾敬文的「終於見面了／多年相慕的心情／凝在這一握」；趙樸初的「入夢海潮音／卅年蹤跡念前人／檢點往來心」；林林的「相招開盛宴／遠客嘗新蕎麥面／深情常念念」；公木的「逢君又別君／橋頭執手看流雲／雲海染黃昏」；杜宣的「葡萄陰下坐／蕉扇不搖涼自生／斷續聽蟬聲」；鄒荻帆的「高樹銜根深／地層泉水青空雲／自有天地心」；李芒的「白梅辭麗春／繽紛蝶翅離枝去／猶遺青夢痕」；屠岸的「畫室滿春風／筆下桃花萬朵紅／身在彩雲中」；袁鷹的「昨夜雨瀟

瀟／夢繞櫻花第幾橋／未知歸路遙」；紀鵬的「金門鄰廈門／兩岸煙幻彩雲／炎黃骨肉親」；劉德有的「霏霏降初雪／欣喜推窗伸手接／晶瑩掌中滅」；陳明遠的「青澀的果子／一夜之間變紅了／只是為了你」；林岫的「西服套袈裟／儒釋而今各半家／蛋糕輪講茶」；鄭民欽的「秋野雨初晴／月色今宵分外明／可憐冷如冰」等三十三人的漢俳約三百首，可以說是漢俳精品的集大成的選集。林岫為此書寫的《和風起漢俳——兼談漢俳創作及其他》附於書後，論述了俳句與漢俳的關係，總結了漢俳寫作在格律、季語（俳句中表示或暗示四季的字詞）方面的特點。

漢俳在中國的迅速發展，是一九八〇至一九九〇年代中日文化交流深化的結晶。漢俳雖是日本俳句影響下產生的外來詩體，但鑒於古典俳句受到了中國古典詩歌的影響，所以中國有些學者、詩人並不把漢俳看成是純粹外來的東西，鑒於歷史上中日詩歌和中日語言的特殊的姻緣關係，漢俳在中國的發展相當快，作者和欣賞者較多，理論與創作上都有聲有勢。但是，另一方面，漢俳作者們對日本俳句的美學精髓加以體會與把握得不多，在理論上，對漢俳的外在形式談得多，而對漢俳的審美特徵、特別是對「俳味」的體悟與論述太少。所謂「俳味」，也就是俳諧精神，歸根到柢要歸結於「俳聖」松尾芭蕉及蕉門弟子提出並論述的俳諧審美概念——「寂」。「寂」就是一種閒適、餘裕的生活態度，灑脫、遊戲的藝術精神，靜觀、寫生的詩學方法。就是要求俳人有獨特的「俳眼」，能夠看到「寂之色」；要有獨特的「俳耳」，能聆聽到「寂之聲」；要有獨特的「寂之心」，能去感受和體悟虛與實、雅與俗、老與少、「不易」與「流行」的和諧統一；還要有對這一切的藝術地、審美地表達，那就是「寂姿」。要之，漢俳應該在審美上將俳句這些美學精髓吸收過來，才能一定程度地矯正中國傳統詩歌那種「文以載道」、「憂國憂民」、「發憤」、「言志」、「風骨」等傳統士大夫的泛社會化、泛政治化的思維習慣，才能在中國的

源遠流長、根深柢固的傳統詩學與詩作中吹進異域之風，從而豐富我們的詩學趣味。這才是我們輸入漢俳這種外來詩體的根本意義和價值。否則，漢俳只不過是用「五七五」寫的傳統意義上的漢詩而已，就失去了「漢俳」存在的意義。實際上，日本俳句的審美特色是與中國傳統詩歌互為對比和補充的，而現有的絕大部分漢俳卻是以漢詩詞的創作思路與習慣來寫的，徒有「五七五」的外形，仍自覺不自覺地沿襲古典詩詞的思維方法和寫法，嚴肅雅正有餘而輕鬆瀟灑不足，使很多作品在立意、取景、遣詞上都十分平庸，沒有漢俳應該有的瀟灑、機警、超脫與新鮮味，甚至一些作品用漢俳來揭露、批判社會醜惡等社會問題，過於「文以載道」、過於「工具化」，便沒有了漢俳應該有的超越與餘裕。儘管如此，隨著日本俳句研究及「寂」的美學研究與體悟的深入，隨著國人精神境界的進一步提升和拓展，可以相信，「漢俳」作為一種新興的詩體，在中國將會有一定的發展前景。

三　李芒、王曉平等的《萬葉集》及歌俳研究

　　中國和歌俳句的研究，一開始是與和歌俳句的漢譯聯繫在一起的，李芒先生是中國最早對歌俳翻譯問題做出理論探索的學者，生前曾長期擔任中國日本文學研究會會長，是改革開放以來中國日本文學研究的帶頭人與開拓者之一。他在日本文學研究上的貢獻主要在於兩個方面，一是和歌俳句，二是現代日本的無產階級文學。一九八六年前發表的相關成果都收入了《投石集》（海峽文藝出版社，1987年）一書中。現在看來，李芒在歌俳方面的文章似乎更有學術價值。如上所述，他在一九七九至一九八二年間在《日語學習與研究》雜誌上連續發表的數篇相關文章，曾引發了關於歌俳翻譯問題的討論，推動了歌俳在中國翻譯傳播乃至漢俳的產生，在中國的日本文學研究史上，是值得記憶的。

　　《投石集》中的相關文章的總體特點，是作者以日本文學的啟蒙者的姿態，從鑒賞的角度出發，對日本文學之不同於中國文學的審美特質，做了具體的分析解說。他的基本理論根據，一是馬克思主義的歷史唯物主義，二是來自日本文學評論家吉田精一、加藤周一的日本文學特徵論，在結合他自己的中日文學比較論，然後加以詮釋和發揮。除了上面提到的一九七九至一九八二年間發表的關於和歌漢譯問題的系列文章之外，還有若干文章，涉及歌俳研究問題。其中，〈壯遊佳句多——日本俳句訪華佳作譯評〉（《日語學習與研究》1981年第4期）是一篇將紀遊、評論、研究融為一爐的文章，將日本俳句作家訪華時吟詠中國山水景物的作品，加以介紹和評析，在一九八〇年代初期，起到了促使國人注意俳句的、欣賞俳句的啟蒙作用。〈日本文學欣賞芻議〉（《日語學習與研究》1984年第3-4期）從和歌俳句、物語等日本獨特的文學樣式出發，對吉田精一等人提出的日本文學的特點做了概括，如「喜愛陰翳和朦朧，追求深幽的餘韻和優美」、無邏輯的結構、局部描寫的細膩與光彩等，做了進一步的論證。〈日本古典詩歌的源頭——記紀歌謠〉（《日語學習與研究》1986年第1期）是周作人之後中國研究記紀歌謠的最為翔實的一篇文章，對《古事記》與《日本書記》中的古代歌謠做了系統介紹，又將其中的重要作品原文引出並譯成中文，並從詩歌起源的角度，比較了中日兩國偏重「言志」和偏重「抒情」、表現社會政治與疏離社會政治的兩種不同的詩學傳統。〈從和歌到俳句〉（《日語學習與研究》1886年第5期）一文，介紹了從和歌、連歌、再到俳句的發展演化歷程，並援引不同時代有代表性的歌俳作品，原文之後加上漢譯，做具體的個案分析，是歌俳知識的啟蒙性文章。〈和歌・俳句・漢詩・漢譯〉（《日本研究》1986年第3-4期）是一篇總結性的長文，從中日詩歌比較的角度，將作者此前關於歌俳及其漢譯問題的思考、特別是歌俳漢譯形式多樣化的主張，進一步加以發揮和強調。

　　一九八○年代後期至一九九○年代，李芒的日本文學研究成果集中體現在他的第二本論文集《采玉集》（譯林出版社，2000年）中。作者把《采玉集》中的四十篇文章分為五個欄目：依次為「中日比較文學」、「古代日本文學」、「日本近現代短歌、俳句和漢俳」、「日本現代文學」和「日本文學的翻譯」，其中第一、三、五的欄目中的全部文章全都屬於歌俳研究，占全部論文集的一大半，可見，李芒後期日本文學研究的重心仍在和歌俳句。除了繼續強調他在此前提出的一些觀點主張外，這些文章還在兩個方面有所拓展，一是中日詩歌的比較研究。這主要體現在第一個欄目的幾篇講座稿中，作者對和歌、俳句與中國詩歌，芭蕉的俳句和杜甫的詩歌等做了比較的討論，他表示不同意那種將芭蕉說成是日本的杜甫那樣的比附方法，在該書「前言」中強調：比較研究「就是要分清中日兩國文學的特點和相異與相同之處，為正確地理解和欣賞日本文學提供充分的、符合實際情況的資料和參考觀點」。在實際研究中，比起「求同」，李芒似乎更傾向於「求異」，即通過比較揭示日本歌俳的獨特的民族特點。第二個方面的拓展就是通過賞析文章、序文等方式，對日本近現代和歌、俳句，如石川啄木、上頭火、赤松穗子、加藤耕子、宇咲冬男等的俳句創作做了更多、更深入的評介和研究。更值得提到的是，李芒在〈日本短歌的翻譯及漢歌——一九九八年四月初在中日兩國短歌研討會上的發言〉中，提出了「漢歌」的概念，並說：「關於漢歌的創作，起步比漢俳的創作較晚，更是處於摸索階段。大體一致的作法，是在字數句式遵循日本短歌的格律，比較普遍地採取押韻的方法……在形式方面無疑受到了日本短歌的影響，在藝術上也必然繼承中國詩詞的方法。」並提出自己的一首漢歌：「西天一片霞／胭脂紅似夢中花／採擷趁仙槎／瑤台今夕嘗佳果／蓬萊明朝問酒家。」這樣的「漢歌」看上去很像是中國傳統的長短句，是中國古詞中早就存在的。儘管作者對「漢歌」的內容與形式上的獨特的審美價值沒有展開論證，沒有使「漢

歌」特點凸顯出來，故後來和之者甚寡，但是提出「漢歌」的概念本身就是很有意思的事情。

　　總之，李芒是改革開放後最早關注歌俳及其漢譯問題，並發表文章最多、影響最大的學者之一，對此後和歌、俳句的翻譯與研究、對漢俳的創作與研究，都產生了一定的積極影響。

　　王曉平在《萬葉集》及其與中國文學關係研究上也有突出成績，他本人早年研究《詩經》，並學習日語，從而發現了《萬葉集》和歌與《詩經》的關係並進入研究。一九九五年，他翻譯了日本著名學者中西進的《海邊的婚戀──萬葉集與中國文學》（四川人民出版社）一書，從中西進的《萬葉集比較研究》、《萬葉史的研究》、《萬葉和大海彼岸》、《山上憶良》四部著作中，選取了十幾篇文章，從不同角度論述了《萬葉集》與中國文學的關係，及《萬葉集》反映的九世紀之前中日文化之間的交流關係。這本書大概是最早的一本中文版有關《萬葉集》與中國文學關係的專門著作，對國內讀者及研究者而言，有相當的啟蒙價值和參考作用。這本書和兩年後由石觀海翻譯出版的日本學者辰巳正明著《萬葉集與中國文學》（武漢大學出版社，1997年）一道，成為中國讀者窺視日本學界《萬葉集》及其與中國關係之研究的窗口。十年後，王曉平和雋雪豔、趙怡合作翻譯了另一個日本學者川本浩嗣的《日本詩歌的傳統──五七五的詩學》（譯林出版社，2004年），這是一部站在比較文學角度寫成的論述日本歌俳及其特點（特別是體式和韻律上的特點）的著作。

　　除上述的翻譯作品之外，王曉平在日本和歌及中日詩歌比較方面的代表性的著作，是與中西進合著的《智水仁山──中日詩歌自然意象對談錄》（中華書局，1995年）。採用「對談」的方式著書，在日文出版物中頗為常見，這種著書方式的好處是不必過於顧及全書的體系建構，話題轉換較為靈活，風格較為平易近人，可強化學術著作的可讀性。《智水仁山》也具備了這類書的優點。儘管是對談，但沒有失

之於散漫，全書的主題是相對集中的，就是以《萬葉集》及九世紀前
的日本詩歌為中心，對中日詩歌中的自然意象的描寫，包括風花雨
雪、日月山河、草木飛鳥等，都結合具體作品的賞析，進行了細緻的
分析和比較。在這本書中，中西進將自己此前的許多研究成果，轉化
為對談的方式加以更為通俗易懂的表述，而王曉平則站在中國學者的
立場上，對相關話題加以引導、並發表自己的看法。兩人的對談可謂
探幽發微、珠聯璧合，通過跨文化比較和相互發明式的對話，表明從
《萬葉集》時代起，日本和歌借用中國詩歌中的意象，特別是自然意
象、包括想像性的意象，以便更好地抒情表意，這種現象已經很普遍
了。作者不僅僅指出了這種現象，而且對這背後的文化背景、審美心
理等都做了分析，在中日詩歌比較中，既見出兩國文化的深刻聯繫，
也反襯出兩個詩歌各自不同的民族風格。

　　《智水仁山》出版的前一年（1994年），梁繼國的《萬葉和歌新
探──漢文虛詞在萬葉和歌中的受容及其訓讀意義》一書由蘇州大學
出版社出版，這是運用比較語言方法對萬葉和歌所作的獨闢蹊徑的研
究。《萬葉集》本來就是全部使用漢字作為標記符號（萬葉假名）來
書寫日語的。其中，漢字絕大部分是作為純粹的符號來使用，但也有
一小部分是直接引進的漢語詞，形音義兼具，因此，研究漢字與萬葉
假名的複雜關係，是歷代學者解讀《萬葉集》的關鍵環節和必由之
路。《萬葉集》成書不久，由於假名的發明使用及語言的變化，對日
本人來說已經很難讀懂了。在這種情況下，西元九五一年（天曆五
年），村上天皇授命五位學者（所謂「梨壺五人」）對其進行初步訓
點，直到鐮倉時代的一二六九年才出現了對它進行全面校對注釋的著
作，即學僧仙覺的《萬葉集注釋》。此後一直到十七世紀江戶時代所
謂「國學」思潮的興起，五百年間幾乎沒有出現注釋訓讀的有價值的
成果。而江戶時代的「國學家」契沖在《萬葉代匠記》、賀茂真淵在
《萬葉考》等著作中，對《萬葉集》進行訓釋，奠定了萬葉和歌釋義

的基礎。但是，那些江戶國學家是站在弘揚日本國學、貶低中國文化的日本民族主義立場上進行《萬葉集》訓釋的，他們千方百計淡化和漠視中國語言文化的影響，因而有些觀點和結論是不科學的。戰後一批日本學者在此基礎上進行了更為科學的研究，基本解決了《萬葉集》訓釋中的絕大部分問題。但是，梁繼國認為，對萬葉和歌的漢語虛詞使用的研究，還非常薄弱。他指出，在虛詞方面，漢語和日語都沒有詞尾變化現象，因此，漢語虛詞較其他詞類更容易被日語所吸收和使用，換言之，日語與漢語最具關聯性的主要是虛詞部分，因而，研究萬葉和歌中的虛詞的使用及其變化過程，是研究《萬葉集》吸收中國語言文化的重要的線索。鑒於此，他在該書中對四十多個副詞、二十多個助詞、十多個助動詞在萬葉和歌中的使用做了考察，對其中的「同音多詞」、「一詞多訓」、「呼應現象」等做了辨析，對漢語虛詞在萬葉和歌中被賦予的「新意」做了考辨，並提出了對有些漢語虛詞重新釋義的必要與可能。他強調，在萬葉和歌中，有些漢語虛詞不僅僅是作為表音符號來使用的，而且也與古漢語中的意義、用法有深刻聯繫。在萬葉和歌中，許多漢字虛詞，如「太」、「胡」、「當」等，不僅僅用作表音，它們在漢語中作為虛詞的意義、用法常常被保留，具有表音兼表意的雙重作用，而按照這個思路，可以對有關和歌作出更合理、更合邏輯的釋義。儘管作者的觀點在相對保守的日本《萬葉集》研究界不一定輕易被接納，但這種大膽立論、小心求證的學術態度，還有語言學與文學的跨學科研究方法，是非常值得肯定的，在中國學者萬葉和歌研究中獨樹一幟。

自一九九〇年代中期《智水仁山》、《萬葉和歌新探》問世之後的十幾年間，用中文撰寫並在中國國內出版的有分量的《萬葉集》研究著作很少見。二〇〇七年寧夏人民出版社出版的劉雨珍著《萬葉集的世界》一書，分「前篇──《萬葉集》中的主要歌人及其作品」和「後篇──《萬葉集》與中國文化」兩部分，是一部對《萬葉集》的

內容及與中國文學的關係加以祖述的書,對於讀者系統了解相關知識
應該是有用的。但其中的許多段落與論述,與已有的研究成果大體相
同,如後篇的第六章《《萬葉集》與漢語》,從觀點到材料(包括舉的
例子)許多是來自日本學者中西進在《智水仁山》等著作中的相關論
述,可惜作者卻未做注釋和說明,該書還有極為嚴重的文字上的錯誤
(如頁179-180)。此外還有張繼文著《日本古典短歌與唐詩的隱喻認
知研究》(日文版,大連理工大學出版社,2009年)等。單篇論文
中,有呂莉的論文〈「炎」考:關於萬葉集第四十八首的探討〉(《外
國文學評論》1996年第2期)、〈「西渡」考:關於萬葉集第四十八首
歌的探討〉(《日語學習與研究》1996年第4期)等文章,都有自己
的特定視角,著眼於微觀的比較分析和出典研究,不避瑣屑,以細緻
見長。

在俳句及其中日比較方面,杭州大學的路堅與日本學者關森勝夫
合作撰寫的《日本俳句與中國詩歌——關於松尾芭蕉文學比較研究》
(杭州大學出版社,1996年,該書副標題文法上稍有不通)是一九九
〇年代值得注意的成果,是一位研究中國古典文學的學者與日本的俳
句專家合作研究的結晶。該書在形式上獨具一格,全書選出芭蕉俳句
一百多首,每首都作為相對獨立的一節,先列出日文原作,在原文之
下注明該句的季語為何,之後依次是「漢譯」、「引評」和「備考」三
部分。其中,漢譯的方法一律使用俳句原有的「五七五」格律,有些
譯文相當成功,如第八首,芭蕉的原文是「花ううき世我酒白く食黑
し」,漢譯為:「世道憂心頭,濁酒淡飯解我愁,賞花人如流。」又如
第六十一首,原文:「初しぐれ猿も小蓑をほしげ也」,漢譯為:「初
冬時雨期,猿猴也要小蓑衣,朔氣冷淒淒」,都十分傳神,富有俳
味。漢譯之後是「引評」,對該首俳句的寫作背景、含義加以解說,
並提出主題、題材或意境上相關的中國古典詩歌,加以比較研究,或
提出並分析芭蕉可能受到的中國詩歌影響,或做平行對比,並在比較

中加以評論和鑒賞。最後是「備考」，補充一些「引評」中插不進去
的內容，提供一些可資參考的知識與資料。在陸堅執筆的全書「前
言」中，對芭蕉俳句及其與中國古典詩詞在意境、煉字、通感等方面
的相似與關聯，也做了總體論述。總之，這是一部屬於以細讀、細品
為特徵，帶有研究性質的賞析之作，具有工具書與專門著作的雙重
價值，同時，也沒有同類著作中的咀嚼過細、嚼飯哺人的過度闡釋，
而是有話則長，無話則短，點到穴位，關乎痛癢，可謂恰當好處，對
於從作品出發理解芭蕉俳句及其與中國古典詩歌的關聯，頗具參考
價值。

　　進入二十一世紀後，對和歌俳句的研究又出現了一些新動向、新
作者和新成果。

　　首先，出現了相關的學術組織。二○○○年，北京大學日本研究
中心成立「中日詩歌比較研究會」，會員達到六十多人，由劉德有任
會長，並主編出版了《中日詩歌研究》第一輯（國際文化出版公司，
2000年）和《中日詩歌比較研究》（中國文聯出版公司，2003年），收
中日兩國學者、作者的相關論文及作品多篇，是一個相當好的交流園
地，很可惜這樣的不定期出版的學刊此後似乎未得為繼。

　　其次，中日詩歌比較研究的文章與著述陸續出現，平均一年約有
兩三篇，雖然不多，但也從未斷絕。其中，有的文章承續一九八○年
代上半期關於和歌、俳句漢譯的話題，繼續進行探討，如宿久高的
〈和歌的鑒賞與漢譯〉（《日語學習與研究》2002 年第 1 期）、佟君的
〈俳句漢譯的形式美〉（《內蒙古大學學報》2000 年第 3 期）；有的文
章論述松尾芭蕉及俳諧與中國文化之關係，如鄭宗榮的〈論禪宗思想
對日本俳句的影響〉（《重慶三峽學院學報》2005 年第 2 期）、吳波的
〈日本禪宗文化影響下的古典俳句詩探析〉（《南華大學學報》
2010 年第 6 期）、唐小寧的〈松尾芭蕉俳句中的中國文化因素分析〉
（《安徽文學》下半月，2011 年第 10 期）、齊金玲的〈松尾芭蕉俳諧

作品中漢詩的點化〉（《安徽文學》下半月，2011 年第 12 期）、鄭騰
川的〈管窺芭蕉俳句之中國文化因數〉（《集美大學學報》2005 年第 3
期）；有的從「意象」表現為切入點做中日詩歌的比較，如劉海軍〈從
月意象看中日古典詩歌審美差異〉（《福建論壇》2006 年第 1 期）、曹
穎〈唐詩遠播扶桑時：從意象「竹」分析唐詩對於日本文學的影響〉
（《社會科學論壇》2008 年第 8 期），鄒茜的〈松尾芭蕉俳句中的三
種花意象〉（《世界文學評論》2008 年第 2 期）、萬芳的〈日本古典和
歌中「雪月花」的美意識研究〉（《時代文學》下半月，2011 年第 3
期）；有的從色彩的表現來研究俳句的審美特點，如錢國英的〈論俳
句中色彩語的審美效應〉（《世界文學評論》2007 年第 1 期）等。

　　尹允鎮、徐東日、禹尚烈、權宇四位教授合著的《日本古代詩歌
文學與中國文學的關聯》（黑龍江朝鮮民族出版社，2005年），共三十
萬字，從上古時代的《萬葉集》開始談起，到《古今和歌集》以及近
世俳諧。論述了日本在上古、中古、中世、近世的日本詩歌與中國的
文化交流關係，涉及到「記紀歌謠」、《萬葉集》、漢詩集《懷風藻》
和「敕撰三集」《凌雲集》、《文華秀麗集》、《經國集》，敕撰和歌集
《古今和歌集》、《新古今和歌集》，五山漢詩，連歌、俳諧、近代漢
詩等日本詩歌的主要樣式和重要作品。通過文獻資料的引用和作品文
本細讀，分析、列舉了日本詩歌在不同發展階段所包含的中國要素，
將傳播研究與影響研究與平行研究結合起來，指出中國文學對於日本
詩歌的深刻影響，包括主題、題材、意象、構思、修辭手法等方面對
中國詩歌與中國文化的借鑒與吸收。撰寫該書的四位教授都是朝鮮族
出身，本身也精通朝鮮文學，這本書的特點也主要體現在把中日詩歌
關係納入中日韓東亞文化圈的視野中進行研究，指出了朝鮮半島在中
日詩歌文化交流中所起的津梁作用，並隨時將三國詩歌進行比較分
析，具有自覺的東亞區域文學的視野。書中涉及到的問題較為全面，
具備了史的線索與構架，但顯然還不是全面的中日詩歌關係史的研

究。或許由於立意角度或材料的限制，有些重要問題未能納入研究範圍，如第四章第二節〈近世和歌論與中國文學〉，對於近世和歌論的重要理論家及其歌論著作，如賀茂真淵的《歌意考》，荷田春滿的《國歌八論》、本居宣長的《石上私淑言》，香川景樹的《〈新學〉異見》等歌論經典著作及對中國文學的反思與批判，或一語帶過，或沒有提及，這對「近世和歌論與中國文學」這一論題而言是一個缺憾。第三章第五節〈連歌、小歌與中國文學〉，沒有對日本連歌與中國「聯句」之間的關係做出分析，第四章第四節〈近世俳諧與中國文學〉也沒有就中國的漢代以後的「俳諧詩」、「俳諧文」等與日本「俳諧」這一概念的形成之間的關係做出應有的分析。但無論如何，該書作為一部嚴肅的、有深度的學術著作，是有一定的創新價值的。

　　二〇〇六年，西北大學外語系日文專業的高兵兵（1967-）《雪、月、花──由古典詩歌看中日審美之異》（三秦出版社，2006年）是在日本獲得博士學位的論文的基礎上充實改寫而成的十五萬字的小冊子，是一個在內容上有一定關聯性的多篇文章的結集。該書在冠於卷首的〈漢詩與和歌之間──代序〉中認為，以往對日本漢詩文的研究，過多強調的是中國六朝及唐代文學的影響，「這是基於日本人追蹤溯源的立場，當然有一定道理，但同時又不免有其片面性。站在中國文學的立場，以一個中國人的眼光來看，日本創作的漢詩、漢文，與中國文學之間，只能說是形似。在本質上，日本漢詩反而與和歌更為神似，而且日本漢詩與和歌的許多的共同點都與中國文學相異。」基於這一認識，作者主要從求「異」的角度，展開中日詩歌的比較分析，強調中日文學的本質區別，這種立意顯然可取的。作者主要以「花」為中心，論述了日本文學對「白色」描寫的偏好，又分析了中日詩歌中「殘菊」、「鴬花」意象表現的不同，還舉例式地對中國詩歌與和歌進行平行比較，包括李清照與紫式部筆下的「梅花」、中日古典詩歌中的「以花插頭」題材。本書在結構與言說方式上，深受日本

主流學界的研究方法的影響，全書沒有體系構架，選題細小，對文本的細微之處做了細緻賞析，但作為學術論著，特別是獲得博士學位的博士論文，在「論」上較為乏力，其思想的含量、理論的展開、分析的深度都相對缺乏。作為全書核心結論的「日本人及日本文學偏好白色」的問題，也是日本學界早就有的定論，例如中國人較為熟悉的今道友信的《東洋美學》中就有論述。但即便如此，該書作為高雅的普及性學術讀物來看，是可取的、有益的。

　　這方面的普及性讀物還有數種。其中，鄭民欽編著《和歌的魅力──日本名歌賞析》（外研社，2008年），以春夏秋冬四季為題，選取古典和歌兩百多首加以賞析；劉德潤、孫青、孫士超編著《東瀛聽潮──日本近現代史上的和歌與俳句》（外研社，2010年），選取六十多人的短歌一百四十八首，五十多位俳人的俳句一百五十七首，共三百〇五首加以賞析。劉德潤編著《小倉百人一首──日本古典和歌賞析》（外研社，2007年），對日本傳統上類似中國的《唐詩三百首》的著名選本《小倉百人一首》進行賞析，有日語原文、日語現代語譯文、重點詞語解釋、作者簡介、鑒賞幾個部分，對有日語基礎的和歌愛好者是一本很好的入門讀物。北京第二外國語學院日語學科教師鐵軍、潘小多、王靜、施雯合著《日本古典和歌審美新視點──以〈小倉百人一首〉為例》（中國傳媒大學出版社，2010年），按題材將《小倉百人一首》重新加以分類，其中包括愛情歌、詠月歌、山水情結、原野情結、春夏歌、秋歌、冬歌、動物昆蟲歌、自然現象歌、花草木歌、作者、技巧等十三類，並對同類作品加以整體賞析與研究，雖然分類標準並不統一，但對了解和歌的傳統主題與題材是有助益的。早早（張春曉）的《東瀛悲歌：和歌中的菊與刀》（復旦大學出版社，2009年）一書，採取「以詩證史」的方法，以名歌介入日本歷史，分為「武家卷」、「戰國卷」、「風月卷」、「怨靈卷」、「宮闈卷」、「風雅卷」，講述歷史事件、分析日本歷史人物、呈現民族文化心理，將學術隨筆與和歌賞析融為一體，在構思寫法上別具一格。

四　鄭民欽等的歌俳史研究

　　專題史著作的出現，常常是某一學術領域得以形成的標誌，也是學術研究體系化的表徵，對於中國的和歌、俳句的研究而言也是如此。在中國，最早為日本的和歌、俳句寫史的，是上海的日本文學研究者彭恩華（1944-2004）教授。

　　彭恩華的《日本俳句史》是由中國人編寫、在中國出版的第一部系統的日本俳句史專著。為中國讀者全面系統地了解俳句的歷史發展演化的過程，提供了可靠的參考書。據彭恩華在本書序言中自述，該書原稿完成於一九六六年，字數約四十萬左右，但在「文化大革命」運動中散失無遺，改革開放後重寫。雖然篇幅只有十六萬字，但以時代為經，以俳人為點，對從古至今各時代俳人的佳作及俳論都有較為簡要而又具體的評析，尤其是最後一章論述俳句在西方各國及中國的傳播與影響，可以見出俳句的國際性。在日本，俳句史方面的著作很多，用中文撰寫俳句史可以參考日本的同類著作，從資料上看照理說不算很難，但最困難的，是要將大量的俳句譯成中文之後，方可稱為中文版的俳句史。彭恩華的《日本俳句史》涉及到俳句原作上千首，因此，俳句史的寫作最重要的其實在於俳句的翻譯。彭恩華有其自己的固定的翻譯方法，就是將五七五格律的俳句，譯成五言體兩句或七言體兩句，多數採用五言的句式，在用詞上基本與原作相當，一般不用額外添加原文中沒有的詞，同時符合中國讀者的閱讀習慣，但魚與熊掌不可兼得，俳句的「五七五」的形式則被淹沒了。作者用這種方法，譯出了古今俳句名作一千首，並且以日漢對照的方式，作為附錄附於書後。所以說，《日本俳句史》不僅是一部俳句歷史書，同時也是一部有特色的俳句譯作集。如松尾芭蕉的「草の叶をおつるよりとぶほたる哉」，彭譯作「流螢翩翩舞，起落草葉中」；芭蕉的「送られつ送りつはては木曽の秋」，彭譯作「君送我兮我送君，往來木曽秋

氣深」。寶井其角的俳句「虫の音の中咳き出すねぎめかな」，彭譯作：「咳嗽夢驚醒，人在蟲聲中」，等等，均能達意傳神。

　　一九八六年，彭恩華又出版了《日本和歌史》的姊妹篇《日本和歌史》（上海學林出版社）。這也是由中國學者編寫的第一部日本和歌史的著作。其寫法與俳句史相同，仍使用以陳述史實、賞析作品為主，以介紹歌人為中心的寫作方法。在一九八〇年代中國一般讀者對和歌還很陌生的情況下，這樣的書、這種寫法是必要的、也是很有用的，也為中國的和歌研究及日本文學研究提供了基本的參考。全書依次論述「記紀」歌謠、《萬葉集》、以《古今和歌集》為中心的平安朝和歌、以《新古今和歌集》為中心的鎌倉朝和歌、南北朝和室町時代的和歌、江戶時代的和歌、明治與大正時代的和歌、昭和時代的和歌，並附錄《古今和歌佳作一千首》（日漢對照），其譯文大多採用七言兩句的古詩句式，整飭而又雅致。可以說，在以古詩句式翻譯的和歌譯作中，彭恩華的兩句譯案與楊烈的四句譯案，代表了「古詩派」翻譯的兩種主要形態。

　　一九九六年，馬興國先生的《十七音的世界──日本俳句》的小冊子（上下兩冊，共十四萬字）作為《世界文化史知識叢書》之一，由遼寧大學出版社出版。該書印製相當粗陋，但作為知識性的讀物，也不乏學術價值，內容頗為可取。全書分為〈俳句的產生及發展〉、〈古典俳句與松尾芭蕉〉、〈近代俳句與正岡子規〉、〈當代日本俳壇〉、〈俳句規則〉、〈俳句與禪文化〉、〈俳句與中國〉、〈俳句與世界〉共八章，對俳句做了縱向和橫向的梳理、評介和分析，與上述彭恩華的歌俳史以歌人、俳人為單位的縱向評述的寫法有所不同。特別是最後三章，不僅提供了許多新鮮的資料，而且也有頗得要領的分析。例如〈俳句與文化〉一章，借鑒日本學者鈴木大拙等人的看法，對禪宗東傳及如何影響日本的自然觀乃至人生觀，對松尾芭蕉作品中的禪意禪境，特別是芭蕉的「寂」與禪宗思想的關係做了分析。但馬興國仍

沿用此前彭恩華等的譯法，將「寂」（さび）譯為、並理解為「閑寂」，顯然是將這個詞的內涵縮小了，也進一步限定了一般中文讀者對「寂」作出的「閑寂」的理解。〈俳句與中國〉一章，對松尾芭蕉、與謝蕪村、正岡子規與中國文學的關係做了介紹與較為概括的分析，對俳句在中國的譯介及漢俳的誕生做了評述，都不乏參考價值。

此後不久，北京大學的王瑞林編著的《日本文化的皇冠明珠——短歌》（清華大學出版社，1998年）一書出版，全書共分「短歌的起源」、「短歌的歷史」和「短歌賞析」三章，既有和歌起源與歷史沿革的梳理，也有名家名作的原作、翻譯及鑒賞分析，對一般讀者而言，是一本內容系統、通俗易懂的和歌知識入門書。

進入二十一世紀後，中國的歌俳史研究更上一層樓，而登樓者就是日本文學研究家、翻譯家鄭民欽（1946-）。

二〇〇〇年，鄭民欽《日本俳句史》由京華出版社出版，這是一部內容系統翔實、資料豐富、富有學術性的日本俳句通史。日本的俳句史類的著作非常多，但很多的書流於堆砌材料和句作賞析，鄭民欽的這部史充分吸收借鑒了日本同類著作，但是同時自覺凸顯中國學者的學術追求，寫成了一部貫通古今、有史有識的俳句史。他在「後記」中說：「我寫作的立足點是站在中國人的立場上，以自己的眼光審視歷史，力圖表現個性，即自我見解。要做到不落窠臼，有所創新，實非易事。在占有豐富翔實的材料和了解各家學說的基礎上，披閱爬梳，去粗取精，吸收營養，自成機杼。當然，不是為了創新而創新，而是在研究過程中的確覺得有自己的話要說，有一些與眾不同的體會。」統觀全書，對這些，作者都完全做到了。寫史除了充分掌握史料外，關鍵是要有「史識」，要有史家自己的文化立場、學術理念和獨到的鑒別分析，這就要將史料與史論結合在一起，《日本俳句史》最大的特點是史論結合。作者無論是俳句史的敘述、還是對俳人創作的分析，都在史料的使用中滲透著透闢的理論分析，從而形成了

一種敘述張力，使讀者在閱讀中不但能體會到求知的快樂，而且能夠
享受到思維與思想的快感。一般受日本式思維影響過重的中國學者，
常常自覺不自覺地沾染傳統日語特有的那種拖沓綿軟的表述、缺乏理
論思辨的寫生式的表達，而鄭民欽的書，卻通篇充滿著中國學者的陽
剛文氣，處處可見透澈的評論與辨析，這是十分可貴的。這樣寫出來
的《日本俳句史》雖然篇幅不小（三十四萬字），讀之卻不覺得疲
塌，急欲讀畢而後快。例如，在第四章對小林一茶的創作進行分析的
時候，作者寫道：「在近代俳句史上，一茶與芭蕉、蕪村齊名，但三
人的風格以及在歷史上的作用各部相同。芭蕉為俳諧正風之祖，把俳
句昇華為真正的文學、走進藝術的殿堂。他的理論對後世產生極其深
遠的影響。蕪村是中興俳壇的第一人，對俳諧的復興和天明時期的新
風的樹立做出光輝的業績。而一茶處在俳諧相對衰退的時期，又離開
江戶，回答家鄉定居，他的獨具奇特魅力的句風未能被世人理解，沒
有得到社會上的承認，在俳壇幾乎沒有影響。……一茶屬於『生前寂
寞生後榮』，在他死後，人們才認識到他的俳諧的真正價值。那種充
滿泥土氣息的、極具個性的作品給芭蕉、蕪村以後沉滯、衰竭的傳統
風雅觀注入野性的血液……。」全書幾乎通篇都是這樣的以史代論、
夾敘夾議的寫法。假如沒有對日本俳句史各方面知識的熟稔於心與融
會貫通，是難以做到這一點的。

　　二〇〇四年，鄭民欽在《日本俳句史》的基礎上，將俳句與和歌
融為一爐，出版了《日本民族詩歌史》（北京燕山出版社）。全書六十
八萬字，這是一部厚重的著作，評述了一千多年的和歌和六百多年的
俳句的發展歷史，從和歌的萌芽時期的記紀歌謠寫起、到《萬葉集》
時代、《古今集》時代，中世《新古今集》等，到連歌、連句、俳
句、川柳、狂歌的產生和發展的軌跡，都做了系統的評述，特別是對
近現代短歌、俳句用了占全書一半的篇幅加以評述，指出了和歌、俳
句在現代社會生活中的生存發展及其困境。在寫法上仍然採用《日本

俳句史》那樣的以史代論的方法，但由於將和歌、俳句作為一個日本民族詩歌的整體加以處理，在內容上更為條貫、更能強化歷史的縱深感，對一些問題上的思考與表述進一步細化和深化。其中最突出的特點是將和歌論、俳論納入，並分專門章節加以評述，對各家理論觀點做了分析闡釋，從而將和歌、俳句史寫成創作與理論相輔相成的歷史。這更強化了該書的理論色彩和學術思想含量。因而，可以說該書不但是日本民族詩歌發展演進的歷史，也是從詩歌角度切入的日本民族的審美意識、審美思想和文學理論的歷史。當然，一般而論，理論問題涉及越多，值得商榷的地方相對也就越多，該書也不例外，例如，第五章〈和歌理論〉，以「餘情」、「幽玄」、「有心」三個概念為中心，論述了中世紀和歌理論的概貌。但作者對三個概念是並列論述的，沒有加以邏輯層次上的釐定和劃分，若站在日本美學和文論的發展史上看，「幽玄」應該是中世和歌理論的最高概念，而「餘情」、「有心」等，應該是「幽玄」的從屬概念；第九章談到松尾芭蕉的俳論的時候，將「風雅之誠」論作為芭蕉俳論的最根本審美概念，實際上，「風雅之誠」就是「俳諧之誠」，重心在「誠」字上，而這個「誠」作為文學真實論，早在芭蕉之前的古代文論中就被反覆強調過了，這是日本文論的一般概念，與中國文論、西方文論的中的真實論相比，也缺乏理論特色。對蕉門俳論而言，真實論即「風雅之誠」論似乎並不是芭蕉俳論的核心，更不是芭蕉俳諧美學的最高理想，這個最高的理想境界應該是「寂」，關於這一點，大西克禮等現代日本美學家已經做出了充分地論證。再如該書第九章第六節〈松尾芭蕉的俳論──寂、餘情、纖細〉中，將「寂、餘情、纖細」三個概念作為並列的概念加以論述，實際上，對蕉門俳論的內在理論體系加以細緻考察就會看出，「餘情」和「纖細」（或譯為「細柔」）只是「寂」的次級概念，是「寂」的具體化表現。另外，第四章第四節「平淡美與極信體的理念」，在標題中出現了「極信體」這個令人困惑的詞（抑或

概念），而在該節正文中卻沒有使用這個詞，更沒有做任何解釋，不知是出於印刷錯誤還是別的原因。不過，另一方面，任何一部好的學術著作都不是一勞永逸地向讀者呈現真理，而是啟發讀者去思考真理、追求真理，《日本民族詩歌史》也是一樣，在這個意義上，它作為一部面向中國讀者的專題文學史，填補了和歌俳句整體縱向研究的一處空白。可以說，這樣高水平的著作，在日本同類著作中也是出類拔萃的，顯示了當代中國學者對日本文化與文學的鑽研已經達到相當深入的程度，具有重要的學術意義和參考價值。

鄭民欽在理論上的追求，使得在和歌理論方面的研究進一步聚焦和系統化，於二〇〇八年出版了《和歌美學》（寧夏人民出版社，《人文日本叢書》）一書，該書是在上述兩部書的基礎上提煉而成的。以和歌美學的重要範疇，以二十萬字的篇幅，分九章分別對「抒情」、「物哀」、「心・詞・姿・實」、「餘情」、「幽玄」、「有心」、「風雅」、「優豔」、「無常」這些範疇和概念做了分析。這也是中國第一部關於和歌美學的著作，在日本，以「和歌美學」為題的著作似乎也沒有，因而又填補了選題上的一個空白，是一個很有價值而又相當困難的選題。關於日本古代文論與美學，日本學者雖然做了大量研究，但或許由於偏向情感思維而不善理論思辨的傳統思維方式的集體無意識的影響，除大西克禮等少數學者外，大部分日本學者在這個問題的研究上缺乏深度感和思辨力。因此，要對和歌美學的歷史軌跡、特別橫向的結構體系加以建構，可資參考的成熟的著作並不多，是一項充滿挑戰性的工作。《和歌美學》的立足點在「和歌」，而不是「美學」本身，是從文學批評的、文藝美學的角度對歷代和歌論與和歌的審美內涵所做的分析，作者所採用的主要方法是基於和歌作品的分析來印證相關的範疇和概念，而不是用美學思辨的方法，對概念和範疇的內在理論邏輯加以尋繹並加以美學體系化。《和歌美學》一書的特點和侷限都在這裡。作者第一次對和歌美學——它占據了日本傳統美學的半壁江

山——的基本範疇，結合和歌史和歌論史做了動態的梳理，為中國讀者系統了解這些獨特的審美範疇提供了知識與參考。但是，由於是對這些概念進行相對孤立的分別論述，因而對概念之間的邏輯關係的釐清就受到削弱。同時，對屬於和歌的獨特的審美概念，和那些不僅屬於和歌的一般的思想性、宗教性概念，也未能加以嚴格區分，例如第一章「抒情」，將「抒情」這個一般詞彙作為和歌概念來處理，就顯得勉為其難，導致這一章的分析論述很一般化。再如第九章「無常」所論述的「無常」，是來自佛教的日本人傳統的世界觀，當然也與審美觀相聯繫，但無論如何不是和歌獨有的概念。第八章的「優豔」，實際上在歌論的中最經常地寫為「艷」（えん），「艷」有時候訓讀為（解釋為）「優」（やさし），但「優豔」作為一概念的使用是很少的，倒是「妖豔」一詞更常見。總之，《和歌美學》作為開拓性的著作，解決了一些問題，也留下一些問題，為進一步的研究思考提供了一個參照和起點。

「漢俳」三十年的成敗與今後的革新

——以自作漢俳百首為例[1]

一　中國古代的「俳諧」與日本俳諧

　　「俳諧」原本是個古漢語詞，後引進日本。無論是在中國還是在日本，都經歷了漫長的演進和變化的過程。

　　在中國，「俳諧」作為一般詞語，首先是一個形容詞，與詼諧、滑稽、諧趣大體是同義詞。《史記》〈滑稽列傳〉中較早使用「俳諧」這個詞，並將滑稽和俳諧並舉。南朝劉勰《文心雕龍》〈諧隱〉：「『諧』之言，『皆』也。辭淺會俗，皆悅笑也……魏晉滑稽，盛相驅扇。」唐司馬貞的《史記索隱》引隋代姚察說：「滑稽，猶俳諧也。」宋代《廣韻》：「滑，滑稽，謂俳諧也。」後世「滑稽」即「俳諧」，指能引人發笑的言語動作。

　　在中國古代文學中，「俳諧」也是一個文學概念，它首先是一種文體，即「俳諧體」。「俳諧體」並不是一種特殊的獨立體裁，而是各種體裁都具有的詼諧滑稽的那一類。具體而言，漢代產生所謂「俳諧文」，魏晉以後，由於清談戲謔之風大盛，俳諧文也很流行。漢代的枚皋、王褒、東方朔等都有所謂「俳諧賦」，同時也有了所謂「俳諧詩」。一般認為應璩是第一個創作俳諧詩的人，他的《百一詩》用詼

1　本文原載《山東社會科學》（濟南），2013年第2期。

諧的手法針砭時事。此後俳諧詩絡繹不絕，唐宋時代尤多，又稱「戲作詩」。清人編《全唐詩》專設「諧謔卷」，收兩百餘首。寒山子的詩就頗有俳諧詩的風格。宋代禪宗流行，在禪宗的「遊戲三昧」的人生態度，「戲言近莊，反言顯正」的消除二元對立的思維方式、「不立文字」的參禪修行的態度，使得以機鋒、戲謔、嘲諷為特點的俳諧詩詞流行開來，出現了黃庭堅、楊萬里、蘇軾等俳諧詩人，其中蘇軾的詩集中以「戲」字為題的多達九十多首。北宋的張山人、王齊叟、曹組、刑俊臣、張兗臣等人都有不少「俳諧詞」，俳諧詞是婉約派和豪放派之外的又一種風格流派。到了南宋時代，俳諧詞創作的群體開始向市民社會蔓延。元、明兩代有了「俳諧曲」。同時，一些理論家也對滑稽、俳諧也有所論述，如西晉摯虞的《文章流別論》、南朝劉勰的《文心雕龍》〈諧隱〉、唐皎然的《詩式》、宋黃徹的《䂬溪詩話》、宋嚴羽的《滄浪詩話》、元王若虛的《滹南詩話》、明楊慎的《升庵詩話》、明胡震亨的《唐音癸籤》、清薛雪的《一瓢詩話》、清沈雄的《古今詞話》等，認為俳諧是與正統「詩莊」相對的通俗滑稽，要求創作心態的遊戲化、創作語言的俚俗化、創作效果的滑稽諧謔化。

　　總之，在中國文學史上，形成了源遠流長的「俳諧文學」傳統。但是，俳諧文學的傳統卻是非主流、非正統的。周作人在《我的雜學》〈十六〉中說：「滑稽小說，為我國所未有。（中略）中國在文學與生活上所缺少滑稽分子，不是健康的徵候，或者這是偽道學所種下的病根歟？」魯迅在〈「滑稽」例解〉一文中也指出：「中國之自以為滑稽文章者，也還是油滑、輕薄、猥褻之談，和真的滑稽有別。」儒家正統的「詩言志」、「興觀群怨」、「文以載道」、「勸善懲惡」、「成夫婦、厚人倫、移風俗、美教化」的詩文觀，使正統的詩文從一開始就擔負起了嚴肅的社會政治教化功能。在這種情況下，俳諧詩文只是主流之外的涓涓細流，而正統詩文之外的詞、曲等亞流文學，其俳諧體更是末流中的末流，作為一種個人化的遊戲，始終未登大雅之堂。更

重要的是，在中國古代文學中，「俳諧體」並非特定體式的體裁，而是詩、文、曲、賦各體文學中都有的一種以詼諧滑稽為特徵的風格類型。中國的「俳諧」，也一直沒有像日本文學中的「俳諧」那樣，成為一種獨立的文學體裁的概念。

在日本文學中，「俳諧」指一種特定的三句十七字音的定型詩體。

毫無疑問，日本的「俳諧」一詞是從中國傳入的。起初，日本的「俳諧」也和中國的「俳諧」一樣，不是指一種體裁，而是指和歌中的非正統的一體，即所謂「俳諧歌」。十二世紀編纂的《古今和歌集》，設「俳諧歌」這一部類，收俳諧歌五十八首。在俳諧歌之後，室町時代末期產生了「俳諧連歌」，指的是具有滑稽風格的連歌。世俗化的「俳諧連歌」與貴族化的古典「連歌」形成了抗衡之勢。連歌使用雅言，俳諧連歌使用俗語；連歌有題材、格式、唱和等各方面的嚴格的規矩法則，「俳諧連歌」則不拘一格，相對自由；連歌追求含蓄、空靈、曖昧模糊、神秘縹緲的「幽玄」之美，俳諧連歌的美學追求則是灑脫、輕快、靈動、諧謔、滑稽。俳諧連歌經過了貞門派的「俳語」、談林派的「俳意」，至松尾芭蕉的「蕉風俳諧」（又稱「蕉門俳諧」），漸漸將「俳諧連歌」簡稱為「俳諧」，並用「俳諧」特指「俳諧連歌」中的「發句」（首句），即從「俳諧連歌」中獨立出來的「五七五」十七音節的短詩。

俳諧（發句）要求在用詞或句意上須暗含表示春夏秋冬某一季節的「季題」或「季語」，還要使用帶有調整音節和表示詠歎之意的「切字」。在創作中，松尾芭蕉及其門人以佛教禪宗的近俗而又超俗的精神，提倡「高悟歸俗」的人生姿態，「夏爐冬扇」的反其道而行之、特立獨行的思維與行為方式，形成了「俳人」所特有的生活和藝術態度。又在俳諧創作中提倡「風雅之寂」的美學理念，主張俳諧要傾聽大自然中的「寂聲」、觀察表現大自然中的「寂色」，修煉俳人的「寂心」，通過「輕妙」、「枝折」（柔美）的藝術表現而呈現「寂

姿」，其宗旨就是追求變俗為雅、虛實相生、老少相濟、「不易」與
「流行」（即變與不變）的對立統一。芭蕉以後，自覺繼承松尾芭蕉
傳統的俳人與謝蕪村提倡俳諧中的「寫生」法。又有俳人小林一茶創
作了大量充滿孩童稚氣的、表現童心的俳諧，進一步發展和豐富了俳
諧的藝術表現。同時，俳諧的通俗變體「川柳」也形成了，並受到底
層民眾的喜愛。這一切，都使俳諧成為日本民族文學中最有代表性、
對外影響最大的文學樣式。

二　近百年來中國的俳句譯介與漢俳的醞釀

　　清末的旅日人士羅臥雲（俳號蘇山人）是第一個寫俳句的中國作
家，在當時日本俳壇也有一定影響。最早翻譯和詳細介紹俳句的是周
作人。一九一六年，周作人在《若社叢刊》第三期上，用文言文發表
了題為〈日本之俳句〉的小短文，是說日本的俳句「其體出於和歌，
但節為十七字，以五七為句，寥寥數言，寄情寫意，悠然有不盡之
味。彷彿如中國絕句，而尤多含蓄。」又說：「俳句以芭蕉及蕪村作
為最勝，唯余尤喜一茶之句，寫人情物理，多極輕妙。」並說自己對
俳句的翻譯，「百試不能成，雖存其詞語，而意境殊異，念什師嚼飯
哺人之言，故終廢止也。」他又在〈日本的詩歌〉（《小說月報》，
1921 年 5 月）一文中，對俳句的由來、體式、不同時代的代表人物
松尾芭蕉、與謝蕪村、正岡子規等做了介紹。在這篇文章中，周作人
再次強調了日本詩歌（包括和歌、俳句）「不可譯」，但他還是忍不住
譯了幾首，如松尾芭蕉的俳句：「下時雨初，猿猴也好像想著小蓑衣
的樣子」；「望著十五月的明月，終夜只繞著池走」；小林一茶的俳
句：「瘦蝦蟆，不要敗退，一茶在這裡」；「這是我歸宿的家嗎？雪五
尺」等。可見，周作人一開始就知道和歌俳句不可譯，所以他乾脆完
全不管俳句的「五七五」的形式，而只是做解釋性的翻譯，即他所說

的「譯解」，即把意思翻譯、解釋出來就行了。

　　在日本俳人中，周作人對小林一茶情有獨鍾。他在題為〈一茶的詩〉（原載《小說月報》第 12 卷第 11 號，1921 年）的文章中，認為小林一茶的俳句「在根本上卻有一個異點：便是他的俳諧是人情的，他的冷笑裡含著熱淚，他的對於強大的反抗與對於弱小的同情，都是出於一本的。他不像芭蕉派的閑寂，然而貞德派的詼諧裡面也沒有他的熱情。一茶在日本俳詩人中，幾乎是空前絕後，所以有人稱他作俳句界的彗星……。」五四新文化運動時期的周作人之所以特別推崇小林一茶，恐怕與他的「人的文學」的提倡、與他的人道主義的思想主張是密切相關的。他在這篇文章裡，周作人一口氣譯出了一茶的俳句四十九首，且翻譯且評議，可以說將一茶最有特點的作品大都翻譯出來。至於翻譯方法，一如他的〈日本的詩歌〉一文中所採用的方法，就是用散文譯述大意，去掉了原文形式的外殼，卻歪打正著，不經意間傳達出了一茶俳句的「俳味」，而令人覺得清新可喜，如「來和我遊戲罷，沒有母親的雀兒！」「笑罷爬罷，二歲了呵，從今朝開始！」「一面哺乳，數著跳蚤的痕跡」；「秋風啊，撕剩的紅花，拿來作供」等等，這種天真稚拙、輕鬆隨意、悲涼而又溫馨的小詩，與「詩言志」、「文以載道」的嚴肅板正的中國古典詩歌相比，形成了極大的反差；與五四時期的新青年文化、與五四詩壇的「少年中國」的氣息，卻是不期而合。所以周作人的俳句翻譯很快引起了人們的興趣，在周譯俳句和泰戈爾的小詩的影響下，一九二〇年代的最初幾年，中國詩壇產生了不大不小的「小詩」運動。「小詩」在很大程度是對周作人俳句翻譯的模仿，也是對中國呆板僵化了的傳統古詩的矯枉過正。周作人之外，在一九三〇年代，還有傅仲濤發表了〈松尾芭蕉俳句譯評〉（《新月》第 4 卷第 5 號，1932 年 11 月 1 日），翻譯介紹了松尾芭蕉的若干作品；一九三六年，徐祖正發表〈日本人的俳諧精神〉（《宇宙風》，1936 年 10 月 1 日）。此後的四十多年間，由於眾所周

知的原因，像俳句這種閒適脫俗的、純審美的詩體的譯介和創作就失去了環境條件。

　　到了一九八三年代，詩人、日本文學翻譯家林林翻譯的《日本古典俳句選》出版。該譯本選譯了松尾芭蕉、與謝蕪村、小林一茶三位最著名的俳人作品約四百首。一九八九年又翻譯出版了《日本近代五人俳句選》。林林的譯文，基本上使用了白話、散文體的譯法，即使有的譯文用了較整飭的文言句式，也都通俗易懂，一般分為兩行，有的分三行。如松尾芭蕉的幾首俳句，譯文如此：「請納涼，北窗鑿通個小窗」；「知了在叫，不知死期快到」；「蚤虱橫行，枕畔又聞馬尿聲」；「旅中正臥病，夢繞荒野行」。小林一茶的俳句：「小麻雀，躲開，躲開，馬兒就要過來。」「瘦青蛙，別輸掉，這裡有我一茶」；「像『大』字一樣躺著，又涼爽又無聊」。可以說譯文風格基本承襲了周作人。值得注意的是詩人、民俗學家鍾敬文為林林的譯本所寫的序言，是一篇頗得俳句的要領和精髓的文章。鍾敬文形象地指出：俳句是凝縮的，「它像我們對經過焙乾的茶葉一樣，要用開水給它泡過來，這樣，不但可以使它那捲縮的葉子展開，色澤也恢復了（如果是綠茶），更重要的是它那香味也出來了。對於俳句這種小詩，如果讀者不具備上述的那些條件，結果恐怕要像俗語所說的『囫圇吞棗』那樣，不知道它到底是什麼味道了。」關於俳句的翻譯，鍾敬文認為，儘管採用口語散文體來翻譯有缺點，但它也有兩點頗為值得注意的好處，一是它能儘量保存原文中的感歎詞，如「や」「かな」等，這些嘆詞很重要，往往起著傳神的作用；第二它有利於表現出異國情調，因為我們譯的畢竟是外國詩。……鍾敬文作為一個詩人曾寫過漢俳，對日本俳句之美有著深切的體會，故能有切中肯綮之論。日本文學專家李芒在當代俳句的譯介翻譯方面做了大量的工作，除了翻譯當代俳人的作品外，他還發表了〈從和歌到俳句〉（《日語學習與研究》1886年第 5 期）、〈和歌‧俳句‧漢詩‧漢譯〉（《日本研究》1986 年第 3-4

期）等文章，引發了關於歌俳翻譯問題的討論，特別是提出了歌俳漢
譯形式多樣化的主張，推動了和歌俳句在中國的翻譯傳播乃至漢俳的
產生，對此後和歌、俳句的翻譯與研究、對漢俳的創作與研究，都產
生了一定的積極影響。

　　在日本俳句的翻譯介紹的同時，仿照俳句的「五七五」格律寫成
的「漢俳」，也悄然興起了，並成為近一九八〇年以降中國詩壇的一
種嶄新的詩體。

　　早在五四時期，在所謂小詩中，郭沫若等就曾用「五、七、五」
句式寫過作品，如寫日本風景的一首——「海上泛著銀波／天空還暈
著煙雲／松原的青森」（見《星空》），可以說是最早的「漢俳」。但那
時的詩人在寫作時，並沒有「漢俳」的自覺意識。漢俳的真正發足，
還是在一九八〇年代初。一九八〇年五月底，在歡迎以大林野火為團
長的中日友好協會代表團時，趙樸初仿照俳句的「五七五」的格律寫
了幾首別致的詩，其中一首詩曰：「綠蔭今雨來，山花枝接海花開，
和風起漢俳。」一般認為這是「漢俳」一詞的最初由來。此後，杜
宣、林林、袁鷹等詩人相繼發表了一些漢俳作品。北京的《人民文
學》、《詩刊》、《人民日報》、《中國風》，江西的《九州詩文》等報
刊，經常提供發表園地。「漢俳」作為詩歌之一體，逐漸為人們所了
解。到了一九九〇年代後，漢俳創作的勢頭有了更大的發展，《香港
文學》、《詩刊》、《當代》、《文史天地》、《人民論壇》、《民俗研究》、
《中國作家》、《日語知識》、《佛教文化》、《金秋》、《揚子江詩刊》、
《黃河》、《人民文學》、《中國作家》、《天涯》、《中華魂》、《北京觀
察》等許多報刊陸續刊登漢俳。到二〇一二年為止，大陸和香港地區
已出版的各種漢俳集有二十多種，如香港的曉帆的《迷朦的港灣》
（香港，1991年），大陸地區谷威的《情絲》（北嶽文藝出版社，1991
年）、林林的漢俳集《剪雲集》（北京大學出版社，1995年），林岫的
《林岫漢俳詩選》（青島出版社，1997年），段樂三的《段樂三漢俳詩

選》（珠海出版社，2000年），劉德有的《旅懷吟箋——漢俳百首》
（文化藝術出版社，2002年），曹鴻志的《漢俳詩五百首》（北京長征
出版社，2004年），張玉倫的《雙燕飛——漢俳詩百首選》（河南人民
出版社，2009年），肖玉的《肖玉漢俳集》（香港，2001年）等。此
外，中日俳句、漢俳交流的集子也有出版，如上海俳句（漢俳）研究
交流協會編輯的中日漢俳、俳句集《杜鵑聲聲》，中國社會出版社出
版的、日本竹笋（たかんな）俳句訪華團和中國中日歌俳研究中心共
同創作和編輯的《俳句漢俳交流集》等。一些城市和地方（如湖南益
陽等）還成立了漢俳協會之類的團體。如一九九五年在北京成立的以
林林為顧問、李芒為主任的「中國中日歌俳研究中心」，二〇〇九年
在長春成立的「長春漢俳學會」，以及全國性的「中國漢俳學會」
等。還出現了專門的漢俳同仁雜誌，如長沙的《漢俳詩人》、長春的
《漢俳詩刊》等。

　　其中，香港的曉帆（原名鄭天寶）的《迷朦的港灣》是中國最早
的漢俳集，一九九三年出版的《漢俳論》是最早的專門論述漢俳的理
論著作，在理論與創作方面具有相當影響。後來，曉帆在一九九七年
《香港文學》雜誌（1997 年 10 月）上發表〈漢詩—俳句—漢俳：中
日文化的雙向交流〉的文章，該文根據作者在廣州中山大學的講座稿
修改而成，也是作者此前觀點的一種提煉和概括，對漢俳的來龍去
脈、藝術特點、世界十幾個國家的俳句（英俳、法俳、德俳、美俳
等）創作情況，還有本人的漢俳創作心得，都做了清晰的表述。曉帆
認為，日本俳句之所以能在世界上廣為流行，在於俳句有以下幾個特
點：一是「題材發現的獨特性」，二是「創造的新奇性」，三是「簡練
的必然性」，四是「捕捉實態」，五是「象徵的力量」，六是「季語的
作用」。其中在第五條中說：「俳句要求有深刻的內涵、令人尋味的餘
韻和朦朧美，我想這就是人們所欣賞的『俳味』。這種功能靠象徵來
完成。」提出「漢俳的藝術技巧」主要是要表現出「意象美、意境

美、含蓄美」。雖然還是用古詩詞的概念來概括漢俳，但畢竟得其要領。此外、漢俳理論方面的專著還有林克勝的《漢俳體式初探》（長春出版社，2009年）等，李芒、劉德有、紀鵬、羅孟東、段樂三，都寫過漢俳論方面的文章，但基本上談的都是漢俳體式方面的問題，對漢俳獨特的美學特徵缺乏深入探討。

最早出版的諸家漢俳合集《漢俳首選集》（青島出版社，1997年），收集了包括老中青三代、共三十三名漢俳詩人的代表作，如鍾敬文的「終於見面了／多年相慕的心情／凝在這一握」；趙樸初的「入夢海潮音／卅年蹤跡念前人／檢點往來心」；林林的「相招開盛宴／遠客嘗新蕎麥面／深情常念念」；杜宣的「葡萄陰下坐／蕉扇不搖涼自生／斷續聽蟬聲」；紀鵬的「金門鄰廈門／兩岸煙幻彩雲／炎黃骨肉親」；陳明遠的「青澀的果子／一夜之間變紅了／只是為了你」；林岫的「西服套袈裟／儒釋而今各半家／蛋糕輪講茶」；鄭民欽的「秋野雨初晴／月色今宵分外明／可憐冷如冰」等三十三人的漢俳約三百首，可以說是漢俳精品的集大成的選集。林岫為此書寫的〈和風起漢俳──兼談漢俳創作及其他〉附於書後，論述了俳句與漢俳的關係，總結了漢俳寫作在格律、季語（俳句中表示或暗示四季的字詞）等體式方面的特點。

綜上，漢俳的產生淵源與發展路徑，大體可以用以下公式來概括：

中國古代俳諧 → 日本俳諧和歌 → 日本俳諧連歌 → 日本俳諧 → 日本近代俳句 → 現代中國漢俳

由此可見中國俳諧與日本俳諧、與漢俳的淵源關係。總之，是中國古代的俳諧體及其俳諧觀念影響到了日本，與日本原有的「をかし」（okasi，可譯為可笑、諧趣）的觀念相融合，產生了「俳諧體」的觀念，並在此基礎上，形成了十七字音的獨立的「俳諧」體式。至

松尾芭蕉，又進一步借助老莊思想和禪宗哲學，從大自然中的萬事萬物中修煉佛心、體悟禪意，從而大大提升了俳諧的思想與藝術境界。到了二十世紀，俳諧反過來對中國產生了「回返影響」。從淵源流變上看，俳諧、俳句並不純粹就是外來的、日本的東西，它是漢語與漢文化之俳，是中日文化融合的結晶。

三　近三十年來漢俳創作的繁榮及存在的問題

漢俳在中國的迅速發展，是一九八〇至一九九〇年代中日文化交流深化的產物。漢俳雖是日本俳句影響下產生的外來詩體，但鑒於古典俳句受到了中國古典詩歌的影響，所以中國有些學者、詩人對漢俳有親切之感，使得漢俳在中國的發展相當快，從高官名流，到普通文學愛好者，作者和欣賞者較多，在創作上都有聲有勢。但是，另一方面，漢俳作者們對日本俳句的美學精髓體會與把握得還不夠深入，在理論上，對漢俳的外在形式談得多，所討論的基本上都是漢俳的體裁、形式、格律，而對漢俳的審美特徵、特別是對「俳味」的體悟與論述太少，對俳諧的審美特質做出理論闡發的文章還是空白。許多作者還沒有意識到，從俳諧而來的漢俳其實不僅僅是一種「五七五」格律的小詩體，它還承載著一種審美文化精神，這種俳諧審美精神的源頭固然是在中國，但不是審美文化的主流，而在日本俳人那裡得以發揚光大，不僅將它文體化、理論化，而且與個人的人生方式相聯繫，得以實踐化，對此，漢俳應該虛心地加以借鑒。

美有其形態，然而美沒有國界；我們的漢俳的理論建設，首先應該譯介和借鑒以松尾芭蕉為中心的「蕉門俳諧」的俳諧審美理論，同時也應該譯介和參考日本近現代學者關於俳諧論、俳諧美學的理論著作和研究著作。在這方面，翻譯家鄭民欽先生的著作《日本俳句史》、《日本民族詩歌史》、《和歌美學》等，對包括俳諧在內的日本民

族詩歌理論及美學特點做了較為系統的評述。王向遠譯《日本古典文論選譯》（中央編譯出版社，2012年）的「古代卷」上冊，有「俳諧論」一欄，譯出了以芭蕉及蕉門弟子為中心的日本古典俳論名著約二十萬字；王向遠編譯《日本風雅》（吉林出版集團，2012年，《審美日本系列》）是關於俳諧美學的專題文集，將日本近代著名美學家大西克禮研究俳諧美學的名作《風雅論——「寂」的研究》一書翻譯出來，並在書後附有日本古典俳論原典若干。此外，王向遠還發表了〈論「寂」之美——日本古典文藝美學關鍵字「寂」的內涵與構造〉（《清華大學學報》2012 第 2 期）等研究日本俳諧美學的文章，運用現代美學和比較詩學的方法，對日本俳諧美學的關鍵字「寂」做了研究和闡發。這些書，可以為漢俳理論建設提供一點參照。

　　需要明確的是，無論是俳諧、俳句還是漢俳，其關鍵在一個「俳」字。「俳」本質上是一種遊戲精神，是一種輕快、瀟灑、超越的審美態度，無論是寫俳諧、還是作漢俳，都應該有「俳人」的姿態和心胸。「俳」是一種眼光，有了「俳」的眼光，就是有了「俳眼」；「俳」也是一種語言，是一種審美化了的日常生活俗語，使用了這種語言就是「俳言」；「俳」又是一種心胸和態度，有了這種心胸和態度，就有了「俳心」或「俳意」；「俳」還是一種藝術韻味和創作風格，有了「俳」的藝術韻味和創作風格，就是有了「俳味」；上述的「俳眼」、「俳言」、「俳意」、「俳味」，就是俳人的「俳諧精神」。在美學觀念的層面上，可以歸結於「俳聖」松尾芭蕉及蕉門弟子提出並論述的俳諧審美概念——「寂」。

　　「寂」就是一種基於禪宗「悟道」精神的個人化的閒適、餘裕的生活態度，也是超越的、瀟脫、遊戲、輕妙的藝術態度，同時也是一種審美靜觀的、寫生的詩學方法。就是要求俳人用「俳眼」看到「寂色」；用「俳耳」聽到「寂聲」；用「寂心」去體悟大自然與人，去感受和體悟虛與實、雅與俗、老與少、「不易」與「流行」的和諧統

一；然後還要有對這一切做藝術的、詩意的、審美的表達，那就是搖曳多姿、輕快灑脫的「寂姿」。此外，還要把松尾芭蕉之後的與謝蕪村那樣的極有畫面感的小巧精細、靈動鮮活的「寫生俳諧」借鑒過來，把小林一茶那樣的孩童般的「童趣俳諧」借鑒過來，漢俳才能在美學的層次上吸收日本俳諧的精髓，才能一定程度地矯正中國傳統詩歌那種「文以載道」、「憂國憂民」、「發憤」、「言志」、「風骨」等傳統士大夫的泛社會化、泛政治化的思維習慣，才能沖淡傳統、正統詩歌中過於嚴肅、過於正經、過於老到、過於呆板的風格，打破詩詞雅言的陳詞濫調，在中國的源遠流長、根深柢固的傳統詩學與詩作中吹進一絲異域之風，從而豐富我們的詩學趣味。這才是我們輸入漢俳這種外來詩體的根本意義和價值。否則，漢俳只不過是用「五七五」寫的傳統意義上的漢詩甚至是「順口溜」而已，就失去了「漢俳」存在的意義。

　　從俳諧美學的角度，綜觀現有的公開發表的漢俳，除了一少部分作品外，多數作品存在有三個方面的問題。

　　第一，不是以「俳人」、而是以「詩人」、「詞人」的立場寫作，也就是以漢詩詞的創作思路與習慣來寫漢俳，在語言上表現為使用古語、文雅之詞，寫出的漢俳頗似古典詩詞。如公木的「逢君又別君／橋頭執手看流雲／雲海染黃昏」；鄒荻帆的「高樹衍根深／地層泉水青空雲／自有天地心」；李芒的「白梅辭麗春／繽紛蝶翅離枝去／猶遺青夢痕」；屠岸的「畫室滿春風／筆下桃花萬朵紅／身在彩雲中」；袁鷹的「昨夜雨瀟瀟／夢繞櫻花第幾橋／未知歸路遙」（以上均見《漢俳首選集》），這些句子都較有文字功力，作為古典詩詞、特別是詞來看，都是值得稱道的，但作為俳句來看，就缺乏「俳味」了。以上句子都是寫景抒情，但寫景卻失之於抽象，缺乏寫生意味，畫面感模糊。有俳味的漢俳，如劉德有的「霏霏降初雪／欣喜推窗伸手接／晶瑩掌中滅」，雖然俗語使用不夠，但卻寫出了俳句才有的畫面感。

　　第二，有些漢俳雖則使用了俗語白話，但不是站在「俳人」的立場上寫作，而是站在自己的社會角色的立場上寫作。由於目前提倡漢俳創作的作者，有相當一部分是官員，其中一些人的漢俳不脫政治思維，帶有強烈的政治性和宣傳腔調。有的歌功頌德，如「改革三十年／神州大地換新顏／鄧公掌航船」（《漢俳詩刊》創刊號，頁15）；「發展無止境／解放思想沐春風／感謝鄧小平」（《漢俳詩刊》創刊號，頁29）；有的歌舞昇平，如「航太躋大國／科技強軍賴改革／登月志比得」（《漢俳詩刊》，頁21）；「三十載巨變／改革開放顯神功／輝煌舉國頌」（《漢俳詩刊》創刊號，頁51）；有的寫成了政治口號、豪言壯語，如：「多難礪志雄／華夏心脈貫長虹／興邦騰巨龍」（《漢俳詩刊》創刊號，頁11）；「身穿綠軍裝／保衛祖國握緊槍／熔爐煉成鋼」（《漢俳詩刊》創刊號，頁16）；「共和國開放／歷多少雨雪風霜／放步奔富強」；「改革道路長／科學發展是憲章／崛起有力量。」（《中華魂》2009 年第 12 期）；有的批判撻伐醜惡社會現象，如：「禍起『三鹿牌』／三聚氰胺把人害／惡名傳中外」（《漢俳詩刊》創刊號，頁27）；「貪欲縱色狼／揮金如土太倡狂／蛀蟲豈安邦」（《漢俳詩刊》創刊號，頁39），「公宴接連擺／杯觥交錯情似海／關係網成災」；「打假任務艱／模擬度高實難辨／地方主義攔」；「奇聞如雪飄／售藥回扣有招標／藥劣囊中飽」。（《人民文學》1994 第 12 期）等等。這些詞句的思想內容固然都很好，可惜將俳諧應有的審美性的諧謔、詼諧變成了政治口號化，失去了俳諧和俳人應有的「寂之眼」、「寂之心」和「寂之美」，無法表現出個性化的、悟道的、寂然、灑脫、超越的審美立場。如果要表達這一類內容、抒發這一類情懷，可以使用詩詞、新詩等其他形式會更好一些，未必非要寫成漢俳不可。

　　第三，有些漢俳倒是使用了俗語白話，但在立意、取景、遣詞上都十分平庸，如：「民俗研究好／雅俗咸宜品味高／文友皆言好」；「民俗研究難／危困創業永向前／有難不畏難。」（原載《民俗研

究》1995 年第 3 期）；「不怕苦和累，為民辦事多造福，人民好公
僕。」（《漢俳詩刊》第3期，頁44）這實際上是「五七五」的順口
溜，在立意、構思、表達方面都缺乏創意，沒有漢俳應有的瀟灑、機
智與新鮮味和俳味。

　　需要再加強調的是：我們之所以引進漢俳，絕不僅僅是出於獵奇
和好玩，更不是因為它體制短小，看上去容易寫，而是要通過引進外
來的創作觀念和藝術方法，對中國詩歌沉積已久的泛政治化的慣性思
維加以轉換，對於有口無心的純形式化、非個性化的套話與陳詞濫調
加以清理，對於言志載道的工具主義、宣傳腔調加以反省，對於憂國
憂民、冠冕堂皇的傳統士大夫式的、現代官吏式的思維加以清算，對
有意無意的倫理說教、道德教訓加以卸載，對於詩歌創作本身所應具
有的詩性思維進一步加以啟動，使漢俳成為日常化、生活化、個性
化、吟詠化的輕便小詩，起到怡情悅性、美化生活、激發感興、凸現
個性、自得其樂、娛己娛人的作用。在形式上，漢俳要使用不對稱的
詩型，喜歡奇數的趣味，來打破傳統漢詩的對稱、對偶、對仗的四平
八穩的板正。總之，就是不要以古典詩詞的思路寫漢俳，而是要以
「俳人」的姿態來寫漢俳。因此，輸入漢俳，不僅是「五七五」形式，
而是一種俳諧的審美精神，這種審美精神在中國古代非正統的俳諧詩
文中曾經有過，今天的俳人要基於現代生活體驗，加以煥發和復活。

四　漢俳革新的現身說法：漢俳的形式與題材

　　如何使漢俳起到這樣的作用呢？以下以筆者嘗試寫作的百首漢俳
為例，就漢俳創作的革新問題略抒己見。
　　首先，在文體形式上，俳句有「五七五」格律、「季語」、「切
字」三個基本要素。關於「五七五」格律，漢俳既然是屬於俳諧、俳
句，就一定要有「五七五」三句十七字的外形，這樣才能與漢詩的對

偶、對仗、對稱的詩型相區別，否則漢俳就失去了基本的外形特徵。
漢詩五言句或七言句，一都已偶數句分節和結尾，因而從外型上，看
上去是方正的、板正的。而漢俳的詩型則相反，它在句數是三句，是
奇數，無法對偶和對稱；三句的字數分別是五七五，也都是奇數，當
然也不能對偶和對仗。要充分意識到，從純外形的角度上，不對偶、
不對仗、不對稱的漢俳，是對傳統詩歌外形的一種突破。

　　第二，關於「季語」，就是每首俳諧中都要有表現春夏秋冬四季
中某個特定季節的詞語，這是古典俳諧的基本要求，但在所謂「雜
句」（無季語的俳諧）和俳諧的變體——「川柳」——中，「季語」可
以不要。漢俳在這一點上可不拘泥，要季語、不要季語均可。

　　第三，關於「切字」，在日本俳句中是放在三句的某一句句尾的
感歎詞，如「や」、「かな」等，可以起到煞尾斷句、調整音節或加強
詠歎意味的作用，有時使用，有時不使用。若不使用可以視為省略。
漢俳在「切字」的使用上，可以與俳諧相同，必要的時候，在句尾
（特別是第一句、第三句的句尾）使用「啊」、「呀」、「呢」等感歎
詞。如〈老與小〉：

　　　沒牙的老太
　　　抱著沒牙的嬰兒
　　　一同大笑呢

　　除了上述的日本俳諧所具有的三個形式上的特點外，漢俳還應該
根據漢語在音律上的特點和優勢，必要的時候在句尾押韻。正如有的
學者所主張的，押韻的可以叫「韻俳」，如〈黃河漏斗〉：

　　　黃河滾滾流
　　　流到此處遇漏斗
　　　滔滔入壺口

不押韻的、散文化的漢俳，可以叫「散俳」，如〈落髮〉：

　　呆呆端詳著
　　決然棄我而去的
　　又一根落髮

「散俳」是與「韻俳」相對而言的。比之韻俳，散俳在形式上更為自由，但須有較為濃郁的詩情畫意。因此散俳看起來比較好寫，但實際上很難寫好，因為它不以外在韻律見長，而以內在的詩情畫意取勝。散俳以「寂」為最高審美追求，如——

〈小鳥〉：
　　小鳥驚飛去
　　抖落了樟樹枝上
　　那一串露珠

〈紅葉扁舟〉：
　　像一隻扁舟
　　在白浪上漂著的
　　那片紅葉啊

〈岸柳〉：
　　一長排岸柳
　　站在微暗的秋夜
　　背靠著遠山

〈雪花〉：
　　冰涼的雪花
　　飄落在我的眼簾
　　化作了熱淚

〈木鐸鐘聲〉：
　　重重的木鐸
　　從銅鐘上敲飛了
　　悠揚的鐘聲

〈贈禮〉：
　　我的孩子呀
　　你是你送給我的
　　最高的贈禮

　　「韻俳」是句末押韻，最好是三句都押韻，但只是後兩句押韻也未嘗不可，不必太嚴格，只求琅琅上口即可。如果說，「散俳」更能表現平淡、輕妙、清新的趣味，那麼，「韻俳」則較能體現詼諧幽默的諧趣。如──

〈觀地圖〉〈日本〉：
　　那邊是東瀛
　　趴在海面不蠕動
　　像隻毛毛蟲

〈觀地圖〉〈中國〉：
　　昂首似雄雞

　　面向東方聲聲啼
　　腳蹬高屋脊

〈蠟燭〉（二首）：
　　灑一行熱淚
　　燃盡潔白的嫵媚
　　化屢屢香味

　　節日最遭罪
　　一根一根全得廢
　　上火又流淚

〈向日葵〉：
　　向日葵花啊
　　陰天找不到日頭
　　頭往哪邊扭

〈買書如相親〉：
　　買書如相親
　　先看相貌後知心
　　取回是緣分

　　俳諧的基本題材，與和歌、連歌相比還是較為廣泛的，但俳諧主要著眼於風花雪月、鳥木蟲魚等自然景物及這些自然景物中的人與事本身。古典俳諧要求有「季語」，也是為了將題材限定在風花雪月、四季變遷的範圍內。事實上，俳諧不適合表現政治的、道德教訓、社會批判的內容。漢俳作為俳諧的衍生詩體，應該在這一點借鑒和繼承

古典俳諧的傳統，以便擺脫傳統漢詩的「泛政治化」和「泛社會化」傾向，而專門著眼於人情物理，使漢俳在題材上獲得純審美的品格。

為此，最適合的漢俳的題材，主要可以分為四種，一是寫生，二是自況，三是諷喻，四是酬唱。

首先說「寫生」。所謂「寫生」是日本古典俳諧的一種理論主張和藝術手法，主要指事物的客觀化的、如實的描寫，包括自然景物的寫生，也有人物、靜物的寫生。在日本俳句史上，江戶時代的著名俳人與謝蕪村以寫生為特色，近代的正岡子規極力推崇蕪村的寫生俳句。蕪村是個畫家，他將俳句與畫結合在一起，創造了「俳畫」這一獨特的藝術樣式。相比之下，古典漢詩中也有很多「寫景」的詩，但強調的是情景交融的「意境」，往往將人淩駕於自然景物之上，強調托物言志、借景抒懷。而俳句的寫生則強調純客觀性，以呈現和描摹自然為宗旨，不作說教，不帶教訓，沒有說理，儘量壓低主觀傾向，只表現一種印象或感歎，從而堅持一種「原始自然主義」的傾向。在這一點上，漢俳的寫生可以直接繼承俳句的寫生。一首寫生的漢俳，就是一幅簡筆素描畫。如——

〈榕樹下〉：
　　高大榕樹下
　　悠然覓食的家雞
　　瞌睡的小犬

〈荷葉青蛙〉：
　　一隻小青蛙
　　蹲在池塘荷葉上
　　怯怯地張望

〈小鳥秋千〉：
　　一隻小鳥兒
　　把路邊的高壓線
　　當成了秋千

〈蘆花〉：
　　秋末的蘆花
　　在月光下搖曳啊
　　閃著銀白色

　　以上的寫生俳句，是寫動態中的一剎那間的情景，應該在動感中表現出一種張力，才能凸現其畫面的靈動性。
　　也有靜物的寫生，如——

〈初雪綠葉〉：
　　忽來的初雪
　　厚厚重重地壓著
　　油油的綠葉

〈稻田〉：
　　黝黑的稻田
　　布滿剛剛收割的
　　金黃的草垛

　　靜物題材的「寫生」漢俳，一定要寫出獨特的結構感和色彩感，從而給人強烈的視覺刺激。上述的〈初雪綠葉〉，是雪白色與油綠色的搭配；〈稻田〉是黑色的田埂與稻垛的金黃色的搭配，顯出一種構圖感。

　　漢俳的寫生，繼承俳句的「寂」的美學理念，表現出「寂聲」和「寂色」。

　　所謂「寂聲」，即指有聲時的寂靜，要寫出幽靜的氣氛，沉靜的思緒，清靜的心情，寂靜的意境——

〈春晨雞鳴〉：
　　湘南的春晨
　　幾聲悠揚的雞鳴
　　劃破了清夢

〈聽雨〉：
　　夜半窗前臥
　　風推樹搖窸娑娑
　　聽似雨點落

〈秋風抖動〉：
　　遠處的犬吠
　　和著身邊的蟲鳴
　　抖動的秋風

〈夜的喘息〉：
　　窗外傳來的
　　微微起伏的風聲
　　是夜的喘息

　　表現「寂聲」之外，還要表現「寂色」——即在陳舊、灰暗、衰老、破損、傷殘乃至枯萎死滅等一般認為不美的事物中，看出審美的

價值。在日本古典俳諧中，芭蕉的俳句「黃鶯啊，飛到屋簷下，朝面餅上拉屎哦」；「魚鋪裡，一排死鯛魚，呲著一口白牙」，都是將本來令人噁心的事物和景象，寫得不乏美感。筆者也寫了表現「寂色」的俳句，如——

〈殘破的荷葉〉：
　凄寒水潭中
　一片枯萎灰暗的
　殘破的荷葉

〈黃葉子〉：
　幾片黃葉啊
　懶散而又無聊地
　橫臥在路邊

〈背頑童〉：
　古松披紫藤
　彷彿老嫗背頑童
　腿彎腰又弓

〈茅草〉：
　乾枯的茅草
　依然倔強地堅挺
　抵抗著寒風

〈斷枝〉：
　被雪壓斷了

　　傷口露出白骨的

　　那根斷枝啊

〈老人〉：

　　坐在家門口

　　茫然看著街景的

　　白髮老人啊

　　以上作品中的基本色調和人物，都和陳舊、殘破、衰老有關，呈
現出「寂色」這樣一種基本色調，由此而表現出了一種蒼寂之美。

　　漢俳的寫生，不是科學地反映事物，而是藝術地描寫事物，因而
漢俳並非完全不能帶有主觀色彩，那不但做不到，而且也沒有必要。
漢俳要在自然主義的寫生中去「客觀」自然萬物，同時，也要表達俳
人的「誠」，就是松尾芭蕉所謂的「風雅之誠」，即忠實地傳達自己的
眼睛所做的審美觀察、尊重內心所有的審美感受，如——

〈白雲寫草書〉：

　　一縷縷白雲

　　在藍空隨風飄舞

　　揮寫著草書

〈海市蜃樓〉：

　　遠處的城市

　　在朦朧的夕照下

　　如海市蜃樓

〈星星墜湖〉：

　　湖面的燈影

　　混著天上墜下的

　　一顆顆繁星

　　若按自然科學的觀點看，上述幾首漢俳所描寫的都是假象，但是，就漢俳而言，它是俳人所觀察到的審美的真實。

　　漢俳的第二類題材，是「自況」，也就是自我描寫的自畫像。

　　在日本俳句中，以自我為描寫對象的，是自況句，此類俳句很多。自況並非只是如實的、客觀的自我寫生，而是獨抒性靈、將審美的狀態和心境描寫出來，如此才有「俳意」和「俳味」，也就是審美的狀態和心境，這首先表現為一種怡然自得的閒適之心——

〈貪睡〉（二首）：

　　心廣體未胖

　　九點未起戀寢床

　　醒來見午陽

　　懶覺起床晚

　　時至中午道早安

　　時至九點半

〈夢中飛〉：

　　手腳變翅膀

　　翻山越嶺跨河江

　　哪知在夢鄉

〈看茶〉：

　　午後沏杯茶

　　呆呆地盯著等著

　　茶葉變綠芽

〈賞書法〉：

　　躺在床上啦

　　端詳牆上的書法

　　手還瞎比劃

〈採摘〉

　　果園採摘行

　　邊摘邊吃餵饞蟲

　　吃到肚子疼

〈自種葡萄〉：

　　一天天盼著

　　自種的葡萄熟了

　　捨不得摘下

〈快事有三〉：

　　涼啤第一口

　　自著新書頭次瞅

　　閒時會好友

〈王門〉（二首）：

　　學生已成群

只因從師王某人
皆稱是王門

王門又聚餐
王某當然是領班
飲酒侃大山

　　審美的狀態和心境還表現在對生活中本來屬於消極負面的東西，
加以積極的轉化，通過自嘲，實現一種自我釋然和達觀，從而帶來會
心一笑的諧趣，如——

〈宅男〉：
　洗衣又做飯
　寫字看書拖地板
　快樂作宅男

〈稀髮〉：
　稀髮自己剪
　七年未進理髮店
　省了一筆錢

〈覆面膜〉：
　男人覆面膜
　照著鏡子像修羅
　哪裡還像我

〈噴嚏詠〉（二首）：

　　打了個噴嚏
　　鼻腔發癢流清涕
　　要感冒咋地？

　　一聲大噴嚏／
　　嚇得空氣撞四壁
　　驚天又動地

〈新書〉：

　　新書剛到手
　　又摸又聞親不夠
　　自作自享受

〈節約用腰〉：

　　間盤曾突出
　　正襟危坐不舒服
　　角度四十五

〈關大腦〉：

　　爬上床睡覺
　　電燈手機全關掉
　　卻難關大腦

　　「自況」有時也可以包含「自悟」，就是對生活有所感觸、有所體悟，是一種心理自況，如——

〈看〉：

　　看花能養眼

　　看書養心又養顏

　　看人會花眼

〈活著〉（二首）：

　　活著極簡單

　　渴了喝水餓了飯

　　困了床上眠

　　活著不簡單

　　望天顧地觀人間

　　折騰沒個完

〈睡〉（二首）：

　　目垂就是睡

　　閉上雙眼萬事費

　　去了還得回

　　累了就得睡／

　　睡了醒了還得累

　　循環復往回

〈一張紙〉：

　　人生一張紙

　　正面寫滿反面使

　　寫錯就得撕

　　但是，這種生活中的「自悟」，不能像漢詩、特別是宋詩那樣「以說理入詩」。日本和歌、俳諧的特點之一就是排斥所謂「理窟」（りくつ），就是抽象說理。受禪宗影響很深的松尾芭蕉，寫得很多俳諧都包含著他對自然與人生的悟道，但卻不像漢詩那樣說理。漢俳自然也不能流於「說理」或著意表現哲理，更不能流於說教，要使自悟漢俳止於個人悟性的表達，而不是表現邏輯觀念。

　　漢俳的第三種題材，是諷喻。日本俳諧中的諷喻體，在日本叫作「川柳」，又叫「狂句」。這是江戶時代後期根據創始者的姓名而得名的俳諧變體。川柳的特點，就是不受季題等規則的束縛，對人情世道、日常事物給予廣泛的關心，並隨時詠歎。漢俳的諷喻可以借鑒川柳，其諷喻不同於漢詩中的諷喻詩，要盡可能脫去政治性、黨派性、批判性、尖銳性、嚴肅性，而對諷喻的對象，抱著溫和、包容、善意、幽默、機智、灑脫的態度，並有一定程度地同情地理解。如——

　　〈吃貨〉：
　　　舌尖可真闊
　　　盛下一個大中國
　　　舉國皆吃貨

　　〈科技了不起〉：
　　　科技了不起
　　　以假亂真太神奇
　　　萬國不能敵

　　〈口味〉：
　　　國人口味洋
　　　呷哺呷哺吃得香
　　　比薩又麥當

〈東洋風〉：

　　到處東洋風

　　春樹又兼蒼井空

　　淳一村上龍

〈網購〉：

　　網購如網戀

　　相知相交不相見

　　一見傻了眼

〈腳都〉：

　　北京是首都

　　長沙自許為腳都

　　腳丫真有福

〈飯桶〉：

　　確實是飯桶

　　一日兩餐腹又空

　　何異獸與蟲

〈人不如狗〉：

　　皮毛退化後

　　穿著棉襖也發抖

　　人真不如狗

〈世界末日〉：

　　地球只是球

有始無末無盡休

末日沒盼頭

世界末日後

天高氣爽人抖擻

原是好開頭

　　漢俳所諷喻的事物，就是這樣涉及到吃喝消費等諸般事物，但並不是對所諷喻事物的徹底的否定，不能夾雜道德的義憤，而是有一種雖不苟同，也不絕對排斥的寬容態度。這樣一來，就有了詼諧的俳味。

　　除了上述的寫生、自況、諷喻三種題材之外，漢俳和俳諧、乃至詩詞一樣，最後還有「酬唱」即互相唱和這一類型。

　　嚴格地說，「酬唱」是從漢俳的吟詠方式來分類的，並不是題材的分類。酬唱的形式是激發漢俳創作的重要途徑，相互唱和者是「俳友」。通過俳友唱和，可使人際關係高潔化、審美化。例如二〇一二年九月九日，我的兩位碩士生聯名贈送漢俳祝賀教師節，曰：「秋臨棗馨齋／幽玄風雅知物哀／意氣東邊來。」其中，第一句中所謂「棗馨齋」，是我以前的書齋雅號，十多年前搬進新家時，樓前是一片棗樹林，颳南風時，棗花香氣可從窗口飄入，故將書齋名為「棗馨齋」，然而後來棗林被汽車城取代；第二、三句，實際上含有我最近兩三年出版的《審美日本系列》四部譯作的書名，即《日本幽玄》、《日本風雅》、《日本物哀》和《日本意氣》。對此，我當即和漢俳二首：

〈和葉怡雯、陳婧〉：

秋意浮窗外

樓前棗林已不在

愧稱棗馨齋

　　樓前汽車城
　　飄來陣陣芳香煙
　　香臭分不清

　　二〇一二年初秋，托博士生祝然去她家鄉大連收集有關漢俳的資料，不久她從大連給寄來《漢俳詩刊》雜誌等，並附信，信末有一首漢俳，曰：「濱城望回龍／漢俳詩刊千里送／秋濃意更濃。」我當即用手機回應一首〈送漢俳〉：

　　千里送漢俳
　　俳意俳香一併來
　　秋風蕩詩懷

　　在日常生活中，一般的短信問候也可以用漢俳來回應，這也是一種唱和。如赴日留學的博士生郭雪妮在京都參觀時，發短信說：「京都的神社寺廟太多了，使人真正體會到了什麼是『幽玄』。」因為我曾在那裡住過兩年，深有體會，當即用手機回覆漢俳一首：

　　死活居一國
　　到處都供神鬼魔
　　京都寺社多

　　有一位廣州俳友發短信說：「冬天廣州的天氣比較溫暖，但冷暖不定，猝不及防。」並賦漢俳云：「今日裹棉襖／據說明天知了叫／天氣變臉了。」我回復一首〈北京紅月亮〉道：

　　北京的太陽

　　無精打采懶洋洋

　　倒像紅月亮

　　暨南大學王琢教授來短信說：「記得向遠兄曾說過暨南大學校園內的榕樹根很好玩，試吟一首：『活潑榕樹根／地磚擁擠地面寬／開心抱地磚』。」頗有俳味，我酬唱〈榕樹根〉一首：

　　榕樹老粗幹

　　根須卻是很纏綿

　　蜿蜒磚縫間

　　在當代生活的節奏中，用手機等通訊工具進行漢俳酬唱，克服了古代詩詞唱和在媒介和載體上的侷限，具有充分的即時性和便利性，同時又能發揮出漢俳所具有的社會交往功能。

五　漢俳革新的現身說法：漢俳的風格追求

　　漢俳的基本風格，可以用三個詞來概括，即：一、小巧輕妙，二、稚氣清新、三、化俗為雅。

　　風格之一是「小巧輕妙」。

　　要「輕」，即輕快，要有輕飄的思緒，輕鬆的心情，輕巧的用語，輕盈的意境。要求感情不可太濃、太重。

　　漢俳作為十七個音的微型詩體，其特點就在於「小」。它首先要求著眼於那些微小的題材，就是日常生活中不顯眼的、細枝末節的、無關宏旨的瑣碎事物。描寫的對象一般都是纖小細柔的東西。如——

〈甲殼蟲〉：

　　小小甲殼蟲

　　玻璃窗上來回衝

　　鼻青臉又腫

〈馬蜂〉：

　　不得不打死

　　貿然闖入房間的

　　可憐的馬蜂

　　即便對於本來「大」的事物，也要把它縮小化，當「小」東西來寫，如──

〈柿子〉：

　　通紅的圓月

　　掛在高高的樹枝

　　像個熟柿子

〈流星〉：

　　夏夜的流星

　　你是天公灑下的

　　歡快的眼淚

〈烏雲棉被〉：

　　夏日的烏雲

　　給城市蓋了棉被

　　透不過氣啊

〈大雨有腳〉：

　　大雨也有腳

　　東西南北來回跑

　　雷電作嚮導

　　這裡把月亮寫成金桔，把流星看作眼淚，把整個城市縮小為棉被大小，把無邊際的大雨寫成有手腳的人，都是將大化小。

　　風格之二是「稚氣清新」。

　　「小」又常常與幼小的心態，即童心相聯繫。這裡有兩種情況，一是以童心、童趣為描寫對象，如李芒先生的〈四歲小孫女〉：「爺將硬豆吐，屈指歪頭將數數，粒粒皆辛苦」。（原載《日語知識》1999年第1期），寫孫兒竟然能夠援引唐詩的「粒粒皆辛苦」不讓爺爺吐出米飯中的硬豆；還可以理解為：四歲小孫女以為爺爺之所以吐出「硬豆」，是因為味道苦，所以說「粒粒皆辛苦」，是把這句唐詩中的「辛苦」理解為苦味了，從而表現出盎然的童趣。二是像日本俳人小林一茶，以其中老年的年齡，卻寫出了許多孩子氣十足的幼稚風格的俳諧，如「沒有爹娘的小麻雀，來和我一塊玩吧」之類，並成為俳諧之一體。漢俳也應該著眼於幼小趣味，即童趣、童心的表達，如——

〈葉子的眼睛〉：

　　圓圓的葉子

　　被毛毛蟲咬出了

　　兩隻小眼睛

〈風颳星星〉：

　　呼呼啦啦地

　　一片明亮的星星

　　被風颳掉了

〈蚊子〉：

　　蚊子呀蚊子

　　敢趴在我手臂上

　　是要找死嗎

〈發抖的樹〉：

　　在寒風中的

　　瑟瑟發抖的樹啊

　　你很冷是吧

〈兒時回憶〉：

　　像個野人啊

　　在水草裡摸到蝦

　　當場吃掉了

〈甜瓜〉：

　　買到小甜瓜

　　和兒時偷摘的瓜

　　一模一樣哦

〈枕書〉：

　　枕著書睡了

　　臉頰深深押上了

　　書本的印痕

　　這種稚氣童心的表達，與中國古典詩歌的總體風格是有明顯不同的。中國的古典詩詞，從年齡特徵上看，總體上屬於中老年的藝術，

即便是青年李商隱的詩，看上去也帶有中年以上的理智、穩重和含蘊。性格浪漫的李白，也沒有表現出青春少年氣息，而是飽經人情世故的老練，其他如老杜就更不用說了。總體上，幼稚的詩詞一般是沒有審美價值的，因此中國傳統詩論強調的是老到、老辣的藝術境界，久而久之，許多作品就不免顯得有些暮氣沉沉。而俳句則相反，松尾芭蕉提出了「老與少」的命題，認為俳人越到老年，越應該追求「輕快」（かるみ）的趣味，寫出青春年少風格的作品。漢俳在立意上也應該不同於詩詞，必須借鑒俳諧，以童心稚氣的表現為美。需要指出的是，童心、童趣的特點就是直言無忌，並不強調「含蓄」。一些論者認為日本的和歌、俳句的特點之一是「含蓄」，因而漢俳的特點也是「含蓄」。這種說法本質上並沒有錯。但俳句及漢俳的含蓄，是以區區十七個字，狀物抒情，高度凝鍊，不含蓄不行。這種含蓄與漢詩的含蓄有所不同。漢詩的含蓄常常表現為微言大義，以至「詩無達詁」；日本古典和歌理論也主張「幽玄」，幽玄也有含蓄的意思在，但俳句與和歌不同，它不提倡「幽玄」，而是一種逕直的、簡潔的狀物和抒情。同樣的，漢俳也不能因強調「含蓄」而故作高深。否則，就失去了俳味。

　　要使漢俳的風格清新，還有依賴於清新的比喻所呈現的清新的意象，在新奇的比喻中，寫出新鮮的意象、新巧的構思。如——

　　〈飛吻〉：
　　　春天的柳絮
　　　飄飄地追逐行人
　　　派送着飛吻

　　〈白雲〉：
　　　一朵白雲啊

　　輕輕拂拭著天空

　　水晶般明淨

〈閃電〉：

　　雷電空中炸

　　彷彿綻開大禮花

　　風把花瓣撒

〈月亮行走〉：

　　月亮乘著風

　　在黑雲的縫隙中

　　匆匆地穿行

〈雨傘變風箏〉：

　　雨傘太輕盈

　　大風一吹飄欲升

　　眼看成風箏

〈燕子〉：

　　燕子的雙翅

　　像把打開的剪刀

　　飛剪著天幕

　　風格之三，是化俗為雅。漢俳在風格上講究「雅」與「俗」的對立統一，做到雅俗的對立統一，使雅俗不二。「俗」在內容上指的是俗事，就是描寫那些日常生活中的看上去本來沒有多少價值的平凡、瑣細的東西，包括一些看似無聊的體驗、無意義的事物，如松尾芭蕉

的弟子寶井其角，夜間睡眠中被跳蚤咬醒了，便起身寫了一首俳句：
「好夢被打斷／疑是跳蚤在搗亂／身上有紅斑。」貞門派俳人兒玉好
春的俳句：「竹水管被堵／捅捅看看有何物／爬出一蟾蜍」，都是把日
常生活的無聊的事物寫得很有風趣，這樣，「無聊」也就變得「有
聊」了，在這方面，筆者的嘗試的作品有——

〈螞蟻朋友〉：
　　感到孤單時
　　連爬進屋的螞蟻
　　也看作朋友

〈蚊子偷襲〉：
　　秋夜的蚊子
　　在我臂上偷走了
　　越冬的食糧

〈壁虎闖入〉：
　　試問小壁虎
　　門窗緊閉咋進屋
　　進來不孤獨？

〈喜鵲一家〉：
　　喜鵲一家啊
　　在街邊樹上作窩
　　喜歡熱鬧嗎？

〈寒雀〉：
　歪著小腦袋
　正為吃的發愁吧
　窗外的麻雀

〈人與狗〉：
　人模狗樣的
　被主人穿了馬甲
　赤腳散步啊

　　「俗」還指使用俗語俗詞，即日常化的現代口語，也就是所謂
「俳言」；「雅」是指表現的高遠、脫俗、瀟灑的「俳意」，因而，「雅
俗不二」就是與「俳意」與「俳味」的結合，就是化俗為雅。

〈古松沒皮〉：
　古松死猶立
　脫衣卸甲沒了皮
　枝丫生枸杞

〈打噴嚏〉：
　夏天的暴雨
　像老天爺打噴嚏
　忽然地來去

〈粽子〉：
　粽子穿外套
　幾條帶子束著腰
　脫掉見美妙

〈吃櫻桃〉：

　　每逢吃櫻桃

　　放在嘴裡不忍咬

　　憐香又惜貌

〈小雨滴答〉：

　　下起小雨啦

　　滴答滴答滴滴答

　　從屋檐落下

　　上述漢俳中的「沒了皮」、「打噴嚏」、「束著腰」、「脫掉」、「不忍咬」、「滴答滴答」等等，都是日常口語，在古典式的詩詞中是不能使用的，然而在漢俳中使用這些俗語即「俳言」，恰恰是漢俳中俗中見雅的「諧趣」、「俳味」之所在。相信這些俗詞俚語的使用，不僅沒有妨礙詩意的表現，而且在詩意之外增加了俳味。也說明詩歌語言絕不等同於華詞美藻，而是與真感情、真性情相契合的自自然然的語言。

　　綜上，漢俳是一種高度日常化、生活化的小巧玲瓏的便捷詩體，其特點是藝術與生活的高度融合和統一。俳諧、俳句之所以走向全世界而產生了英俳、法俳、德俳、漢俳，之所以從歐盟主席范龍佩、中國總理溫家寶，到文學界和非文學的各界人士都喜歡吟詠俳諧，不僅僅是因為俳諧吟詠起來較為容易便捷，更是因為俳諧具有獨特的審美品格，與現代社會生活非常切合。從形式上看，漢俳做起來非常簡單和容易，無非就是把一句話分為「五七五」三句來說而已。但是另一方面，漢俳作起來簡單又容易，作好卻很不簡單、很不容易。換言之，漢俳容易作，卻不容易作好。這是因為漢俳是一種詩歌藝術，因為它在審美上的要求很高。要寫出好的漢俳，需要對大自然、對生活中的萬事萬物，都有新的觀察、新的感受、新的表現。漢俳創作是日

常見聞、日常表達與詩歌創作的高度統一。對作者而言，是「平常人」與「俳人」的高度統一，有了俳人的姿態、俳人的心胸，就可以隨時在日常生活以其「俳眼」發現「俳意」，表現「俳味」，既美化心靈，又美化生活，根本上是藉以實現藝術的生活化、生活的藝術化。在生活節奏日日加快的忙忙碌碌的現代生活中，隨口吟詠漢俳，或抒情寫生、或自況自嘲、或諷喻議論，或相互酬唱，都有助於在匆忙中尋找閒適，在嘈雜中尋求安靜，在擁擠與逼仄中見出境界，將無聊化為「有聊」，在日復一日的機械與死板的重複中見出生機、變化和詩意，在不美中看出美，以「審美眼」來看世界，從而達到精神上的超越。這當中體現的是一種現代的「悟道」精神，也是一種人格修煉和心性修養。因而可以相信，漢俳作為一種新興小詩體，具有中國古典詩詞及現代西式新詩體所沒有的獨特性，只要能夠把握和發揮它獨特的審美功能，漢俳一定會在中國獲得更好的發展前景。

五四前後中國的日本文學翻譯的現代轉型[1]

　　和清末明初相比，五四前後中國的日本文學翻譯，首先在選題上發生了重大變化。由啟蒙性、實用性、功利性的政治小說、科學小說等轉向了純文學。同時，翻譯方法也發生了轉變，文言和半文言的譯文普遍讓位於白話譯文；隨意刪改添削的所謂「豪傑譯」被摒棄，尊重原文的「直譯」方法成為基本的翻譯方法。由此，中國的日本文學翻譯實現了現代轉型。為日本文學翻譯的現代轉型做出了開拓性貢獻的，是魯迅和周作人。

一　翻譯選題的變化

　　五四前後，既是中國文學史的一個重要的轉捩點，也是中國的日本文學翻譯的一個轉捩點。轉折的最顯著的標誌，是翻譯在選題上出現的明顯的變化。

　　在五四之前，中國對日本文學的翻譯，具有濃厚的急功近利的色彩。在大多數翻譯家們看來，文學翻譯只是一種經世濟民、開發民智或政治改良的手段。他們看中的不是文學本身的價值，而是文學所具有的功用價值。在這種觀念的指導下，翻譯選題基本上不優先考慮文學價值，而是考慮其實用性。一方面為了宣揚維新政治，啟發國民的政治意識而大量翻譯日本的政治小說；一方面為了開發民智，向國民

1　本文原載《四川外語學院學報》（重慶），2001年第1期。

宣傳近代西方的科學知識、近代法律、司法制度、近代教育、軍事而
大量翻譯日本的科學小說、偵探小說、冒險小說、軍事小說等。而明
治時代四十多年間日本文壇出現的許多重要的文學家和大量優秀的作
品，卻大都在中國翻譯選題的視野之外。如，日本近代文學的開山之
作、二葉亭四迷的長篇小說《浮雲》（1887-1890），直到一九一八年
周作人於一次演講中提到之外，此前甚至從來都沒有被人提起，更不
必說翻譯了。這樣的作品之所以沒有翻譯，恐怕是因為作品所表現的
內容與當時中國的需要不相適應。《浮雲》所反映的是處在近代官僚
制度壓抑下的個人的苦惱和個性意識的覺醒，批判了當時的西化風
氣，而當時中國的知識份子所拚命鼓吹的，卻是如何培養個人的國家
觀念，如何引進西方文化。至於個性的覺醒與苦惱，是五四以後才被
覺察並在文學作品中加以表現的。再如夏目漱石是明治文壇的領袖人
物，在當時極有影響，他於一九〇五年發表傑作《我是貓》，直到一
九一六年去世，十幾年間佳作不斷。夏目漱石活躍的時期，正好是中
國清末民初的翻譯文學的熱潮時期，當時中國大批的留日學生，不可
能對漱石一無所知，但是，漱石在那時卻完全沒有被譯介。主要原因
恐怕是夏目漱石作品所貫穿的對「文明開化」的懷疑與批判態度，對
近代資本主義社會的反感與反思，與當時中國的知識界、文學界的主
流文化不一致。上個時期得以譯介的僅有的一個日本大作家是尾崎德
太郎（紅葉）。尾崎紅葉是明治文壇最早出現、最有影響的文學團體
「硯友社」的核心人物。當時有著名譯者吳木壽翻譯了他的三部作
品——《寒牡丹》、《俠黑奴》、《美人煙草》，但這些都不是他的代表
作。這幾個作品大都以異域故事為題材，之所以翻譯它們，恐怕是為
了迎合當時讀者異域獵奇心理的需要。而尾崎紅葉當時影響最大、最
受迎歡的代表作《金色夜叉》，卻並沒有被翻譯，原因恐怕也是因為
該小說所批判的是資本主義社會的金錢萬能，與當時中國的時代主調
不相協調。

　　還有一層原因，五四以前的中國翻譯界，一方面非常重視、大力提倡或從事日本書籍的翻譯，而另一方面又普遍認為日本的文化、文學比不上西方，因此翻譯日本書籍只是一個方便的捷徑，而不是最根本的目的。在這方面，梁啟超的看法很有代表性。他在〈東籍月旦敘論〉一文中說：「以求學之正格論之，必當於西而不於東；而急就之法，東固有無可厚非者矣。」在他看來，學問的「正格」當然應求諸西方，求諸日本只不過是「急就之法」。在這種情況下，就不可能有人認真地去研究日本文學，而往往只能是東鱗西爪，取己所用。所以，五四以前的二十多年間，我們找不到一篇認真研究和介紹日本文學狀況的文章，那些日本文學的翻譯家們，包括其中的佼佼者如梁啟超、吳木壽、陳景韓等，對日本文學的狀況都沒有總體、全面、準確的了解和把握。這樣，近代中國的日本文學翻譯的選題，就不可能是以文學為本位，而常常是由非文學的因素決定著譯題的選擇。在譯出的作品中，要嘛是文學與其他學科領域交叉產生的作品，如政治小說、科學小說之類；要嘛是通俗作品，如偵探小說、言情小說之類。而純文學的翻譯，則如鳳毛麟角，非常罕見。

　　而這種情況，在五四前後發生了明顯的變化。一九一八年，周作人在北京大學作了一場題為〈日本近三十年小說之發達〉的演講。這篇演講系統全面地梳理了日本明治維新以後二十年的文學發展情況。雖然談的只是小說，但由於小說是日本近代文學壓倒性的文學樣式，因此並沒有以偏概全之嫌。其中重點提到了「寫實主義」的提倡者坪內逍遙及其文學理論著作《小說神髓》，「人生的藝術派」二葉亭四迷及其《浮雲》，以尾崎紅葉、幸田露伴為代表的「硯友社」的「藝術的藝術派」的文學，北村透谷的「主情的」、「理想的」文學，國木田獨步等人的自然主義文學，夏目漱石的「有餘裕」的文學與森鷗外的「遣興文學」，永井荷風、谷崎潤一郎的「享樂主義」的文學，白樺派的理想主義文學，等等。當然，這篇演講並不是沒有缺憾，如對當

時日本文壇崛起的以芥川龍之介、菊池寬為代表的「新思潮派」（又
稱「新理智派」、「新技巧派」）完全沒有提到——但總體上看是抓住
了日本近代文學之要領的。鑒於周作人在當時的地位和影響力，這篇
演講發表後，對中國的日本文學翻譯、特別是翻譯選題所起的指導作
用，是不可低估的。重要的是，周作人的演講開了中國研究日本文學
的風氣之先。五四以後，不少文學家、翻譯家，都對日本文學做了認
真的研究，至少是對所譯的作家作品做了研究。大多數譯本都有介紹
作家作品的文字，而且所談的，也大多準確可靠。有的譯本還附了譯
者或專家撰寫的上萬字的序言，或者附了作家評傳。這表明翻譯者同
時也是研究者。而在五四以前，日本作品譯本中，很少有譯者寫的研
究和介紹作家作品的「序言」或「後記」之類的文字，即便有，也只
是借題發揮，而很少談到作家作品本身。

　　好的翻譯選題，是以全面了解被翻譯國文學狀況為前提條件的。
它有助於譯者克服選題上的隨意性和盲目性。由於五四以後翻譯家們
大都是日本文學的行家裡手，因此在翻譯選題上，顯得既繁榮，又有
序；既有重點，又比較全面。雖然五四前後乃至整個二、三〇年代，
中國文壇的主導傾向還是主張文學為「人生」服務的，但這又不同於
五四以前翻譯文學中的功利主義。在他們看來，文學是手段，同時文
學本身也是目的。他們對日本文學的選擇還是以文學為本位的。加上
二、三〇年代中國文壇呈現了百家爭鳴的局面，因此，在對日本文學
的翻譯選題上，標準與對象也非定於一尊，而是各有喜好。因此，日
本文學的不同的風格、流派的作家作品，都有人譯介，又都有各自
的讀者群。

　　在二、三〇年代，隨著時代環境的推移，中國的日本文學的翻譯
在選題上也呈現出階段性變化。五四時期，時代的主旋律是「人的覺
醒」、「人的解放」和「個性的解放」。因此，最受歡迎的是像與謝野
晶子那樣的向傳統挑戰的浪漫主義作家，譯介最多的是日本的白樺派

的人道主義、理想主義文學。二〇年代中期以後，五四新文學陣營因思想分裂而崩潰，文學觀念更趨多元化和複雜化。對日本文學的翻譯也是如此。有人對日本的人道主義文學感興趣，有人熱衷譯介日本的唯美主義文學，有人讚賞「新理智派」的小說藝術而翻譯芥川龍之介和菊池寬的作品；有人受「革命文學」浪潮的影響，傾向於左翼無產階級文學，大量翻譯日本普羅作家的作品。而對於夏目漱石那樣的超越流派的大家，則始終充滿著譯介的興趣。

　　還應注意到的是，五四以前，對於日本的文學著作幾乎沒有譯介，而五四以後，出於建設新文學的需要，對於日本近代文學理論的翻譯出現了繁榮的局面。這也是日本文學翻譯選題上的一個重大變化。對日本文學理論的譯介，單從翻譯的數量上看就是十分引人注目的。文學理論的譯本占這一時期全部譯作的三分之一以上，突出地表明了日本文學理論與中國現代文學的密切的關係，反映了二、三〇年代在中國文學的理論建設中對日本文學理論是如何地重視，如何地注意借鑒。因而，對日本文論的譯介，應該是中國的日本文學翻譯史中值得探討的重要課題。

　　對日本現代名家名著的翻譯，是日本文學翻譯中最富有建設性的工作，也是最能體現翻譯家的翻譯藝術水平的領域。在那不到二十年的時間裡，日本文學中的許多中長篇名著都有了中譯本，還編譯出版了許多日本短篇小說名作的選本。這都是值得稱道的成績，它表明我們的翻譯家，在翻譯的選題上已經具備了文學角度的、歷史角度的敏銳眼光。越是水平高的翻譯家，翻譯的選題也越精道。因此，日本文學名家名著的翻譯，一般都是由好的翻譯家們來承擔的。日本近現代的著名的作家，各種思潮、各種流派的代表人物的代表作，大都被翻譯過來了。如，近代文壇的兩位領袖人物——夏目漱石和森鷗外的作品，白樺派作家武者小路實篤、有島武郎、志賀直哉等人的作品，自然主義作家田山花袋、島崎藤村的作品，唯美派作家谷崎潤一郎、佐

藤春夫的作品，新理智派作家芥川龍之介、菊池寬的作品，左翼作家葉山嘉樹等人的作品，都在這時期的中國得到了譯介。其中不少日本作家在中國有了自己的中文版的《選集》，重要的有《國木田獨步集》、《夏目漱石選集》、《芥川龍之介選集》、《菊池寬集》、《有島武郎集》、《谷崎潤一郎集》、《佐藤春夫集》、《志賀直哉集》、《葉山嘉樹集》、《藤森成吉集》，等等。

二　翻譯方法的轉換

　　五四以前的日本文學翻譯，在翻譯方法上有兩個基本特點。一是使用文言，一是在翻譯時任意添削刪改，截長補短，「豪傑譯」盛行。

　　用文言文翻譯外國文學，是五四以前翻譯界的風尚。最為人所推崇的林紓的小說翻譯，嚴復的社會科學著作的翻譯，用的都是古文。在日本文學翻譯界，最早翻譯日本小說的梁啟超，用的也是文言，後來是半文半白。本來，梁啟超翻譯的用意在於廣為人讀，以收啟發民智之效，而使用文言，當然不如使用白話更有效。但梁啟超還是使用了文言。這其中的原因很複雜。清末民初，發生了聲勢較大的「言文一致」運動，但是幾千年形成的古文的勢力更大，連一些提倡白話文的人，自己也不能經常使用白話。那時的文學家，翻譯家們，受的都是古文的薰陶和教育，用慣了古文。對他們來說，使用古文寫作或翻譯，比使用白話文要容易得多，所以當時許多人，是先用古文來寫，然後自己再「翻譯」成白話文。對使用白話文的困難，梁啟超有深刻的體會。他根據日本森田思軒的日文譯本翻譯凡爾納的《十五小豪傑》的時候，本來想用白話文來譯，結果還是譯成了文言。在《十五小豪傑》〈譯後語〉中，他交代說：「本書原擬依《水滸》、《紅樓》等書體裁，純用俗話。但翻譯之時，甚為困難。參用文言，勞半功倍。計前數回文體，每點鐘僅能譯千字，此次則譯二千五百字。譯者貪省

時日，只得文俗並用，明知體例不符，俟全書殺青時，再改定耳。但因此亦可見語言文字分離，為中國文學最不便之一端，而文界革命非易言也。」梁啟超是嫌白話用起來不順手，而當年的魯迅用文言文翻譯，則是嫌白話文太冗繁。魯迅根據日文譯本翻譯凡爾納的《月界旅行》時說過：「初擬譯以俗語，稍逸讀者之思索。然純用俗語，復嫌冗繁，因參用文言，以省篇頁。」（《月界旅行》〈辨言〉）

五四以前，用文言翻譯日本文學，還有另外一層原因，那就是當時日本文學界，「言文一致」運動雖然在明治十年前後就有人提倡，但一直到了十多年以後的一八八七年，才出現了第一部用「言文一致」的文體寫的作品——二葉亭四迷的《浮雲》。從那以後「言文一致」才逐漸普及。五四以前，中國翻譯的日本文學文本或通過日文轉譯的西方文學文本，或是「漢文體」，或是「和文體」，或是「雅文體」，或是「和漢混淆體」，總之，大都不是「言文一致」的現代日本白話文體。這種情況對中國的日文翻譯使用文言，是有一定影響的。當時的西方各種語言，無論是英語，還是法語，本身就沒有「文言」和「白話」的糾葛。換言之，那些語種本身就是言文一致的「白話」。中文翻譯以文言譯西文，在文體的層面上就是對原作的不忠實；而中國以文言翻譯日本的文言，起碼在文體上是對等的。因此，在母語與日語的雙重箝制中，五四以前中國普遍使用文言、或者半文半白的文體來翻譯日本文學。用白話翻譯的，只是少數作品，如吳木壽根據日文譯本轉譯的契訶夫的《黑衣教士》等俄國作品。而只有到了五四以後，白話文才完全取得了權威地位，普遍地用白話文來翻譯才成為現實。

五四以前，在翻譯方法上，忠實的翻譯還很少見，普遍使用譯述、演述、改譯等方法，存在著「豪傑譯」或者「亂譯」的問題。這種翻譯方法，不僅存在於文學翻譯中，也存在於學術著作等所有領域的翻譯中。如嚴復著名的譯著《天演論》，所用的就是「達旨」（譯

述）的方法。他在〈《天演論譯例言》〉中說：「譯文取明深義，故詞句之聞，時有所顛倒附益，不斤斤於字比句次，而意義則不倍本文。題目達旨，不云筆譯，即便發揮，實非正法。什法師有云：學我者病。來者方多，幸勿以是書為口實也。」嚴復後來的譯著，如《原富》、《群學肄言》等，據說逐漸接近他提出的「信、達、雅」的目標，但是，用桐城派古文來譯西方的言文本來一致的原作，又如何能夠真正做到「信」呢？

在日本文學翻譯，或根據日文譯本轉譯的其他語種的文學作品中，這種不忠實的翻譯，甚至亂譯的現象普遍存在。清末民初中國所譯日本的政治小說，使用的是「豪傑譯」的方法。其實，在政治小說之外的翻譯以及根據日文轉譯的外國文學譯文中，情況也是如此。中國近代最早翻譯的第一批歐洲國家文學作品，大都是通過日文轉譯的。在這批轉譯的作品中，或多或少存在著「豪傑譯」現象。如戢翼翬根據高木治助的譯本轉譯的普希金的《俄國情史》（今譯《上帝的女兒》），不但大量刪節，而且改變了原文的人稱；包天笑根據日文譯本轉譯的意大利作家亞米契斯的《愛的教育》，其實是翻譯加自己的創作，連書名都按自己兒子的名字「馨兒」而改譯為《馨兒就學記》。魯迅根據日文譯本翻譯的幾部政治小說、科學小說，如〈斯巴達之魂〉、《地底旅行》等使用的也是譯述的方法，正如他自己後來所說：「雖說譯，其實乃是改作。」他在一九三四年寫的《集外集》〈序言〉中反省似地說：「……那時我初學日文，文法並未了然，就急於看書，看書並不很懂，就急於翻譯，所以那內容也就可疑的很。而且文章又那麼古怪，尤其是那一篇〈斯巴達之魂〉，現在看起來，自己也不免耳朵發熱。但這是當時的風氣……」一九三四年五月十五日在致楊霽雲的一封信中又說：「青年時自作聰明，不肯直譯，回想起來真是悔之已晚。」

總之，在五四以前的日本文學翻譯，乃至所有語種的文學翻譯

中，在翻譯方法上，大體存在三種情況。第一，在翻譯「漢文體」的日文原作時，採用孫伏園所說的「勾乙」方法「只將各種詞類的序調換一下，用筆一勾就成，稱為勾乙式」[2]。這種情況在近代早期的日本政治小說的翻譯中多見；第二，譯文採用深奧難懂的文言，而且也不尊重原文，隨意增刪；第三，採用直譯方法，對原文不作損益，但卻使用文言來譯，在文體上有悖原文；第四，譯文使用了白話或淺近的文言，但卻不是忠實的翻譯。一句話，譯文既用通俗易懂的白話文，翻譯時又忠實於原文的翻譯作品，是罕見的。

三　周氏兄弟對日本文學翻譯的現代轉型所做的貢獻及其影響

在中國近代翻譯文學史上，對翻譯方法上的這些問題最早做出反思和反撥的，是魯迅、周作人兄弟兩人。周氏兄弟在一九〇九年合作翻譯出版了《域外小說集》兩冊，選譯了歐美各國十六篇短篇小說。《域外小說集》採用了「直譯」的翻譯方法，是對當時流行的亂譯風氣的反撥，開了五四以後新的譯風之先河。但在當時，那樣的「直譯」卻難以被讀者認同和接受，出版的書只賣出二十來本，計畫中的第三冊也只好擱淺。而且，受當時時代風氣的制約，譯文所使用的仍然是文言文。

這種情形在五四前後得到了根本的轉變。「既用通俗易懂的白話文，又忠實於原文的翻譯作品」出現了，那就是周氏兄弟的翻譯。

周氏兄弟在五四前後，就對文學翻譯的方法問題發表了很有意義的意見。一九一八年四月周作人在北京大學的一次題為〈日本近三十年小說之發達〉的演講中，提出了文學翻譯的指導思想問題。他認

2　孫伏園：〈五四翻譯筆談〉，《翻譯通報》1951第5期。

為，以前我們之所以翻譯別國作品——

> 便因為它有我的長處，因為他像我的緣故。所以司各特小說之
> 可譯者可讀者，就因為他像史、漢的緣故；正與將赫胥黎《天
> 演論》比周秦諸子，同一道理。大家都存著這樣一個心思，所
> 以凡事都改革不完成，不肯去學別人，只顧別人來像我。即使
> 勉強去學，也仍是打定主意，以「中學為體，西學為用」。學
> 了一點，便古今中外，扯作一團，來作他傳奇主義的聊齋自然
> 主義的《子不語》，這是不肯模仿不會模仿的必然的結果了。
> 我們想要救這弊病，須得擺脫歷史的因襲思想，真心的先去摹
> 仿別人。隨後自能從模仿中，蛻化出獨特的文學來，日本就是
> 個榜樣。照上文所說，中國現時小說情形，彷彿明治十七、
> 八年的樣子；所以目下切要辦法，也便是提倡翻譯及研究外國
> 著作。

　　這個意見非常重要。他實際上是提出了此前中國翻譯文學的本質上的問題及其根源：為什麼沒有出現真正尊重原文的翻譯。這也是為以後提出「直譯」設置了一個理論前提。同年十一月，周作人在答張壽朋的信（原載《新青年》第5卷第6號）中說：「我以為此後譯本，仍當雜入原文，要使中國文中有容得別國文字的度量，不必多造怪字。又當竭力保存原作的『風氣習慣，語言條理』；最後是逐字譯，不得已也應逐句譯，寧可『中不像中，西不像西』，不必改頭換面。」到了一九二〇年，周作人在他的譯文集《點滴》的序中，明確說明他的翻譯使用的是「直譯的文體」；一九二四年，魯迅在所譯廚川白村《苦悶的象徵》的〈引言〉中聲明：「文句大概是直譯的，也極願意一併保存原文的口吻。」一九二五年，魯迅在所譯廚川白村《出了象牙之塔》的〈後記〉中又說：「文句仍然是直譯，和我歷來

所取的方法一樣；也竭力想保存原書的口吻，大抵連語句的前後次序也不甚顛倒。」一九二五年，周作人《陀螺》〈序〉中，進一步說明「直譯」的含義：

> 我的翻譯向來採用直譯法，所以譯文實在很不漂亮——雖然我自由抒寫的散文本來也就不漂亮。我現在還是相信直譯法。因為我覺得沒有更好的方法。但是直譯也有條件，便是必須達意，盡漢語的能力所及的範圍內，保存原文的風格，表現原語的意義，換一句話就是信與達。近來似乎不免有人誤會了直譯的意思，以為只要一字一字地將原文換成漢語，就是直譯，譬如英文的 Lying on his back 一句，不譯作「仰臥著」，而譯作「臥著在他的背上」，那便是欲求信反不詞了。據我的意見，「仰臥著」是直譯，也可以說是意譯；將它略去不譯，或譯作「坦腹高臥」，以至「臥北窗下自以為義皇上人」是「胡譯」；「臥在他背上」，這一派乃是死譯了。

周氏兄弟提出的「直譯」，具有重要的理論價值。它在理論與方法上，解決了近代文學翻譯中存在的不尊重原作胡譯亂譯的問題，解決了用古文翻譯外文所造成的將外國文學強行「歸化」，從而失去的「模仿」價值的問題。值得注意的是，周氏兄弟的這些理論的提出主要是以日文的翻譯實踐為基礎的，因此對日本文學的翻譯具有更大的指導意義。而且，他們在五四時期翻譯並發表的日本小說、劇作和理論著作，都體現了這些理論主張，對日本文學翻譯具有很好的示範作用。其中最有代表性的是魯迅在一九二〇年發表的譯作《一個青年的夢》，還有周氏兄弟在一九二〇年前後翻譯並陸續發表的一系列日本現代作家的短篇小說。這些小說在一九二三年以《現代日本小說集》的書名結集出版。作為中國翻譯出版的第一部現代日本小說的選集，

它對中國的日本文學翻譯史是一個開創性的貢獻。《一個青年的夢》和《現代日本小說集》的出現，標誌著日本文學翻譯方法的轉變，也象徵著中國的日本文學翻譯的現代轉型的完成和嶄新的時代的到來。

長期以來，周作人、魯迅提出的「直譯」法，作為在日本文學翻譯中被絕大多數譯者普遍遵守的一種翻譯方法，產生了深遠的影響。與歐美文學翻譯比較而言，日本文學翻譯中的「直譯」更有其合理性和可行性。日語中有大量漢字詞彙，特別是日本近代翻譯家和學者們用漢字譯出的西語詞匯，對於豐富現代漢語的詞彙，具有很大的借鑒和引進的必要性。魯迅曾經感歎過漢語詞彙的貧乏，說許多事物，漢語中都沒有相應的名稱。隨著現代文明的輸入，大量新事物的出現，漢語中的原有詞彙顯得不夠用了，表示新事物的詞彙，又不能無限制地採用「譯猶不譯」的音譯方法來解決。而近現代日語中的新詞彙，在這方面是足資借鑒的。清末民初以梁啟超為代表的第一代日本文學翻譯家們，在翻譯中引進日本新詞，甚至引進日文的句法，作了開創性的努力。到了二三十年代，仍然需要做這樣的努力。在此時期的日本文學譯文中，我們隨處都可以讀到在當時、甚至在今天都感到有些陌生的日文詞，和日文式的句法。現以夏丏尊譯《國木出獨步集》（開明書店，1927年）的譯文為例。

（1）來信感謝地拜讀了。（頁 61）
（2）村中的人們都這樣自慢地批評她。（頁 104）
（3）平氣地把煙吸著。（頁 117）

例（1），把「感謝」作為拜讀的修飾詞，在日文中常見。譯者在這裡是把日文的句法直譯過來了；例（2）中的「自慢」是日文詞，意為「自以為是」、『自滿』、「自誇」等，例（3）中的「平氣」也是個日文詞，意為「不在乎」、「無動於衷」、「若無其事」、「平靜」、「冷

靜」。這裡舉的這三個例句，無論是句法還是詞彙，都是至今沒有被現代漢語所接納的。的確，我們在今天來讀二三十年代的日本文學的譯文，不免會產生某些「生澀」、「不純正」、「不流暢」、「不漂亮」之類的閱讀感受。但是，當時翻譯家們的良苦用心，卻包含在其中。在二三十年代的日本文學譯文中，我們很難看到現在所要求的那種流暢、優美的文字，翻譯家們不是不能把漢語說得更漂亮一點，而是寧願譯得生硬、拗口一些，也要把日文中可以借鑒的東西直接移譯到漢語中來。上面舉的至今沒有被現代漢語所接納的三個例句，毋寧說是少數，更多的是在當時看來譯得彆扭，而現在看來卻已經符合現代漢語表述習慣的譯文。許多直接從日文中移譯過來的日文詞，當初曾遭到保守人士的譏笑，如「動員」、「取締」、「經濟」等，而現在，這些詞早已經成為現代漢語詞彙中十分重要的組成部分了。翻譯家們從日語中引進了上千個詞彙，如「積極」、「消極」、「衛生」、「義務」、「具體」、「抽象」、「革命」、「幹部」、「哲學」、「美學」、「目的」、「自由」、「封建」、「理論」、「漫畫」、「雜誌」、「劇場」、「關係」、「集中」、「經驗」、「會談」、「消化」、「動力」、「作用」、「克服」、「必要」、「申請」、「作風」等，已經是現代漢語中不可缺少的了。這就是日本文學翻譯的「直譯」為豐富我們的語言文字所做的特殊的貢獻。

後現代主義文化語境中的中國文學和日本文學[1]

　　歐美的後現代主義文化理論在二十世紀八〇年代幾乎不分先後地傳播到日本和中國。後現代主義遂成為二十世紀末日本和中國的一種值得關注的人文景觀。中日兩國的後現代主義都是受歐美影響的「亞後現代主義」或「准後現代主義」，這個基本共通點為我們比較觀照兩國的後現代主義提供了依據和前提。在中國學術界和文學界，一直到九〇年代中期，關於中國有無後現代主義，中國文學的「後現代性」是什麼等問題的討論仍未終結。而在這些討論中，歐美的後現代主義幾乎是唯一的參照，因而也就難以擺脫來自歐美的「權力話語」的支配。在這種情況下，談一談日本後現代主義的發生發展及其特點，並將它拿來與中國的後現代主義做一比較，對於我們更清醒、準確地認識中國的後現代主義文學，將是有益的。

　　日本的後現代主義文化傾向最早是在建築領域內體現出來的。早在六〇年代末，一批年輕的建築師就設計建造了一些反現代主義的建築作品，但在當時還不能被廣泛接受和理解。如著名建設家丹下健二在七〇年代設計的萬國博覽會大型工程就曾遭到冷遇，直到一九七八年竹山實翻譯出版了英國學者查爾斯・詹克斯的《後現代主義建築語言》一書，這些所謂「奇矯」之作的「後現代主義」文化內涵才逐漸為人所理解。八〇年代以後，日本陸續出現了黑川紀章設計的福岡銀

1　本文原載《國外文學》（北京），1996年第1期。

行本店、橫濱市神奈川大廈，礬崎新設計的築波中心大樓等一批典型的後現代主義的建築。其中築波中心大樓被朝日新聞社記者松葉一清譽為「時代的金字塔」。認為該建築設計的主題是「權威的崩潰」。黑川紀章還發表了《灰的建築》等文章，提出了「共生的建築」這一後現代主義的建築美學觀念，並產生了國際影響。在中國，後現代主義傾向也較早體現在建築藝術中。詹克斯的《後現代主義建築語言》到一九八七年才在中國翻譯出版（中譯為《後現代建築語言》），比日本晚了九年。但此後的幾年間，中國就出現了一些典型的後現代主義建築，如清華大學土木工程設計研究院一九八八年設計的北京師範大學英東教育大樓，就具有多聲部、無中心、非對稱、反權威等後現代主義建築的基本特點，令人耳目一新。

在建築領域之外，中日兩國對歐美後現代主義文化理論的系統的介紹，幾乎不分先後地同時開始於八〇年代後期。八〇年代中期，日本學者召開了一些有關現代工業社會與文化的學術會議，於是，「後現代」、「後現代主義」就成了不可迴避的概念，從那時出版的有關著作中，「後現代」、「後現代主義」便被頻繁使用。到一九八八年，評論家柄谷行人在《批評和後現代》一書中就已宣稱：「（日本）關於後現代的討論已經形成了一種風暴，它已經超越出了少數學者和批評家的範圍。」東京大學教授樺山紘一在一九八六年召開的「作為文化的尖端技術考察會」上也指出：「我們正處於後現代社會形成的過程中。我們一直堅信不疑的那些文化構造，事實上已經在所謂後現代社會中被消解，用時下流行的話來說，就是『脫構』或『解構』。」他認為：「後現代社會將會給人們帶來巨大的壓力。應該怎樣生活下去，是今後需要解決的極其困難的倫理的、審美的和社會的問題。」樺山紘一對後現代社會的這種憂慮，很大程度上代表了日本學者對後現代的普遍態度。他們一方面承認後現代的到來，一方面自覺不自覺地抵制著後現代文化的侵襲。這一點在文學評論界表現得尤其明顯。

戰後以來，日本文學批評界和歐美的交流十分頻繁，但對歐美文學中那些五花八門的新理論、新的批評方法卻始終保持距離。著名批評家、法國文學研究專家桑原武夫早在五〇年代出版的〈文學序論〉中就指出：「日本的文學批評完全沒有必要以外國為模式，也許還是法國按法國的模式、日本按日本的模式獨立發展為好。」對於後現代主義及其文學理論，日本文學界也基本採取了同樣淡漠的態度。柄谷行人就主張：「不能照搬西方的解構主義，如果（在日本）賦予它相同的意義，那將是徹頭徹尾的滑稽劇。我們必須先問一問日本的結構是什麼……。」儘管許多日本評論家已經觸及到了後現代主義文學現象，但他們對「後現代主義」這個概念的使用似乎非常謹慎，行文中極少出現。例如評論家川本三郎發表於一九八一年十一月號《文學界》雜誌的題為〈都市中的作家群——以村上春樹和村上龍為中心〉的論文，精闢論述了村上春樹和村上龍作品中的無機性、符號性、感受性、遊戲性、片段性、消解性、複製性、無序拼接等後現代主義的一系列特點，但他並沒有使用「後現代主義」這個詞；評論家秋山駿在一九八二年出版的《生活的磁場》一書中，評論了許多屬於後現代主義的作家作品，但他同樣慎用「後現代主義」。一直到九〇年代，在我們局外人看來日本的後現代主義文學已經蔚為大觀了，但評論界寧願使用他們自己創造的詞彙，如「都市文學」、「學潮派」、「兒童派」之類，也不願使用「後現代主義」、「後現代派」來概括他們。這一方面是因為日本文學批評界非常警惕西方的「文化殖民主義」，頑強地企圖保持自己獨特的「批評話語」，同時也是因為日本批評界中的批評標準業已定型化、權威化，許多人對新出現的文學現象不理解、不同情、不滿意。一些人甚至認為，七〇年代以後日本就沒有出現什麼像樣的文學流派，新一代作家的作品證明了日本文壇的不景氣。所以他們不願承認日本存在「後現代主義」文學。假如承認新一代作家是「後現代主義」作家，那就無疑等於承認了他們的先鋒性和

創新性。對此，年輕的後現代派作家們也表示了強烈不滿。後現代主義的代表作家村上春樹一九九一年在與美國青年作家約翰・麥克堂納的對談中曾經指出：「二十年前我寫小說時，他們曾大談什麼日本文化的衰退。如今，他們仍然老調重彈。然而日本文學並沒有衰退，不過是評價的標準發生了變化罷了。不知為什麼，許多人討厭這種變化。那些老傢伙，多數生活在封閉狹窄的圈子裡。……外面的世界正在發生變化，但他們對此卻不感興趣。」另一位後現代主義作家島田雅彥也對批評界的保守憤憤然，他稱日本文壇充滿了「保守和復古趣味」，「已經後退到了陳腐發臭的時代」。

　　日本批評界對後現代主義的這種態度，恰與中國文壇形成對比。與日本評論界的審慎和保守態度相反，中國的學術界、文學評論界從一開始就對後現代主義文化和文學理論表現出了極大的興趣。改革開放以後，中國文學界對現代主義的研究和爭論方興未艾，後現代主義又被介紹過來。而最早引進後現代主義的正是學者和評論家們。一九八三年，美國後現代主義理論家伊哈布・哈桑被邀請到山東大學講學；一九八五年，另一位美國的後現代主義理論家弗・詹姆遜應邀到北京大學作演講；一九八七年，荷蘭後現代主義理論家佛克馬到南京大學、南京師範大學做學術報告。這三位外國著名後現代主義專家的講學，在中國點起了三把「後現代主義之火」。尤其是詹姆遜教授的講演稿《後現代主義文化理論》被譯成中文出版以後，在學術和文學界引起了廣泛的反響。隨後，歐美後現代主義的理論著作被一本本地譯成中文。在後現代主義及其理論術語流行之前，中國文學評論界對八〇年代以來出現的新的文學現象的理論概括顯得比較偶然，或稱為「後現實主義」，或冠以「新寫實主義」，或籠統地稱為「先鋒派」、「新實驗文學」等等，都帶有明顯的臨時性和權宜性。例如「後現實主義」這一概念顯然過於怪僻而缺乏通用性；「新寫實主義」則又顯得過分古舊，很容易使人想起二〇年代末從日本傳入的、作為無產階

級文學創作方法的「新寫實主義」。在這種情況下，許多人以為後現代主義及其文化、文學理論的引入，將有助於八〇年代後期的中國文學認同並匯入當代世界文學思潮之中。於是，到了一九八九年以後，許多文學研究者和評論家便開始用後現代主義理論研究和考察中國當代文學了。在這裡，中國文壇又出現了五四以後常常出現的「理論先行」、理論誘導創作的現象。創作上還拿不出像樣的作品的時候，理論上已經講得頭頭是道了。

　　雖然中日兩國文壇都是在八〇年代中期前後引進和介紹後現代主義理論的，但在創作上，日本文學中的後現代主義傾向早就顯露出來了。和中國文壇的「理論先行」相比，日本文壇顯然是「理論滯後」的。儘管後現代主義理論到八〇年代才在日本流傳，但早在六〇年代末七〇年代初，日本就出現了鮮明的後現代主義創作傾向。那時，日本已經發展成為經濟高度繁榮的發達資本主義國家，絕大多數人認為自己屬於中產階級，社會生產力和社會購買力的同步增長，勞動生產率的提高，使人們擁有了更多的業餘時間；在汽車文化普及的同時，人們頻繁出入高爾夫球場、網球場、棒球場、餐廳、咖啡廳、舞廳、歌廳等，一種高層次的現代消費文化已經形成。於是，以一種全新的視角、全新的態度、全新的感受描寫和表現這種繁榮發達的工業社會、消費社會的後現代主義文學應運而生。較早集中顯出這種後現代主義創作傾向的是六〇年代後期成名的小說家丸山健二。他在《現在是正午》（1968年）、《我們的假日》（1970年）等作品中首先表達了典型的後現代感受，創造了典型的後現代文體，堪稱日本後現代主義的先驅作家。七〇年代，日本文壇就開始向後現代主義轉型，其標誌是所謂「內向派」的登場。在現代主義和後現代主義的界限沒有廓清之前，日本的許多評論家把內向派看成是現代主義流派。現在看來，內向派是有別於現代主義的，它的基本特點是創作視野的內傾收縮。日本的現代主義流派自二三十年代的新感覺派、新心理主義，直到戰後

的「戰後派」，都具有強烈的社會意識，作家們都在人與社會的關係
中確立創作的支撐點，都把人與社會的對立、人的異化作為立意布局
的中心。

　　而「內向派」的出現，一開始就呈現出與此前的現代主義迥然有
別的特點，這曾使評論家們感到困惑和難以理解，許多人抱怨「讀不
懂」。評論家小田切秀雄認為這個新的創作流派的特點是「只想侷限
在個人的圈子裡」，「脫離意識形態」，所以他不無貶義地稱這些作家
為「內向的一代」。評論家松原新一面對這一流派的出現，也歎息
「干預社會的文學正在消失」。現在看來，小田切秀雄給這個流派取
名「內向的一代」（內向派），十分恰當地揭示了這個流派的後現代主
義的性質。哈桑認為，後現代主義有別於現代主義的特徵有很多，但
其根本的兩個特徵是「不確定性」和「內向性」（又譯「內傾性」、
「內在性」）。在哈桑看來，所謂「內向性」就是人對社會的適應，是
主體的內縮，它不再具有超越性，不再對精神、價值、真理、終極關
懷、道德、善惡感興趣，而是退縮到個人的生活和感覺中。而這些正
是日本內向派作家創作的基本特點。評論家秋山虔認為，六〇年代以
後，日本的現代都市社會大規模形成，被稱為「團地」的現代化公寓
群拔地而起，沒有個性，沒有人情味，千篇一律。公寓的一道道牆壁
和一層層玻璃把人們隔開。那不僅是實在的牆壁，也是一種抽象的牆
壁；所有的人都被自己以外的人拋棄，所有的人都彷彿處在茫茫的沙
漠裡。這樣一來，主體、自我便失去了外在對象，失去了自我存在的
證據，於是描寫自我的迷失（無個性）、與價值的消解（無意義）就
成為「內向派」作家的共同特色。他們一味表現「無意義的人，在無
意義的地方，過著無意義的生活」。以前的現代主義作家曾為自我的
喪失而苦惱、而掙扎反抗，而「內向派」卻麻木地適應環境，「怎麼
都行」，從而陷入了一種「輕薄的虛無主義」。

　　這種「內向性」，到了八〇年代初又被新的「都市文學派」承繼

下來並且得到了進一步強化。這個包括村上春樹、村上龍、田中康夫、中上健次、立松和平、桐山襲等一批年青作家在內的「都市文學」派，對現代都市生活的感受和傳達帶有更濃厚的後現代主義所特有的不確定性、平面性、遊戲性、符號化、無機化的特徵，尤其是在文體上也體現出了比內向派更為顯著的後現代主義寫作策略。如田中康夫的《明淨如水晶》（1980年）肆意顛覆既定的小說文體，破壞既定的語言程序，故意無節制地濫用音譯的外來語，堆砌大量的商品廣告，像納博科夫那樣採用幾乎與正文字數相等的注釋。村上春樹的作品則擅長設計撲朔迷離的情節圈套，真真假假，神神叨叨，煞有介事，最後不了了之。

八〇年代中期，還在都市文學派尚處於鼎盛之時，另一個新的後現代主義創作群體——「兒童派」又登場了，「兒童派」都是六〇年代以後出生的作家，他們年輕氣盛，具有更強烈的創新和超越意識。他們既反對傳統舊文壇，同時對稍早於他們的都市文學派也表示出了挑戰態度。他們摒棄了村上春樹那樣的以個人感受為中心的自傳式的寫法，試圖多方面地描寫出當代高科技社會中人們特有的心理和行為，描寫現代人的無節制的享樂和消費欲望。「兒童派」的「後現代性」還體現在對經典文本的顛覆，如島田雅彥的《彼岸先生》就是對日本近代文家夏目漱石的名作《心》的戲仿，作者自稱《彼岸先生》是《心》的「瀆犯」，是對原有文本的「解體」。他們企圖在反叛既有的敘事模式的基礎上，建立起自己新的敘事話語。這一意圖在小林恭二的《小說傳》。島田雅彥的《神秘的跟蹤者》、《夢遊王國的音樂》等作品中都體現出來。總之，從六〇年代末以來，內向派——都市文學——兒童派代表了當代日本文壇的新潮流，構成了日本後現代主義的文學景觀。

如果說日本的後現代主義文學是在後工業社會的文化氛圍和生活方式中自然而然產生的，那麼，中國的後現代主義文學則是在外來的

後現代主義文化和文學理論的直接影響下的一種自覺的寫作策略。被
研究者和評論家看成是「後現代主義」的或具有後現代主義性質的一
批作品，大都發表於一九八七年以後，也就是詹姆遜的演講集《後現
代主義文化理論》中譯本出版一年以後。而且與此同時，介紹後現代
主義的文章也不斷見諸雜誌報端。可以說，中國的後現代主義文學是
在一種強烈的新潮意識、革新意識的促使之下，理論界的昭示、誘導
與創作界自覺契合的結果。日本的後現代主義創作現象出現二十多年
以後，評論界還遲遲沒有確認他們的後現代主義屬性，相反，中國的
一些文學批評家們一開始就熱衷於在八〇年代中期以後的作家作品中
尋找和發現後現代主義因素。雖然對歐美後現代主義比較熟悉的一些
學者也審慎地認為中國作為一個發展中國家，不可能形成後現代主義
文學運動，但又認為中國在歐美影響下可以出現或已經出現了後現代
主義創作現象。在這些頗為明確的理論的誘導之下，許多「新潮作
家」有意識地在創作中表現「後現代性」，用自己的創作來實踐後現
代主義「理論」。如一直站在文學新潮前沿的王蒙在一九八七年發表
的短篇小說《來勁》，就著意追求後現代主義的「意義消解」和意義
的「不確定性」，他在該小說的一開頭就有這樣一段話：

> 您可以將我們的小說的主人公叫做向明、或者項銘、響鳴、香
> 茗、鄉名、湘冥、祥命或者向明向茗向名向冥向命……以此類
> 推。三天以前，也就是五天以前一年以前兩個月以後，他也就
> 是她它得了頸椎病也就是脊椎病，齲齒病、拉痢疾、白癜風、
> 乳腺癌也就是身體健康益壽延年什麼病也沒有。十一月四十二
> 號也就是十四月十一、二號突發旋轉性暈眩，然後照了片子做
> 了 B 超腦電流圖腦血流圖確診，然後掛不上號找不著熟人也
> 就沒有看病也就不暈了也就打球了游泳了喝酒了做報告了看電
> 視連續劇了也就根本沒有什麼頸椎病乾脆說就是沒有頸椎
> 了。……

　　通篇都是這樣的構思和這樣的語言！單從文本上看，這裡的「後現代主義」體現得再集中、再明確、再充分不過了。然而另一方面，它對「後現代性」的表現太露骨了，給人一種用小說圖解理論的印象。事實上，後現代主義是無「主義」、無理論的，它的實質是顛覆一切理論規範，擺脫一切束縛，肆行無忌、率心由性，「反小說」、「反詩歌」、「反戲劇」、反形式。不料在中國，後現代主義實際上卻被作為一種規則、一種範式接受過來。學來了後現代主義的一些文本「技巧」，卻喪失了後現代主義的根本精神。

　　這種情況在幾乎所有的被認為是後現代主義的中國作家那裡，都明顯地存在著。如作家洪峰的《短篇二題》就有意識地表現後現代主義的「過程」性和無意義的遊戲性。作者在故事講完了之後也許是擔心讀者不明白他為什麼這樣寫，於是闡釋道：「我的小說完了。我知道你會罵我讓你受騙上當白浪費你的寶貴時間。我暗示過你別對故事本身抱有什麼希望而且還暗示過你別指望它會感動你。／我想告訴你的，故事和生活沒什麼不同，它同樣是一個過程。／過程也沒什麼可說的，其實。」這顯然是赤裸裸地在做後現代主義的理論標榜了。作者也許沒有意識到，他在宣傳後現代主義的「過程」論的同時，卻違背了後現代主義的「拒絕闡釋」。同樣的情況在孫甘露的《請女人猜謎》、《島嶼》，馬原的《虛構》等作品中也相當明顯。這些作品中作家似乎在不斷地暗暗提醒讀者：請注意！這是後現代的文本，這裡正在進行文本革命！於是寫作成了花樣翻新的文本競技場，成了後現代主義寫作的實驗田。

　　和日本的後現代作家比較一下，中國作家的後現代主義文本意識顯得更為刺眼。日本作家在文本上的「後現代」追求遠沒有中國作家那樣熱衷和自覺，他們對後工業社會人的生存狀態的體驗的傳達使他們近乎不自覺地選擇了後現代的文本方式。後現代的形式作為一種「無形式」相當自然地瀰漫在（而不是凸現在）他們的作品中。例如

後現代主義的代表作家村上春樹的《聽風的歌》、《一九七三年的彈球遊戲》、《尋羊冒險記》、《舞吧，舞吧，舞吧》、《世界盡頭與冷酷仙境》等一系列小說，幾乎使用了後現代主義所能使用的一切「手法」，但對那些手法的運用又是那樣的漫不經心、不動聲色。而這又恰恰體現出了後現代主義的反形式、反技巧、偶然性和無序性的精神實質。由於中國尚不具備日本那樣的後現代主義的文化氛圍，不具備日本那樣的建立在發達資本主義物質文化基礎上的高度信息化、高度科技化、高度商品化、高度消費化的社會氛圍，他們所能取材的市民、農民、偏僻的邊地甚至「解放前」的歷史，大都沒有「後現代性」。為了彌補題材上的這種非「後現代性」，作家們只能在文本上處心積慮地運用後現代主義的寫作策略，一味在形式上追求「後現代」。由於在文本形式上的追新求奇，過於激進，過於有意為之，過於不自然，許多「後現代」作品嚴重地超出了讀者的接受閾限。馬原、洪峰、余華、格非、蘇童、孫甘露的許多作品發表後，儘管批評家們賣力鼓吹，一般讀者還是難以卒讀，所以從熱烈的開場走向了衰微，其中的不少人陸續轉向了通俗小說寫作。中國後現代主義文學在文本上的激進實驗，最終使它背離了後現代主義美學的核心——努力適應讀者、調動讀者參與文本、消弭大眾文學與純文學之界限的「接受美學」。這大概是他們始料未及的吧。

相反，日本後現代主義的「無法之法」，卻取得了讀者的廣泛認可，大多數後現代作品都成為暢銷書。例如田中康夫的小說《明淨如水晶》短時間內暢銷一百萬冊並被搬上銀幕；村上春樹的小說《挪威的森林》出版後平均每月重印兩次，印數高達五百餘萬冊。在中國也很快有了至少兩種譯本，其中灕江版譯本連印三次，印數達六萬六千冊。這在中國八〇年代後期的出版界已經是相當高的數字了。看來，至少從接受美學的角度看，和日本後現代主義作家比較起來，中國作家的後現代主義文本實驗是寂寞孤獨的。

　　這種有意為之的自覺的後現代文本實驗，單從技術層面上看，似乎已經具備了歐美後現代主義理論家（如哈桑、詹姆遜）所概括的後現代主義的諸種形式特徵。然而後現代主義的基本形式特徵應該是後現代精神的物化、載體和符號，而不是獨立於後現代總體文化氛圍和後現代生活體驗的純形式。國際上的許多有識之士早已指出，小說寫作的一切技巧，其實早已經全部用完了。實際上，後現代主義作家所使用的技巧，絕非後現代作家的專利和獨創，在以前的文學創作中，這些技法已是屢見不鮮。如日本十一世紀作家紫式部的《源氏物語》的文本的並列性和零散化，古羅馬作家奧維德和法國十六世紀作家拉伯雷筆下的變形，十五世紀西班牙作家賽凡提斯的《堂吉訶德》對騎士小說文本的戲謔性摹仿和解構，等等。總之，文本形式是「輪迴轉世」的，而不同時代、不同環境的作家的生活的體驗卻總是不同的。中國的後現代作品所缺乏的不是後現代主義的形式特徵，而是後現代生活的體驗，是後現代主義的文化精神。缺乏後現代生活的體驗，是因為中國還沒有形成後現代的生活方式。所以，一些有意「做後現代狀」的作品大都不免做作。即使是最具有「後現代」氣質和風度的王朔，他的調侃諧謔與反諷，他對傳統意義與價值的解構，他對語言的揮霍和個人語型的張揚，他對過程性的追求，他的遊戲至上的生活與創作態度等等，固然都很「後現代」，但是，在這一切的背後，卻也深深隱含著非後現代的東西：一方面調侃諧謔，瀟灑通脫，一方面冷嘲熱諷，憤世嫉俗；一方面肆意顛覆和解構，一方面又認同傳統。在王朔的身上，充分暴露了當代中國文化的後現代性與非後現代性的混雜。就後現代性的表現而言，王朔的創作與日本的村上春樹頗有相通之處。但在村上春樹的作品裡卻沒有後現代與非後現代的矛盾。村上春樹筆下的人物是「感受型」、「消費型」的，他們坦然地沉溺在後工業商品消費社會的海洋裡，啤酒、咖啡、威士卡；遊戲機、外國唱片唱盤、電影電視、外國小說是村上作品中出現頻率最高的幾個中心

詞。對於社會，他們不再反抗，不再焦慮，不再嘲諷，被動地接受一切。他們帶著消費者的眼光感受、玩味人生，在喧嘩與騷動的現代都市中保持著一種超然，工作之餘在酒吧間、咖啡館交換著漫無邊際的對話，或獨自呆在公寓裡胡思亂想。一切都是漫不經心的選擇，沒有痛切的感覺，沒有深沉的痛苦，沒有執著的信念，有的只是一點點哀愁，一點點憂傷，一點點甜蜜，一點點無奈，一點點調侃，一點點悵惘。這就是後現代人的生存常態。也是王朔作品所缺乏的。

　　把中日兩國文學置於後現代主義的文化語境做比較考察，我們可以看出，在二十世紀後期的中日兩國文壇中，後現代主義文化思潮是一種客觀存在。但是，中國所接受的後現代主義一開始就是一種理論形態的後現代主義，把後現代主義作為一種「主義」，當作一種理論範式自覺地運用於創作實踐，這本身就是很不「後現代」的。另一方面，中國還缺乏日本那樣的後現代主義的「硬體」，作家們無法形成後現代社會特有的生存體驗，因而後現代主義的「軟體」（作品文本）也便無所依附，它只能是一種純形式的實驗文本。因此，站在純文字的角度，我們可以說中國有了後現代主義文學；而站在後現代主義文化精神的角度，我們只能說中國還沒有後現代主義文學。這種「文本」與「精神」的背離，正是中國後現代主義本身所具有的矛盾。它像實驗室中的苗木，超前性、試驗性、標本性是其基本特點，它能否移出實驗室繁衍成林，那就要看中國的「後現代」的大氣候何時到來了。

當代中國的日本文學閱讀現象分析[1]

　　在中國，日本文學的翻譯、評論、研究、閱讀與接受，迄今，至少已經走過了一百多年的歷程。對此，我在最近完成的國家社科基金重大項目《新中國日本文學研究六十年》[2]一書中，用了三十多萬字的篇幅，對這段歷史做了系統的梳理評述，出版後讀者可以參考。但是，本文所說的「閱讀」，作為一種現象，不同於「學術研究」。「研究」是有文獻可徵的，而「閱讀」，除了從文本的出版發行的數量上有所顯示外，對它只能做一種綜覽與分析。閱讀固然有時代性、甚至流行性，但同時，它更是一種個人化、個性化的行為，很難進行量化統計。即便做過「中國讀者」的具體統計，也不能「代表」中國讀者說話。同樣的，所謂「日本文學」具體何指？也是一種很漠然的存在。即便我讀過、翻譯過日本文學作品，但那也十分有限，難以涵蓋所有的「日本文學」。因此，「中國讀者的日本文學閱讀」這個話題只能是印象式、描述式的。好在近三十多年來，我作為日本文學的一個讀者、譯者和研究者，既參與其中，也站在邊緣上觀望。在這個過程中，有體驗，也有觀察。

一　一九七〇年代後期至一九八〇年代的日本文學閱讀

　　就新中國成立以後六十多年來的情況而言，中國的日本文學閱讀

1　本文原載《名作欣賞》（太原），2014年第1期。

2　出版時改題〈日本文學研究的學術歷程〉。

呈現出明顯的階段性特徵。一九七二年中日邦交關係正常化以前，我們關注的是少量古典作品、戰前的小林多喜二等無產階級文學作品。一九七二年後，在「中日友好」的大背景下，通常被視為「資本主義腐朽文化」的日本文學藝術，得以借助電影這一媒介，先於歐美資本主義國家的文藝作品而捷足先登，傳入中國，並在一九七〇年代中後期的中國受眾中，產生了令今人難以置信的巨大反響。例如根據女作家山崎朋子的小說改編的電影《望鄉》在中國各地放映後，成為各地街談巷議的話題，有些地方甚至出現了在電影院前排隊買票，人多擁擠而造成踩踏傷亡的情況。根據山崎豐子的小說《浮華世家》改編的日本同名電視劇、據小說《赤色的疑惑》改編的電視劇《血疑》在中國播出時，凡有電視機的人家幾乎全家必看，乃至許多城市街道出現了「空城空巷」的現象。至於一九八〇年代日本小說譯本的發行量，例如夏目漱石、川端康成、芥川龍之介、谷崎潤一郎、松本清張、森村誠一、石川達三、井上靖、水上勉等的作品，首印十幾萬冊的絕不在少數。那時正值改革開放初期，日本文學及電影中所表現的人性人情、乃至長期被看作禁忌的兩性主題，對習慣於接受主流思想、政治說教的讀者受眾而言，是一種巨大的衝擊，一定意義上為一九八〇年後的思想解放鋪墊了感性基礎。

　　整個一九八〇年代，中國的日本文學翻譯、出版和閱讀，呈現出爆發式的全面繁榮態勢。翻譯閱讀的主流，一是無產階級文學名家小林多喜二等人的作品，這可以看作是一九五〇至一九六〇年代左翼文學閱讀取向的一個延伸；二是文學史上的名家名著，例如《萬葉集》、《源氏物語》、《平家物語》、井原西鶴的市井小說等古典名著，還有夏目漱石、芥川龍之介、有島武郎等近代名家名作；三是日本當代的社會批判小說，主要是石川達三、山崎豐子、有吉佐和子、井上靖、水上勉等人的作品，還有社會派推理小說松本清張、森村誠一等人的作品。這類作品翻譯出版多，而且頗受歡迎，是中國讀者長期養

成的「批判現實主義」的閱讀慣性使然。那個時候大部分中國讀者似乎都認為，干預社會、批判社會才是文學的真義。加上改革開放初期出現的官員腐敗、官商勾結等一些社會問題，在中國作家的創作中，特別是詩歌與報告文學中都有所描寫，但有關作品常常受到查禁，也有作者受到追究和批判。在這種情況下，一些讀者就「奪他人酒杯，澆胸中塊壘」，對現實的不滿在日本的社會批判小說中得到一定程度的宣洩。至於青年讀者，則對日本推理小說這種此前很少接觸的新的小說類型興趣盎然，由一九八○年代初期的社會派推理小說家松本清張、森村誠一的作品，而擴大到以縝密推理、思維遊戲為主的江戶川亂步、西村壽行、西村京太郎、夏樹靜子、橫溝正史、赤川次郎等人的作品。這些人的譯本在中國被大量翻譯出版，極有人氣。世界推理小說的創作中心自一九五○年代後從英國轉移到日本後，半個多世紀其中心一直就在日本，而中國當代的推理小說創作長期不振，難成氣候，所謂「公安文學」雖然涉及犯罪與偵破問題，但與推理小說大異其趣。中國的推理小說愛好者，自然要從日本推理小說中尋求閱讀滿足。日本推理小說廣受歡迎的狀況，一直延續至今，差不多延續了兩代讀者。

與此同時，中國讀者也開始嘗試著閱讀理解「日本味」濃厚的一些作家作品，例如古典名著《萬葉集》、《源氏物語》、《平家物語》，現代作家川端康成等人的作品。但是，從那時見諸報章雜誌的評論文章、研究文章可以看出，人們對這些表現日本文化、「日本之美」的作品還很隔膜，仍然沿用此前的社會學的文學價值觀來看待作品。例如，認為《萬葉集》是「現實主義」的詩歌，認為《源氏物語》是「批判揭露」貴族社會的，認為《平家物語》是反映貴族階級沒落的，認為《雪國》是描寫下層女子不幸命運的等等。專業研究者持這樣的看法，一般讀者大約更是如此。這是一種典型的「拿來主義」的閱讀方式，把適合自己口味的外國的東西拿過來，以滿足自己既有的

觀念與興味，或者把本來不太合乎自己口味的東西，加上自己的佐料
加以調製，使其合乎自己的口味。

二　一九九〇年代的日本文學閱讀

　　一九九〇年代，中國的日本文學閱讀顯然進入了一個新的十年，
最顯著的變化是由於一九九二年中國加入〈世界版權公約〉和〈伯恩
版權公約〉，包括日本文學在內的外國作品不能隨便翻譯了，導致一
九九三年後日本文學翻譯出版數量大為減少。但以此為契機，讀者的
閱讀指向由一九八〇年代的全面鋪開蔓延，變為了以出版社和譯者為
主導的一波波的閱讀熱潮。一九八〇年代的讀者更多的是為了求知，
帶著了解外部世界的好奇心來閱讀日本文學的，而隨著一九九二年市
場經濟的提倡和消費意識的增強，中國讀者閱讀日本文學的社會政治
取向有所弱化，「個性化閱讀」、「個人的審美消費」的意識逐漸趨於
自覺。

　　一九九〇年代閱讀的第一個突出亮點，是渡邊淳一的以男女「不
倫」為題材的情愛小說。渡邊小說在一九八〇年代就有譯介，但在中
國讀者中真正掀起閱讀高潮是在一九九〇年代後期。那時《失樂園》
的原作及據此改編的影像製品都炙手可熱，帶動了渡邊淳一的十幾種
小說譯本的暢銷，甚至有出版社出版了渡邊淳一的小說系列。平心而
論，渡邊小說的藝術品位並不高，小說中描寫的中年男女的「不倫」
之戀也流於模式化，但其中的以純情純愛為至美、以自殺死亡的方式
對社會習俗的叛逆與抵抗，卻意外地引起了許多中國讀者的共鳴。聯
繫到一九九五年前後美國的相似題材的小說及電影〈廊橋遺夢〉在中
國的流行，可以窺見那時中國人的傳統家庭婚姻觀念，已經在悄然發
生著傾斜，表明不少中國讀者開始以純審美的、超越道德的立場，來
看待男女不倫的問題了。

　　一九九〇年代第二個閱讀焦點是川端康成。此前川端的作品就已經有了較多的讀者，但是如上所說，一九八〇年代中國讀者對川端康成作品的閱讀，似乎更多是因為川端康成是諾貝爾獎得主，而不是基於對作品的真正理解與欣賞。中國人特有的對諾貝爾獎的崇拜心理，成為中國讀者對川端文學的最初的閱讀動機。進入一九九〇年代後，在研究者和評論家的引導下，人們對川端康成才真正開始有所理解，開始嘗試著由川端的作品走進日本文化內部，從日本傳統審美文化的角度解讀川端，去體味和發現日本人的特有的審美感覺，去理解美與悲哀、美與悖德、美與虛無感、美與徒勞感之間的關係。

　　一九九〇年代的日本文學的第三個閱讀焦點是村上春樹的小說。村上的小說《挪威的森林》兩種譯本在一九八九年、一九九〇年代初出版後，中國讀書界反響強烈。接著，村上的其他作品也被陸續翻譯過來，新寫出的作品則差不多是被即時翻譯過來，而且都成為暢銷書。村上小說最大特點在於其「小資」情調，表現富裕的後工業社會中，那種以主人公個人生活為中心而展開的孤獨平靜、悠然自得的消遣，單調無聊而又豐富跌宕的都市冒險，男女之間的好聚好散的偶合，人與各種商品之間的水乳交融的消費與被消費，滿含著強烈的後現代生活的嶄新體驗。一九九〇年代中期以後，正是中國年輕的「小資」階層略具雛形的時期，但中國文壇尚不能提供從審美立場描寫這種生態的作品，在這種情況下，村上小說滿足了年輕讀者對這種生活的認同和追慕，激起了許多中國的年輕讀者的共鳴，出現了一批批的「村上迷」，並一直持續至今。村上作品譯本三十年來暢銷不衰，這在中國的外國文學閱讀史上也極為少見，是一種值得研究的閱讀現象。

　　此外，在文學類型樣式上，適應社會快節奏的「一分鐘小說」、「掌上小說」率先在日本產生並流行，引起了中國讀者的很大興趣；日本的財經小說、商戰小說，作為一種獨立的類型，在世界各國文學中較為罕見，傳到了臺灣、香港，又傳到了大陸。一九九〇年

代中國曾出版了高杉良的財經小說、商戰小說的譯叢，也大受讀者歡迎。

三　新世紀十幾年來的日本文學閱讀

　　進入二十一世紀，中國的日本文學閱讀進入了第三個十年。如果說一九八〇年代日本文學閱讀的主導取向是「拿來主義」、為我所用的，到了一九九〇年代有更多的人嘗試「走進主義」，就是走進日本，走到日本文學的深處，走進日本原典的內部，去登堂探奧。到了新世紀，隨著「八〇後」、「九〇後」的年輕一代成為日本文學閱讀的主要群體，與「拿來主義」頗為不同的「走進主義」，已經發展成為閱讀欣賞日本文學的主導取向。

　　「八〇後」、「九〇後」這一代年輕讀者，許多人都是在童年和少年時期就喜歡閱讀日本兒童文學、觀賞日本動漫。可以說，正是日本兒童文學與日本動漫，為後來的日本文學閱讀準備了大量的讀者。在兒童文學方面，中國作家的作品總也擺脫不掉成人的影子，擺脫不掉說教、教育的動機，擺脫不掉成人社會的狗苟蠅營、是是非非、功名利祿的東西。中國作家總是自覺不自覺地把兒童當作沒有長大的大人來看待，總擔心兒童從文學作品中「學壞了」。而日本兒童文學卻能把兒童特有的本色、純真的生活世界與心理世界呈現出來。實際上，無論在哪個國家，少年兒童讀者都沒有既定的成見，也沒有成人那樣的政治、國界的考量。許多小讀者對於日本的兒童文學，往往是一眼看上去便喜歡了，此後欲罷不能。尤其是日本動漫，不僅具有極高的藝術價值，也既具有強烈的當代性、世界性，還帶有鮮明的日本傳統審美文化的特點。許多中國的孩子酷愛日本動漫，不是沒有緣由的。熟悉日本動漫的讀者，長大成人後，更容易從普遍人性、從純審美的立場理解和欣賞日本文學，而很少再帶有「五〇後」、「六〇後」那一

代讀者的以意識形態為主導的思想意識，以及文學觀念上的先入之見或既定成見。

　　另一方面，與一九八〇年代相比，最近十幾年，日本文學譯本的發行量有所減少，但數字閱讀卻越來越多，因而，紙質譯本發售的減少，並不能說明日本文學讀者的減少。同時，讀者的品位、水平也明顯提高了。在這個時期，日本古典名作《源氏物語》的貴族趣味被真正欣賞，《平家物語》中的武士文化被真正理解，井原西鶴的《好色一代男》等「好色」小說被許多人關注。這幾種日本古代名著，在最近十幾年中不斷有新譯本出現，至少都在五種以上，其中甚至夾雜著一些魚龍混雜的盜譯本。這從一個側面反映了日本古典作品在中國讀者中的接受程度。像「俳句」這樣的日本獨特的文學樣式也廣受歡迎，「俳聖」松尾芭蕉的文集譯本頗為暢銷。一九八〇年代初在俳句的直接影響下形成的「漢俳」這一新的文學樣式，在最近十幾年來也趨於成熟，中國作者的各種漢俳集、漢俳雜誌陸續出版，有關報章雜誌的也不斷刊發漢俳，闡述漢俳創作及其審美特性的理論文章也出現了。在日本現代文學中，日本味十足的川端康成被廣泛認可，「惡魔」式唯美的谷崎潤一郎的小說被寬容地理解，極其先鋒的、後現代的村上春樹獲得了很大共鳴。與此同時，對閱讀和理解文學大有幫助的日本文論與美學的原典著作，如《日本物哀》、《日本幽玄》、《日本風雅》、《日本意氣》及《日本古典文論選譯》等這樣的高端的理論性原典，也受到不少讀者的歡迎。表明今天的中國讀者不僅閱讀著日本小說等虛構性作品，也開始重視美學、文論著作等非虛構作品，從而進入了作品文本與理論文本的雙向互動的閱讀時代，這可能也是今後中國讀者閱讀日本文學的一個發展方向。

　　在這種情況下，中國的日本文學進入了深度走進、深度閱讀、充分消化的成熟時期，並且形成了三種不同層次的閱讀群體。一是以推理小說等流行文學為對象的「大眾閱讀」或「流行閱讀」，二是以夏

目漱石、芥川龍之介、谷崎潤一郎、川端康成、村上春樹等純文學為
對象的「小資閱讀」或「宅人閱讀」，三是以《源氏物語》等古典作
品及日本美學文論原典為閱讀對象的「精英閱讀」或「經典閱讀」。
而且，中國的日本文學閱讀似乎也越來越圈子化。愛讀日本文學的讀
者形成了一個較為穩定的群體，有人戲稱這些讀者群為「哈日族」，
或稱之為「日本控」。不過，在中國大陸的大環境中，由於種種原
因，「哈日族」或「日本控」不像臺灣那樣是一種自我標榜，而是一種
隱性群體，極少有人公開以此自許。無論是哪個層次的閱讀，其基本
的閱讀動力是審美的；換言之，審美的需求是閱讀的根本驅動力。

四　日本文學的閱讀阻隔

　　對於中國讀者而言，因為日本文學與中國文學在創作動機、敘事
方式、作品意蘊、審美風格等許多方面有所不同，甚至截然相反，因
而中國讀者的日本文學的閱讀過程，也是對中日兩國之間、中日文學
之間的種種文化阻隔的跨越過程。

　　二十世紀初年以來的一百多年間，在「西方中心主義」和「中西
中心主義」的大背景下，大部分中國讀者的閱讀趣味主要是由中國的
傳統文學和歐美（含俄羅斯）文學培養起來的。一百多年來，我們熱
心學歐美文學，學得比較透澈，兩者之間的相通、相同之處很多。雖
然中國現代文學在宗教的超越性、普遍主義思維方面，與歐美文學頗
有不同，但在干預社會、緊貼時代與政治，試圖引導與教誨讀者方
面，卻與歐美文學不期而然。所以中國讀者閱讀歐美文學（包括俄羅
斯文學）會覺得比較容易接受和理解。而日本傳統文學雖然在不少方
面受到中國影響，但從古至今卻形成了與中國文學頗為不同的審美傳
統，甚至與中國文學形成了鮮明的對照。換言之，雖然同屬東方文
學、東亞文學，中日兩國文學在某些方面的差異，甚至要大大超過我
們與歐美文學之間的差異。

　　例如，中國文學、大部分的歐美文學都帶有強烈的政治性，甚至用來為政治服務，具有「泛政治主義」的傾向，而日本文學在總體上、主流上是「脫政治」的、非政治的；中國文學是文以載道、高堂教化、勸善懲惡的，具有「泛道德主義」傾向，日本文學的審美理想則是「物哀」和「知物哀」，以人情為本，以超道德的「純愛」與情感修養為指向。

　　中國文學是「興觀群怨」、諷上化下的，強調文學的社會學功能，歐美文學也有強調作家應為「人類靈魂的工程師」，而日本文學則強調「慰」的功能價值，認為文學閱讀僅僅是為了得到「慰」──對讀者個人的心靈、精神加以撫慰、安慰、慰藉，由此而形成了從古代貴族婦女日記、到現代「私小說」的所謂「純文學」的傳統，與中國文學與歐美文學相比，作者很少教化的動機，姿態放得較低。

　　中國文學是講「理」的，推崇「情」與「理」的結合，有的時期則偏重於「理」，主張「文以理為主」，強調作品中思想理念的重要性。歐美文學也十分注重作品的思想深度與哲學高度。而日本古今文學的主流是排斥「理」的，只是描寫印象、情緒、感覺、感受，沒有西方文學、中國文學那樣的愛講大道理的宏論、議論、邏輯與論辯。日本人把那種「理」的東西貶斥為「理窟」，時刻注意著不把作家個人的概括與判斷強加給讀者，以免「落入理窟」。與此相關，中國文學與歐美文學中的大多數作品都有一個「主題思想」，讀者也習慣於通過總結作品的主題思想來把握作品、理解作品。而日本文學的基本審美形態卻是「幽玄」的，崇尚曖昧、幽暗、神秘、縹緲、含蓄，具有「幻暈嗜好」，讚賞「陰翳」之美，根本無法總結出明確的主題思想來。

　　中國文學與歐美文學追求結構的邏輯性、敘事的明晰性，人物的類型性或典型性，而日本傳統文學卻一直奉行按照生活原樣加以描寫，提出了「物紛」的創作方法，對生活本身儘量不加整理、不做解

釋，不加濃縮，也不加稀釋。作品結構是「沒有結構的結構」，許多古今名作大都終結於「未寫完」似的狀態。這樣做是為了把生活的紛雜性、複雜性，如實原樣地呈現出來，用現代術語來說，就是「原生態」的寫作。中國文學重故事、重情節、重結構技法，讀者也習慣於看故事、讀情節，而講「物紛」的日本作品不重情節而重情調，讀者也不是「讀情節」而是「讀情調」。

可見，日本文學所富有的，恰恰是中國文學所最為缺乏的。中國讀者的日本文學閱讀欣賞與本國文學閱讀欣賞，也就形成了鮮明的互補性。日本文學的閱讀可以補充中國文學的某些缺失和不足。事實上，最近三十年間，中國讀者在對日本文學的閱讀過程中，對上述的日本之美、日本風格有了更多的包容與理解。可以說，對日本文學的閱讀，在促進中國社會文學閱讀多元化、審美趣味豐富多樣化方面，起了不可取代的作用。日本文學閱讀對於中國文學中根深柢固的「泛道德化」、「泛社會化」（講究社會功用、人際關係，而輕視個人趣味）的傾向，也有一定程度的矯正作用。

在中國，喜歡讀日本文學的讀者，是因為日本文學有這些特殊性；不喜歡的讀者，也是因為日本文學有這些特殊性。而日本文學閱讀功能的發揮，也是因為日本文學有這些特殊性。一般而論，閱讀的快感，是在對阻隔的超越中實現的。讀一本書，若一點阻隔都沒有，就等於一點新異感也沒有。這樣的書讀不讀都無關緊要，讀了也不會有什麼收穫。閱讀的阻隔克服了多少，我們對外來文化、外來文學就理解了多少，我們文學趣味就豐富了多少，視野就開闊了多少。我們讀日本文學、讀日本書，情況尤其如此。

五　日本文學的閱讀障礙及其跨越

就中國的日本文學閱讀而言，除了閱讀阻隔，還有閱讀障礙。所

謂「閱讀障礙」，指的是文學因素以外的妨礙閱讀的諸種因素。

從文學趣味上說，兩國在審美感覺、審美趣味的巨大差異很難消泯。就相當一部分中國讀者乃至中國作家而言，日本人敏銳得近乎病態的「物哀」的感興、「幽玄」的曖昧，「物紛」的原生態寫實及散漫的無結構的結構，不做說教、只訴諸感興的創作動機，泛性化的、脫道德的內容，不世故的、永遠帶有稚氣和呆氣的、大人像孩子、孩子像大人的「不著調」的人物……這一切，許多中國讀者看不習慣，中國作家很難學得來，恐怕許多人也不想學。

除此之外，日本文學在中國的閱讀障礙，是由非文學方面的因素造成的，是由兩國政治關係的冷暖起伏所帶來的。這個問題在一九八〇年代「中日友好」的大背景下並不突出，而到了一九九〇年代後，由於日本政客否認侵略歷史，頻頻參拜靖國神社等問題，特別是近來的釣魚島主權之爭，其影響也反映到日本文學的閱讀上來。政治外交的衝突雖然對個人化的閱讀難以產生直接妨礙，但在流行的「泛政治化」思維模式下，在有些時候，卻會對中國的日本文學譯文的出版、發行造成了較大衝擊。就在二〇一二年十月前後，日本右翼政客宣布釣魚島「國有化」，引起了中國持續的抗日浪潮。媒體報導多個城市的愛國者們沖上街頭，甚至有人一見跟日本沾邊的東西便打砸燒。也許是為了呼應抗日，一些出版社撤銷和無限期推後了「涉日圖書」的出版選題，一些報刊雜誌不再發表相關的涉日研究論文，相關的學術研討會也被取消或調整會議主題。在這種情況下，一些學生家長決定不讓自己的孩子報考日語專業了，就今年而論，一些大學日語專業的招生人數比往年明顯減少。

不過，更多人對此也有冷靜的思考，對於日本的歷史現狀及日本文化有所了解的讀者，懂得一些國際關係的讀者都明白，國家之間存在領土與領海的糾紛是正常現象。在戰爭歷史問題、在釣魚島問題上，不能以中國式的舉國一致的體制及思維方式來理解日本，因為日本並不等

於日本政府，日本也不等於哪個執政黨，日本是一個多元的存在。在政治立場上日本人至少可以分為右翼、左翼、中間勢力三個部分。表現在歷史問題上，否定、抹煞侵略戰爭罪責者有之，反省、道歉、揭露侵略罪責者亦有之；對華不友好者有之，對華友好者亦有之；民族主義者有之，國際主義與世界主義者亦有之。即便在釣魚島問題，日本許多人，包括一些著名學者和資深政治家，也公開承認釣魚島是中國固有領土。在作家藝術家中，既有三島由紀夫那樣的右翼作家，也有宮崎駿、大江健三郎那樣反戰的、反省戰爭的良心人士。對此，我曾在十幾年前出版的《「筆部隊」和侵華戰爭》一書中有所論述。因而，若不問青紅皂白，一見「日本」便抗、一聽「日本」就煩，顯然不是理性的態度。須知彼此為鄰是中日兩國的宿命，日本人沒法無視我們，我們更不能故意無視日本。即便兩國交惡了，我們仍然需要翻譯翻譯、閱讀日本、研究日本。就如英、法、德、意等歐洲各國，歷史上都打了好幾百年，但它們之間的學術文化交流卻並沒有因此而停止過。當年法國的拿破崙侵入德國，卻下令德軍好好保護大作家歌德讓其安心寫作，不受妨害。我們翻譯日本、閱讀日本、研究日本，並不是為了日本，而是為了我們自己；正如日本研究中國，不是為了中國而是為了他們自己一樣。什麼時候，中國研究日本就像日本研究中國那樣，把它的歷史與現實、文化與文學都吃透，都瞭若指掌，那事情就好辦了。

這樣的道理，許多有識之士都懂。他們知道政治是特定時空的、急功近利的、群體性的，而審美則是個人化的、超國界、超時空的。將審美活動與政治活動分開的讀者，是成熟的讀者；有這樣的讀者的社會，是心態健康的社會；形成了這樣社會的國家，才是真正自信的、強大的、有軟實力的國家。所以，儘管受兩國的國際關係的影響，儘管中國的日本文學的翻譯、出版及閱讀，在某些時候多多少少遇到了一些障礙，但現在看來，總體的狀態大致正常。絕大多數的出版社並沒有因為時政變化而撤銷涉日圖書，一些出版社仍在繼續購買日本作品的翻譯出

版權，日本文學、日本文論、日本文化的圖書仍在不斷翻譯出版，讀者
們仍然在閱讀著自己喜愛的日本作品。跟三十多年前比較起來，這足以
反映出中國讀者的成熟，顯示了中國社會的進步。這樣看來，當代中國
的日本文學閱讀欣賞，既是一種閱讀現象，也從一個側面反映了當代中
國社會的多元格局、多元趣味的逐漸形成。

渡邊淳一在中國：審美化閱讀[1]

　　二〇一四年四月三十日，日本小說家、《失樂園》的作者渡邊淳一去世。很多中國讀者也產生一種悼念惜別之情，網上湧現出了比平時更多的關於渡邊的文字。這也難怪，渡邊淳一的作品一直是許多讀者流連徜徉的樂園。渡邊去世，讀者的樂園雖未失，卻感覺渡邊的文學一下子成為了歷史。

　　中國從一九八〇年代後期開始翻譯渡邊淳一的作品。從一九八六年到一九八九年，翻譯出版了《光與影》、《花葬》、《夢斷寒湖》、《外遇》、《走出欲海》等作品。到一九九〇年代初，又出版了《紅花》、《白衣的變態》、《蛻變》、《不分手的原因》等作品譯本。但渡邊淳一在中國真正地引起一股「熱」，還是在一九九八和一九九九兩年間。一九九八年，珠海出版社出版了他的《夢幻》和《失樂園》，文化藝術出版社和香港天地圖書出版公司聯手，也同時在內地和香港出版了《失樂園》。同年，從日本流入的《失樂園》電影錄影、VCD 光碟，大為流行，電影的公開播放也因此帶來了小說的熱銷。在這種情況下，文化藝術出版社和香港天地圖書再次聯合推出了《渡邊淳一作品》系列叢書，收譯作品七種，包括《男人這東西》、《失樂園》、《夜潛夢》、《泡與沫》、《一片雪》、《愛如是》、《為何不分手》。七部作品有六部寫婚外戀，一部（《雁來紅》）寫女人的變態性愛。進入新世紀後，渡邊的作品譯本又不斷被重印再版，新的譯本也不斷出現，讀者

1　本文原載《文藝報》（北京），2014年5月16日。

群體也在不斷更新。雖然熱度不如十幾年前，但可以說，渡邊的作品仍然暢銷，而且常銷。

其實，渡邊淳一作為一個純粹的日本作家，本來是與中國讀者、與中國傳統的泛道德主義的性文化是有相當隔膜的。渡邊文學主張情感至上，性愛至上，把追求性快樂作為生活的極致，日本有評論家稱他為「情癡主義」和「唯美主義」者。渡邊大部分作品描寫中青年的悖德的性愛，並形成了一個寫作模式，即男主人公厭倦妻子，有了外遇，女方是有夫之婦或是未婚女性；相戀的男女均性欲旺盛，一年四季，春去秋來，隔三差五，到旅館飯店租房，沉溺於床第之歡。這時候作者常常津津有味地、毫無顧忌地描寫女性肉體秘處、做愛過程、情態和感受，並聲稱這種描寫是為了試試看「能在什麼程度上得到認可」。如在《失樂園》中，對男女主人公的做愛過程的描述不下十次，《一片雪》中的詳細描寫有二十多次。渡邊淳一的小說在描寫不倫男女的縱情享樂時，並沒有落入受道德譴責而良心不安之類的俗套；也就是說，他雖然也描寫了性愛與社會世俗道德的衝突，卻並不著力表現這一點。他所著力表現的，是性愛的極樂，與極樂時間的短暫之間的矛盾，是愛的持久延續，與延續持久之後的膩煩之間的矛盾，男女主人公都領悟到性愛最終就像極易消融的「一片雪」（《一片雪》），最終不過是「泡與沫」（《泡與沫》），於是心生悲哀與空虛之感。發展到《失樂園》，男女主人公便決意在性愛的高潮中一同自殺，這就是渡邊淳一所說的「愛的深沉、愛的沉重、愛的美好、愛的可怕」。按渡邊淳一在接受中國學者採訪時所曾說過的：《失樂園》中的男女主人公「是在幸福的頂點死的……而愛一旦到了頂點，相反會有一種倦怠感，已經不能更上一層樓了」，所以要以死來以保持愛的永恆的高潮。渡邊淳一把性本身看成是極美的，為此常常把四季變遷、自然風景與男女之愛交融在一起，在自然與人情的融合中，寫出日本式的無常與「物哀」之美。

　　這樣的男歡女愛的題材，原本是非常肉感的、媚俗的。平心而論，作為流行小說、大眾小說，渡邊的作品與川端康成的同類作品比較起來，主題稍顯單一，而「幽玄」、含蘊不足。但渡邊的成功之處，在於他很狡黠地處理了性愛與現有倫理道德之間的關係：從即成的道德倫理的角度說，那些男女的行為無疑是「不倫」的，是可以遭到唾棄和譴責的，但他們卻是以「死亡」或以「必死」的念頭來行事的。這樣一來，「死」便可以勾銷他們在現實中的所有過錯，因為死本身就是超現實的、超功利的，道德卻只是現實人生層面上的東西。「死」使得男女之性愛高高地超離了道德，而占據了「美」的制高點；「必死」的念頭就使得不倫和背德，帶上了超現實、超功利的唯美色彩，甚至帶上了某種程度的崇高悲壯感。「死後誰都能成佛」，這是日本傳統的一種宗教信念，「死亡之美」也是日本文學的一貫主題。這與日本古典文學的「物哀」美學、乃至「色道」美學中的「意氣」與「粹」的追求，是一脈相承的。這樣一來，通常被認為是卑俗的男女情事，就被純化、被雅化了。

　　這就是渡邊文學的特色。同樣是寫性，勞倫斯關注性與現代文明批判，米蘭・昆德拉和大江健三郎關注於性與政治，而渡邊淳一直寫純粹的性，寫男女的癡情與純愛，實際上表現的是純粹的性愛之美。

　　這樣的渡邊，中國讀者為什麼能夠接受並且愛讀呢？中國一般讀者在閱讀渡邊的時候，未必都需要、都能夠將渡邊作品與日本傳統美學及審美文化，明確而又自覺地聯繫起來。但是，我們的讀者確實感受到了渡邊作品的美，所以我們才讀渡邊。如果說，在一九八〇年代，一些讀者不免想從渡邊淳一作品的閱讀中，獲得一些較為低下的色情描寫的閱讀刺激，但是在網路媒介及影像作品極為豐富發達的今天，恐怕沒有必要從相對抽象的文字描寫中尋求什麼感官刺激了。文學作品的讀者，更多的是欣賞文字文筆本身、語言描寫本身的美。因此，如今讀者閱讀渡邊淳一，也絕不是為追逐低級趣味，而是一種審美化的閱讀。

　　審美化的閱讀，不是在閱讀中更深地介入現實，相反，卻是在閱讀中更多地反抗現實、超越現實。渡邊淳一的小說努力在現實的社會家庭之外，營造一個個「脫現實」的純粹的男女情愛的世界，在善與美的糾葛中，痛苦而又痛快地揚棄了善，戰戰兢兢而又義無反顧地選擇了美，從而走上了癡情純愛的唯美的歷險之路。或許是這一點，給了中國讀者一些想像的空間，願意伴隨著渡邊小說中的男女主人公，去體驗一種精神上的美的歷險。

　　我們不得不承認，在當今的飽食社會，上千年來延續下來的一夫一妻的家庭婚姻制度，已經風雨飄搖、破綻百出了，許多人在潛意識裡產生了受束縛的煩躁，也有了出軌的衝動，甚至有了出軌的行為。但是，有誰能夠將這些隱秘的念頭與行為，加以外在化乃至審美化的表現呢？對於男女悖德之愛，在日本早就有作家（如日本古代的紫式部與現代的川端康成）從「物哀」的角度加以詠歎了。但是，生活在道德大國的中國讀者，看到的更多的是《金瓶梅》式的「審醜」的道德批判。至於作家把男女背德之愛作為一種「美」加以描寫，加以欣賞，那僅僅是一九八〇年代後期才逐漸出現的；換言之，大體上是從中國讀者開始閱讀渡邊的時候開始的。

　　稍稍出人意料的是，在日本，渡邊淳一的性愛小說因可能對未成年學生造成不良影響，而曾經遭到了一些人的抨擊唾罵和抗議，但在中國，似乎很少有人從道德的立場對渡邊淳一作出否定批判。否定的人不會讀他，讀他的人難以否定。渡邊淳一作品在中國的熱銷熱讀，從一個側面表明了傳統家庭倫理及性道德觀念，在人們的觀念意識中已經悄悄地發生了傾斜。聯繫到一九九五年前後，當美國文學中類似題材的小說《廊橋遺夢》及其同名電影在中國流行的時候，就有人撰文認為，《廊橋遺夢》的被接受說明中國人已經在文學的層面上理解了、容許了婚外戀情的存在。但是，這屬於社會心理學層面的問題，在此姑且不論。需要指出的是：愛讀渡邊的婚外戀文學，與事實上贊

同甚至實踐婚外戀，是全然不同的兩回事。若僅僅從閱讀史的角度看，在現代社會中，閱讀，特別是文學閱讀，甚至是比睡眠更為私人化的行為過程，因而閱讀常常是讀者暫時超越現實社會，而與虛構的文本世界進行單向互動的過程。在這種情況下，閱讀也是無現實功利的、純粹審美的行為。超現實的審美化的閱讀，形成了與現實社會兩個完全不同的世界。渡邊淳一的小說給我們讀者的，是純審美的閱讀體驗。二十多年間中國讀者對渡邊的持續的熱讀，表明了中國讀者已經擺脫了單一、僵化的道德化閱讀，而進入了審美化閱讀的時代。這無疑是中國閱讀史的一個進步，是值得充分肯定的。

二〇一五年度中國的日本文學研究[1]

　　學術史的研究非常重要，對於中國的日本文學研究而言也是如此。筆者在《日本文學研究的學術歷程》（國家社科基金重大項目最終成果《外國文學研究的學術歷程》叢書之一，重慶出版社 2016 年）一書中，對二〇一二年之前一百多年間中國的日本文學學術史做了系統評述與研究，讀者可以當作歷史書看，以便系統地了解各個歷史時期的研究情況；也可以當工具書看，以便在研究某一問題時查看一下先行研究已經做到了哪一步，以免重蹈覆轍做吃力不討好的重複勞動。此外，《日語學習與研究》雜誌從十年前開始，用年度回顧的方式，約請張龍妹、馬駿、王志松、楊偉等專家教授撰寫專文，對剛剛過去的前一年（或兩年）日本文學研究做出總體的分析判斷，將對學術史的觀照一直拉近到當下。現在，我們已經進入了二〇一六年，有必要對二〇一五年中國的日本文學研究做一回顧、概觀並做出基本判斷。

一　二〇一五年度日本文學研究的總體評價

　　從文章與著作的數量上看，中國的日本文學研究的成果年年都有所增長。二〇一五年度在報刊上發表的相關文章約有五百來篇，出版的論著（含論文集）約有二十來種（不含再版、修訂版）。就單篇文章來看，有相當一部分是在非學術性刊物或層次較低的學術性刊物上

---

[1]　本文原載《日語學習與研究》（北京），2016年第2期。

發表的，是面向一般讀者的介紹性、知識性、普及性的文章，如「某某作家與某某作品」、「某某作品中的某某形象」、「某某作品的主題思想與藝術特色」之類。嚴格說來，這樣的文章大都不能算是「論文」，因為作為「文學研究」的論文既沒有新材料，也沒有新觀點；而作為「文學評論」的文章，也缺乏對作家作品的新感受、新發現、新解讀。這些文章的作者是假定讀者沒有接觸作品而需要接受間接的介紹，正如假定觀眾沒有看過某電影，需先要看海報一樣。海報的劇情簡介對觀眾固然有一定的作用，但畢竟是一種臨時替代物，而且有時也不免會對觀眾造成有意無意的誤導。對這類缺乏學術含量、不含問題意識的介紹賞析類文章，文學專業低年級大學生可以用來練筆寫作業或讀書報告，但拿出來當論文發表，似不應提倡。讀這類文章的年輕學生會誤以為論文就得這樣寫，從而對文學研究做出淺俗化的理解。寫這樣文章的人因為下手容易，久之習慣成自然，一些作者迄今所寫的幾乎所有文章都是這個模式，最終難以真正進入文學研究之門。近年來，「作家作品論」模式在中國的外國文學研究中總體上呈現出緩慢遞減的趨勢，但數量、比例仍然過大，日本文學研究尤其如此。究其原因，首先是不少作者受日本人的影響，甚至誤以為所謂文學研究就是作家作品論；再就是受「文本細讀」理論的誤導，殊不知需要「細讀」的文本不是一般文本，而是積澱了複雜的歷史文化信息的原典性文本，細讀這樣的文本需要調動歷史文獻學、語言學、哲學、美學、文學等多學科手段，還需要了解和充分研究學術史和閱讀史，是非常不容易的。容易寫出來的東西，就不容易寫好；缺乏學術價值的作家作品介紹與評論文章，固然好寫，但寫不好。二〇一五年度的五百來篇日本文學方面的文章中，這樣的文章大約占了一多半。這表明中國的日本文學的愛好者確實不少，對日本審美文化的關注者也不少，可以說是積極的和正面的，但從學術角度看，這樣的文章一多，勢必會拉低日本文學研究的整體水平。

　　二〇一五年度出版的二十來種日本文學研究的學術著作（含學術論文集），從著述的類別來看，可分為如下三類。

　　第一類是日本文學史類著作。本年度最大的收穫是唐月梅著《日本詩歌史》（北京大學出版社），這也是唯一的一部日本詩歌通史。作者是老一輩日本文學專家，曾與葉渭渠合著四卷六冊《日本文學史》，在日本文學史研究上有著豐厚的積累。《日本詩歌史》在《日本文學史》的基礎上補充了不少文本史料，加大了論述的深度與廣度，凸顯了作者對日本詩歌的解讀與詮釋，特別是將大量的和歌、俳諧譯成漢文，且大都翻譯得有滋有味有詩意，體現了一個翻譯家和學者的深厚功力。作為文學史著作，雖然基本材料大都借自日本，但由於實現了中文轉換，就必然有了中國文化的浸潤與中國學者學術思想的貫穿。總體看來，《日本詩歌史》以五十多萬字的篇幅，全面梳理評述了從古到今日本詩歌的發展歷史，對重要的詩人及其作品做了文本評析，是繼鄭民欽的《日本民族詩歌史》之後又一部系統詳實的日本詩歌史的中文著作。此外，陳岩的《東瀛詩香採擷——日本詩歌散論》（大連理工大學出版社）是作者在《日語知識》雜誌上發表的關於日本古今詩歌的賞析短文結集，雖然沒有史的線索，但選材縱貫古今，對於日本詩歌愛好與學習者而言是一本有益的讀物。崔香蘭、張蕾編著《新編日本文學史》（大連理工大學出版社）屬文學通史和教學用書，這類著述的出版比往年明顯減少，似乎是因為以前此類書出得太多的緣故。

　　第二類是作家作品專論。本年度此類著作有五、六種，如潘文東著《日本近代小說理論研究——多維視域下的《小說神髓》研究》（北京大學出版社）、張秀強著《尾崎紅葉文學研究》（人民出版社，日文版，2015年）、趙玉皎著《森鷗外歷史小說研究》（南開大學出版社）、鄒波著《安部公房小說研究》（復旦大學出版社）、蘭立亮著《大江健三郎小說敘事研究》（科學出版社）、鮑同著《山崎豐子文學

研究》（中國人民大學出版社）、田建國著《翻譯家村上春樹》（上海譯文出版社）等。作家作品專論作為文學研究的最傳統的一種著述樣式，是文學評論與文學研究的基礎工程。因為主要是以作家作品為中心而不是以具體的問題為中心，並且作家作品往往又是名家名作，評述者、研究者必然很多，極容易流於一般性的評傳與作品賞析。要選好對象，明確研究宗旨與目的，在材料與觀點上有所創見，實非易事。

　　第三類是含有明確問題意識的、有著自己特定角度、立場與特色的專門著作。這類著作選題新穎性與著作的價值成正比，均能一定程度地體現中國學者日本文學研究的優勢，體現中國人的文化立場與學術優勢，並能一定程度地超越日本人的研究水平。以下將在相應各節對這些著作加以評述，這裡要首先提到的是劉立善著《日本文藝與植物美學》（遼寧大學出版社）一書。這部書的書名看上去很學術，似乎屬於美學研究的書，但內容及寫法不同於通常的高頭講章的學術著作。全書是由四十多篇相關題材的文章構成的相對完整的著作，前期成果曾在大連的《日語知識》雜誌上連載過。作者圍繞日本文學藝術作品、尤其是日本和歌中的各類植物花草的描寫詠歎，呈現了日本文藝與日本各類植物（馬鈴薯、蕎麥、花生、水稻等）、樹木（楊、柳、杏、橡樹、合歡樹、胡枝子、松、竹、梅、核桃、南天竹等）、花草（蒲公英、紫菫、杜鵑花、鬱金香、櫻花、棣棠、芍藥、牡丹、向日葵、夕顏、忘憂草、蕨菜、芒草等）的密切關係，支援了日本學者所說的日本人的世界觀是「植物學的世界觀」的結論。全書在文體上採用學術著作與散文隨筆相結合的「互文性」文體，寫法上將文學鑒賞與科普性的「博物學」相結合、文學與植物學相結合，語言使用上將日語原作分析與漢語翻譯相結合，顯示了作者日漢雙語的駕馭能力及對植物世界與植物之美的敏銳的觀察力感受力，將知識性、趣味性、學術性三者融為一爐，可謂雅俗共賞。在眾多的循規蹈矩的學術

著述方式中，《日本文藝與植物美學》這樣的形式散淡的著述屬於少數，是值得肯定的。

二○一五年度的日本語言文學或中日比較文學方面的碩士、博士研究生的學位論文，可以檢索到的有一百多篇。從選題上看，缺乏問題意識的單純的作家作品論比往年有所減少，但仍然占到約五分之一左右。此外，所謂「人物形象分析」或「人物形象比較」、所謂某某「意象」的分析、所謂某某作家的「情愛觀」、「女性觀」之類的概括，所謂某某作品的特色或寫作藝術分析，某某日本作品的兩種（或以上）譯本的比較、某某中國作家與某某日本作家的某類作品的比較、某種思想意識在某作品中的反映，如此等等的容易寫出來、但卻不容易寫好的選題仍然太多，加起來占到了選題的絕大多數，而新人耳目的具有學術原創性的選題卻很罕見。這是一個相當嚴重的問題，表明許多研究生發現問題的能力普遍薄弱，學位論文只有對研究對象的選定，卻沒有問題的發現，缺乏有效的學術方法的引導和指導。若選題不好，即便也可能以此獲得學位，但無助於學術思維的訓練，不能通過學位論文寫作提高實證研究能力和理論思辨水平，最終的成果也就缺乏公開發表或出版的價值。

二　日本古典文學及中日古代文學關係研究

在中國，能夠讀懂日本古語、從日文原著直接研究日本古典文學的人相對很少，日語專業系統講授古語與日本古典文學作品的課程也相對太少了。因此，日本古典文學的翻譯與研究是中國日本文學研究的薄弱環節。二○一五年度，在古典文學方面的幾十篇文章中，有幾篇頗有新意。其中，對紫式部及《源氏物語》的研究，是多年來中國的日本文學研究持續未斷的傳統，也可以說是形成了中國的「源學」。「源學」在日本積澱豐厚，要在先行研究的基礎上有所推進，殊

為不易，但畢竟有一定學術水平的文章還是不斷出現的。胡穡、洪晨暉的〈紫式部筆下的「漢學」和「大和魂」〉（《日語學習與研究》2015年第4期）一文，以「漢學」與「大和魂」兩個概念及其對蹠關係為問題點，對《源氏物語》中「須以漢學為根本，再驅使用於世事之大和魂，方為牢靠」一句，做了細緻的分析，認為當時的「漢學」是學問，而「大和魂」則是指攝關政治時代如何立身處世的人際關係，作者指出，在紫式部看來「漢學」的修養很重要，同時在宮廷社會要能立足生存也要懂得一些世事心計即「大和魂」。這個意義上的「大和魂」與後來國粹主義者所說的與「漢學」拮抗的、體現著所謂大和民族精髓的「大和魂」相去甚遠。這篇文章有助於人們從「大和魂」這個概念的源頭把握日本「大和魂」思想的發展嬗變，也為深入理解《源氏物語》及紫式部思想提供了重要參照。同樣的，張龍妹的〈紫式部的「日記歌」和她的求道心〉（《日語學習與研究》2015年第2期）也屬於對紫式部思想的探討研究，作者在新潮社《紫式部日記紫式部集》中一段「解說」文字的啟發下，探討了為什麼篤信佛教的紫式部，卻不像同時期的和泉式部、赤染衛門那樣留下那麼多的「釋教歌」（佛教題材的和歌），並認為當時那些流於禮節性的、具有功德主義傾向的釋教歌並不適合表達紫式部的求道之心與深刻綿延的思考，從而揭示了紫式部思想中深沉反省的特徵。

　　二〇一五年度古典文學研究論文的新意，都與選題上的開拓和獨特角度相關。而對中國人而言，中國文化、文學與日本文學的關聯，是可以發揮我們的學術優勢的得天獨厚的選題領域。在這方面，本年度的相關論文給人留下深刻印象的，是以「入唐繪卷」、「唐話」、「尺八」、「八景詩」、「朱買臣故事」、「孔子故事」等與中國文化密切關聯的幾個關鍵字來切入論題的文章。

　　其中，郭雪妮〈古代日本繪卷上的長安景觀——〈吉備大臣入唐繪卷〉的發現與研究〉（《人文雜誌》2015年第11期）一文，在中國

的日本文學研究中首次將日本的古代「入唐繪卷」納入文學研究的範
疇，在繪畫與文學的接合點上研究日本人的中國形象、長安景觀及所
包含的文化意義。文章指出〈吉備大臣入唐繪卷〉是日本傳世文獻中
最早描繪唐都的圖像史料，主要講述遣唐使吉備真備在長安應對唐人
難題考驗的冒險傳說，繪卷中的長安景觀由海岸風景、宮殿建築和人
物車馬等構成，映射了平安末期日本對長安的基本知識與想像，但繪
卷對唐人善嫉妒、對日本人進行迫害這一偏頗傳說加以反覆描述，以
誇張、滑稽的手法描繪了唐人的愚蠢醜態，藉以突出主人公吉備真備
的高貴優雅。這一結論有助於我們認識古代日本人的中國觀、中國印
象的複雜性。在〈奈良詩僧弁正在唐漢詩考論〉（《外國文學評論》
2015 年第 4 期）一文中，郭雪妮對日本漢詩總集《懷風藻》中出自
奈良詩僧弁正之手的創作於日本境外的兩首詩做了細緻深入的分析，
認為它反映了八世紀遣唐使的對唐觀和日本國家意識的萌芽。

　　關於「唐話」的研究，近年來出現了一些論文，其中「唐話」對
日本文學創作的影響是需要進一步探討的問題。王佳璐、于增輝在
〈唐話學及唐話學的文化遺產〉（《哈爾濱師範大學社會科學學報》
2015 年第 3 期）一文中，對「唐話」（明、清時期白話口頭語，或中
國近世俗語）傳入日本的途徑、歷史文化背景及對江戶時代「讀本」
小說創作的影響做了概括梳理。在此基礎上，王佳璐、徐麗麗又發表
了〈唐話學的文學遺產之一：日本白話體漢文小說〉（《哈爾濱師範大
學社會科學學報》2015 年第 4 期）一文，指出在江戶時代「唐話」
因明末江南的黃檗宗僧人文化的影響和長期從事中日貿易的唐通事的
影響而得以廣泛傳播，加之當時舶來的《水滸傳》啟迪了日本知識人
的眼光，因此學者和知識人通過「唐話」來實踐自己新的創作理想，
創作出如讀本、白話體漢文小說等文學類型，這些都是「唐話學」帶
來的文化遺產。而白話體漢文小說最初是作為唐話教科書進入日本知
識人的視野的，由於「唐話學」的興盛，後期基本上以三種類型進行

了大量的創作，一是「漢文翻譯類作品」，二是「漢文灑落本、戲作本」，三是「漢文教科書、參考書」，從而對江戶時期白話體漢文小說進行了概括性介紹和嘗試性的分類。孫暘在〈轉義融合——日本文學視域裡的尺八形象〉（《外語學刊》2015 年第 4 期）一文中，以起源於中國的樂器「尺八」在日本文學中的表現和描寫立題，探討文學作品中的「樂器形象」及其文化意義。作者指出，尺八傳入日本成為普化禪宗的重要法器，並成為日本傳統民族樂器之一，各個時期更有不少文學作品描寫尺八，內容主題大多關注不幸的弱勢群體，尤其是孤獨者和妓女的命運；在現代文學中則以推理小說中為多，而且多半與中國文化、佛禪文化相關。日本文學中的尺八也自然在禪宗思想的滲透中成為一個重要符號，作家們將尺八從本身意義昇華到一種精神高度，巧妙地完成了尺八的「物象轉義」，無論在音符、意符還是形符上都被賦予其獨特的意蘊。權宇、李美花的〈試論八景詩日本化的形成模式與形態流變〉（《東疆學刊》2015 年第 3 期）一文，以日本漢詩中的「瀟湘八景」題材的詩歌及日本詩話中對這類詩的評析判斷為研究對象，考察日本漢詩中的「八景詩」如何套用借用中國詩，如何將中國的八景詩日本化，一些日本評論家又如何對日本「八景詩」加以反思，並批判為「瀟湘奴隸」。該文在一個獨特的層面上展現了日本漢詩接受和消化中國漢詩的歷程。王川的〈流變與書寫：日本文學對「朱買臣故事」的受容研究〉（《學術界》2015 年第 1 期）一文，通過文獻文本細讀分析，對中國《漢書》所載「朱買臣故事」在日本的流傳變異做了梳理，指出「朱買臣故事」在日本的傳播是以遣隋使、遣唐使為媒介的，最先在日本貴族階層傳播，並擴展到日本文學中，到室町、江戶時代，朱買臣題材又遍及畫壇、俳諧即川柳中，明治時期「朱買臣故事」通過與二宮金次郎故事的融合得到重新書寫。

　　研究的新意和深化，還表現在一些論文涉及到了以前很少被觀照的作家作品。例如，張曉希的〈明代中日文化交流的縮影——試論遣

明使策彥周良《入明記》中的漢詩及其意義〉（《山東外語教學》2015
年第 2 期）一文，以策彥周良《入明記》為研究對象，從日本遣明使
及中日交流的角度，對日本京都天龍寺高僧、中世五山文學後期代表
詩人策彥周良的漢詩做了分析研究，認為策彥將兩次入明期間所見所
聞記錄成《入明記》一書，作為日本中世十九次遣明使中留下的為數
不多的漢文日記，包含了數百首漢詩，是明代中日兩國文化交流的縮
影，也是了解明朝社會、文化以及明代中日關係的不可多得的珍貴史
料。吳素蘭、劉嘉韻的〈日本中世說話文學中的孔子形象——以《十
訓抄》、《宇治拾遺物語》為例〉（《東南學術》2015 年第 4 期）一
文，以日本中世時代「說話」文學《十訓抄》、《宇治拾遺物語》為研
究對象，對其中的孔子形象做了考察，認為孔子故事的原型都出自中
國書籍，但孔子的形象的呈現卻與中國有所不同。在充滿儒教色彩的
《十訓抄》中，孔子既是權威者也是被反駁者；而在具有濃厚庶民氣
息的《宇治拾遺物語》中，極具權威的孔聖人形象則被凡俗化。孔子
權威的相對化，既與莊子思想頗有淵源，也是中世日本動盪不安的現
實的反映，還體現了日本對於中國儒、道思想的吸收與改造。孫彬的
〈白居易對《沙石集》的影響研究〉（《西安外國語大學學報》
2015 年第 1 期）一文以中世佛教民間故事集《沙石集》為研究對象，
研究白氏詩詞對日本中世佛教文學的影響，指出《沙石集》對白居易
的引用遠遠高於孔子與老莊而位居首位，其影響具體表現在白居易對
佛學以及禪學的理解與感悟、白居易的人生態度及人生智慧等方面。
此外，陳燕的〈中日古代女性的文學書寫與佛教——以朱淑真與藤原
道綱母為例〉（《日語學習與研究》2015 年第 2 期）、黎羌的〈唐代演
藝文化在東北亞諸國的傳播〉（《東南大學學報》2015 年第 4 期）、欒
棟的〈中日哀感文學之啟示〉（《外國文學研究2015年第2期》）、喬玉鈺
的〈論江戶時代女性漢詩對中國文學的因革——以江馬細香、梁川紅
蘭為例〉（《深圳大學學報》2015 年第 3 期）、羅鷺的〈五山時代前期

的元日文學交流〉(《四川大學學報》2015 年第 3 期)、吳春燕的〈日本中世禪僧的「莊子」接受——以中岩圓月為例〉(《殷都學刊》2015年第 2 期)、徐婷育的〈《遊仙窟》在日本流傳過程中的地位變化〉(《陝西理工學院學報·社會科學版》2015 年第 1 期)、海燕的〈日本古代詩歌文學中的「采詩制」——以《古今和歌集》序的「獻和歌」為中心〉(《外國文學評論》2015 年第 2 期)、張曉希的〈與謝蕪村的俳句、繪畫藝術與中國文化〉(《湖南大學學報》2015 年第 2 期)、吳蓉斌的〈《南總裡見八犬傳對《水滸傳》、《三國演義》章回目錄的借鑒〉(《名作欣賞》2015 年第 35 期) 等,也都有一定新意。

　　也有一些文章在立意選題、寫法和結論上似有商榷餘地。例如〈齊物與物哀:中日物性思維比較研究〉(《人文雜誌》2015 年第 4 期) 探討本居宣長物哀論與中國思想文化的深層淵源,其立意和出發點都是可取的,但認為「本居宣長的『物哀論』表面上跳出了儒家思想的影響,卻又落入了莊子的『齊物』論」,則是需要再考證的。莊子的「齊物論」與本居宣長的「物哀論」雖然都有一個「物」字,實際這個「物」字無論從語言學還是從哲學上看都相去甚遠,很難相提並論,也缺乏可比性,將兩者稱為「物性思維」更是難免令人疑惑。而且全文對「物哀」論如何受到「齊物」論影響也最終沒有提出有說服力的材料與論證。還有的文章涉及到寫作規範、學術原創問題。例如有一篇題為〈《法華經》靈驗記中的女性信仰故事及其在東亞的傳播〉(《日語學習與研究》2015 年第 2 期) 的「摘要」云:「隨著《法華經》的漢譯與傳播,六朝以後出現了專題性的《法華經》靈驗記,至唐宋時期,類似的作品大量湧現。本文著重探討了這些靈驗記中對於女性《法華經》信者的描寫與敘述,進而考察了這些女性信仰故事在東亞的傳播。」將「摘要」寫成了「引言」,不合「摘要」規範。實際整篇文章無「要」可摘,全文五個部分的前四個部分是在綜述已有的知識或常識,例如劉亞丁早在《佛教靈驗記研究》(巴蜀書社,

2006年）一書中就做了系統詳細的梳理考察；至於第五部分所指出的東亞傳播問題，學者們對有關文學作品中佛典的「出典」研究也早已蔚為大觀，區區千把字只能粗陳大概。

如上所說，中國的日本古典文學研究主要形式是單篇論文，而專門著作歷來不多。丁國旗著《日本隱逸文學中的中國因素》（人民出版社）是在作者的博士論文的基礎上修改而成。全書以二十八萬字的篇幅、上中下三編，分別研究了奈良平安時代、鎌倉室町（中世）時代、江戶時代（近世）的日本隱逸文學及與中國文化的關係。作者認為，奈良平安時代雖有一些企慕隱逸的詩文，但也只是對中國的觀念性的模仿；中世時代由於戰亂頻仍、佛教盛行，隱逸文學發達，特別是在「五山文學」中隱逸傾向更為突出。作者對此時期的西行、一休宗純、鴨長明、吉田兼好等作家作品的隱逸主題，對草庵侘茶中的禪茶一味的隱逸精神做了分析評述；近世時代在日本町人俗文化的大背景下，人們更多地追求中國士大夫田園牧歌式的、入俗又離俗的所謂「心隱」，表現在文學上是《本朝遁史》、《扶桑隱逸傳》等「隱者傳」的出現。作者進而認為，形成日本隱逸文化的源頭有三：一是中國儒道型的隱逸傳統，二是日本本土的「隱遁佛教」，三是佛教無常觀即出家思想，而以中國的隱逸文化的影響為最大。該書以「隱逸文學」為關鍵字和中日文學的扭結點，將文化研究與文學研究有機結合起來，將東亞傳統文化的廣闊視野與細緻微觀的文本分析結合起來，有著鮮明的問題意識，把相關的歷史文本化合為一個嚴密的知識譜系，填補了中日文學交流史研究中的一處空白。遺憾之處是書中對所徵引的材料大都沒有注明出處，但瑕不掩瑜，《日本隱逸文學中的中國因素》一書堪稱二〇一五年度日本古代文學及中日古代文學關係研究中的一部力作。

本年度出版的周建萍著《中日古典審美範疇比較研究》（中國社會科學出版社）因選題很好而值得注意。作者選取了中國的「物感」

與日本的「物哀」、中國的「神韻」與日本的「幽玄」、中國的「趣」
與日本的「寂」三對範疇，分章加以比較研究。封底文字稱「梳理其
歷史發展的線索，廓清其理論內涵，理解和把握各自所形成的獨特的
審美特質」這一目標也基本實現了。本書選題有相當難度，總體上看
是一部下了不少力氣的、寫作態度嚴肅認真的作品。但是，用以比較
研究的範疇如何選取和確立，是最為關鍵的問題。全書共分五章，前
兩章是總論性質，沒有涉及具體的「範疇比較」；後三章分別比較了
中日的三對範疇，其中，中國的「物感」與日本的「物哀」具有可比
性，這不成問題。但另外兩對範疇──「神韻」與「幽玄」、「寂」與
「趣」，雖然不是不能比，但無論在辭源、語義上還是在範疇的規定
性上，都屬於兩個完全不同的概念，而難以進行實證性的關聯比較，
只能進行純粹的異與同的平行比較。其結果，在關於中國審美範疇的
部分，寫了過多的別人已經說過的話；在日本審美範疇的部分，則主
要援引第二手資料，缺乏對原文原典的細讀與分析，這就削弱了比較
研究應有的必要和價值。實際上，具有可比性的是日本的「幽玄」與
中國的「幽玄」，是日本的「趣」與中國的「趣」。「趣」（おもむき）
作為一個重要範疇在日本古典文論及詩學文獻中大量使用，與中國的
「趣」辭源相同，涵義相若，差異微妙，它們之間的比較才能同中辨
異，與日本的「寂」（さび）則實難相提並論。另外，作者對本書出
版之前相關的先行成果也缺乏全面關注和必要的綜述。

三　對日本現代作家作品的評論與研究

　　在日本近現代文學研究領域，通常的作家作品論方面的文章數量
較多，所占比例較大，其中也有少量文章和若干專著具有新意。
　　關於坪內逍遙的研究，潘文東著《日本近代小說理論研究──多
維視域下的《小說神髓》研究》（北京大學出版社）是其博士論文的

改定版，作者充分吸收借鑒了日本學者的相關研究成果，同時以現代
西方文學理論為參照，對《小說神髓》進行了細緻深入的分析評述，
雖屬個案性、闡發性的研究，但作者自覺採用「多維視閾」，將微觀
分析與宏觀概括結合起來，以小見大，顯示了跨文化的比較文學與世
界文學研究方法的優勢，是迄今為止《小說神髓》研究中最為全面詳
實的中文著作。雖然書中得出的結論並不新鮮，但畢竟向讀者提供了
坪內逍遙及《小說神髓》的系統知識，是值得肯定的。當然，書中也
有薄弱的環節，如《小說神髓》與日本傳統文學及文論的淵源關係，
特別是與契沖、賀茂真淵、本居宣長、山鹿素行等人的繼承關係，書
中雖然有所提及，但簡略不充分。實際上，《小說神髓》中反道德主
義、反合理主義、人情至上主義的一些基本觀點，江戶時代的國學家
們、儒學家們都已經有所論述，絕不是坪內逍遙的新看法，不能認為
日本人一旦進入了「近代」，就什麼都煥然一新了。從思想傳統上而
言，「近世」（傳統）與「近代」是人為的劃分，實際上並不是涇渭分
明的。

　　夏目漱作為日本近代文學的代表歷來為研究者所重視。紀微、尹
牧的〈「山水的自然」與「人性的自然」──夏目漱石文學創作的雙
重主題追求〉（《淮北師範大學學報》2015年第4期）一文，認為「自
然」是夏目漱石文學研究中的一個重要視點，也是探討漱石精神結構
發展的一個重要線索，並以漱石提出的兩個「自然」即「山水的自
然」和「人性的自然」為關鍵字，分析了漱石的創作對「山水的自
然」與「人性的自然」的雙重追求及其內在衝突。對於理解漱石的思
想與創作，這顯然都是一個較為新穎的視角。梁浩、吳思萌的〈淺談
《虞美人草》的中國文學元素的運用〉（《語文學刊（外語教育教學）
2015 年第 9 期）一文，從中日文學關聯的角度，對《虞美人草》中
的中國元素做了評析，不僅可使讀者窺見夏目漱石深厚的漢學功底，
也可以見出中日語言文化融合之後所產生的巨大魅力。鑒於漱石在

《虞美人草》中做了大膽的語言實驗，使用了所謂「俳句連綴式」的文體，翻譯難度很大，長期沒有中文譯本，中國讀者對該作品的了解很少，在《虞美人草》的中文譯本出版後，這樣的評析文章可以與譯文相得益彰，有助於中國讀者對漱石創作的全面把握。

趙玉皎的《森鷗外歷史小說研究》（南開大學出版社）是在作者的博士學位論文基礎上修改而成的專著，也是第一部關於森鷗外的中文專著，作者在前言中說「本書採取作品論與作家論相結合的方法進行論述」，是一個日本式的傳統的、典型的「作家作品論」選題，主要由作家生平、作品賞析與批評構成，作為博士論文，缺乏鮮明的問題意識和凝聚這種問題意識的若干關鍵字，也就限制了論述的深度與新穎度。但作為一般學術性讀物來看，其可取之處是將森鷗外的歷史小說作為一個系統加以整體觀照評述，形成了一個相對完整的論述框架，有助於普通讀者對作家作品的閱讀理解。

張秀強的《尾崎紅葉文學研究》（人民出版社，日文版）也屬於作家作品論的模式。鑒於尾崎紅葉在中國的譯介不多，評論文章也不多，研究尾崎紅葉的專門著作更是沒有，在這個意義上本書的出版是值得肯定的。全書將尾崎紅葉置於日本古典文化的大背景下，同時也分析了其中所包含的中國文學的影響，對《金色夜叉》在現代中國的傳播、改編情況的介紹梳理，是全書最有價值的部分。但該書作為博士論文，最初用日文寫成，出版時也仍是日語版，不懂日文的讀者無法閱讀。為中國讀者計，用日語寫成的博士論文在修改出版時最好由作者自譯為中文，這個過程對作者本身也是有益處的、必要的，因為翻譯轉換的過程也必然是用母語加以消化、闡釋、闡發的過程，也是在中國人研究日本文學入乎其內、超乎其外的必經歷練。

關於川端康成的評論文章近三十年來層出不窮，但近年來的許多文章選題重複、了無新意。本年度李俄憲、侯冬梅的〈從「一隻胳膊」看倫理選擇與身分定位〉（《外國文學研究》2015 年第 6 期）一

文，從文學倫理學即東西方文化嫁接融合的角度對《一隻胳膊》做了
解析，認為僅僅把小說看成一部表達唯美意識的作品，難以把握這部
超現實主義作品深邃的倫理思考，「一隻胳膊」的主人公把自己的胳
膊摘下換上借來的胳膊，遭遇了最初「血脈不通」的倫理困惑，也感
受到了血脈融入的喜悅。當主人公放棄外來胳膊而換上自己原來的胳
膊的時候，這種倫理選擇充分體現了作家在倫理困惑中如何認識自我
和尋找道德出路的過程。這種見解是新穎而有啟發性的。

　　關於安部公房的研究，二〇一五年度最有代表性的成果是鄒波的
專著《安部公房小說研究》（復旦大學出版社）。如上文所說，作家作
品論是一種相對比較古舊的傳統的研究模式，往往因缺乏問題意識而
流於平庸化，但這並非說這種傳統模式一概沒有價值，關鍵取決於所
研究的作家與作品是否值得做這種模式的研究。那些有著悠久歷史沉
澱的古典作品，有著自己深刻思想與獨到表現的作家作品，一般讀者
難以讀懂讀透的作品，就值得用系統的作家作品論來加以解說和闡
發，安部公房無疑屬於此類。《安部公房小說研究》不僅將安部公房
的小說創作置於戰後日本歷史文化的大語境中加以考察，而且以「存
在」和「前衛」兩個關鍵詞對安部的小說加以系統闡釋，進而又用
「現實與表現」這一維度對安部的小說加以內部與外部的互動性的研
究。在研究過程中，作者不滿足文本史料的利用，而且對安部公房生
前的友人、親屬、研究者也做了相關的走訪調查，將「田野調查」的
社會學方法與作品文本分析的人文學方法結合起來，強化了全書研究
的立體感。全書文字語言嚴謹準確而富有美感，是具有相當深度而又
流暢可讀的高水平的學術著作。

　　自大江健三郎獲得諾貝爾文學獎以來，研究大江的論文層出不
窮，本年度最有分量的成果是蘭立亮著《大江健三郎小說敘事研究》
（科學出版社），這也是在博士論文基礎上修改成的專著。從作者在
書後附錄的〈中日兩國大江健三郎研究現狀概觀〉來看，作者對大江

研究的歷史現狀有系統周到的了解，認為對於大江這樣的對小說形式極為關注的作家，有必要從小說敘事藝術上加以整體研究。全書從「第一人稱敘事」、「多樣化人物視角」（兒童視角、女性視角、雙性人視角、知識份子視角）、「敘事特徵」（復調敘事、狂歡敘事、重複敘事、反諷敘事、隱喻敘事）和「語言意識」四個方面，分四章對大江健三郎的小說敘事方法進行了細緻的概括、分析和研究。這就有效突破了一般的作家作品論模式的社會學、傳記研究的侷限，從小說敘事藝術這一特定立場加以觀照，從而顯出了全書的特色。在關於大江研究的單篇論文中，較有新意的是邱雅芬、李方陽的〈大江健三郎文學中的美洲日裔形象〉（《外國文學研究》2015 年第 2 期），對大江筆下的特殊群體——美洲日裔的形象做了分析，認為大江用文化認同的方式拉近美洲日裔群體與日本人距離的努力是徒勞的；也許是意識到了這一點，一九九〇年代之後的大江便不再寫作此類題材的作品了。

　　司馬遼太郎作品在中國的翻譯不多，但關於他的研究評論的中文文章，近年來卻逐漸增多。其中，鮑同、原煒珂的〈司馬遼太郎的「中國觀」批判——以《坂上雲》為中心〉（《日語學習與研究》2015 年第 6 期）一文，分析了司馬遼太郎的代表作《坂上雲》作品虛構與歷史真實的背離，指出了《坂上雲》對日本不光彩的歷史進行的詭辯，認為作品對「中國」的描寫是片面的，體現了狹隘的民族主義的歷史觀，對讀者與觀眾的歷史認識造成了誤導。論文將中國學者的明確立場和嚴謹的歷史主義態度結合起來，分析評論具有很強的穿透力。高義吉的〈「史詩化」敘事與「個人化」敘事的同構——論日本歷史小說《坂上風雲》的敘述模式〉（《東疆學刊》2015 年第 3 期），從小說敘述模式的角度得出了同樣的結論，指出司馬遼太郎選擇一部分史實著重渲染於已有用的部分，無視、刻意掩蓋對己不利的部分，從而脫離日本對外戰爭的侵略本質；通過巧妙的敘述，在人物形象與歷史事件的真實性方面製造以虛寫實的效果，將甲午戰爭和日俄戰爭

謳歌為「祖國保衛戰」、「國民戰爭」，並以此為中心建構日本人的民族國家意識。

日本社會派小說家山崎豐子，是改革開放後最早為中國普通讀者熟悉的日本作家之一，一直以來也為中國的日本文學研究者所重視，幾乎每年都有相關評論文章出現。本年度，鮑同在博士論文及相關單篇論文的基礎上寫成的《山崎豐子文學研究》（中國人民大學出版社）一書問世，填補了山崎豐子研究專著的空白。作為大眾通俗文學，山崎豐子的作品固然易讀，但在中國，把她的全部作品作為一個完整的系統，通過細緻的文本分析加以總體的評介闡釋，對讀者的閱讀理解是很有用的。不僅如此，該書還從「審美意識」的角度切入，分析了山崎豐子小說的語言之美、風俗之美，從實地調查的「調查癖」凸顯了山崎創作中取材的方法及其特點，還從中日關係史的角度闡發了山崎豐子作品的「反戰思想」，呈現了一個立體的豐富複雜的山崎世界，可以看作三十多年來中國山崎豐子評論研究的一個總結性成果。

關於村上春樹，本年度最有力度的論文是李立豐的〈當經驗記憶淪為文學記憶：論村上春樹「滿洲敘事」之史觀〉（《外國文學評論》2015 年第 3 期）。文章指出：村上春樹在《奇鳥行狀錄》等作品中，圍繞諾門罕戰役等二戰歷史事件展開的滿洲敘事，被很多人認為是對東亞史中暴力與邪惡的追問，體現了作為鬥士的自省精神，村上也由此被譽為戰後日本流行文學的「良心代表」，但實際上村上的歷史反思並未完全擺脫日本後現代文學強調體制與個人宿命對抗的表達範式，而對於作為個體的日本人「被害性」的強調，又客觀上消減了對作為整體的日本的「加害性」的認知。另一篇較有新意的論文是呂斌的〈《地下》的敘事結構與創傷書寫〉（《當代外國文學》2015 年第 1 期），鑒於此前評論界多把《地下》看作村上春樹關注社會現實、進行創作轉型等的標誌性作品，呂斌的文章則從敘事結構「創傷書寫」

的角度觀照《地下》，認為《地下》包含多重敘事層次，再現了面對
創傷時災難親歷者心態的演變歷程，再現了身處災難中日本人的真實
心境。對於作為翻譯家的村上春樹的研究，此前也有幾篇論文，重要
的如韓秋韻的〈節奏、韻律、呼吸、自然──作為村上春樹翻譯思想
之重要概念的「感」〉（《東北亞外語研究》2014年第4期）等。本年
度出現了一部專門著作──田建國的《翻譯家村上春樹》（上海譯文
出版社）。全書分上中下三部，上部〈理論篇〉對村上的翻譯思想主
張加以概括評述，中部〈實踐篇〉對村上的翻譯文學加以評述，下部
〈Collectors 諸文本的閱讀與點評〉，對村上翻譯的美國作家卡佛的短
篇小說 Collectors 與原文、與其他日譯本加以個案性的比較分析。該
書在寫作方式上並沒有嚴格遵循學術著作的範式要求，但對村上研究
而言不乏學術價值，有助於解釋作家的創作與翻譯之間的互動，並從
翻譯與創作兩個方面全面把握村上的文學世界。

　　在上述的作家作品論的模式之外，也有的作者改變切入的角度、
重設論述的層面，來凸顯問題導向與問題意識。在這方面，高西峰的
專著《記者、小說與知識份子關係──以日本明治末期小說為中心》
有一定的示範價值。雖然全書也是建立在作家作品論的基礎上，但作
者是圍繞明治末期新聞記者與知識份子的關係來選擇作品文本加以論
述的，選取了正宗白鳥的《塵埃》、岩野泡鳴的《流浪》、夏目漱石的
《從此以後》、石川啄木的《我們的一夥和他》等作品加以研究，據
此對小說中的作為知識份子之一種類型的新聞記者的形象加以評述與
研究，通過知識份子來研究文學，通過文學來研究知識份子；由兩者
的雙向互動，不僅可以揭示近代新聞記者與文學的特殊關係，而且更
能揭示新聞記者的生存狀態，並闡明作家的主體意識，是帶著問題意
識所實現的對作家作品論模式的更新與突破。

四　中日現代文學關係的研究

在近現代文學研究中，除了作家作品論的研究外，二〇一五年度更多的文章集中在中日現代文學關係及比較研究方面。其中有兩部著作很有特色。一是陳喜儒著《巴金與日本作家》（復旦大學出版社），這是一部用資料性的隨筆合集，作者作為日文翻譯曾在中國作家協會對外聯絡部任職，有機會多次與巴金交往。全書分〈在巴金先生身邊的日子〉、〈巴金日本留學記〉和〈為巴金先生送行〉三部分，各篇文章以「巴金與日本作家」為中心，從不同角度記錄描寫了作者與巴金的交往，作者所親歷、所了解的巴金與日本作家的交往。對於巴金與日本文學、日本作家之關係的研究，提供了可靠的第一手資料。二是劉先飛著《深嵌的面具：創始期中日兒童文學比較研究》（人民出版社，2015年），作為博士學位論文，對中日創始期兒童文學的各個方面、對中日兒童文學發展的不同階段的代表性人物，如福澤諭吉與梁啟超、岩谷小波與孫毓修、小川未明與葉聖陶，做了平行性的比較分析。作者指出，中日現代兒童文學都經歷了從教科書到課外綜合讀物，到敘事讀物，再到本土文藝童話的發展演進歷程，認為與日本相比，中國創始期的兒童文學有幾個特點：對倫理教育的重視、迴避怪力亂神、教育衝動壓倒娛樂與抒情、社會責任壓倒個人興趣、理論倡導者不從事創作實踐、沒有產生專業的兒童文學作家。

中日現代文學關係研究的單篇文章，如往年一樣，選題重複、祖述既往、了無新意者占了大多數。有關作者對此前的學術研究史及先行成果有意無意地忽略忽視，或者選擇性地忽略和忽視，貌似振振有詞，實則陳詞濫調，此不一一介紹。但也有一些文章在此前研究的基礎上有所推進。其中，張永祿、張謖〈論鹽谷溫對魯迅小說史研究的影響〉（《中國現代文學研究叢刊》2015 年第 5 期）對魯迅與鹽谷溫小說史研究的著作做了細緻的比對比較分析，認為鹽谷溫對魯迅的影

響是「有限」的，主要體現在小說史體例和小說觀念上；更重要的
是，魯迅超越了鹽谷溫，不僅將鹽谷溫的中國小說史研究的框架加以
完善和豐滿，並發展成一種成熟的小說類型史寫作模式，還開創性地
把人的文學、進化論和娛樂性等現代小說經典理念與方法有機融合進
中國古代小說的研究中，這就進一步補強了當代學界的主流結論。本
年度《東北亞外語研究》第二期推出了一組研究中日無產階級文學之
關係的文章，包括呂元明的〈葉山嘉樹：被「搬運」到中國的無產階
級作家〉，西田勝、羅霄怡的〈漂洋過海的無產階級文學備忘錄──
從詩歌雜誌《燕人街》的發刊到野川隆的登場〉，單援朝的〈殖民地
「滿洲」的無產階級文學運動（1930-1931）〉，橫路啟子、黃曉晰的
〈論臺灣地區日本人無產階級文學運動中的共同體意識變化問題──
以藤原泉三郎為中心〉，從不同角度提供了新的史料和文本。

　　在中日現代文學關係研究中，二〇一五年度關於日本對華殖民侵
略時期中日兩國文學關係研究的文章較多，由於能夠自然而然地把文
學研究與歷史文化研究、國際關係研究等重大問題結合起來，發揮跨
學科研究的優勢，故而可以顯示出價值和分量。特別是二〇一五年時
值中國人民抗戰勝利七十週年紀念年，這方面的文章較往年明顯增
多。本年度，《作家通訊》、《海內與海外》、《名作欣賞》三家雜誌連
載了王向遠關於日本「筆部隊」及日本對華文化侵略的系列文章，這
些文章都是舊文，為配合抗戰七十週年紀念而應邀重新發表。更多的
新刊文章，其中，劉超的〈「近代的超克」思想譜系中的「滿洲浪曼
派」〉《外國文學評論》2015 年第 4 期）從思想史角度入手，探討了
「滿洲浪曼派」這一移居偽「滿洲國」的日本自由主義知識份子所組
成的文學團體在所謂「近代的超克」思想譜系中的定位及歷史意義，
考察了「滿洲浪曼派」同「日本浪曼派」之間的內在聯繫與分歧，認
為「滿洲浪曼派」實現了「近代的超克」論面向中國的決定性轉向，
更開啟了戰後竹內好以中國為方法、以「抵抗的亞洲」為主體性的先

聲。李煒在〈尋求「棄作」中的記憶：以森三千代的《曙街》為中心〉（《外國文學評論》2015 年第 3 期）一文中認為，侵華戰爭全面爆發後不久日本女作家森三千代於年底來到天津北京等地，並據此創作了一系列作品，包括三篇同題隨筆《曙街》與長篇小說《曙街》，一直以來是作者本人及日本學術界按下不提的「棄作」，文章通過對「棄作」的文本分析，挖掘出了日本人希望忘記而中國人絕不能忘卻的那些鮮活記憶，並以此點破戰後日本文學史寫作試圖以遺忘的方式「重構」戰時日本文學史的動機，具有重要意義；李煒在另一篇論文〈選擇性失憶：論大田洋子的《櫻之國》〉（《日本問題研究》2015 年第 1 期）中指出，《櫻之國》是日本著名原爆作家大田洋子在侵華戰爭期間創作的謳歌戰爭的獲獎作品，戰後被中日學術界摒棄在視野之外，連大田洋子本人在自己編制的年譜中也以「選擇性失憶」的方式對其隻字不提，文章以這部曾被刻意遺忘的作品為研究對象，論證其創作動機，揭示這部作品在戰爭的特殊歷史背景下順利獲獎的原因，分析了其中蘊含的日本人普遍持有的對華殖民心態與好戰心理。張晉文的〈樋口一葉的《暗夜》與國防電影《木蘭從軍》〉（《南京航空航太大學學報》（社會科學版）2015 年第 2 期）提到，抗戰時期的國防電影《木蘭從軍》自一九三九年一月上映以來，在國內引起了很大的反響。然而極具戲劇性的是，《木蘭從軍》在同年十月也被拿到日本上映，一九四一年日本甚至重新改編並拍攝了一部《木蘭從軍》；文章指出，當《木蘭從軍》被巧妙掠奪並強行綁架變身後，花木蘭的言表也被生硬地與皇權下的政治文脈拼湊在了一起，是日本實施的對華文化侵略一種變態方式。陳言的〈戰爭時期石川達三的創作在中國的流播與變異——兼論梅娘對他的理解與迎拒〉（《外國文學評論》2015 年第 2 期）從梅娘對石川達三的譯介，分析了中日戰爭期間中國淪陷區特殊環境下女性主義與民族主義的複雜糾葛；陳言的另一篇文章〈柳龍光：置身殖民體制內的家國書寫與東亞文化圈想像〉（《山東社

會科學》2015 年第 1 期）探討了柳龍光的殖民經驗與他所帶動的日
本及其殖民地之間的文化流轉與互動，深入剖析柳龍光複雜的民族認
同，認為柳龍光自「滿洲國」時期起就在利用編輯和譯介活動推動日
本及其殖民地之間文化的流播，客觀上促進了文學文化的交流，對於
淪陷區讀者的閱讀品位與知識結構的形塑起到了一定作用，但是他的
東亞文化圈的建構又恰好與戰時日本國策相一致，不自覺間他的編輯
和譯介活動同樣與後者達成共謀關係。王升遠的〈大正時期日本文化
人的北京體驗及其政治、文化心態〉（《社會科學研究》2015 年第 3
期）作為他近幾年來陸續發表的「日本文學與北京」系列文章中的一
篇，分析了大正時期日本文化人的北京體驗及其表現特點。于長敏的
〈往事如煙煙未散──評木山捷平記述一九四五年前後長春的紀實小
說〉（《東北亞外語研究》2015 年第 3 期）分析解讀了木山捷平以長
春為舞臺的《大陸小道》、《長春五馬路》等作品，揭示出木山圍繞個
人經歷與命運展示的對不義戰爭的譴責和對軍國主義的批判，同時也
分析了木山文學的侷限性。此外，劉曉麗的〈東亞殖民主義與文
學──以偽滿洲國文壇為中心的考察〉（《學術月刊》2015 年第 10
期），祝力新的〈近現代中日文學的交錯空間──兼論偽滿文壇日本
文人的創作〉（《東北師範大學學報》2015 年第 6 期），周異夫的〈戰
後初期日本文壇的戰爭反思〉（《社會科學戰線》2015 年第 5 期）以
及《浙江工商大學學報》二〇一五年第三期所載宿久高主持的〈「創
傷與反思：日本文學中的二戰書寫」專題研究〉一欄文章，也都有各
自的見地。

　　二〇一五年度出版的關於日本對華殖民侵略時期中日文學關係的
一部重要著作，是柴紅梅的《二十世紀日本文學與大連》（人民出版
社，2015年）。本書是在博士論文的基礎上修訂而成，從「大連」這
個特殊的「都市空間」層面切入日本現代文學研究。一直以來，特別
是近世以來，「都市」與「文學」產生了極為深刻的聯繫，都市既是

作家文學活動的舞臺，也是文學作品描寫的對象。古代都市，如長安、洛陽、開封、南京等，是中外文化交流的空間與平臺。而到了近現代，特殊的歷史條件下，一些都市，例如上海、北京、天津、青島、哈爾濱等，成為列強殖民之所在，那裡有著東洋西洋的光怪陸離，更有中國的沉痛屈辱的歷史記憶。研究日本文學與中國都市之關係，可以從日本文學的中國都市題材中發掘其史學價值、發現其文化價值，彌補傳統史料描寫記載的不足，促使文學與史學的互溶互滲。同時，矯正一般文學史只記載和分析所謂「名家名作」的偏頗與不足，將那些用純文藝學的角度看可以忽略、而用文化學的眼光看卻頗為重要的作品，納入文學研究及文學史研究的視野，也有重要的文藝學與美學的價值。在這個意義上說，《二十世紀日本文學與大連》具有方法論意義。全書從不同角度，通過塵封已久的史料與文本的發現與挖掘，全面揭示了二十世紀日本文學與大連的複雜關聯，呈現了中日文學關係中的特殊的一面，生產了一個全新的知識領域。

從翻譯學、譯介學角度研究中日文學關係，是近年來中日文學關係研究的重要層面。二〇一五年度在這方面也出現了一批好文。有的是「譯介學」層面上的翻譯、介紹與傳播的研究，如王志松的〈日本馬克思主義文藝理論在中國的譯介〉（《東北亞外語研究》2015 年第 2 期）、江一帆〈有島武郎文學在中國的譯介綜述〉（《黃岡師範學院學報》2015 年第 2 期）、宋波、邱雅芬的〈日本女性文學在中國的譯介研究〉（《南昌大學學報》2015 年第 4 期）、何靜姝的〈中國當代文學在日本的譯介與傳播〉（《山西師範大學學報》2015 年第 2 期）、林敏潔的〈莫言文學在日本的接受與傳播〉（《文學評論》2015 年第 6 期）、杜慶龍的〈諾獎前莫言作品在日韓的譯介及影響〉（《華文文學》2015 年第 3 期）等。而楊文瑜的〈文本的旅行：日本近代小說《不如歸》在中國〉則是本年度中日文學「譯介學」研究最有分量的專著。全書對德富蘆花的小說《不如歸》在近代中國的譯介、傳播、

評論、改編、改寫、舞臺化、銀幕化等種種「文本的旅行」形式、環節與過程，做了細緻的文獻資料的發掘、梳理、考證和分析，對《不如歸》的林紓文言譯本、林雪清、殷雄等人的白話譯本做了文本分析和評價，對《不如歸》進入中國近代新劇、地方戲（粵劇）和電影等多種藝術形式的方式與途徑也做了分析評述。全書以《不如歸》這個作品文本在中國的接受傳播史，描畫了近代中日文學藝術交流、文化交流的一條獨特的線索，在選題上相當精準、結構上相當嚴謹、文獻資料上相當綿密實證、觀點結論上也穩妥可靠，體現了比較文學、譯介學觀念與方法的熟練運用。

　　如果說楊文瑜的專著《文本的旅行》主要屬於「譯介學」的研究，那麼徐迎春的專著《豐子愷譯日本古典文學翻譯研究》（上海交通大學出版社，日文版）則主要屬於「譯文學」的研究，該書將豐子愷譯《源氏物語》、《竹取物語》、《伊勢物語》、《落窪物語》的譯文，做了較為具體的文本分析與評論，並將豐譯與日語原文、與各種現代日語譯文的關係做了舉例說明，對豐譯與其他中文譯本的文字及風格的異同做了一些比較。作者收集到豐子愷譯文手稿並影印複製，使讀者從手稿的修改添削見出翻譯修改的軌跡與過程。本書的顯著特點是立足於譯文的文本分析，儘管由於缺乏「譯文學」理論與方法的自覺，在語言學、翻譯學、文藝學、比較文學的理論與方法的綜合運用上尚不嫻熟，對譯文的分析尚不深入而失之表層化，對譯文的優劣判斷、正誤判斷、審美評價尚不到位，但畢竟由「譯介」的「中介」研究而聚焦於「譯文」本體，代表了今後研究的一個方向。在這部專著之外，還有幾篇從「譯文學」角度展開翻譯理論方面的文章。其中，王向遠在〈「翻譯度」與缺陷翻譯及譯文老化──以張我軍譯《文學論》為例〉（《日語學習與研究》2015 年第 6 期）中指出，在翻譯研究中，特別是在以譯文研究為中心的「譯文學」的研究中，「譯本老化」是一個必須正視的現象，而一九三一年出版的張我軍譯夏目漱石

著《文學論》就是一個可供解析的典型文本。張譯存在著不少誤譯甚至漏譯，但最主要的還是由缺乏「翻譯度」的「機械迻譯」方法所造成的諸多「缺陷翻譯」，加上語言本身的發展變遷，致使該譯本呈現老化的表徵。對張我軍譯文與日文原文加以比照，並與新譯文加以對比分析，可以了解誤譯尤其是缺陷翻譯的形成機理。韓秋韻的〈從「翻譯語」研究到翻譯論的建構——柳父章的翻譯研究方法及其啟示〉（《日語學習與研究》2015 年第 6 期）從「譯文學」的立場出發，對日本學者柳父章的關於「翻譯語」研究的理論主張、操作方法及對中國學界的影響加以解讀、闡發和評述，強調了「翻譯語」研究作為「譯文學」研究的最小單元所具有的的價值。此外，劉紹晨的〈關於中國明末《伊索寓言》中譯之底本的思考——以日譯本的底本研究為線索〉（《日語學習與研究》2015 年第 2 期），劉利國、董泓每的〈接受美學視閾下的日本詩歌翻譯〉（《日語學習與研究》2015 年第 3 期），彭程、劉敏的〈從翻譯美學視角看日本動漫歌詞的漢譯〉（《湖南工業大學學報》（社會科學版）2015 年第 4 期）等，也都言之有物，各有特色。

　　中日文學理論關聯研究也是中日現代文學關係研究的重要方面，二〇一五年度關於王國維「意境」說與田岡嶺雲之關係的兩篇論辯文章，最有學術理論價值。祁曉明在〈王國維與日本明治時期的文學批評——田岡嶺雲文論對王國維「意境說」的影響〉（《清華大學學報》（哲學社會科學版）2015 年第 4 期）一文中認為，探討王國維「意境說」的理論來源歸屬問題，無論是在德國古典美學理論中沿波討源，還是向中國傳統詩學語境作適度回歸都是不充分的，無論是王國維接受德國古典美學，還是其「匯通中西」的中國文學批評實踐，都與明治時期日本學者在這方面的率先垂範密切相關，而文藝評論家、思想家田岡嶺雲對王國維的影響尤為顯著。田岡是將「境界」置於叔本華美學的語境中，賦予其中國傳統詩學中未曾有過的全新內涵，進

而對東亞傳統審美經驗及詩歌理論進行現代重構，其文藝批評隨筆中
有關康德、叔本華美學的闡釋，特別是他將這些西方理論運用於日本
俳句及中國文學研究的實踐，給予了王國維諸多啟示。對祁曉明的文
章，羅鋼、劉凱在〈影響的神話──關於「田岡嶺雲文論對王國維
『意境說』的影響」之辨析〉（《清華大學學報》（哲學社會科學版）
2015 年第 4 期）一文中加以駁難，認為田岡嶺雲對王國維雖有影
響，但比起西方文化的影響而言，這種影響畢竟是次要的。田岡嶺雲
只是王國維最初了解西方哲學的中介，田岡嶺雲與王國維思想之間的
某些相似之處，並非緣於前者對後者的影響，而是由於二人思想中共
同的叔本華的存在。祁曉明在兩位思想家的著作中挑出一些孤立的片
段，依據某種相似性拼貼在一起，然後得出甲影響了乙的結論，是製
造「影響的神話」。這兩篇文章立場不同，角度各異，但相得益彰，
對讀者均有啟發價值。

　　除上述之外，還有幾篇關於中國的日本文學研究學術現狀與學術
史的述評文章，特別是《陝西理工學院學報》（社會科學版）二〇一
五年第一期上刊登的一組文章，包括苗懷明、王建科〈日本中國通俗
文學研究叢談〉、苗懷明〈二十世紀以來日本中國說唱文學研究述
略〉、張真〈近代日本的南戲研究（1890-1945）〉三篇，對日本的中
國通俗說唱文學研究史做了評述，頗有資訊資料的價值。王兆鵬的
〈二十世紀日本唐代文學研究成果量的發展變化〉（《社會科學戰線》
2015 年第 5 期）、聶友軍的〈近代旅日歐美學者的日本文學比較研
究〉（《外國文學》2015 年第 4 期）、劉成才的〈「文學中國」、亞洲敘
事與想像性閱讀：日本學者的莫言研究〉（《南京師大學報》（社會科
學版）2015 年第 6 期）等，對相關研究而言都有參考價值。

　　總之，二〇一五年度中國的日本文學研究，在中國的「日本學」
研究中成果數量上仍屬最多，在中國的「外國文學研究」中也占有相
當重要的位置。《日語學習與研究》、《東北亞外語研究》等仍是集中

發表日本文學研究論文的核心期刊，《外國文學評論》等高端專業期刊也重視日本文學研究論文的發表。學者們在日本文學史及日本文學總體研究、日本古代文學及中日古代文學關係研究、日本現代文學及中日現代文學關係研究等方面，在對日本文學翻譯所做的「譯介學」和「譯文學」研究方面都發表了一批有新意的專著與論文。尤其是在紀念中國人民抗戰七十週年的背景下，關於日本對華殖民侵略時期中日兩國文學關係研究的成果顯著增多，質量也高。從作者構成上看，四十歲左右的中青年學者的成果占了大半，「七〇後」和「八〇後」年輕一代的作者越來越活躍，許多扎實的學術論著都是年輕的博士在近幾年已經答辯通過的學位論文基礎上修改而成的。總體上，中國的日本文學研究水平在緩慢而顯著地提高。有一些成果充分發揮了中國學者的主體優勢，對日本學者的研究在方法與觀點上都有所超越，表明中國學者從文學角度對日本、日本人、日本文化及中日關係的各個方面有了更好的把握能力。同時，往年存在的一些問題本年度依然存在，缺乏學術價值的為寫而寫的文章仍然太多，作家作品論的平庸選題仍然太多，甚至不合學術規範、以復述公共知識充作學術研究的現象也仍然存在。

　　二〇一五年剛剛過去，相距不遠回頭看，成果眾多，篇幅所限，不能一一提到，難免挂一漏萬。特別是有幾部論著及論文集，如黃華莉等著《日本近現代作家與中國社會和文學之關係研究》（四川大學出版社），孟慶榮、王玉明著《中日文學翻譯研究》（吉林大學出版社），張彤著《日本近代小說中的家庭觀、戀愛觀、婚姻觀研究》（吉林大學出版社），李傑玲著《泰山詩歌意象與中日民俗》（山東人民出版社），聶友軍主編《取醇集——日本五山文學研究》（上海交通大學出版社），孟慶樞主編集刊《中日文化文學比較研究》（2015年卷）等書，只見到本年度出版的資訊而未見發售，遍尋不得見，只好留待以後補述了。

後記

　　其實王老師是個不折不扣的「俳人」。作為學者，老師對俳句的創作歷史進程與美學理論構造有深入的探討；而閒暇之時，老師亦喜歡創作漢俳，並喜歡與他人交流切磋。猶記得本科時上「東方文學史」的課程，講到松尾芭蕉與「寂」之美學時，老師便鼓勵大家嘗試創作漢俳，並發送與他加以「品鑒」。一天我早晨我照例早早地去中學實習，匆忙出門後才發覺忘了戴近視眼鏡，於是拿出手機，寫了一首自嘲的漢俳——「眼鏡忘了戴／眼前一片印象派／五顏又六彩」，然後並順手發給了王老師。不久收到王老師的回覆——「眼鏡忘了戴／眼前一片印象派／無霾也有霾。」那年北京的霧霾確實很嚴重，老師給我改了最後一句，至今難忘。

　　而這次，作為「王門」剛「入門」的學生，我有幸負責編輯校對《中日現代文學關係（下）》一卷，當校到〈「漢俳」三十年的成敗與今後的革新——以自作漢俳百首為例〉這一篇時，不由得在心底一笑，同時也感慨不已。王老師的這篇文章，首要主旨當然是以自作漢俳為例，為漢俳的創作與理論提供參考；而我從中讀出的是老師日常生活中的諧趣與童心，不禁感歎：三十年來老師筆耕不輟，取得了令人矚目的學術成果，而在如此繁忙的學術研究之餘，還保持著漢俳創作這般閒情逸致。不過，轉念一想，這不就是一種「俳心」或「寂心」嗎？

　　我們從老師的論述中知道，「寂」是俳諧美學的核心概念。創作與鑒賞俳句，就要去聽「寂之聲」、觀「寂之色」、品「寂之心」、作

「寂之姿」。其中,「寂心」是「寂」之美學構造中最核心、最內在、最深層的內容與範疇,是充分體悟「寂」之美感的審美狀態與精神品味;同時,亦可看作是在寂寞平淡乃至寂寥清貧之中保持獨立、淡泊、自由、灑脫的人生境界,是對某一客體不過分偏執、膠著乃至沉迷的遊刃有餘的主體狀態。老師多年來從事教學與研究的狀態,相當接近於這種「寂心」的境界。

　　老師在〈論「寂」之美〉一文中,對日本俳論關於「寂心」的四組範疇——「虛/實、雅/俗、老/少、不易/流行」做了闡發,其中「不易」與「流行」也就是永恆與變化的矛盾統一、「動」與「靜」的矛盾統一。記得在與老師的閒談中,他也曾提到,做人做事也要講究「不易」與「流行」。對這一點,我是深深贊同的。「不易」與堅持是「流行」的根本與基礎,「流行」與變化是「不易」的形態或表徵;做人要有自己「不易」的質量秉性與理想追求,在此基礎上,再有所「流行」的變通與機動。在我看來,審美如此,做人如此,做學問亦需注重「不易」與「流行」的結合與統一,也不知這樣「平移式」的理解是否恰當,不過在我眼裡,老師正是帶著這樣「不易」與「流行」的態度與狀態去做研究、做學問的——這也是我在編輯校對老師這一卷論文集時的切實感受。

　　首先,就學術態度而言,王老師的「不易」首先表現在三十多年如一日,把學術以外的活動減少到最低限度,不出風頭、不攪和校園政治,不追名逐利,集中精力,堅持按照計畫做學術、寫文章。王老師曾經在題為〈人到中年,學在中天——就十卷本《王向遠著作集》出版發行採訪王向遠教授〉(《社會科學家》2007 年第 6 期)訪談中自述:「學術研究本身就是一種修行,需要培養長年累月甘坐冷板凳的耐力」,老師正是靠這種「苦中作樂」的堅持與耐力,才有了今日這樣的學術成就。另一方面,王老師的「流行」還表現在,對某一領域有了足夠、充分的研究之後,或者說有足夠啟發他人進行進一步探

討的成果之後，就去挖掘新的問題、探索新的領域。三十年來，老師的研究課題與方向已經從最初、最基礎的日本文學研究、中日比較文學研究擴展到比較文學學科理論、翻譯文學、美學、東方學等眾多領域。

　　寫到這裡，有必要對本卷論文集的篇目、內容做簡要的梳理概括。應該說，從本卷〈中日現代文學關係（下）〉的時間跨度與涉及廣度可以看出，王老師多年來一直對日本文學、中日文學關係這一領域保持著持續而密切的關注。本卷是這套論文集的第七卷，收錄了王老師從一九九七年到二〇一六年間發表在各個學術刊物的十七篇文章，跨度將近二十年，集中探討了日本現代文學與中國文學的關係，主要包括日本現代文學對中國現代文學的影響、中國現當代學術界對日本文學的研究狀況以及普通讀者對日本文學的接受情況等方面。

　　總體說來，本卷可以大致分為兩大部分。第一部分主要以具體個案的形式，探討中國現代文學與日本文學的關係，包括〈中國傳統戲劇的現代轉型與日本新派劇〉、〈田漢的早期劇作與日本新劇〉、〈魯迅與芥川龍之介、菊池寬歷史小說創作比較論〉、〈魯迅的《野草》與夏目漱石的《十夜夢》〉、〈中國現代小詩與日本和歌俳句〉以及〈文體・材料・趣味・個性——以周作人為代表的中國小品文與日本寫生文〉六篇文章，內容涉及戲劇、小說、詩歌、散文等多種文體，富有代表性，亦是老師早年在中日現代文學關係方面的研究成果。

　　第二部分包括餘下的十三篇文章，概括式地梳理了中國日本文學接受與研究的歷史與現狀，通讀這十三篇文章，可大致把握中國學界至今重要的研究成果與方向。其中，〈我國日本文學研究的歷史經驗、文化功能及學術史撰寫〉一文，對中國日本文學研究一百多年的發展歷程、四代學術群體的一系列成果與缺憾做了初步的、多方面的論述，涉及文學史的撰寫，日本傳統的和歌俳句、古典散文敘事文學、能樂等戲劇文學的研究，漢詩文的研究，日本現代文學研究，文

論與美學研究,中日文學關係史研究等等,可看作是一個總括式的概覽;此外,還對日本文學研究的功能與價值做了知識與思想方面的評價,並從學術理路與方法角度對今後的研究提出了幾點期許。而餘下的幾篇文章,正是從上述多個方面,對日本文學研究的多方面成果進行進一步論述與評價的。例如,〈日本文學史研究中基本概念的界定與使用〉一文,以葉渭渠、唐月梅兩位先生所著《日本文學思潮史》、《日本文學史》為例,從整體構架的宏觀角度和具體概念的微觀角度,探討了文學史撰寫的價值與需要注意的問題;〈近年來我國日本文學文論與美學研究中的若干問題與缺憾〉一文評述了近年來中國一系列日本文論與美學研究方面的著作,指出了其中存在的原典研讀缺失、範疇與關鍵字界定混亂、文學史與批評史撰寫粗陋等問題;〈近三十年來我國日本漢文學研究的成績與問題〉論述了中國對作為漢學研究重要方面的日本漢文學研究的研究,以及對作為日本傳統文學重要組成部分的漢文學的專題與綜合探討;〈和歌、俳句在中國〉則全面梳理了日本和歌、俳句迄今為止在中國的翻譯、傳播、接受與研究情況,特別是漢俳創作與研究在中國的興起與興盛;〈五四前後中國的日本文學翻譯的現代轉型〉集中論述了五四前後中國的日本文學翻譯相比於之前在選題、方法等方面的轉變,以及魯迅與周作人在這一轉變中的突出貢獻,並指出這一關鍵時期的轉變奠定了中國日本文學翻譯實現現代轉型的基礎。

　　如果說上述提到的文章是以學者的視角,對近年來中國學者日本文學研究成果進行的多方面評述,屬於「學術地掌握日本」,那麼〈後現代主義文化語境中的中國文學與日本文學〉、〈當代中國的日本文學閱讀現象分析〉與〈渡邊淳一在中國:審美化閱讀〉三篇文章,則是以讀者的視角,對日本文學作品在中國當代讀者群中的傳播與接受情況進行的評析,屬於「審美地掌握日本」。其中指出,日本文學在中國讀者中越來越流行的趨勢,從一個側面體現了中國讀者閱讀趣

味的日益多元化、審美化。此外，本卷最後一篇文章〈二〇一五年度中國的日本文學研究〉，對相關方面的研究者而言頗具參考價值。該文細緻梳理了中國學者在剛剛過去的二〇一五年間的最新成果，主要體現在以往就有的日本文學總體研究、日本古典文學及中日古代文學關係研究、日本現代文學及中日現代文學關係研究等方面，還包括了從翻譯文學、日本對華殖民侵略歷史等角度選題的文章與著作；既有較傳統但不失亮點的作家作品論，又有富有問題意識的專題研究，還有進行較全面梳理的綜合性著作。雖然缺憾依舊存在，但可以看出，中國的日本文學研究呈現出愈發繁榮的態勢。這篇文章可看作一篇階段性的總結，是對中國日本文學研究的最新進展的一個總覽式的梳理。

在本卷諸篇文章中，雖然涉及的方面各不相同，但都貫穿著老師進行日本文學、中日文學關係研究的學術理路或學術方法。這些不僅是老師對自身的要求，亦是對年輕學者學術素養與辯證能力提升的一點期望。我想，除了「甘於坐冷板凳」的學術態度，這些學術理路與方法也是老師堅持不變的、「不易」的一面。

大致說來，可以概括為三點：主體意識，由他人推及自己；建構意識，由知識推及思想；問題意識，由學術通向學問。這三種意識又是相互貫通的。首先，老師在文章中多處強調，中國學者研究日本文學、掌握日本文化，並不能僅僅搬運日本學者的學術成果、照搬日本學者的學術理路，而應該站在自身的民族立場，發揮自身的比較優勢，特別是發揮日本學者缺乏的理論闡發和宏觀概括能力。只有這樣，才能真正靠自身「掌握」日本，才能真正為自身、為實踐所用。其次，這樣的主體意識同時也貫穿於學者的建構意識之中。我們需要資料與知識方面的發掘、梳理與總結，但並不能停留於知識的拼湊與微觀研究的簡單疊加；而需要發揮主體的建構意識，以這些知識為材料，以自己的思想為構架，使材料得以提煉、概括、整合與建構，最

終形成相對完整的、有具體觀點與凝鍊結論的思想、理論體系。最後，也是最重要的，建構體系的關鍵也在於是否具有獨立的問題意識。單獨的作家、作品論是必要的，綜合的知識、歷史梳理也是必不可少的，而就思想含量而言，具有問題意識的、圍繞具體論題展開的專題著作更具備學術與思維上的價值。而在此基礎上的研究，也就不再單單是一種學術，更是一種學問。

所謂「學問」，重點在「問」。梁漱溟先生說過：「學問是什麼？學問就是學著認識問題。沒有學問的人並非肚裡沒有道理，腦裡沒有理論，而是心裡沒有問題。要知必先看見問題，其次乃是求解答；問題且無，解決問題更何能說到。」在我看來，做學術研究的樂趣就在於一個「問」字。若心中有了疑問，自然一心一意又千方百計地想要獲得解答，那麼外界環境的寂寞平淡甚至清寒便不會看入眼裡，也就自然而然產生出一顆自得其樂、遊刃有餘的「寂心」。或許，老師正是帶著一顆「寂心」，才有以自由、獨立、灑脫、優游的狀態去做學問的境界吧；才能以「不易」之態度與理路，去走「流行」而多變之方向與道路吧。

龍鈺涵

二〇一六年八月於成都

作者簡介

　　王向遠教授一九六二年出生於山東，文學博士、著作家、翻譯家。

　　一九八七年北京師範大學畢業後留校任教，一九九六年破格晉升教授，二〇〇〇年起擔任比較文學與世界文學專業博士生導師。現任北京師範大學東方學研究中心主任、中國東方文學研究會會長、中國比較文學教學研究會會長，中國作家協會會員。

　　主要研究領域：東方學與東方文學、比較文學與翻譯文學、日本文學與中日文學關係等，長期講授外國

（東方）文學史、比較文學等基礎課，獲「北京師範大學教學名師」稱號。

　　主持國家社科基金重大項目一項，重大項目子課題一項，獨立承擔國家社科基金一般項目兩項，國家社科基金後期資助項目一項，教育部、北京市社科基金項目共四項。兩部著作入選為國家社科基金項目中華學術外譯項目。

　　在《中國社會科學》、《文學評論》、《外國文學評論》、《外國文學研究》、《中國比較文學》、《北京師範大學學報》等刊物發表論文二百二十餘篇。著有《王向遠著作集》（全十卷，寧夏人民出版社，2007

年）及各種單行本著作二十多種，合著四種。譯作有《日本古典文論選譯》（二卷4冊）、《審美日本系列》（4種）、《日本古代詩學匯譯》（上下卷）及井原西鶴《浮世草子》、夏目漱石《文學論》等日本古今名家名作十餘種共約三百萬字。

　　曾獲首屆「高校青年教師教學基本功比賽」一等獎、第四屆「寶鋼教育獎」全國高校優秀教師獎、第六屆「霍英東教育獎」高校青年教師獎、教育部「新世紀優秀人才獎」；有關論著曾獲第六屆「北京市哲學社會科學優秀成果」一等獎、第六屆「中國人民解放軍優秀圖書獎」（不分等級）、首屆「『三個一百』原創出版工程」獎等多種獎項。

東方學研究叢書　1801001

王向遠教授學術論文選集
第七卷　中日現代文學關係研究（下）

作　　　者	王向遠
叢書策畫	李　鋒、張晏瑞
責任編輯	蔡雅如
特約校對	林秋芬

發 行 人	陳滿銘
總 經 理	梁錦興
總 編 輯	陳滿銘
副總編輯	張晏瑞
編 輯 所	萬卷樓圖書股份有限公司
排　　版	林曉敏
印　　刷	百通科技股份有限公司
封面設計	斐類設計工作室

發　　行　萬卷樓圖書股份有限公司

臺北市羅斯福路二段 41 號 6 樓之 3

電話 (02)23216565 傳真 (02)23218698

　　電郵 SERVICE@WANJUAN.COM.TW

大陸經銷　廈門外圖臺灣書店有限公司

　　電郵 JKB188@188.COM

香港經銷　香港聯合書刊物流有限公司

電話 (852)21502100

第七卷 ISBN 978-986-478-075-4

全　套 ISBN 978-986-478-063-1

2017 年 3 月初版

定價：18000 元（全十冊不分售）

如何購買本書：

1. 轉帳購書，請透過以下帳戶

　合作金庫銀行 古亭分行

　戶名：萬卷樓圖書股份有限公司

　帳號：0877717092596

2. 網路購書，請透過萬卷樓網站

　網址 WWW.WANJUAN.COM.TW

大量購書，請直接聯繫我們，將有專人為您
服務。客服：(02)23216565 分機 10

如有缺頁、破損或裝訂錯誤，請寄回更換

國家圖書館出版品預行編目資料

王向遠教授學術論文選集 / 王向遠著.-- 初
版.-- 臺北市：萬卷樓, 2017.03
　　冊；　公分.-- (王向遠教授學術著作集)
ISBN 978-986-478-063-1(全套：精裝)
ISBN 978-986-478-075-4(第七卷：精裝)
1.文學　2.學術研究　3.文集
810.7　　　　　　　　　　　106002083